讀者劇場
最佳的英語補救教學法

三民書局

國家圖書館出版品預行編目資料

讀者劇場:最佳的英語補救教學法 / 鄒文莉,許美華著.
——初版一刷.——臺北市：三民，2009
　　面；　公分
　　含參考書目
　　ISBN 978–957–14–5246–3　（平裝）

1.英語教學 2.補救教學 3.教育劇場

805.103　　　　　　　　　　　　　　98015872

© 　讀者劇場
　　——最佳的英語補救教學法

著 作 人	鄒文莉　許美華
責任編輯	陳乃賢
美術設計	陳宛琳
插畫設計	江長芳
發 行 人	劉振強
著作財產權人	三民書局股份有限公司
發 行 所	三民書局股份有限公司
	地址　臺北市復興北路386號
	電話　(02)25006600
	郵撥帳號　0009998–5
門 市 部	(復北店) 臺北市復興北路386號
	(重南店) 臺北市重慶南路一段61號
出版日期	初版一刷　2009年10月
編　　號	S 808260

行政院新聞局登記證局版臺業字第○二○○號

有著作權·不准侵害

ISBN　978–957–14–5246–3　（平裝）

http://www.sanmin.com.tw　三民網路書店
※本書如有缺頁、破損或裝訂錯誤，請寄回本公司更換。

本書的寫作目的在於提升臺灣學生的英語學習成就，故本書從介紹補救教學的重要性及理念開始，一方面檢視補救教學的核心要素：學生、課程、教材及評量，一方面將焦點置於英語四大基本能力的補救教學之上。首先，作者從補救教學的相關理論中，發現補救教學的特色，並依此特色找出最適合英語補救教學的策略──讀者劇場。然後討論讀者劇場對於英語聽、說、讀、寫能力的幫助。最後則是探討讀者劇場融入英語補救教學時所需的課程設計與教材編選，使有志於應用讀者劇場於英語補救教學的老師，理解如何規劃自己的課程與編選適合學生的教材。本書共分成十章，第一章為緒論，主要討論補救教學的重要性與理念。第二章到第四章則是討論補救教學的核心要素，包括理解與評量低成就學生以及補救教學的課程模式。第五章則是核心補救教學策略──讀者劇場的基本認識。第六章及第七章著力於讀者劇場應用於英語聽、說、讀、寫補救教學中所產生的效果。第八章討論讀者劇場融入英語補救教學的課程安排。第九章則是討論讀者劇場融入英語補救教學的教材設計，也就是讀者劇場劇本的編寫。最後一章是本書的結語，說明英語補救教學的重要性與侷限。

臺灣的師資培育系統直至目前為止，尚未能全面性、有系統的給予職前教師補救教學的相關訓練，包括：學生特色、課程設計、教材編選與較有效的教學策略等。因此，許多教師們即使想幫助班上學習落後的學生，也不知該如何做起、力不從心。長期下來，教師們缺乏教學成就感，學生則呈現學習困難的情形，使得臺灣的英語教育出現很大的問題。本書的作者完成此書的最終目的，是在於鼓勵更多的英語教師從事學生英語學習方面的補救教學，也希望能儲備教師們英語補救教學所需的能力。教師及時的幫助，可免去學生未來更多的困難，而教師們除了可以看見學生的成長與因為學習而產生的快樂之外，也能為本身的教學生涯帶來成就感。希望本書的付梓，確實能夠幫助臺灣的英語學習者與教學者，一同創造成功的英語學習願景。

本書的完成，要感謝三民書局所給予的機會，以及編輯們在寫作過程中適時的幫助。

　　此外，本書的內容部分為作者國科會計畫中的成果，在此亦感謝國科會的支持。

　　也感謝臺南市教育處學管科王立杰科長、臺南市勝利國小黃振恭校長、臺南市國小英語科輔導團的洪瑄老師、郭玟君老師、黃向秀老師、黃郁雯老師以及黃靖媛老師，沒有他們的行政協助，本書及相關研討會將無法順利進行。

　　最後，作者欲對工作坊中的講者以及參與的教師們致上最高謝意，大家在過程中的協助及想法激盪，是本書得以成就的主因。

國立成功大學外國語文學系　　郭純菁

嘉南藥理科技大學應用外語系　　許美華　謹致

讀者劇場──
最佳的英語補救教學法

CONTENTS

讀者劇場——最佳的英語補救教學法

第一章 緒 論

本章的主要目的在於從學校、老師、學生、家長及教育行政人員的觀點,來深入探索學業上低成就學生的學習,主要的焦點在於幫助學生、家長、老師及教育行政機關,從了解低成就學生的問題與特性,進而了解到每個學生的不同需求,並從相關的理論、研究成果及課程設計方法上,去為這一群需要幫助的學生,設計一套有效能的補救教學,並藉由實際深入補救教學的課室中進行了解,尋求更有助於學生及老師的補救教學實施方法。

壹、補救教學的重要性

首先,我們必須了解低成就學生是普遍存在的,不論古今中外,每一個國家、每一個家庭、每一位老師都必須面對這樣的問題,從統計學的觀點來說,在一個群體當中,不論是能力或是生理功能(如身高、體重等),都是有一個分配的特殊情形的;這種情形在統計上稱為常態分配或是鐘形分配(郭生玉,1997)(如圖1–1)。在常態分配中,有 50% 的學生是處於這個群體的平均數以上,而在這些學生當中,有 16% 的學生在學習上有過人之處,有 34% 的學生被認為可以正常學習。然後有 34% 左右的學生,在學習上雖然低於平均數,但是只要努力一些,大多能達到學業的要求。這些在學習上並不需要老師及家長太過擔心的學生(約佔 84%),被認為是一般學生,只要環境正常,他們就可以自行學習,不需要老師及家長花費太多的心思與時間(臺灣心理學會教育心理學組,2004)。而補救教學注重的學生,是處於常態分配最後段的一群(約佔同年齡學生的 16%),他們先天上的各種能力顯著異於同年齡學生,導致他們在學習相同事物上的能力明顯較低。

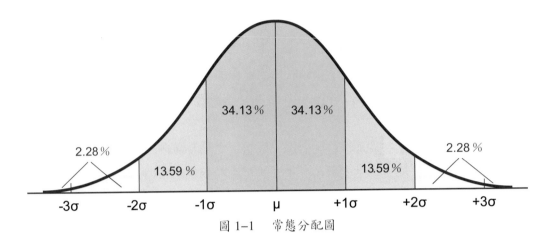

圖 1-1　　常態分配圖

　　因為學業低成就學生在學校中的人數不少，所以補救教學就成為教育中必須考量的輔助工具。「補救教學」一詞的意義是，教師在確認學生的學習並未達到教師所預設的教學目標，或其學習成就低於其他學生時，教師必須另外再針對這些未達到學習目標的學生，採取其他更有效的教學策略，以期這些學生的學習能追上其他學生的平均水平（黃漢龍，2001）。補救教學基本上是一種診療教學模式（clinical teaching，也稱臨床教學模式），在事先選擇好接受補救教學的對象後，再進行教學；其重點在了解學生的學習困難後，精心設計課程內容與慎選教學模式，方能契合學生的個別需求（張新仁，2000）。

　　而補救教學的對象，就是學校或班級中學習有困難的學生，這一群人在我們的社會與學校中，明顯表現出低成就的問題，也就是實際表現比內在潛能或預期結果低下，但為何他們會有此一低成就的現象呢？一般來說，低成就學生本身就是一個異質性很高的團體，他們的問題可以分成內在生理因素與外在環境因素來討論，內在的生理問題包括智能障礙、疾病、生理發育尚未成熟等因素（洪儷瑜，2000），而外在的環境問題，就如 Kirk 和 Gallagher (1989) 所指出的，包括缺乏學習機會、文化不利、經濟不利和不當教學等。所以，低成就學生的課程或教學都必須妥善規劃，以解決因學生的個別差異帶來的學習困擾。

　　補救教學的功能在於提升學生的學習成就，進而提升學生的學習自信心，最終可以培育對社會有貢獻的人才，以及減低為學習成就低落者付出的社會成本，所以，補救教學被認為是讓學習上佔弱勢的學生脫離惡性循環的重要途徑（陳淑麗、曾世杰、洪儷瑜，2006）。許多研究 (Pikulski, 1994; Torgesen, 2000; Torgesen, Alexander, Wagner, Rashotte, Voeller, & Conway, 2001) 也指出，提早補救教學不僅能夠使低成就學生快速趕上一般學生能力水準，同時也是避免學習困難學生與一般學生的差距隨著年齡逐漸加大的唯一方式。Stanovich (1986) 也曾指出，早期有閱讀困難的學生，他們的閱讀能力與一般學生的差距會隨著年齡而增加，這就是經濟學所謂的馬太效應（Matthew effect，亦即貧者益貧，富者益富的現象）。而當差距增加時，介入的難度與成本都會增加，因此，早期提供補救教學，不僅能避免學生因為長期的學習挫折造成學習無助與馬太效應，同時也能降低後來的介入成本。

透過補救教學來弭平學生成就上的落差，能為學生本身、學校及社會帶來什麼效益呢？對學生來說，最大的效益就是使他們能夠有機會脫離貧困的惡性循環，許多研究都顯示，教育能帶來社會階層流動的機會（黃毅志，2002），當學生有好的學業表現時，將來其所獲得的能力與學歷越佳，可以掙得的社會地位也會越高。對社會來說，補救教學具有長期的經濟和社會成本效益，因為投資在教育上的每一分錢都有獲利，未來也不需要再額外投入更多的金錢或資源在補救教學上，可以節省政府的財政支出。國外有研究指出，補救教學可能帶來很高的社會成本效益，例如在 Perry Preschool Project（一個針對發展遲緩幼兒提供教育及健康照護的計畫）中，研究者追蹤研究對象，參與他們的幼兒到成人階段，結果發現實驗組的學生在成年之後，藥物濫用、酒精濫用以及犯罪、未婚懷孕等方面的問題都明顯低於控制組的學生 (Shanahan & Barr, 1995)，這意味著政府可以減少提供給這些早期接受補救教學的學生戒毒、社會救助、行為輔導等的經費。從教育成本來看，有許多研究也發現，低成就學生早期的學習困難若能獲得協助，就能有效降低接受特殊教育的人數，並有效節省教育成本 (Shanahan & Barr, 1995; Torgesen, Alexander, Wagner, Rashotte, Voeller, & Conway, 2001)，更有學者估計在學前階段的啟蒙教育 (Head Start Project) 每花一美元，將會在未來的留級、犯罪或社會福利等工作上省下七美元的支出 (Berk, 1996)，這些研究結果均顯示出早期的教育投資或補救教學，有很高的效益。

貳、英語補救教學的重要性

通常，學生的低成就問題可能是普遍性的，例如智能障礙可能會使得學生在大多數的學習活動中，都達不到該年齡應有的水準；可是也有學生是在單獨某一個科目上出現學習困難。在臺灣，除了主要學科（國語文、數學、理化）的學習問題之外，另一個也特別受到教育界重視的學習低成就問題就是英語學習。國內九年一貫課程實施之前，英語教學是從國中才開始納入學校教育的，所以英語補救教學工作多是國中以上才開始的。但自從九年一貫課程實施以來，英語教學的實施年級，已經下降到國小三年級(有些縣市從國小二年級或一年級就開始教學)，因此目前國小教育對於英語補救教學的需求也日漸增加。

為何國內英語補救教學的需求日漸增加呢?原因主要為國內的英語教學環境，屬於以英語為外語（English as a Foreign Language，簡稱 EFL）的情境，除了在課堂學習英語之外，很少有其他情境可以讓學生練習英語，學生的語言學習缺乏應用與練習，所以容易被遺忘。此外，國內的英語教學情境，多以大班教學為主，學生的英語聽、說表現是否正確，很少老師有時間去注意，再加上教育部明文鼓勵老師及教材編製者，以英語聽、說為國中小英語教學的主要內容，卻不鼓勵英語讀與寫的教學，使得英文讀、寫能力的教學在這個階段是被忽略的（教育部，2001）。以上原因造成全國許多國中、小階段的學生，在英語聽、說、讀、寫四方面的技能皆有所不足。目前國內的英語教學多以考試需要的文法、句型、翻譯等為教學內容，不易使學生對英語學習產生興趣，因此，有些老師為了提升學生興趣，選擇以遊戲、歌曲等方式來教學，但是因為缺乏經驗，容易使學生在高昂的上課情緒中，忘了英語學習的內容，也促使學生的英語學習成就低落。

國內英語學習成效低落的情形，可以從國小六年級學生參加的英語能力檢測，以及高中畢業生要參加的大學指考英文一科的成績看出端倪。首先，從 2005 年全國六年級學生英語能力檢測中可以發現，國內的六年級學童大多已經接受過最少四年的英語教育了。他們在英語能力檢測上的表現，雖然聽、讀方面的基本能力尚可，但是在說、寫能力上的表現，則是讓人相當不滿意（臺灣學生學習成就評量資料庫 [TASA]，2005），尤其是受測學童在英語成績上呈現雙峰現象，這表示我們的英語教育可以讓已有基礎的學生表現得更好，但是卻無法提高低成就學生的學習表現。

再者，從國內大學聯招英文一科的歷年表現來看，我國高中畢業生在英語的成就表現上，有明顯逐年下降的趨勢，尤其是考試得到零分的學生與日俱增。例如，2001 年參加大學聯招的高中畢業生，其英文的平均成績是 7 級分，頂標的學生佔所有考生的 15.78%，底標的學生則是 15.15%（李佳玲，2002）。2007 年，高中畢業生在當年的大學指定科目考試中，所獲得的英文平均成績是 8 級分，雖然較 2001 年高出一級（在此並未考慮這兩年英語科考題的難易程度），但是頂標的學生僅僅佔了所有考生的 5.87%，底標的學生則有 24.28%（李振清，2007）。而 2008 年大學指考英語科的得分，雖然因為出題取向變化，使得高中應屆畢業生的英語成績，從「低分單峰」轉向正常的常態分配，但是 5 級分以下的學生，仍然佔所有應考學生的 22.72%（李振清，2008）。

當然上述的數字並不能代表到底有多少學生的英語學習是真正有問題的，但是學生在英語學習上遇到困難，使得他們的表現每況愈下卻是不爭的事實。而從國小畢業生的英語成就表現到高中畢業生的大學指考英文得分，我們可以發現國內學生的英語學習成就，從國小的雙峰現象變成了高中的低分單峰現象，也就是說，原本英語成就高的學生，經過六年的中等教育後漸漸減少了，而英語成就低的學生卻大量增加，這個現象對國內的英語教育而言，是一個很大的衝擊。故有許多學者提出希望以補救教學，來彌補學生英語學習成就日漸下滑的狀況。

然而，國內的英語課堂是大班教學，一班動輒有 30 到 40 位學生，再加上老師授課時數多、需兼任行政工作等問題，就算老師們知道學生英語學習出現困擾，也有心提供幫助，但是真正能夠幫助學生解決學習困擾的老師仍是少數，因此，許多學生的英語學習問題被忽略，久而久之，就形成了學習困難或是學業成績低落的現象。陳映秀 (2004) 在其研究中發現，以往國中長期存在的英語程度差異現象，已經隨著九年一貫英語教學的向下延伸，在國小教室中浮現了，而從陳映秀 (2004)、張于玲 (2006) 與陳慧芬 (2007) 的調查報告中也可以發現，國內的英語教師確實在教學現場上發現，學生的英語學習有許多問題，而且需要接受補救教學的英語低成就學生，遠比理論上的預估人數要多出許多，所以補救教學有其急迫性。最後，「抽離式資源班」及「課後輔導」的英語補救教學模式，已經在國中階段施行多年（陳映秀，2004），但是因為老師們缺乏補救教學的相關教育訓練，許多老師只知道將上過的英語教材再解釋一次給學生聽，以作為補救教學的方法，殊不知許多學生學不會是因為有錯誤概念或是學習策略不佳，重說或重聽一遍並不能解決問題，老師要知道學生問題的確實所在，才能對症下藥，補救教學也才有成效。基於以上理由，英語補救教學的成效相當有限。

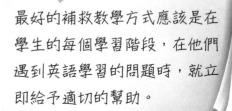

最好的補救教學方式應該是在學生的每個學習階段，在他們遇到英語學習的問題時，就立即給予適切的幫助。

故英語補救教學是一件勢在必行、刻不容緩的工作，因為學習問題有可能經由學生的逃避、老師的誤解，而使得學生全面放棄英語學習。而當學生英語基礎不好又缺乏學習動機時，英語學習成就不佳的問題就會越來越嚴重；高中職及大學階段的英語授課時數明顯減少時，學生的英語成就低落的情形就更不堪設想了（張武昌，2006）。如果等到學生都已經放棄了英語學習之後再來設法補救，不僅耗時，效果也不佳，所以最好的補救教學方式應該是在學生的每個學習階段，在他們遇到英語學習的問題時，就立即給予適切的幫助，使他們能夠在最短的時間內克服障礙，跟上同儕的表現水準。

■ 參、英語補救教學成功的相關因素

從最近的研究中可以發現，不同年紀的學生所遇到的英語學習問題其實並不一致，若再加上不同年紀學生的學習型態 (learning style)、學習需求等相關因素之後，英語補救教學需要如千面女郎一般，變化自己以適合所有學生的個別差異。而學生學習的個別差異問題自從 1970 年代起，即受到外語教育者的重視。很多研究顯示，學生的個別差異影響外語學習成效 (Samimy, 1994; Oxford, 1996; Wen, 1997; Hsiao & Oxford, 2002)，例如英語學習動機強的學生，其英語成就高於動機弱者，左腦較發達的學生，其英語學習成果也比右腦較發達者高。如果能夠針對學生個別學習差異性及不同需求，輔以必要的補償教育措施，必定能幫

助學習進度落後的學生提高學習動機，增進學習成效。

首先，不同學習階段的學生，因其身心發展的差異，使得他們在學習上也有相當不同的特徵與需求，例如大學生的學習特色是認知訊息的處理程序，他們通常不喜歡太過無意義的重複唸讀 (drills)，情緒上的需求也不同於國中小學生，他們喜歡社會性獎賞大於實物性的獎賞，喜歡聽講大於喜歡當眾表演（尤其是沒有把握的東西）等等，當老師用的補救教學方法沒有考慮到這些學生的特性時，補救教學是必定沒有成效的。故針對高中職以及大學階段的學業低成就學生，補救教學應從建立學生的自信心與如何引起他們再次學習的意願開始，當學生們願意學習時，補救教學才能真正發揮效果。這個年紀的學生對於在別人面前表現自己能力不足的情緒障礙是很大的，如何在不讓學生丟臉，又可以提升他們的學業表現下實施補救教學，就是補救教學教師必須妥善規劃的部分了。這個時期的學生社交環境與時間變大、變多，如何在上課、交友的剩餘時間內，讓學生有效的補足他們能力落後的情形，也是設計補救教學時應該注意的。最後，高中職及大學的分科已經專業化了，我們要如何將英語補救教學的課程內容設計成能搭配學生的專業需求及未來的求職需要，更是另一個需要關注的問題。

而國中小學生的學習特色是需要大量的刺激與練習，重複練習是讓學生達到精熟學習內容的必要方法，但是卻不能過於無聊，因為此時的學生專注力無法持久，所以教材內容與教學方法應該富有趣味性。國中小學生對於師長的鼓勵相當重視，會影響學生的學習信心，所以如果老師願意給予學生鼓勵（口頭或實物獎勵皆可）的話，他們會很喜歡英語學習，也很樂於在他人面前表現自己已學會的部分。此外，小學生的認知負荷量比較小，所以老師必須注意補救教學的量，可以採多次少量的教學方式，也不宜教給學生超過他們認知能力範圍所能學習的教材。最後，國中小學生的認知學習方式比較傾向於親身經歷，所以學習材料應該與學生的生活及學習有關係，讓學生可以經由同化、調適等作用，來習得新的知識、技能。從 Rinehart (1999)、Tyler 和 Chard (2000)、Wheldall (2000)、Therrien, Wickstrom 和 Jones (2006) 的研究中也發現，國中小階段補救教學的實施策略，應以重複提供大量刺激，讓學生在充滿英語的情境中學習英語，學習的方法要有趣，學習內容要和學生的經驗相關，這樣一來，不僅學生學習時的心理壓力比較小，更因為國中小階段是打好英語學習基礎很關鍵的時間，所以長期的、快樂的處在充滿英語的學習環境中，將能有效提升學生的英語學習結果。

　　但是並非每一次、每一個學生的補救教學都有成效，除了學生個人的因素之外，補救教學還需考量社會因素、老師的因素、課程與教學的因素。首先，英語補救教學在一個以英語為外語 (EFL) 的學習環境中，充滿了許多需要妥善加以考量的影響因素，例如補救教學的實施無法用家長的支持（家長課後的複習）來增加學生的學習時數，因為國內許多家長自己的英語學習成果也是不理想的，所以政府只能盡可能的在學校及老師的幫助下，加長學生學習英語的時間，幫助學生利用英語來溝通與學習，所以國內的英語補救教學，多以額外提供教學時間的方式來增強學生的英語學習。而且，在 EFL 的學習情境下，補救教學的策略必須慎選，因為老師必須幫助學生在有限的英語學習時間之下，達到最佳的學習結果，所以必須提出有效的教學策略來試用、改善，一直到確實適合學生為止，國內目前並沒有比較有效的英語補救教學策略，而本書在經過對語言學習的探討及各種可能的策略考量之下，提出以重複閱讀（Repeated Reading，簡稱 RR）、讀者劇場（Readers' Theater，簡稱 RT）、專業英語（English for Specific Purposes，簡稱 ESP）等策略，來作為不同就學階段的英語補救教學的方法。而除了補救教學本身之外，有效的輔助工具也應該被納入英語補救教學之中，例如課後利用網路或電腦輔助教學（Computer-Assisted Instruction，簡稱 CAI）來進行英語學習，就是目前大力推行的英語補救教學方式之一。

　　另外，老師的影響因素也應該被重視，許多老師們對於補救教學的認識並不足夠，因為在我國的師資培育課程中，缺乏有關於學業低成就學生及身心障礙學生的教學與認識，再加上老師們自己不一定有學習困難的經驗，因此，許多老師對這一群學生常顯得不知所措，甚至認為他們的低成就來自於不夠認真，這會使得老師忽略了自己必須幫助學生學會教材的職責。二來，即便老師知道該幫助這一群學生，但是補救教學相關的知識及技能，通常並未在師資培育課程中加以訓練，老師們實施了補救教學，成效也不見得好，這使得老師及學生容易喪失進行補救教學的意願和信心。更重要的一點是國內老師的教學負擔很重，每週約有 20 節以上的上課時間，課餘還得兼任行政工作，許多非關學校教育的雜事（例如政

★
緒
論

008

令宣導）也要求老師幫忙，所以每位老師光是將工作完成就已經很辛苦了，哪還有餘力去進行課後的補救教學呢？所以補救教學的成功與否，在老師的這個因素上，政府應該審慎思考與評估，設計一套小而美的教育系統，使每個孩子都能盡情發揮潛能，達到教育的最佳目標。

> **補救教學應該考量的四個因素：**
> 一、給予學生足夠時間練習正確的內容
> 二、教材要能引起學生的興趣
> 三、教學方法要能引起學生的興趣
> 四、需考慮學生課後的複習機會

最後，在補救教學的課程設計與教學實施方面，老師或學校應該要規劃一個能夠幫助學生提升學業成就的補救教學模式，從臺灣的補救教學現況中（張于玲，2006；陳映秀，2004；陳慧芬，2007），我們知道課後輔導、用舊教材再教一次是主要的補救教學模式，但是僅僅延長學生學習英語的時間，或是再將教材教一次，並無法確實的解決學生的學習困擾。真正要能幫助學生的補救教學模式，必須考量以下四個因素：一是學生必須要有足夠的練習時間，但必須是正確內容的練習；二是學習的教材要與學生的經驗相關並有趣味，以使學生有興趣再次學習他曾經學不會的教材；三是教學方法要適合學生，並且能引起學生的興趣，如此一來，學生才能專注於英語學習；四是補救教學的課程及教學設計，不能僅止於課堂內的學習，還需考慮學生課後的複習機會，所以，電腦輔助教學或是相關的作業，都是可行的課後學習方法。英語補救教學的課程與教學設計，在考慮這四個因素之後，將能大幅的提升英語學業低成就生的英語學習成就與學習動機。

■ 肆、適用於臺灣的英語補救教學法

在本書中，根據學生、課程與教學等的需求，作者提出數種比較適合國內學生的英語補救教學方法，一是重複閱讀 (RR)，利用不同形式來唸讀相同的教材，讓學生有機會、有時間精熟學習的材料，並增加英文識字、口語流暢及閱讀理解

方面的能力，以便打好英文學習的基礎。二是讀者劇場 (RT)，這是一種重複閱讀的精進形式，因為它有重複閱讀所具有的特色，還具有內容有趣、合作學習以及同儕互助等特色，使學生不只熟悉學習內容，更能深入了解英文的使用（如聲音、表情等）。三是電腦輔助教學 (CAI)，此種補救教學法讓學生可以單獨的在任何時間上線學習，再加上 CAI 有立即性的回饋機制，可以免去學生嘗試錯誤及在別人面前丟臉的問題。四是專業英語 (ESP)，這種方法讓學生學習迫切需要的英語語言技能，對於未來求職與生涯很有幫助，這樣的需求性，讓學生願意付出時間去努力學習，而且學生的專業學習通常也是較有興趣的科目，利用動機、興趣來增加補救教學的效果，也是補救教學很重要的觀念之一 (Luebke, 2005)。

一 重複閱讀 (Repeated Reading)

所謂的重複閱讀是指讓學生將自己在課堂上沒有學會的英語，利用跟讀、伴讀等方式重複練習，一直到他們熟悉教材為止。重複閱讀可以使用在一群人或一個人身上，英語學習者先是跟著引導者（老師或能力較好的同學）閱讀，然後自行重複閱讀，直至他們的閱讀速度和流利的閱讀者一樣快為止（彭志業，2003；吳宜貞，2004）。這樣做的原因，是因為它可以幫助學習者培養出閱讀時的自信、速度及解譯單字的能力；對於學生不是很了解的文章，也可以藉由重複閱讀練習流暢的唸讀，而提高文章理解程度。老師指導重複閱讀的重點在於要求學生每天重複唸讀，在剛開始唸的過程中，沒有完全理解也沒關係，但是一定要要求學生越來越流暢（花的時間越來越少）、越正確（唸錯的字越來越少）。另外，有些學生的閱讀問題是因為他們會忽略文章重要訊息，所以老師指導學生反覆閱讀時，也要教導學生注意文章的重要閱讀線索，並進而理解文章。

二 讀者劇場 (Readers' Theater)

讀者劇場的基本原理與重複閱讀很相似，認為重複唸讀可以幫助讀者熟悉教材，但是讀者劇場更進一步的融入了社會建構學習與國中小學生喜歡遊戲、表演的特性，將舞臺表演、合作學習等概念融入教學當中，使得重複閱讀不再無趣，更因為讀者劇場不需要背劇本，學生的認知負荷較少，也比較沒有舞臺表演的壓力，因此學生喜歡讀者劇場的練習，也不排斥排練時的重複唸讀。除此之外，讀者劇場也將發音與認字的關聯性放入劇本當中，老師會要求學生在朗誦劇本時，要加入抑揚頓挫與聲音表情，而這些特殊元素可以幫助學生理解句子的意義，進而產生閱讀理解（鄒文莉，2005）。在王瑋 (2006)、洪雯琦 (2008)、陳雅惠 (2007)、雲美雪 (2007)、鄒文莉 (2007) 的研究中發現，讀者劇場對於英語補救教學、英語低成就學習者、弱勢國小學童與偏遠地區的英語教學有相當大的幫助，因此，應用讀者劇場於補救教學中的成效，應該是可以預期的。

三　電腦輔助教學 (Computer-Assisted Instruction)

　　電腦輔助教學 (CAI) 是指使用電腦來呈現編序教材或其他類別的教學材料之過程，它能提供傳統教學所不能提供的立即回饋、引人入勝的視覺展示，以及遊戲般的氣氛，來激勵學生學習（姜文閔、韓宗禮，1994; Tian, 2008）。除此之外，學習者可以藉由與電腦互動的過程，來進行個別化的學習活動（黃慧美，2003; Brusilovsky, 1996），因此，CAI 本身具有個別化、互動性及引導性的特徵（余清華譯，1994/1991; Brusilovsky, 2001）。但是，在電腦輔助教學的設計上，Gagné, Wager 和 Rojas (1981) 強調老師要先確定學習的工作目標，擬定教學活動及設計學習階段，並注意到學生的內在條件及學習的外在情境，因為唯有透過內在的先備知識與技能，並和認知處理的步驟、外在支持性環境的刺激產生有效互動，CAI 才可能產生老師所預期的學習結果。在英語補救教學上的應用，CAI 除了可以使用動畫或是註解來幫助學生理解學習內容、依據學生程度來選擇合適的教材之外，還可以提供即時的回饋，使學生不必在錯誤中一直摸索；也能讓學生在有空閒時，隨時重複使用 CAI 學習，達到重複練習的功效，所以對於補救教學有相當大的幫助。另一方面，電腦可以分析每個學生在教材內容中所犯的錯誤，找出學生在學習上的問題，讓教師可以依照電腦分析出來的問題，個別協助學生解決困惑 (Kitao, 1994; Wyatt, 1984)。最後，CAI 可以應用於課後學習或是老師比較不擅長的教學工作，像是說故事、朗讀、歌唱 (Tsou, Wang, & Tzeng, 2006)、聲韻覺知的訓練（洪于婷，2004；陳竑燊，2007；黃寶仙，2007）、抽象字彙的教學 (Tsou, Wang, & Li, 2002) 等，而這些問題恰巧都是學生比較容易發生學習困難的地方。所以，這類型的 CAI 對於英語低成就生的補救教學相當有幫助。

四　專業英語 (English for Specific Purposes)

　　專業英語 (ESP) 以學科內容導向教學法（Content-Based Instruction，簡稱

CBI）為基礎，認為每個專業領域在英語的使用上，方法不同，需求也不同；而且學生有相關的背景知識或經驗，所以專業英語對他們來說，學習起來比較容易，也比較有成就感。簡言之，專業英語是以學科內容為基礎，經由教學策略與教學技巧之運用，來作為第二語言學習之內容 (Short, 1991)；並藉由學科內容提供一個較高難度、高複雜性的語言環境，以及更多樣化的交談對話模式，引導學生對語言做更深入的思考與處理，產生更豐富的語言發展，使語言學習更有深度 (Grabe & Stoller, 1997; Met, 1999)。這樣的教學方法嘗試以英語來教授各種知識性學科 (content areas) 的內容，例如數學、歷史、地理等 (Genesee, 1994; Grabe & Stoller, 1997; Kasper, 1995; Met, 1999)，甚至可以擴展到電影、藝術、科學、建築等其他專業或學生較感興趣的科目上，希望學生能了解並學會在特殊的專業情境下，英語可以用來呈現他們的專業知識，也可以幫助他們更加了解自己的專業領域。而對於補救教學而言，高中職與大學學生的英語能力低下問題，應該是長期累積下來的，學生對於英語已有排斥的心理，所以與學生專業不相關的教學內容，只會讓他們覺得更挫折。因此，許多針對年級較大的低成就生所設計的英語課程，都以學生的專業科目為出發點，一來學生有必須學會的動機，二來學生已有相關的知識背景，不必只為學習英語而學，成效比起以往只強調英語聽、說、讀、寫四項基本能力的教學方法有效得多。

從上面的說明中可以發現，適合國內英語補救教學的方法，其目的不外乎是經由許多的練習，來提升學生的英語學習興趣與其閱讀的流暢度與理解度，而這些教學方法其實都和補救教學重視的足夠的練習時間、有趣味的教學方法、教學內容以學生的能力和經驗為出發點，以及有相關的課後延伸學習等需求相互呼應，因此，專業英語、電腦輔助教學、重複閱讀、讀者劇場都相當適合國內的英語補救教學。尤其是讀者劇場，它集合了以上三種教學方法的特性，首先，讀者劇場利用老師和學生之間相互幫助，以及上臺展演前的

適用於臺灣的英語補救教學法：
一、重複閱讀
二、讀者劇場
三、電腦輔助教學
四、專業英語

種種練習，達成了重複閱讀所希望精熟教學內容的目的。再者，專業英語重視學生的學習內容，認為教學內容應該帶給學生意義，並與學生正在學習的專業有所關聯，讀者劇場可以利用英語、國語或其他專業科目（例如自然科學）的課文內容來改寫成劇本，除了讓學生學到英語之外，也讓學生應用其他學科的學習內容來加強英語學習。最後，讀者劇場與電腦輔助教學一樣，擁有隨時可以練習（尤其是學生課後的相互練習，隨時隨地都可以進行）、不怕犯錯與嘗試錯誤（因為有同學彼此訂正，不會時可以模仿或請教同學），還有依據學生程度安排學習內容（劇本內較難、較長的句子，學生們會讓能力較好的學生負責，而能力較低的學生則負責較短、重複性較高的句子）的優點。因此，讀者劇場可說是國內英語補救教學的最佳教學方法，而其他三種教學方法則可以與讀者劇場相互搭配，相輔相成。

　　舉例來說，老師可以在英語補救教學的課堂中，利用專業英語的概念，選擇適合學生程度及與其他學科相關的內容，來作為英語補救教學的內容，然後加以改寫成劇本（老師改寫或學生改寫均可）。除此之外，老師可以將相關資源，例如電子書、故事 DVD 等（須取得授權），放在課後英語練習的網站上，或是將學習內容的相關資料、重點、練習題等，做成補充教材光碟，供學生課後加深、加廣的學習，這樣的做法與電腦輔助教學有著相同的功能。再者，英語補救教學老師上課時，可以利用重複閱讀中的老師導讀 (teacher-guided reading)、同學導讀 (peer-guided reading)、輪流唸讀 (circle reading)、分享閱讀 (shared reading) 等方式，來讓學生熟悉劇本，而這些唸讀的方法所欲達成的目標或其做法，恰與重複閱讀的目標與做法相似。所以，專業英語、電腦輔助教學、重複閱讀等三種方法，對以讀者劇場為英語補救教學方法的老師來說，是相當好的輔助性教學法。

　　最後，每一種英語補救教學的方法，都有其優點，雖然這些教學方法都適合用來提升低成就學生的學業表現，但因學生的身心發展程度與學習需求不盡相同，可以將之做一簡略劃分，以符合學生的身心特質，例如重複閱讀、讀者劇場及電腦輔助教學較適合國中小學生，而專業英語則較適合高中職與大學學生，但事實上，這些補救教學方法可以適用於各年齡層的英語學業低成就學生，老師們只要知道如何調整，就能落實補救教學且真正達到預期的成效──把每個學生都帶上來，不讓任何一個孩子落後。

參 考 書 目

王瑋 (2006)。教室戲劇對弱勢國小學童覺知英語使用自主權與社交功能之影響。雲林科技大學應用外語系未出版碩士論文。

李佳玲 (2002)。大學入學考試中心學科能力測驗與高中在校成績關係之研究。國立臺北師範學院國民教育研究所未出版碩士論文。

李振清 (2007)。大學英文指考凸顯的英語教育問題。英語充電站，79。2008 年 6 月 20 日，取自 http://cc.shu.edu.tw/~cte/gallery/ccli/abc/abc_079_20070725.htm

李振清 (2008)。學測「英文奇佳」之後的大學進階歷練。英語充電站，102。2008 年 8 月 3 日，取自 http://cc.shu.edu.tw/~cte/gallery/ccli/abc/abc_102_20080305.htm

余清華（譯）(1994)。電腦輔助教學：理論與實踐 (E. R. Steinberg 原著，1991)。臺北市：松崗。

吳宜貞 (2004)。重複閱讀及文章難度對五年級學生閱讀能力影響之探討。教育心理學報，35 (4)，319–336。

洪于婷 (2004)。電腦輔助英語母音音素感知訓練教學軟體之設計與評鑑。嘉義大學教育科技研究所未出版碩士論文。

洪雯琦 (2008)。讀者劇場對國小學童外語學習焦慮的影響之研究。國立臺北教育大學兒童英語教育學系未出版碩士論文。

洪儷瑜 (2000)。以教師的觀點研究弱勢學生的困境與教育的因應——義務教育階段一般弱勢學生的補救教育方案之研究。載於邱上真等（編），補救教學理論與實務（41–94 頁）。國立高雄師範大學特殊教育中心叢書。

姜文閔、韓宗禮 (1994)。教育百科辭典。臺北市：五南。

張于玲 (2006)。國小英語補救教學模式之探究——以臺北縣國民小學為例。國立臺北教育大學兒童英語教育學系碩士班未出版碩士論文。

張武昌 (2006)。臺灣的英語教育：現況與省思。教育資料與研究雙月刊，69，

129–144。

張新仁 (2000)。補救教學面面觀。載於邱上真、張新仁、洪儷瑜、陳美芳、鈕文英 (編)，補救教學理論與實務 (1–40 頁)。高雄市：國立高雄師大特教中心。

郭生玉 (1997)。心理與教育測驗（11 版）。臺北縣：精華。

教育部 (2001)。九十學年度國小五、六年級英語教學政策說帖（草案）。2008 年 8 月 3 日，取自 http://teach.eje.edu.tw/data/files/9CC/data/kunda/20017201543/news0720.htm

陳映秀 (2004)。國民中小學英語教師對於英語學習低成就學生補救教學之看法與實施現況。國立臺灣師範大學英語研究所未出版碩士論文。

陳竑婆 (2007)。國小學童英語音素能力的電腦化訓練環境。臺灣師範大學資訊教育學系未出版碩士論文。

陳淑麗、曾世杰、洪儷瑜 (2006)。原住民國語文低成就學童文化與經驗本位補救教學成效之研究。師大學報：教育類，51 (2)，147–171。

陳雅惠 (2007)。讀者劇場融入國小英語低成就學童補救教學之行動研究。國立臺北教育大學兒童英語教育學系碩士班未出版碩士論文。

陳慧芬 (2007)。臺中縣國民小學英語補救教學實施現況與意見之研究。國立新竹教育大學教育學系碩士班未出版碩士論文。

彭志業 (2003)。基本字帶字教學與重複閱讀識字教學對國小學童識字成效差異之研究。國立新竹師範學院國民教育研究所未出版碩士論文。

雲美雪 (2007)。讀者劇場運用於偏遠小學低年級英語課程之行動研究。國立嘉義大學幼兒教育學系研究所未出版碩士論文。

黃漢龍 (2001)。資訊教育環境下可行的補救教學措施探討。資訊與教育，85，94–103。

黃毅志 (2002)。社會階層、社會網絡與主觀意識：臺灣地區不公平的社會階層體系之延續。臺北市：巨流。

黃慧美 (2003)。國小二年級學童使用電腦輔助學習之學習態度分析研究。嘉義大學幼兒教育學系研究所未出版碩士論文。

黃寶仙 (2007)。電腦輔助語音縮減教學對提升整體英語聽力理解之研究。國立臺北教育大學教育傳播與科技研究所未出版碩士論文。

鄒文莉 (2005)。讀者劇場在臺灣英語教學環境中之應用。載於 Lois Walker，Readers Theater in the Classroom（10–18 頁）。臺北市：東西圖書。

鄒文莉 (2007)。讀者劇場對兒童英語閱讀之效益分析。教育研究月刊，163，100–111。

臺灣心理學會教育心理學組 (2004)。我可以學得更好：學習輔導與診斷手冊（低年級版）。臺北市：心理。

臺灣學生學習成就評量資料庫 [TASA] (2005)。2005 年小六學生國語、英語、數學評量結果。2008 年 6 月 20 日，取自 http://tasa.naer.edu.tw/pdf/2005 年小六學生國語英語數學評量結果報告 .pdf

Berk, L. E. (1996). Infants, children, and adolescents. MA: Allyn & Bacon.

Brusilovsky, P. (1996). Methods and techniques of adaptive hypermedia. Journal of User Modeling and User-Adapted Interaction, 6, 87–129.

Brusilovsky, P. (2001). Adaptive hypermedia. Journal of User Modeling and User-Adapted Interaction, 11, 87–110.

Gagné, R. M., Wager, W., & Rojas, A. (1981). Planning and authoring computer-assisted instruction lessons. Educational Technology, 21 (9), 17–26.

Genesee, F. (1994). Integrating language and content: Lessons from immersion. Educational Practice Report 11. National Center for Research on Cultural Diversity and Second Language Learning. Retrieved August 20, 2008, from http://repositories.cdlib.org/cgi/viewcontent.cgi?article=1107&context=crede

Grabe, W., & Stoller, F. L. (1997). Content-based instruction: Research foundations. In M. A. Snow, & D. M. Brinton (eds.), The content-based classroom: Perspectives on integrating language and content (pp. 5–21). N. Y.: Longman.

Hsiao, T. Y., & Oxford, R. L. (2002). Comparing theories of language learning strategies: A confirmatory factor analysis. The Modern Language Journal,

86, 368–383.

Kasper, L. F. (1995). Theory and practice in content-based ESL reading instruction. English for Specific Purposes, 14 (3), 223–230.

Kirk, S. A., & Gallagher, J. J. (1989). Educating exceptional children (6th ed.). Boston: Houghton Mifflin.

Kitao, K. (1994). Necessary facilities for foreign language CAI. LL Communications, 175, 8–11.

Luebke, J. A. (2005). Reading fluency, comprehension, and motivation: Finding strategies to bring success to struggling readers. Unpublished master's thesis. Pacific Lutheran University. Tacoma, Washington.

Met, M. (1999). Content-based instruction: Defining terms, making decisions. NFLC Reports. Washington, DC.: The National Foreign Language Center. Retrieved August 20, 2008, from http://www.carla.umn.edu/cobaltt/modules/ principles/decisions.html

Oxford, R. L. (1996). Language learning motivation: Pathways to the new century (Technical Report #11). Honolulu: Second Language Teaching and Curriculum Center at the University of Hawaii.

Pikulski, J. J. (1994). Preventing reading failure: A review of five effective program. The Reading Teacher, 48 (1), 30–39.

Rinehart, S. D. (1999). "Don't think for a minute that I'm getting up there": Opportunities for readers' theater in a tutorial for children with reading problems. Journal of Reading Psychology, 20, 71–89.

Samimy, K. K. (1994). Teaching Japanese: Consideration of learner's affective variables. Theory into Practice, 33, 29–33.

Shanahan, T., & Barr, R. (1995). Reading recovery: An independent evaluation of the effects of an early instructional intervention for at-risk learners. Reading Research Quarterly, 30, 958–996.

Short, D. (1991). Content-based English language teaching: A focus on teacher training. Cross Currents: An International Journal of Language Teaching and Cross-Cultural Communication, 18, 183–188.

Stanovich, K. E. (1986). Matthew effects in reading: Some consequences of individual differences in the acquisition of literacy. Reading Research Quarterly, 21, 360–407.

Therrien, W. J., Wickstrom, K., & Jones, K. (2006). Effect of a combined repeated reading and question generation intervention on reading achievement. Learning Disabilities Research & Practice, 21 (2), 89–97.

Tian, X. (2008). Influences of CAI English teaching pattern on the autonomous learning: Research on divided class instruction of independent college. 2008 International Workshop on Knowledge Discovery and Data Mining. Retrieved August 20, 2008, from http://ieeexplore.ieee.org/xpls/abs_all.jsp?arnumber=4470433

Torgesen, J. K. (2000). Individual differences in response to early interventions in reading: The lingering problems of treatment resisters. Learning Disabilities Research and Practices, 15 (1), 55–64.

Torgesen, J. K., Alexander, A., Wagner, R., Rashotte, C., Voeller, K., & Conway, T. (2001). Intensive remedial instruction for children with severe reading disabilities: Immediate and longterm outcomes from two instructional approaches. Journal of Learning Disabilities, 34 (1), 33–58.

Tsou, W., Wang, W., & Li, H. (2002). How computers facilitate English foreign language learners acquire English. Computers & Education, 39 (4), 415–428.

Tsou, W., Wang, W., & Tzeng, Y. (2006). Applying a multimedia storytelling website in foreign language learning. Computers & Education, 47 (1), 17–28.

Tyler, B. J., & Chard, D. J. (2000). Using readers theatre to foster fluency in struggling readers: A twist on the repeated reading strategy. Reading & Writing Quarterly, 16, 163–168.

Wen, X. (1997). Motivation and language learning with Chinese. Foreign

Language Annals, 30 (2), 343–351.

Wheldall, K. (2000). Does rainbow repeated reading add value to an intensive literacy intervention program for low-progress readers? An experimental evaluation. Educational Review, 52 (1), 29–36.

Wyatt, D. H. (1984). Computer-assisted teaching and testing of reading and listening. Foreign Language Annals, 17 (4), 393–407.

第二章　補救教學的介紹

本章的主要目的在於說明目前學者所提出有關於補救教學的理念、課程設計與教材教法。第一部分的論述聚焦於普通教育中所進行之補救教學的課程設計、教材與教法，第二部分則專門討論在英語補救教學之中的課程設計、教材與教法。

壹、補救教學的概念

「補救教學」指當一位教師在教學上無法同時兼顧及配合每位學生的基礎知識及學習進度時，在確認學生的學習並未達到教師所預設的教學目標或其學習成就低於其他學生後，必須另外再針對這些未達到學習目標的學生採取其他更有效的教學策略，以期這些學生的學習能追上其他學生的平均水平（黃漢龍，2001）。補救教學透過「評量——教學——再評量」的循環歷程，以一連串積極性、對症下藥的教學活動，來幫助學生克服學業上的困難（杜正治，1993）。由此可知，補救教學是一種診療教學模式，其目的在透過診斷、補救與評估程序，發現學生的學習困難，幫助那些不能在一般時間內達到應有學習標準的學生發揮潛能，達到學習目標（黃淑苓，1999）。更有學者指出，補救教學應該從學生的學習困難處著手，給學生適當的指引，提供機會讓學生克服本身的困難（邵心慧，1998）。而補救教學的目標是希望低成就的學生在經過一段時間的補救教學後，能夠跟上一般學生的進度，回歸到一般的教學課堂中。

課程設計

補救教學基本上是一種診療教學模式（也稱臨床教學模式），其在事前就選擇好接受補救教學的學生，然後針對學生已經具有的問題，一一的想出解決方法，然後進行教學，逐步解決問題。其重點在於了解學生的學習困難後，精心設計課程內容與慎選教學模式，以便契合學生的個別需求，達成補救教學欲改善學生學習成效的目標（張新仁，2000）。

課程設計是一連串決定的過程，是以整個學期或學年的補救教學目標為標準，目的在使我們對此一課程有更多的思考，並使此一課程真正能落實而且有成效。所以，課程設計需考量許多因素，例如教學目標、學生能力、教學材料、教學方法、教學過程、課後評量等。課程目標會引導課程設計的方向與內涵，而課程設計的妥善與否將影響到學生學習的成果，張新仁、邱上真、李素慧 (2000) 提出補救教學中的課程設計模式有：

1. 補償式補救教學 (compensatory program)：補償式補救教學是希望針對學生未能在課堂中學會的教材，提供再次或多次的學習機會，來彌補教學時間不足的問題，例如，假若學生無法記得某節課老師所教的單字，那麼老師可以在下課後、午睡時或放學後，找時間再多教學生幾次，好讓學生可以把別人已經記得的單字多花些時間記起來。故補償式課程之學習目標與一般課程相同，學習內容也與原先的教材相同，但教學方法可能不同，因為相同的教學方法已經被證實無效，故可能會讓學生產生抗拒的心理，所以，補償性課程常會以不同的教學方法，來達到相同的教學目標，讓學生學會原有的教材。為了達到預期教學目標，在實施補救教學之前，得對學習者做徹底的診斷，以了解其個別需求、性向、好惡以及能力水準，而其教學方法以直接教學法 (direct instruction[1]) 為主。此外，補償式補救教學需要其他人員的配合，如教師、輔導人員、校長以及家長的參與，所以實施前需設法使有關人員了解其性質，包括教學目標、程序、步驟以及策略的運用。

2. 加強基本能力的課程 (basic skills program)：加強基本能力課程的特點，偏重於學生在正規課程中未能習得的基本技巧，重點在於基本的學習能力，而不是學會教材內容，這種課程模式的教材，可以與原先的教材相同，也可以不同。加強基本能力課程模式的基本假設是，認為學習歷程是一種線

---

[1]　此教學法是指老師將教學內容直接傳遞給學生，學生直接記憶正確的知識，並把每節課的時間做適當的安排，使學生有許多時間可以練習使用其所學到的知識，以便能以最高的效率達成明確的教學目標。

性作用，後期行為能力的培養，乃建立在前期行為的基礎上，因而國中一年級的學生必須學會之前低年級的所有課程，才能學會國中一年級的課程。而當一位學生的寫作能力，還停滯在低年級的程度時，補救教學課程必須強調低年級的學習與訓練。基於這個觀點，在實施補救教學之前，重要的課題除了診斷學生的學習困難，還有確定學生當時的知識程度與能力水準。

3. 適性課程 (adaptive program)：適性課程的課程目標、教學內容與教學方法等，都與正式課程相同，但課程較具彈性，許多老師雖然仍以全班授課來進行教學，但會留下一些時間進行一對一的教學，一來確實了解學生的學習困難，二來可針對不同學生的不同問題加以校正，也就是說，學生的了解與評量都在教學過程中進行。在教材方面，此種課程多由教師選編合適的教材，以迎合學生的需求，故不一定是教科書的教學內容。此外，在教法上也較彈性，甚至可以使用錄音帶、錄影帶或電腦輔助教學來取代傳統教科書，考試時也允許學生以錄音、口試或表演的方式來代替傳統紙筆評量。此種課程的主要思考點是以學習者為中心，課程、教材、教法都只是讓學生把課業學好的工具而已。

4. 導生式課程 (tutorial program)：導生式課程是正規課程的延伸，其目的在於運用額外的人力來提供學生額外的協助，例如額外的解說，舉更多的例子、再作複習等，來讓他們真正學會在正規課程中沒有學好的內容。除了實施一對一或小組教學等教學方式外，其餘與正式課程沒有差異。而導生式補救教學的成敗關鍵，在於補救教學教師與正規教學教師兩者之間的溝通與協調，共同策劃教學活動。值得注意的是，導生式課程模式若是由老師親自、一對一的來進行教學，是非常耗時的，佔用了教師大量時間與精神，所以教師可以採行分組教學或是鼓勵其他學生來參加補救教學活動，由同班同學義務擔任教導的工作。

5. 補充式課程 (supplemental program)：補充式課程的特點，在於提供一般學校普遍忽略、但對學生的日常生活或未來就業非常重要的知識或技能。例如對於考試不及格的學生，提供有關的補充式課程，協助學生習得通過考試的必要知識或應試作答的技巧，以通過各種考試，或是對於參加英語甄試的學生，協助其習得聽力作答的技巧、英語寫作的技巧，使其獲得高分，通過甄試。在這種課程當中，教材是依據學生須通過的考試而來選用，通常也會以考古題來讓學生練習，至於教學方法，多是重複練習相關的技能與知識，例如國內各大學訂定英語畢業門檻後，針對未通過英語檢定的學生所開設的補強英語課程。

6. 學習策略訓練課程 (learning strategies training program)：採用學習策略訓練課程的教師，其所教授的課程內容與正規班級不同，其教學重點不是一般的課程內容，而是學習的策略，包括資料的蒐集、整理與組織方法、以及有效的記憶等。而學習策略大致上可分為兩類：⑴一般性的學習策略，包括注意力策略、認知策略（複述策略、組織策略、心像策略、意義化策略）、動機策略、後設認知策略；⑵學科特定策略，包括適用於各個學科的學習策略，如閱讀策略、寫作策略、社會科學習策略、數學或自然學科解題策略等。在這種課程模式之下，教材及教法都應配合老師預計要教授的學習策略。

此外，雖然上述的課程設計，都只從教學內容及教學方法來說明英語補救教學的模式，但是在個別單元的教學設計過程中，老師仍然必須考量目標、學生、教材、教法、評量等項目，黃淑苓 (1999) 針對個別單元的教學設計，提出了一個五個階段的補救教學模式（如圖 2–1）。從此模式中可以發現，教師必須先定義出需進行補救教學的學生，並且診斷其學習困難，再根據其學習困難的部分設計及進行補救教學，最後再對補救教學的結果進行評量。

圖 2–1　五階段補救教學模式

（資料來源：學習落後學生的補救教學與輔導研討會手冊（56 頁），黃淑苓，1999，臺中市：中興大學教育學程中心。）

而邱才銘 (2000) 則對英語補救教學提出了一個兩階段的補救教學模式（如

圖 2-2）。兩階段的補救教學模式的補救教學流程，雖然不如五階段的補救教學模式那麼詳細，但是兩者並沒有相差太多，反而更加詳細的說明了在教學之後的評量中，未通過測驗的學生，必須額外接受一個由五至十位低成就學生所組成的小組教學，此為第一階段。在進行了第一階段的團體補救教學之後，這些低成就學生必須再次接受評量，仍然沒有通過評量的學生，則必須接受個別化的補救教學，此為第二階段。

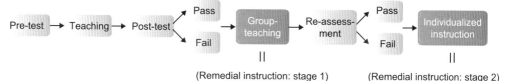

圖 2-2　兩階段英語補救教學模式

（資料來源：九年一貫課程改革下補救教學方案研習手冊（121 頁），邱才銘，2000，高雄市：高雄師範大學教育學系。）

這兩種教學模式的流程，都注意到了在針對學生進行補救教學之前，應該有診斷性的測驗，以了解學生的程度與學習困難，然後也需要有補救教學之後的評量，以了解學生是否學會此次補救教學的教材。但不同的是，黃淑苓 (1999) 注重補救教學的課程設計和實施，而邱才銘 (2000) 注重的是學生的補救教學若是無法一次成功，那接下來老師該做些什麼，好讓學生確實能達到精熟學習的目的。此外，邱才銘在其兩階段的補救教學模式中，注意到學生的學習問題可以利用小組合作學習的方式來輔助（見圖 2-2 的第一階段），這證明了合作學習在補救教學中應該加以重視。

張新仁 (2000) 指出，補救教學的課程設計，首先要考慮到學習的原則：由易至難、由簡而繁、從已學到未學等，才能建立學生的自信心與學習動機。其次，課程應具高度的結構性，同時學習目標需明確與具體，才能掌握學習的重心。另外，學習活動的設計要考慮學生能力、學習動機、學生的接受程度及注意力廣度。對中低程度的學生來說，宜簡化教材，學習活動更應富有變化，具趣味性。最後，從事補救教學的老師在從事補救教學時，應該注意不要將學生低成就的原因歸於學生不努力所造成的,這樣才不會對學生造成傷害,而且不要將焦點放在學生學習錯誤的防範上,應該給予正向的回應,並提供學生思考及為將來生活準備的經驗及活動,讓每個學生都能展現自己的成就並且獲得稱讚。

一般補救教學的課程設計,可考慮下列項目(杜正治,1993;張新仁,2001;張新仁、邱上真、李素慧,2000):

1. 分析基本能力:任何學科目標的達成,均需一定程度的心智能力,包括注意力、理解力、記憶力、觀察力、知覺力,以及想像力等。相關能力的不足必然造成學習困難,因此補救教學教師在設計課程時,要先考量學生的相關能力,再配合教材與教法,如此才能事半功倍。

2. 評量學科能力:在進行補救教學前,需先針對學科的學習能力進行測試與評量,以作為課程設計的依據。而學科能力的評量大多為成就評量,如單字的記憶與了解、寫作能力測驗等。

3. 評量學習動機:學習動機往往會影響學習成就,因此在進行補救教學前,教師應先了解學生學習動機的強弱。一方面設法讓缺乏學習動機的學生增強動機,另一方面可考慮學習動機強的低成就學生為優先補救的對象。

4. 擬定課程目標:課程目標的研擬決定教學方法的選擇,也關係到教學的成效。然而教師在擬定課程目標時,要先了解學生的學習能力,以及學習的客觀條件。此外,課程目標的訂定,務必指出學習對象、學習內容、行為標準、教學方法以及評量方式。

5. 選擇適合受試者能力的教材:有效的補救教學課程設計,宜根據學生程度選擇合適的教材,包括:訓練有效的學習策略、簡化原有教科書內容、另行編選坊間的教材、自行重新設計教材。

而成功的補救教學進行原則,綜合學者的主張後,發現以下幾點: 1.徵求學生參加的意願; 2.根據學生的學習程度教學; 3.循序漸進、小步驟進行; 4.提供回饋、安排增強活動或提供增強物; 5.使學習教材有意義; 6.協助記憶; 7.將學生安排為合作式小團體的學習; 8.提供充分而多樣化的練習機會; 9.建立成功的經驗; 10.激勵學習動機; 11.可使用電腦多媒體、多元化的教具,以提高學生的學習興趣;12.建立良好的師生關係(李翠玲,1993;徐美貞,1993;張新仁,2001)。

💬 教學方法

　　本節說明適用於補救教學中的教學方法，包括直接教學法、精熟教學法、合作式學習、個別化教學、電腦或科技輔助教學（張新仁，2000）。

1. 直接教學法 (Direct Instruction)：這種教學法適用於教導學生記憶事實，學習動作技能，以及簡單的讀、寫、計算技能。美國學者 Rosenshine 和 Hunter 是主要的提倡者（張新仁，1995）。根據他們的主張，直接教學法中的教師主要負起組織教材和呈現教材的責任，學生主要的任務是在接受學習 (Joyce, Weil, & Calhoun, 2000)。其教學步驟（張新仁，1995）為：

    (1)複習舊有相關知識。

    (2)呈現新的教材：包括陳述教學目標、組織教材，一次教一個重點、示範個別步驟、教完一個步驟，立即檢查是否學會。

    (3)學生在教師指導下做練習。

    (4)提供回饋和校正。

    (5)學生獨立做練習。

    (6)每週和每月做總複習。

2. 精熟教學法 (Mastery Teaching)：精熟教學法來自於 Morrison、Bloom 等人所提倡的「精熟理念」，其基本理念是每個人的學習速度不同，教學時只要列出要求學生達到的標準，並給予充分的時間，則幾乎所有智力正常的學生都能夠精熟大部分學習內容，教學的重點在於所有的學習成果都必須達到精熟的程度（林生傳，1988；林寶山，1990）。此模式適用於中小學的團體教學情境，適用的教材性質兼及認知和動作技能兩種，但這兩種技能所涉及的層次不高。

　　Morrison 所提出的精熟教學，包括了圖 2-3 之步驟（林寶山，1990）：

圖 2-3　Morrison 的精熟教學步驟

而 Bloom 的精熟教學模式也是一種常為人引用的精熟教學模式，其教學流程為（林寶山，1990）：

　⑴在引導階段，告訴學生精熟教學的實施方法和成績的評定方式。事先為每位學生訂有需要達到的標準，凡是達到此一標準的學生即可得 A，不須和其他學生作比較，也沒有人數的限制。然後在學習過程中要接受一系列的評量，並根據提供的回饋，了解自己學習困難的所在，如果有學習困難，就必須參加補救教學或其他方式的學習。

　⑵在正式教學階段，老師會將教材分成若干單元，擬定每一單元的具體目標和精熟的標準，然後進行班級教學，並在每一單元教學結束後，實施第一次測驗並提供回饋。而未達教師事先訂定精熟標準的學生，要參加補救教學，重新學習原教材，然後再接受該單元的第二次測驗。若有少數學生再次未能通過，則利用課餘時間接受其他學習活動。

精熟教學法強調教師必須擬定特別的教學目標，讓學生了解整個教學的程序，使學生循序逐步練習。另外，教師必須於每個單元結束後舉行診斷測驗，對於學生的錯誤及學習困難給予立即性的回饋。最後，精熟教學法主張教師應該協助學生學得好、學得快、學得有信心、學得有效率、學得有興趣，使學生得以改變學習的情緒，獲得基本的技能，有助於學習成就的提升。

3. 合作式學習 (Cooperative Learning)：傳統的一般教學重視學生個人間的競爭，合作式學習則不同；它強調透過小組內合作學習的方式精熟學習內容。這個教學模式的主要特色有三（張新仁，1995）：

　⑴異質分組：將不同性別、能力、種族、社經背景的學生混合編組。

　⑵建立相互依賴：鼓勵學生互助合作。

　⑶重視小組獎勵：只要小組表現達到預定的標準，便可獲得獎勵。

在合作式學習的各種型態中，較適用於補救教學的是學生小組成就區分法（Student Teams-Achievement Divisions，簡稱 STAD），其教學步驟如下（簡妙娟，2003）：

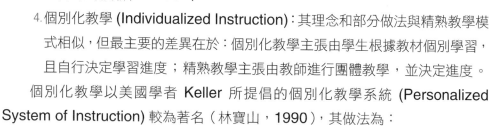

| 全班授課 (teaching) | → | 分組討論或練習 (team study) | → | 小考 (testing) | → | 計算進步分數 (individual improvement scores) | → | 小組表揚 (team recognition) |

圖 2-4　合作式學習之教學步驟

而合作式學習模式的教學成效，主要有三：⑴增進學業成績；⑵學習人際交往的技巧及合作的行為；⑶接納不同背景的同儕，包括種族、家庭社經背景、生理或心理障礙（張新仁，2001）。

4.個別化教學 (Individualized Instruction)：其理念和部分做法與精熟教學模式相似，但最主要的差異在於：個別化教學主張由學生根據教材個別學習，且自行決定學習進度；精熟教學主張由教師進行團體教學，並決定進度。

個別化教學以美國學者 Keller 所提倡的個別化教學系統 (Personalized System of Instruction) 較為著名（林寶山，1990），其做法為：

⑴將教材細分成若干單元，每一單元皆有評量或考試，且設有精熟標準（90% 至 100% 的精熟度）。

⑵學習材料（包括教科書、學習指引和作業）是主要的教學來源，教師只是輔助者。

⑶每個學生按自己的能力、時間，決定學習的進度，故每個學生精熟各單元所花的時間各不相同。

⑷每個學生讀完各單元後，必須參加單元評量（有立即的回饋，告知學生通過與否），達到精熟標準者則進入下一單元；未達到精熟標準者，就必須重新學習原單元教材，再接受該單元的評量。

5.電腦或科技輔助教學 (CAI)：有研究 (Fouts, 2000; Hancock, 1993) 指出，運用不同教學科技的學習活動，適合少數需個別化教學以及程度較差的學生，因為科技器材的運用能製造積極的學習態度，增進低成就學生的成功經驗。CAI 是一種利用電腦呈現教材與控制教學進度與環境的教學模式，而教育工學[2]的日漸精進，更是提高了 CAI 實行的可能性，也為補救

2　教育工學 (Education Technology) 是指為了使教育成功所必須考慮及運用的各種機械、

教學提供另一種可行的管道。

電腦輔助教學的特色有（張新仁，2001）：

⑴不論學生的程度、能力、學習動機或學習態度，只要投入學習，電腦即做出適度的反應，提供立即的回饋。

⑵若學生做出正確的反應，電腦即立刻提供積極增強，大大獎勵一番。若反應錯誤，則提示正確答案。

⑶學習者只要學習按鍵即可，操作方式簡便，易記、易學。

⑷教師製作的電腦軟體，一方面針對學生的個別需要而設計課程，符合個別教學的原則，另一方面也可針對特殊的觀念與問題，做大量的練習。

⑸低成就學生的學習進度較慢，往往趕不上全班的進度，但電腦輔助教學可依學生個人的能力與程度，循序漸進呈現新的教材。

故對於低成就的學生而言，電腦輔助教學可以有效提高學習動機、提升自我信心、增進基本的運算技巧、解決問題、習得簡單的觀念，以及學習閱讀與寫作等能力。但是，電腦或科技輔助教學需要有相關的軟體、硬體設備，所費不貲，也不是每個學生都能擁有或使用，且 CAI 雖然有立即回饋與校正的功能，卻無法如老師一樣，能明確說明學生困難之處，並讓學生經由自己對於學習歷程的反思來加以學習。此外，CAI 軟體的設計，也是一件困難的事，通常設計 CAI 軟體，需要一段較長的時間與專家團隊的合作才能設計完成，對於急迫需要補救教學的學生，較無法符合其需求。

三 教材

補救教學通常希望學生能學會學校教科書中所教的概念、技能等，所以補救教學老師多以原有教材再教一次的方式，來幫助低成就生具有回歸主流學習的能力，若是學生學不會教科書內容的原因為時間不足，這樣的補救教學通常有效，可是低成就學生的問題大多是來自於學習困難，也就是對於某一教學內容有理解或應用上的困難，所以原有教材再教一次的做法無法解決問題。這時，補救教學所使用的教材就必須有所取捨，以下簡要說明補救教學教材的可能來源：

工具與邏輯思維，例如教學電腦、教學軟體等等都是教育工學的範疇。

1. 簡化教科書內容：所謂的簡化教科書內容，指的是將原有內容加以改變。而要簡化原有教材的方式有三：

　⑴減少課文篇幅：低成就學生可能因為能力的限制，只能學會教材當中的某一部分，無法像其他同儕一樣，吸收所有的教學內容，所以補救教學老師可以將教科書的內容做不同難度的區分，然後針對能力不同的學生給予不同的學習份量，超過學生能力的部分就予以省略，等待下一次有機會時再教，或是分成多次上課內容，每次只教一個部分，以延長學習時限，來讓學生吸收能夠學的、該學的教材，常見的輕度智能障礙學生的教材，就是以這種方式加以設計的。

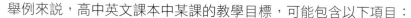

舉例來說，高中英文課本中某課的教學目標，可能包含以下項目：

1. Use the prepositional phrase "instead of," and the adverb "instead."
   1.1 Know the structure of the sentences with "instead of" and "instead."
   1.2 Identify the usage of the sentences with "instead of" and "instead."
   1.3 Make sentences with "instead of" and "instead."
   1.4 Use "instead of" and "instead" in conversation.
2. Use the new words and idioms and phrases in this lesson.
   2.1 Know the meaning of the new words and idioms and phrases.
   2.2 Use the new words and idioms and phrases in sentences and conversation.
   2.3 Learn words and idioms and phrases related to holidays and festivals.
3. Understand the content of the lesson.
   3.1 Know the origins and activities of American holidays.
   3.2 Describe how Americans celebrate holidays in simple English.
   3.3 Answer the teacher's questions concerning the content of the

text.

3.4 Compare American holidays and festivals with Chinese ones as to the differences in names and dates.

3.5 Discuss the activities, customs and food of some American and Chinese holidays and festivals.

但是對於低成就學生而言，一次要學好這些東西並不容易，所以老師可以依據學生的能力教授某些重要概念，而將其中一些教材保留，等到學生具備相關能力時再教授。例如，老師可以在第一次上課時，只上教學目標 1.1、1.2、2.1、3.3，至於其他的教學目標則留待以後。

(2)給予課文大綱或摘要：有些學生的學業低落問題，不是他們學習的量不夠，而是他們無法經由教科書的說明，來學得必要的知識、技能，此時，老師可以給學生簡易的大綱，來幫助學生記憶與學習，例如學生在讀完一本上萬字的小説之後，常常會忘了內容是什麼，但是如果把書作成章回小説的形式，每個章節都以一句話或一個名稱來相互串連，學生將能從章節的名稱去回憶整本書的內容，這是一種學習或教學的策略，尤其是針對邏輯組織能力較差的學生。

舉例來說，在某一英文課教完介系詞之後，老師可以用表 2-1，來幫助學生記憶與學習相關介系詞的用法。

表 2-1　某單元之介系詞用法表

文法	用　途	課本頁數	可用的介系詞	舉　例
介系詞	用於時間之前	p. 45	at, on, in	The train is due at 12:15 p.m. My brother is coming on Monday. She likes to jog in the morning.
	用於地點之前	p. 46	at, on, in	Grace lives at 55 Boretz Road in Durham. Grace's house is on Boretz Road. Grace lives in Durham.

(3)找一些內容相似，但是較簡單的其他教材：老師也可以根據教科書的重點找出一本內容相似，但是説明清楚、內容較簡單的書，來教導學生相

同的概念，因為替代教材比較簡單，學生在學習時就會比較容易，但是要在茫茫書海中搜尋一本相似但簡單的書並不容易，許多老師自編的補救教材或是出版社提供的簡化教材，就屬於這一類，可以讓老師減少搜尋或自編教材的時間。舉例來説，伊索寓言中的小故事「狐狸與葡萄」(http://www.aesopfables.com/cgi/aesop1.cgi?sel&TheFoxandthe Grapes2)，可以簡化成較簡單的字彙與敘述，來讓程度較差的學生學習，一來內容與大多數學生所學的沒有差別，二來可以讓學生有興趣、有自信地去學習。

原文：

One hot summer's day, a Fox was strolling through an orchard till he came to a bunch of grapes just ripening on a vine which had been trained over a lofty branch. "Just the thing to quench my thirst," quoth he. Drawing back a few paces, he took a run and a jump, and just missed the bunch. Turning round again with a One, Two, Three, he jumped up, but with no greater success. Again and again he tried after the tempting morsel, but at last had to give it up, and walked away with his nose in the air, saying: "I am sure they are sour."

It is easy to despise what you cannot get.

簡化後：

One summer day, a fox saw some ripe grapes in a garden. He wanted to eat them. He said to himself, "How lucky I am! I've found some nice grapes." He sneaked into the garden, and came to the grapes. He jumped up to the grapes, but he could not reach them. He jumped again and again, but in vain. At last he gave it up, and said to himself, "The grapes are sour. I don't want sour grapes." Then he went away.

2.自編教材：補救教學老師如果認為教科書內容不符學生學習所需，除了簡化教材之外，也可以依學生的程度來自編補救教學教材。編製教材是一個繁瑣又需思慮周全的歷程，其中有許多步驟耗時又困難，但是這裡的自編教材不是要從無到有，編製一份全體學生適用的學習材料，而是依據學生的需要與學習目標，參照學科概念、教科書與能力指標，來選編或改編一份適合補救教學的材料，因為教科書或教師指引都有相關概念的介紹，也有教材編審的保障，故補救教學老師可以參考其順序與內容來自編教材，這樣不僅比較不容易偏離主題，又能讓補救教學學生不至於與其他同儕相差太多，而老師自編教材時應該注意的事項有：

⑴教材內容應符合學生的學習經驗與生活經驗，並且在學生的接受範圍之內。

⑵教材本身呈現之教學目標，應該與補救教學的課程目標符合。

⑶教學活動設計要能確實達成目標。

3. 套裝教材 (Learning Package)：套裝教材的開發，通常需要一個團隊的分工合作，並須經過教材開發、試用與審查的客觀程序，目前有許多教師團體及出版社，針對這種教材進行開發與設計。老師們通常是套裝教材的選用者，選用時應該要了解套裝教材的使用特性。

首先，套裝教材是一種能力本位與自我導向的學習方式，以循序漸進的方式，協助學生習得一種觀念或技巧。每一套學習材料皆為特定的能力或技巧而設計，提供多樣的活動以達學習目標，而學生亦可依自己的進度學習。套裝教材的設計與安排原則，都是以容易學習為主要的考量，所以能避免學習的挫敗感。套裝教材的課程內容編排，係以學生的課程需要為主要考量，所以何時進行哪一科的教學，以及在何地實施，均依當時的情境需求決定（張新仁，2001）。一般套裝教材的學習與實施步驟，包括實施前測，研擬明確的學習目標，設計與實施一系列的教學活動及實施後測等。

第二，套裝教材的特色之一是個別化教學導向，學習的進度是由學生能力與需要來決定，時間的安排也以學生的課表為主，而教材與教法的選擇，也符合學生個別的需求與能力水準。而套裝教材的教學執行者，可以是任課教師或其他專任教師。教師扮演輔助的角色，必要時提供指示與回饋，但不主動督導其學習活動。教師在進行教學時，同時系統性的觀察與記錄學習活動，發現學習有困難，就隨時補充教材、改變教法、修正教學目標，以利教學活動的推展，有助於目標達成（張新仁，2000）。

第三，此模式的實施沒有特殊場合的限制，基本上只要是一個有桌椅、安靜的地點，隨時都可以實施套裝教材的學習。此外，設備簡單也是此模式的主要特徵，不同等級的套裝教材，以學習箱的方式整理好，置於教室之前，供學生依自己的能力自行取用。進行教學時，學生在領取套裝學習箱後，立刻到指定的地點，以獨立作業的方式，開始進行各項學習活動，在學生確定自己已經吸收之後，領取本次學習的評量單，進行學習後的測驗，然後交給老師批改，老師立即批改並決定學生是否通過標準，若是，學生可進行更高等級的學習，若沒有通過，學生要選擇一個同等級，但是不同內容的學習箱，進行第二次學習，直到學生通過後測為止（張新仁，2000）。

貳、英語補救教學

英語學習早已成為我國教育的全民運動了，社經資源較充足的學生，有的從幼稚園就開始學習英語，甚至課外還參加英語補習班，故等到他們進入小學時，英語程度已經有一定的基礎，對英語學習也有一定的自信，所以往後的英語學習，他們較可能成為同儕之間的佼佼者，表現遠優於其他人。但屬於弱勢族群的孩童因缺乏資源，比較沒有機會預先學習英語，因此在學習這個與自己的母語大不相同的外國語言時，會顯得相當缺乏信心。這樣的情形，使得這些弱勢的學童在往後的英語學習上，遠遠落後其他同儕。因此，國內學童的英語程度有很嚴重的落差，這種情況對國內教師在教學上形成嚴峻的挑戰，許多老師僅能依據大多數程度中等或是程度較好的學童進行教學（張武昌，2006），對於程度較低或是學習落後的學生，常常無法給予適時、適度的輔導，甚至放棄這些學生。

但是教育應該是幫助所有學生盡量達到其潛能發揮的工具，不應該是一個增加不公平待遇的場域，因此，對於這些英語學習成就不佳的學生，老師們應該提供相關幫助，例如英語補救教學，來使這些英語學習成就特別低落的學習者，有機會趕上其他學習者的程度，並在過程中建立自己對學習英語的信心及興趣。

而語言學習需要大量練習，尤其是外語學習，更需要較多時間來學習與記憶，故對英語學習低成就學生實施補救教學，首先要能提供學生額外時間，來增加其接觸英語的機會。此外，擔任英語補救教學的老師更要利用補救教學時間，幫助低成就學生減低對英語的恐懼、增強對英語的學習興趣與學習策略。低成就學生的形成原因各有不同，所以英語補救教學應該針對他們的不同需要，選用對學生最有利的方式，來進行評量、教學、再評量的重複教學。以下針對英語補救教學的課程設計、教學方法與教材加以詳細說明。

一、課程設計

英語補救教學在國內推行的時間尚短，許多研究者或老師所使用的英語補救教學的課程設計，通常是將普通教育中的補救教學課程模式，用於英語課當中而已。但是這些課程模式當中，有些並不適用於英語課程，所以，以下針對目前臺灣常見的英語補救教學課程模式提出討論。

1. 補償性課程 (Compensatory Program)：英語補償性補救教學的課程設計，立基於語言學習所需要的時間遠超過一般科目的學習，因此，當學生在英語課中無法學好該學的教材時，老師們便會以加長學習的時間並精熟課程這樣的理念，來進行英語補救教學。所以英語補救教學課程就和一般的英語課程無太大的差別，有相同的教材、相同的教學方法，甚至是相同的老師，唯一的改變是練習時間增加很多。

2. 加強基本能力的課程 (Basic Skills Program)：這是一種適性的課程設計，因為許多學生的英語低成就，來自於他們對於之前所學過的基本能力並未精熟，例如，學生若對 26 個英文字母不熟，就會影響他們的單字拼讀。所以，若想提高學生的英語學習成就，應該加強學生在英語聽、說、讀、寫四大基本能力的學習，而且英語補救教學應該從學生有困難的地方教起，並不一定要繼續使用與其他同學相同的教材。故英語補救教學的教材可能是低一個年級，甚至是更簡單的教材，與學生現有的教科書不同，而教學方法則會依據補救教學的教材而有不同，目的在於打好學生的英語學習基礎。

3. 學習策略訓練課程 (Learning Strategies Training Program)：這種課程

設計是針對學生在英文學習時特定部分的障礙而設計的，在英語教學中，老師常會發現有一類學生，他們的問題並不是完全的缺乏基本能力，或是對課程完全不能吸收，而是在英語學習的某個部分出現缺陷，例如，學生在英語說話與認字的部分沒有問題，所以可以看完整篇文章，可是在閱讀理解上卻常常失敗，這個時候，學生的問題通常來自於缺乏學習策略，因此，老師補救教學的重點，應該放在加強學生的英文學習策略上。例如：教學生畫重點、畫圖來幫助閱讀理解。這種課程設計必須因人而異，教材的選擇是依據學生所缺乏的策略而來，教法也有異於一般的英語教學。

除了理解上面所提及之優、缺點外，完整的英語補救教學，需要考慮課程設計的流程與內容尚有：

1. 找出需要接受補救教學的學生：需要英語補救教學的學生，多為教室內英語學習成績低落，或明顯的在英語學習的某個能力上出現學習困難的學生，而這樣的學生常常有較長的一段時間，在平日的作業、考試當中出現問題，所以，老師可以從學生的作業及考試成績當中，去找出需要接受英語補救教學的學生。

2. 進行補救教學前的評量：老師可以利用標準的或自編的英語成就測驗，來了解學生對於英語有學習困難的地方、其所具有的英語學習能力或找出學生的英語學習錯誤類型，此時應利用多元的評量方式，包括測驗、觀察、作業簿等，來真正找出學生的問題。

3. 分析學生的能力、經驗與問題，然後設定補救教學的目標：學生問題的發生通常與其能力、經驗，甚至是老師教學、家庭因素有關，在判讀學生問題時，老師應該多方考量，甚至請家長幫忙提供資訊。在英語學習上，學生的問題大多來自於基本聽說讀寫能力不好、沒有練習英語的機會、學習動機低落等，而這些因素會影響補救教學目標的設定。補救教學的目標應該具體明確，而且是學生可以達成的，不宜過於困難，若是能在設定學習目標之前，考慮接受英語補救教學的學生人數及學習問題類型，教學目標的設定會更適宜。

4. 進行教學設計：針對已設定的目標以及可能的學生人數，自編教材或挑選合用的坊間教材以及適合的英語補救教學方法。此時，老師的考量應放在「適合學生，能達成目標」的觀點上。例如，教材需以學生的基本能力為主，並將教材細步化，一個步驟、一個步驟的教學，教學方法則是要有趣、有效，不僅可以吸引學生專注，也必須要能達成學習目標，對於缺乏英語學習動機的學生，要提供外在的增強等，並且需要擬定一些備用的教學方案，當學生學習的情形不好時，可以立即採用備用的教學方法來教學，以發揮補救教學的功效。

5. 實際進行補救教學：根據補救教學的課程設計，進行實地的英語補救教學。在這之前，學校及老師都會有一些行政考量，例如補救教學的時間是正課的時間（抽離方案、資源教室方案）或是課餘時間（包含課後輔導、假日及寒暑假等）、補救教學的地點、師資、時間的長短等。進行英語補救教學時，應視學生的學習情況與需要，決定進行小組學習或一對一的教學，教學時間、次數等。老師也可以考慮利用同儕互助的方式，讓學生在沒有上補救教學課程時，也有人可以幫忙，以減少錯誤繼續累積。國內補救教學多是補償式課程，即以讓學生學會正式教室中教學的內容為主，其中會加入一些基本能力及學習策略的教學。

6. 進行教學後的評量：根據教學目標及教材，老師自編英語學習成就測驗，來了解學生對於此一補救教學的學習成果，若是教材分析得比較細，甚至可以在某一教學之後，就進行形成性評量，以了解學生是否具備學習下一階段教材的能力。評量結果是標準參照的，也就是只要學會此一階段的內容就算通過評量，沒有通過的學生，則需進行進一步的分析與再接受補救教學。

7. 再次分析學生問題，並進行同教材、同目標的第二次補救教學：此次的補救教學應根據學生還未學會的部分，進行更細的或更簡單的教學，目的在使學生經由更簡化的教材及教學方法，來學會尚未理解的教材，然後再次評量，一直到學生能通過老師參照學生能力所訂出的標準為止。

二 教學方法

此處要討論的是較適用於英語補救教學的教學方法，首先，綜合整理幾位研究者（邵心慧，1998；張新仁，2001；張新仁，2000；張新仁、邱上真、李素慧，2000）從一般補救教學中發現的方法，可適用於英語補救教學之上：

1. 精熟教學 (Mastery Teaching)：精熟學習的基本概念是，如果老師讓學生有充足的學習時間，學生的學業成就應該會一致，並不會有低成就學生的問題出現。但是教學常常有時間上的限制，無法達到每位學生的需求，因此，表現較差的學生再額外付出時間學習教材，就成了補救教學的基本思維，而語言學習比其他科目需要更多的熟練時間，因此，英語補救教學多採額外添加學習時間的方式來進行，直到學生學會該吸收的教材為止。

2. 合作式學習 (Cooperative Learning)：語言是需要練習與應用的，合作式學習的基本概念是小組活動與合作學習。所謂的小組活動，是希望學生經由分成小組的方式，來得到比較多的練習機會，不必等待太久，而且小組成員比較容易相互信賴，這使得學生比較願意在課堂上練習英語，甚至會主動詢問自己不會的內容。更重要的是，當學生有不會的地方時，有人可以隨時提供幫助，學生個人不需承受失敗的所有壓力。而合作學習的概念是希望學生除了從老師那裡學習之外，也可以仿效同儕的學習方式，得到教學相長的機會，每一個人都能在合作學習中貢獻心力，這可以增加學生對自己的信心，進而不害怕英語學習，所以合作式學習在英語補救教學中相當適用。此外，合作學習採用異質小組的方式來進行，所謂的異質小組是指合作學習時，應將學生分成四到五人為一小組，而這四到五人中，應包括高成就的學生一到二人，中程度的學生二到三人，低成就的學生一到二人。這樣的做法是確保每個低成就學生都有同儕幫手，高程度的學生不會浪費時間（因為他們可以從幫助低成就學生的過程中，發現自己較不理解之處），中程度的學生可以請教人，也可以教人，重要的是不論學生的程度如何，都可以互相討論、學習。

3. 電腦或科技輔助教學：電腦或科技輔助教學，可用於英語補救教學中以及英語補救教學後，幫助很大。首先，用於英語教學中的 CAI，提供學生有趣、異於以往的學習內容與方法，例如用動畫來教導寫作，有趣又有教學的功用。電腦又能立即回饋及重複嘗試，甚至有主動校正錯誤的功能，這讓英語低成就學生有信心，並能立即增強概念。至於英語補救教學課後的 CAI 使用，讓英語低成就學生在臺灣這樣一個以英語為外語學習的情境中，快速增加練習與應用英語的機會，而且就算英語補救教學仍未能提供學生精熟學習所需的時間，學生課後用電腦來練習，增加練習次數與熟練的可能性，則可以幫助學生達到精熟學習的目的。

除此之外，本書作者也從一些研究（徐雅惠，2008；陳東甫，2008；陳雅惠，2007；雲美雪，2007）中，發現一些適合英語補救教學的教學方法，一併在此和讀者分享：

1. 重複閱讀：所謂的重複閱讀是指重複閱讀一段簡短且有意義的段落，直到學習者達到一定程度的流暢度，再繼續進行下一小段的閱讀任務 (Samuels, 1979)。從精熟學習的概念中可以知

適用於英語補救教學的教學方法：
- 精熟教學
- 合作式學習
- 電腦或科技輔助教學
- 重複閱讀
- 讀者劇場
- 專業英語

道，許多英語學業出現問題的學生，其主要的原因多來自於學生熟悉教材的時間不夠，使得他們在處理學習上的問題時，無法達到自動化的程度，若是學生能有足夠的練習量，那麼任何一個孩子都能達到學習的目標，也就是學會老師教給他的內容，因此，重複練習或學習是補救教學一個重要的概念。

2. 讀者劇場：重複閱讀法是提升閱讀流暢度的一個很好的策略，但重複閱讀法應用在英語學習上，有一個明顯的缺點，那就是重複閱讀如果沒有任何意義，則學生會失去閱讀的興趣。而能妥善解決這個問題的好方法，就是讀者劇場的練習與展演，因為讀者劇場有劇情、每個人重複唸的臺詞只有幾句、在轉換角色之後，重複讀的句子又會不同。此外，讀者劇場也是一種簡化的舞臺演出文學作品的形式，它具有像舞臺表演一般有趣、滿足學生表演慾、重複練習的特色，但卻減少了舞臺演出必定有的壓力，例如需

要背稿、又要記得動作等，因此，讀者劇場在許多研究（王瑋，2006；洪雯琦，2008；陳雅惠，2007；雲美雪，2007）中，都被認為是對學業低成就的學生相當有幫助的一種補救教學策略，尤其是對識字、口語朗讀、閱讀等方面特別有成效。

3. 專業英語：ESP 在補救教學上的應用，主要是基於學生對於自己的專業有比較多的背景知識與經驗，當學生遇到困難時，可以利用這些資訊來解決問題，例如推測英語單字的字義、理解文章的意義等，維持學生繼續學習的興趣與動機，並且因為學生成功的、持續的學習，而得以增進英語學習的成效（賴慧芬，2003）。此外，ESP 還可以將英語學習和學生較有興趣的學習內容加以結合。通常專業領域的學習內容是學生感興趣的，或與學生的學習、就業息息相關，而學生會因為有興趣、有需要，更專注於英語學習，降低學生因為沒有興趣而敷衍、不專心所產生的成就低落問題，使得學生既有好的英語學習成果，又能獲得專業技能（鄭大彥，2006）。所以，透過學生專業來教授英語的 ESP 課程，比單純的只教學生學習一般英語有更好的學習成就，而學生也會因為這樣的結果，增加其自信心與繼續學習英語的動機，讓學生不再排斥英語學習。

三 教材

英語補救教學教材的來源，與一般的補救教學並無不同，但是因為臺灣的英語補救教學仍在起步階段，因此套裝教材部分比較缺乏，目前有的大都只針對某個能力（例如聽力部分）來加以設計，缺乏一套全面性的英語補救教學教材，因此以下僅就簡化教科書內容及自編教材方面加以說明。

1. 簡化教科書內容：許多英語補救教學的老師，會以簡化教科書的方式來進行補救教學，因為這是比較簡單的方式，老師的負擔也比較小，家長與學生也比較沒有異議。老師通常會降低每一節補救教學課程的學習量，將比較難的教材移到下一次再上，或是選擇性不上某些較難的部分。另一方面，老師會給予學生學習的幫助，例如將句型整理成一張表，以便幫助學生記憶、使用與查詢，若是學生的程度真的只有低一年級的程度，老師則會使用低一年級的課本來教學。簡化教科書內容的主要重點是在於適合學生的程度。

2. 自編教材：邵心慧 (1998) 在其研究中發現，重新設計教材，是使其英語補救教學發揮功能的重要影響因素，因為重新設計的教學材料，可以提供完整且詳細的解釋，使學生易於獨自學習。故自編教材是英語補救教學老師必備的能力，也是必做的工作。而在老師自編教材時，應該關心的除了適合自己的學生之外，還必須考慮到英語聽、說、讀、寫四項能力都要具備，教材在英語學習上的邏輯性，以及學生的學習負荷。通常老師們都會根據專家學者設計、已經經過審查的某一教科書的重點和順序，來重新編寫適合學生的教材，一來不會偏離學生必定要學的內容，二來比較容易進行。

綜合上述的看法，英語低成就課程施行的三個基本原則如下：

1. 將第二語言學習置於情境學習當中：對於第二語言的學習者來說，了解語言使用情境的互動關係，可以幫助他們學得真正的語言。對於非英語系的學習者，在某些發

> 英語低成就課程施行的三個基本原則：
> 一、將第二語言學習置於情境學習當中
> 二、簡化教材以配合學習者的能力
> 三、將班上分為小團體

音或符號不熟悉的情境下，若能了解互動發生的情境，就能夠推測其意義。針對低成就的學生，理解的最佳方式便是來自於精確的會話情境，而最佳的精確會話情境，是來自學生周遭的生活經驗。所以教師應以學生周遭的生活經驗為例，讓學生體會第二語言使用的實際情境，如此才能使學習成果與實際情境結合。

2. 簡化教材以配合學習者的能力：將教材簡單化並不單指減少教學內容或材料，更重要的是採用適合學習者程度的教材，所以簡化教材可能需要同時減少量又降低難度，也有可能是指減少量但不降低難度，或是不減少量但降低難度等方式。例如，在 RT 的改寫劇本中，教師不應該只強調減少口語唸讀的困難度，因為過度簡化句子的結構可能會失去劇本原有的意義。

教師也應該要強調劇本的故事性，選擇一些真正能表達劇情的、較具特色或代表性的句子，如此才能一方面減少學生學習的挫折，又不失去整個劇本的語言表現。所以，想要提升英語補救教學教材的適用性，必須要依照學生的語言能力與需求，來決定教材的量與難易程度。

3. 將班上分為小團體：不少第二語言教學的研究者指出，傳統的講述教學方式，並不能滿足低成就學生群的連續性互動。目前最成功的第二外語學習者的教室環境設計，乃是將學生安排為合作式小團體的學習，以合作式學習替代競爭式的學習，其教學效果變得更好。

參 考 書 目

王瑋 (2006)。教室戲劇對弱勢國小學童覺知英語使用自主權與社交功能之影響。雲林科技大學應用外語系未出版碩士論文。

杜正治 (1993)。補救教學的實施。載於李咏吟 (編)，學習輔導：學習心理學的應用 (397–428 頁)。臺北市：心理。

李翠玲 (1993)。如何教國中低成就班級──英語教學錦囊。人文及社會學科教學通訊，4，39–52。

邱才銘 (2000)。國民小學英語科補救教學模式之研究。陳密桃 (主持)，理念交流。九年一貫課程改革下補救教學方案研習，高雄師範大學教育學系。

邵心慧 (1998)。國中英語科個別化補救教學研究。高雄師範大學英語教育研究所未出版碩士論文。

林生傳 (1988)。新教學理論與策略：自由開放社會中的個別化教學與後個別化教學。臺北市：五南。

林寶山 (1990)。教學論：理論與方法。臺北市：五南。

洪雯琦 (2008)。讀者劇場對國小學童外語學習焦慮的影響之研究。國立臺北教育大學兒童英語教育學系未出版碩士論文。

徐美貞 (1993)。如何提高國中低成就學生學習英語的動機與效果。人文及社會學科教學通訊，4，6–14。

徐雅惠 (2008)。應用讀者劇場縮小國小三年級學生英語讀寫能力差距之成效及學習態度影響之研究。國立臺北教育大學兒童英語教育學系未出版碩士論文。

陳東甫 (2008)。電腦語音文字同步系統結合重複閱讀教學對識字困難學生學習成效之研究。嘉義大學教育科技研究所未出版碩士論文。

陳雅惠 (2007)。讀者劇場融入國小英語低成就學童補救教學之行動研究。國立臺北教育大學兒童英語教育學系未出版碩士論文。

張武昌 (2006)。臺灣的英語教育：現況與省思。教育資料與研究雙月刊，69，129–144。

★補救教學的介紹

張新仁 (1995)。教學原理與策略。載於王家通（編），教育導論（281–309 頁）。高雄市：麗文。

張新仁 (2000)。補救教學面面觀。載於邱上真、張新仁、洪儷瑜、陳美芳、鈕文英（編），補救教學理論與實務（1–40 頁）。高雄市：國立高雄師大特教中心。

張新仁 (2001)。實施補救教學之課程與教學設計。高雄師範大學教育學系教育學刊，17，85–106。

張新仁、邱上真、李素慧 (2000)。國中英語科學習困難學生之補救教學成效研究。教育學刊，16，163–191。

雲美雪 (2007)。讀者劇場運用於偏遠小學低年級英語課程之行動研究。嘉義大學幼兒教育學系未出版碩士論文。

黃淑苓 (1999)。補救教學之設計與實施。載於中興大學教育學程中心（編），學習落後學生的補救教學與輔導研討會手冊（53–67 頁）。臺中市：中興大學教育學程中心。

黃漢龍 (2001)。資訊教育環境下可行的補救教學措施探討。資訊與教育，85，94–103。

鄭大彥 (2006)。內容導向式之職場英語訓練：以柏佑製鎖公司為例。南台科技大學應用英語系未出版碩士論文。

賴慧芬 (2003)。專業知識對較熟練讀者建構大意過程之影響。雲林科技大學應用外語系未出版碩士論文。

簡妙娟 (2003)。合作學習理論與教學應用。載於張新仁（編），學習與教學新趨勢（403–463 頁）。臺北市：心理。

Fouts, J. T. (2000). Research on computers and education: Past, present and future. Seattle, WA: Bill and Melinda Gates Foundation. Retrieved May 31, 2009, from http://www.portical.org/fouts.pdf

Genesee, F. (1994). Integrating language and content: Lessons from immersion. Educational Practice Report 11. National Center for Research on Cultural Diversity and Second Language Learning. Retrieved August 20, 2008, from http://repositories.cdlib.org/cgi/viewcontent.cgi?article=1107&context=crede

Grabe, W., & Stoller, F. L. (1997). Content-based instruction: Research foundations. In M. A. Snow, & D. M. Brinton (eds.), The content-based classroom: Perspectives on integrating language and content (pp. 5–21). N. Y.: Longman.

Hancock, V. E. (1993). The at-risk student. Educational Leadership, 50 (4), 84–85.

Joyce, B., Weil, M., & Calhoun, E. (2000). Models of teaching (6th ed.). Boston: Allyn & Bacon.

Kasper, L. F. (1995). Theory and practice in content-based ESL reading instruction. English for Specific Purposes, 14 (3), 223–230.

Met. M. (1999). Content-based instruction: Defining terms, making decisions. NFLC Reports. Washington, DC.: The National Foreign Language Center. Retrieved August 20, 2008, from http://www.carla.umn.edu/cobaltt/modules/principles/decisions.html

Samuels, S. J. (1979). The method of repeated readings. The Reading Teacher, 32, 403–408.

Short, D. (1991). Content-based English language teaching: A focus on teacher training. Cross Currents: An International Journal of Language Teaching and Cross-Cultural Communication, 18, 183–188.

第三章 英語補救教學的對象

　　本章主要討論的是在學校中需要接受補救教學的學生，這一群學生的個別差異很大，每個學生有的問題不盡相同，除此之外，不同就學年段的學生，也會因為生理與心理的自然發展，而有不同於其他年段學生的特殊需求，這些需求必須在補救教學實施的前、中、後階段被妥善的考量，以增加補救教學對這些學生的幫助。因此，了解每一就學階段學生的生理與心理自然發展是必要的，也是補救教學的基礎之一。在本書中，依據學生認知學習能力以及生理發展的不同，將學生分成國中小學生、高中職及大學學生，來分別說明其特殊的身心發展特色與學習需求。

　　了解了不同年齡層學生的身心發展之後，接下來應該要了解這一群需要接受補救教學的學生。這一群學生包括了在英語學習上成績低落的學生，或是明顯的對於英語有學習困難的學生。英語低成就學生或是英語學習有困難的學生，其定義、類型、特徵與一般學科的低成就生或有學習困難的學生並無太大的不同，只是學習問題發生在特定的學科——英語當中而已。所以，以下就以一般學科的低成就生和有學習困難的學生會發生的情況概念來說明，不特別強調英語低成就生與一般學科低成就生的不同。

　　由第一章的討論可以知道，根據學生智力的常態分配（圖 1-1）來看，學習困難較嚴重的學生約佔同年齡學生人數的 16%，其中的 13% 需要接受補救教學，而最後 3% 的學生，從教育的觀點來看，是需要接受特殊教育的身心障礙學生。而這 13% 需要接受補救教學的學生，又可分成學業低成就學生 (underachiever)、有學習困難 (learning difficulty) 的學生、學習障礙 (learning disability) 學生等三大類。但是因為普通教育多半無法改善學習障礙學生的表現，因此此處並不討論應該由特殊教育服務的學習障礙學生。

　　本章所使用的英文參考資料較少，一來是因為國外對於學業低成就和有學習困難的學生之定義與國內不同，他們對於學習成就較低落的學生，並不以低成就來歸納之，而是將之視為一般學生，只不過需要較多的教學幫助。國外將這些學生放置於普通班中，與能力較佳的學生進行融合教學，也教導老師要在教學過程中就提供這些學生所需的幫助，而不是把學生挑選出來，使他們有被標籤化 (labeling) 的可能，而且國外一班的學生人數通常遠少於國內，老師可以分心照顧這些學生，較容易解決低成就學生在一般課堂上的學習問題。故國外近年來少有低成就和有學習困難學生的相關報告。

二來，本章所關心的對象是以國內的學生為主，因為臺灣社會對於學生學業成就的要求，遠大於其他國家對學生的要求，臺灣學生的各種學習需求與學習問題，也會與其他國家的學生有明顯的不同，此外，從學業低成就和學習困難的產生原因來看，國內與國外的問題來源也不盡相同，最重要的是，國內將低成就和學習困難學生的出現視為一種教育問題，需要額外的協助來加以改善；因此，各種補救教學的方案開始出現，同時也會討論這類學生的問題。因此，以下的說明之參考資料多來自於國內，較少國外的參考資料。

■ 壹、不同就學階段的學生特質

因為學生的年齡或認知發展會影響到補救教學的課程設計、教材教法的選擇，甚至會影響到補救教學的結果。為了使補救教學有最好的效果，老師或學校應以不同的補救教學設計及方法來幫助學生。此處就以不同就學階段的學生發展特徵與學習需求來加以分析，以使英語低成就和有學習困難學生的特徵及其所需搭配的補救教學實務，更能真正的解決國內的英語學習問題。以下將分成三個年齡階段來說明，一是國中小階段的學生，二是高中職的學生，三是大學階段的學生。

一 國中小學生的發展特色與學習需求

1. 國小階段的學生：6 到 12 歲的兒童正值國小就學階段，此一階段的學生身心發展是非常快速的，首先是生理上的發展，學童的身高、體重等各項外觀的改變很明顯，體力也大幅增加，對外界好奇、探險的能量大。第二是認知發展，此時的孩子正處於皮亞傑 (Piaget) 所謂的具體運思期 (concrete operational stage)，對於抽象的概念可以經由實物的幫助，而做出邏輯思考（林美珍編譯，2004/1998），但是學生學習的基礎與相關經驗仍然不足，需要大量的學習與練習。第三是社會關係的發展，此時期的學生還很依賴父母及其他成人的照顧與教導，而且對於重要他人的指示、規定相當遵守，而且學習行為的表現會因結果的賞罰而有不同。至於和同儕之間相互競爭的情形明顯，喜歡自己比別人好，也會藉由重要他人與同儕對自己的看法，而形成自我概念（張春興，2007）。兒童期後期則會相當注意異性，但是表現方式是互相嘲笑、對立。所以國小學生在學習上的需求有：

⑴對新事物很好奇：在補救教學上，老師可以利用學生的這種特性來教學，首先是課程、教材、教法要有趣，能吸引學生的注意力，二是可以用比較輕鬆、不同於正課時間教學的方法，來讓學生不至於對補救教學產生厭倦的心理。

⑵可塑性很強：此時的兒童對於許多事情都很有興趣，學習能力也很好，也有較多的時間可以用來練習與學習，尤其是對於老師及父母所教的東西，都會很注意、很用心的學習，除非有學習或是智能上的障礙，不然多練習幾次，一定能夠學得會。而對於一些教了多次仍學不會的、問題比較嚴重的學生，可以採取更簡單或是一對一的個別教學，如此一來，學生仍舊是可以學會的。因此，補救教學在兒童時期，常常有早期介入成效最好的看法，研究 (Shanahan & Barr, 1995; Torgesen, Alexander, Wagner, Rashotte, Voeller, & Conway, 2001) 也指出，越是及早介入，兒童未來所能發展的能力越高。再者，學習不完全的內容如果越多，兒童在學業上的表現將會越差，經過時間的發酵，某科目（如國語）的障礙會影響到其他科目（如數學）的學習，所以補救教學越早開始越好，多多練習效果更佳。

⑶對師長的話言聽計從：此時的學生比較聽信師長的話，一來，老師可以用交代作業的方式，讓學生回家多複習課業，以增加補救教學的功效，老師也需要家長的幫忙，讓學生在家將學校所教的課程再次複習，而親師雙方的合作，對學生的補救教學的成效會更有幫助。二來，老師也要

注意不要傳遞錯誤的訊息給學生，以避免學生將錯就錯，此時的學生也常常將老師及家長對他的看法，作為其自我概念的主要來源，所以老師及家長可以多給予害羞或已經缺乏信心的低成就學生鼓勵，讓他們重拾學習的信心。

(4)同儕關係矛盾：當學生有學習問題時，通常會傾向於請教較有能力的同學，而且同學的解釋也常能幫助學生解決問題（根據作者的親身經驗與觀察，學生之間有程度比較相近的語言可以溝通），所以補救教學時，老師有時可以請同儕幫忙教導表現較差的學生（但是一般而言，學生不會知道如何去幫助其他學生學習，因此助人學習的技巧，像是提問、示範等，都需要老師加以訓練，同儕輔助學習才能真正成功），一來可以解決學生的學習問題，二來可以降低學生的情緒反應。學生也喜歡與同儕競爭，所以，此一時期的補救教學，可以採小組比賽的方式進行，但需放大組內合作的必要性及降低競爭結果的相互比較，讓學生既能藉由競爭來學習，也能從相互合作中來學習。

2.國中階段的學生：國中階段的學生生理、心理的變化都很大，許多學生的學習習慣、學習態度、自我概念，都幾乎在此時奠定了。首先，在生理的發展上，國中學生由於性腺激素及成長激素分泌增加，身體上有許多急遽的變化，如身高、體重成長激增、性器官發育成熟及第二性徵的出現，故此階段又稱青春期 (puberty)。此外，學生的體力也迅速增加，使得學生在運動方面的表現更進步，也使得學生在學習上可以持續比較久的時間（李惠加，1997；黃德祥，2000；黃德祥等譯，2006/2002）。第二是認知發展，青少年經由生活經驗的增加、生理的成熟與發展，所以在認知方面，青少年比兒童知道得更多，也能用更進步的形式運思來思考問題、進行推理，其解決問題的能力，也因認知能力的逐漸成熟而變得良好，不一定要經過具體物或親身經歷才能學習，青少年可以使用假設的方式來思考與學習，比起兒童，青少年在認知發展上不只量增加，質也改變了（李惠加，1997）。

至於其他的心理發展方面，國中階段的學生最大的特色是挑戰權威，但卻因為缺乏生活經驗，以致於無法對道德情境做有效的判斷，處於似是而非的階段（黃德祥，2000；黃德祥等譯，2006/2002）。此時的學生情緒起伏大，而喜怒無常及難以控制的情緒其實與生理成熟和心理不同調有關。青少年常感到缺乏安全感，順其意則樂觀，反之則感到悲觀。此外，青少年階段也是發展團體認同的階段，到了青少年期，青少年與朋友的關係比起他們和父母的關係還要密切，一言一行都受朋友影響，在同儕團體中，他們感受到被了解、被接納、被肯定，也擴張了自我價值感，因此，他們願意從朋友處獲得見解或知識，而較不願意聽從父母的意見。

而自我概念的發展也是國中時期學生的特色之一，所謂的自我概念是指青少年對自己的看法，此一概念從小慢慢形成，到了青春期，青少年的自我意識或自我概念逐漸增強，除了以自己的想法為主，也開始漸漸地重視同儕的看法，而且不希望父母、老師仍將其視為小孩子，因此表現在外的，即是希望大家將其視為大人，可以和成年人有平等交流情感的空間和時間，而經由成人的尊重與幫助，青少年未來才能有良好的自我概念及獨立自主的人格（黃德祥，2000；黃德祥等譯，2006/2002）。所以國中學生在學習上的需求有：

(1)身心開始發展，情感和意志仍然相對地脆弱：雖然青少年的身心發展逐漸成熟，但其情感和意志仍未臻成熟，比起成年人，其情緒的處理仍然較為脆弱，所以容易顯得任性、軟弱。因此，在此時應多注意其對自我感情及情緒的控制與調整（李惠加，1997）。在補救教學上，因為此時的學生容易因為自己的學業成就長期不佳，而顯得沒有自信或是虛張聲勢，老師應該做的是提升學生的成就來幫助學生建立自信。而在學生因為學業的挫折而有情緒困擾的情況時，老師可設法安撫或是教導他們如何處理。

(2)反抗權威、認同同儕團體：青少年階段因生活經驗增加及自我意識發展，父母對他們的影響力日漸減少，青少年會轉而向同儕團體尋求認同與支持。對青少年來說，由於身心上的變化，容易與家人或成人發生摩擦，面對這些壓力時，同儕團體即扮演了逃避孤寂、責任與工作及尋求支持的最佳對象，故若交友不當，則容易產生偏差行為（李玉瑾，2005）。在補救教學上，老師可以在課程實施的過程中，融入合作學習、同儕教導等的活動，讓學生因為同儕的關係，願意專注在學習上，也可以讓學生彼此幫助與鼓勵。

⑶ 主動性與被動性（依賴性）同時並存：國中學生喜歡自己掌握某些事情，像是交友、安排自己的時間、用自己的方法去學習等，但是因為不喜歡被管理或督促，再加上判斷力仍弱，所以常常可以發現國中學生既想要自由，卻又無法做好自制。舉例來說，國中學生希望師長能賦予他們主動安排學習時間的機會，可是他們卻常常沒有耐力按照進度學習，或是覺得自己可以把進度及時完成，卻在做到一半時，迷失於遊戲或無關的活動之中。在補救教學上，老師應該知道學生有這樣的問題，所以老師對於何者可以讓學生自由決定，何者必須有老師的督促，應該要加以了解與控制，才不會有花了時間、做了努力，卻無法達成目標的情形發生。

⑷ 情緒起伏明顯的階段：人生各階段發展皆有情緒的問題，然青少年階段情緒的起伏最大，經常可見其鬧脾氣、打架、狂喜，因此常被以「喜怒無常」形容之，學界統稱此時期為「狂飆期」(storm & stress)。青少年在成長過程中，當接觸的事產生正面情緒，就會成為青少年健全發展的重要助長力量。相反的，抑制狀態的情緒（負面情緒）或經驗如果過於強烈，將會傷害青少年身心發展，所以，盡快解決學生的學習挫折，減少其負面情緒，有助於學生繼續學習。情緒也左右青少年的求學態度，而青少年的情緒不安最容易表現在憂慮上；所以如何幫忙其認知自己的情緒，進而做好情緒管理，是此階段的重要任務（李玉瑾，2005）。而補救教學的老師在面對學生的情緒喜怒無常時，應該以同理心來面對，並教導學生處理自己大起大落的情緒，以使學生能專心於課業學習，避免因為情緒不穩、無法專心學習，而產生學習成就低落的情況。

⑸ 想像的觀眾：此時的青少年雖然能夠站在他人的立場來考慮事情，但是其自我中心的情形也很明顯，而且絕大多數的時間，青少年會把別人的看法及自己的想法弄混，認為自己是別人眼中的焦點，所有認識與不認

識的人都是自己行為的觀眾，隨時隨地都在觀察自己、評論自己，而這一群觀眾是青少年自己想像出來的，所以稱為想像的觀眾。再加上此時的青少年會有個人神話式的想法，認為自己很特殊，具有獨特性和不可毀滅性，所以常見青少年從事一些冒險、具有破壞性的事情，以彰顯自己的個人神話與滿足想像的觀眾（李惠加，1997）。在這種情形之下，接受補救教學的學生不是努力求取表現，以在別人面前擁有尊嚴，就是放棄學習，以免再次證實自己的無能。所以，在補救教學上，老師要注意國中生社會發展的特點，在學生有把握的情況下，讓學生有機會在同儕面前展現自己，但是當學生沒有把握的情形下，需先進行私下的了解與輔導，以避免讓學生在同儕面前失去面子。

二、高中職學生的發展特色與學習需求

高中職階段的學生，其生理發展持續成熟，體能與體力幾乎達到巔峰，外觀與成人相差無幾，但也因為異性交往及注意外在形象的關係，較容易因為某些特定因素而困擾，例如肥胖、青春痘、未婚懷孕等，此時的青少年也容易因為心理發展及對於自己未來的茫然，而開始出現藥物濫用、憂鬱症、自殺等問題（李惠加，1997；黃德祥，2000）。青少年期也是一個特殊的認知發展階段。這個時期的個體肩負著承先啟後的責任。「承先」是指整合個體在幼兒期、兒童期所儲備的知識、技能，使之成為自己的一部分。「啟後」則是指利用這些整合過的知識與技能來開創另一片新機，以便將來能獨立解決周遭的問題（李惠加，1997）。個體的認知能力在這個整合的契機扮演著十分重要的角色，皮亞傑 (Piaget) 認為青少年的認知能力已發展至形式運思期，其特色是個體能運用抽象的、合於形式邏輯的推理方法去思考、解決問題，這代表著個體的思維能力已臻於成熟（張春興，2007）。

至於其他的心理發展方面，在道德發展上，高中職學生已經有自我判斷的能力，但是易受情緒控制，而有不合理、法的行為發生，此時的青少年，其從眾性格亦很強烈，通常會希望表現得與他人相同，以符合他人的期待，並藉此來獲取自我肯定（張宏哲、林哲立譯，2003/2001）。在社會關係上，他們喜歡炫耀自己，又顯得處處在意他人的看法，理想很高，容易對現實產生不滿（李惠加，1997）。

青少年也會迫切的想要自我了解與自我肯定，經由對自己的外表、能力、人際關係等方面的了解，進而接納自己、樂於做自己、肯定自己存在的價值。此外，為了未來的社會適應以及與同儕相處得好，多數的高中生會學習與他人相處的方法，好成為一個成熟的社會人，而與異性的交往也是此時的重要任務，青少年經由異性交往，了解兩性的不同，做好進入婚姻與家庭生活的準備（黃德祥，2000）。所以高中職學生在學習上的需求有：

1. 面臨自我認同的危機：根據心理學家艾瑞克森 (Erikson) 的發展危機理論，青少年的身心變化是危機，亦是轉機，若能克服適應上的問題，建立自我認同或自我統整 (self-synthesis)，就能成為一個成熟的個體。青少年面臨的自我認同危機來自於他們是自我肯定或是自我懷疑的、他們預期自己是工作有成或是無所事事的、他們是有正確的性別角色認同或是兩性認同有混淆的、他們的意識、信念皆已形成或是價值判斷有困難的等等。另外，青少年的認知發展、學校教育、社會環境及同儕團體等經驗所形成的價值系統，將直接影響青少年的道德行為表現；其內在認知思考架構建構之良窳，取決於其能否具有思辨能力及道德價值認知能力，因此，正確的認同將影響青少年社會生活適應能力（李玉瑾，2005）。此時的補救教學設計，應關注低成就與學習困難學生對於自己的信心太低的問題，並將補救教學的內容，著重在於提升他們的學業表現、反映現在的學業需要及符合未來就職的需要上。

2. 性意識發展與需求增強：青少年時期因性機能成熟及第二性徵的出現，喚起青少年性意識的發展及性衝動，並對異性產生強烈的興趣，異性交往、性行為都是此時的青少年重視的問題，也影響著青少年對自己的看法及未來兩性關係的發展（黃德祥，2000；黃德祥等譯，2006/2002）。可是隨著文化差異、社會習俗及家庭背景等不同，青少年在性這方面的表現會有明顯的差別，例如在臺灣，高中職時期正是學生升學壓力大的時候，許多青少年為了能進入好的大學，所以幾乎將所有時間都用在讀書上，而沒有社交或是與異性交往的時間。因此，在此時的補救教學上，老師可以因應學生對於異性的興趣及對同儕交往的需求，設計一些可以男女同組、互相合作的活動，也可以利用同儕對學生的影響力，設計所謂的小老師制度，一來可以因應學生的發展需求，二來可以讓他們在補救教學之餘，仍有同儕可以請教。

3. 學習的途徑、方法多樣化：高中學生的許多學習，已經可以不經由直接經驗而來，社會學習、模仿等間接經驗變得相當重要，學習這些間接經驗的方法，使得學生的學習方式開始多元了起來，例如，學生開始將在書本所學到的經驗與其社會經驗或需求結合，進行職場上的實際演練，所以問題解決是較佳的學習途徑。他們也開始針對不同學科，採取不同的學習方式，例如做筆記、畫圖等，都是有效的記憶方法，可以幫助學生將一些需要記憶的科目學好。因此，補救教學的進行，可以增加一些學生容易使用、又有成效的學習策略教學，幫助學生可以快速、有效的克服學習困難，也可以考慮學科的特徵，選用合適的上課方式，例如 CD 的播放與跟讀可以改善學生的英文發音，故教導英語發音有問題的學生時，可以鼓勵他們多聽老師所提供的 CD 等。

4. 習得無助感 (learned helplessness) 的處理：習得無助感是指經過某些經驗之後，對學習感到的無助感，這是一種從「無論怎麼努力，都沒有辦法學會」的想法而來的放棄行為（洪蘭譯，1997/1991），而長期的失敗、沮喪或類似的情境，會形成習得無助感，除了有較高的失敗期待之外，也缺乏學習的自信心 (Nurmi, Onatsu & Haavisto, 1995)。在國內，許多學生從國小開始，就被以成績來作為評斷學習用不用心的標準，而許多跟不上進度的學生，都會被家長要求參加課後補習，可是學生的努力不一定可以使學業成績進步，長期下來，這些低成就學生會因為無論怎麼努力，都無法改善學業成績的挫折而放棄學習。高中階段的學生常見這樣的問題，若是無法讓學生多花時間而改善學業成績,補救教學課程一樣是成效不彰的；所以老師一定要從了解學生的問題（好對症下藥）、重建學生的信心（從重要的、學生比較容易改善的問題著手）開始，設計一連串有效的課程，這樣才能幫助學生除去無助感，並提升學業成績。

三 大學生的發展特色與學習需求

　　依照艾瑞克森 (Erikson) 的心理社會階段論的劃分，大學生的發展階段處於青少年晚期到成人早期之間，是一個過渡階段，青少年需在此時做好當一個成人的準備工作，其中包括了完成學業、進入職場、生涯規劃、進入家庭生活等。在生理發展上，到了大學階段，青少年的身體成長速度幾乎停止，外表與成人無異，雖然外觀無太大變化，但是身體內部各器官仍持續發展，繼續朝著成熟的狀態接近，而身體的各項發展到 20 歲左右達到顛峰之後，呈現緩慢上升的趨勢（李惠加，1997）。在認知發展上，大學生對於事物的判斷力有所增加，也有正確的處理事情的方法，能與人溝通、討論，更能站在他人的立場思考問題，角色取替能力也增強了，認知能力更是有所提升，思考模式接近成人的形式運思方式，而這樣的智力的發展，相當適合專業化的學習，也正好是大學教育所需要的能力（李惠加，1997）。

　　至於其他的心理發展，因為認知發展的成熟及生活經驗的豐富，青少年後期的大學生能兼顧事情的現實面與理想面，能夠理智的思考事情，可以從他人立場來思考道德問題，也可以做到尊重人權與法律，並彈性的運用道德觀（李惠加，1997）。此外，大學生的情緒穩定性增加了，容忍度也較大，人際關係也變得更好，因為他們的人際交往經驗增加、處事理性且圓融、思考周密；就業與結婚更是大學生進入成年期的指標，他們必須同時面臨生涯準備與規劃、異性交往與選擇配偶等的重要問題，並學會問題解決、壓力管理、明智消費等方面的技巧，以面對成人生活中的各種生活難題。所以大學生在學習上的需求有：

　　1. 各種經驗豐富：此一時期的大學生，由於生活圈子變大、認識的人變多、學習的能力增強等因素，所以各種經驗增加，可以作為學習基礎的知識、技能也多，因此大學生在學習上，傾向於進行資訊處理式的或是後設認知的學習，不像國小學生要依賴大量練習。故在補救教學上，老師應以有意義的、多向度的學習，來取代太過於枯燥的重複學習，也應該把學生在生活中的各種經驗，納入教學設計的考量當中。

　　2. 所扮演的角色多重，壓力也多：大學生在生活當中所扮演的角色很多，可能同時要兼顧家庭、課業、人際關係、工作、前途等，這些面向牽涉到時間與金錢的支出，更是壓力的來源，但是這又是大學生避免不了的責任。因此，對於此一時期的補救教學來說，如何在學生身兼這麼多的角色下，還能夠找出時間來進行補救教學？又如何在不增加學生的壓力下，做好補救教學的工作？這些都是老師必須考量的問題。

3. 面對的問題很多：以現在的臺灣大學生而言，持續的自我探索、人際關係、兩性關係、生涯探索都是常見的成長問題，猶有甚者，因為許多大學生離家在外求學，因此所衍生出的對自身家庭經驗的反省、疏離感、勇氣、寂寞感、情緒管理、（兩性間）親密關係的探索，以及在現代都會生活中，從打工經驗而後經濟自主所衍生出來的職場關係、時間管理、金錢使用、生涯規劃、時尚追求、身體意象、體重控制、網路團體等，都是大學生需要面對、處理的人生課題（張景然，2003）。在補救教學上，老師可以將這些問題作為課程設計的內容，一來使學生可以學著解決生活上的困擾，二來可以因為課程是有用的，而得到學生的配合。

4. 學習者的需求與動機：大學生的學習需求與學習動機，是影響他們學業成就的主要因素，因為大學生對於事物已經有自己的判斷能力，喜好也很絕對，所以補救教學的課程如果能配合學生對於求職及人生規劃的需求，則容易為大學生所接受，而在一些學生已經有挫折或是不喜愛的學習科目中，如果能提高學生的興趣，補救教學也可以事半功倍。所以，此一時期的補救教學，可以從學生的需求（可作為課程的內容）與提高學生興趣的策略（例如電腦輔助學習，而不是坐在教室中學習）來加以考慮。

5. 自我導向學習：自我導向學習是一種沒有他人的幫助，由個體自己引發，以評斷自己的學習需要、形成自己的學習目標、尋求學習的人力和物質資源、選擇適當的學習策略和評鑑學習結果的過程（黃富順編，2002）。大學生由於心智成熟、情緒需求、社會互動及自我概念等原因，比較喜歡自己掌握自己的學習，但是學生自我導向學習的能力卻不一定充足。所以在補救教學上，老師可以因應學生對於自我導向學習的需求，設計一些學生可以私下、自己進行的課程（如電腦輔助教學、線上個別教學等），來降低大學生在人前顯示自己能力不足的窘境，又讓學生有較多機會可以學習，但是在此之前，老師也應該教導或訓練學生如何掌握自我的學習，例如學習時間的規劃、訂定學習契約等。

6. 自我概念、自尊及自我形象的期許較高：大學生對於自我形象、自尊的需求與期許較高，因為這是他們對自我概念的基礎。大學生不喜歡顯示出自己比別人差，所以會因為別人的眼光、異性的看法，而隱藏自己真正的需要或缺點。在教學上，不知道學生的問題在哪裡，就無法真正幫助學生，所以，即使是大學生的補救教學，老師應該注意到學生情感上的需要，多給予學生關懷與鼓勵，進而幫助學生學有所成，建立他們的自信，這樣才可能真正幫助一個學生，使其學業成就不再低落。

■ 貳、學業低成就和有學習困難的學生

以下將說明學業低成就和有學習困難的學生類型、發生原因與特徵。

 類型

1. 學業低成就學生 (underachiever)：一般來說，補救教學所服務的對象是學業低成就學生，所謂的學業低成就學生，是指其學業成就的表現水準明顯低於其學習能力所可以到達者。而且這一類型的學生在教育中所佔的比例相當高，根據研究的結果，這一類學生大約是學生總數的 20% 至 25% 之間（郭生玉，1973），而且年紀越大越有增加的趨勢。例如，Roth 和 Meyesbury 指出，在高中生和大學生的群體中，學業低成就學生的比例高達學生總數的 40% 到 50%（李咏吟，2001）。而在根據年齡常模所做的常態分配圖中，這一些學生也佔了該年齡層學生總數的 13% 左右，以一班 30 個學生來估計，平均每個班級中就有四個左右需要額外幫助的學業低成就學生。

「低成就」一詞在英文的意義上，可以分為兩種（洪儷瑜，1995；楊坤堂，1997）：

(1)成就低落 (low achievement) 或是社會性（現實性）低成就：指的是學生的成就表現顯著低於其年齡或年級常模，例如學業成就是全班或全年級最低的 10% 或 20%。舉例來說，一個有 30 位學生的班級中，成績

排名最後的三名學生屬於成就低落的學生（當然必須排除因突發狀況而使得某次成績低落的學生）。

⑵低成就 (underachievement) 或稱教育性（真實性）低成就：指的是學生的成就表現顯著低於自己心智能力或潛力所預期的成就水準者，例如教育上常說的高智商低成就的學生即屬於此類別。這些學生在智力測驗或是學科相關能力的測驗上，都有不錯的成績，但是在現實的學業表現上，卻無法達到與其智商或能力相等的學業成績。

而用來判斷學生是否為低成就的標準，會因為學者的看法及研究的需要而不同。根據常態分配的理論，學業低成就學生是指在學校中，其學業成績落在全班平均成績一個標準差[1]以外的學生（較嚴格的定義是以低於平均數兩個標準差來作為決斷值）。而以標準參照[2]的條件來看，凡是沒有達到教學目標之一定水準的學生，即屬學業低成就學生。若以常模參照[3]的條件來看，學業成績為全體之後 25% 或後 27% 之學生，皆可稱為學業低成就學生（郭生玉，1997）。

Otto 和 McMenemy 於 1966 年將學業低成就學生歸類成以下五種型式（楊坤堂，1993）：

⑴普通能力低成就學生：係指資賦中等（其智商約介於 90 到 110 之間），但其學業成就未能達到同儕成就水準的學生。此類型的學生乃是對於學習感到有困難的學生，也是補救教學的對象之一，他們的學業成就通常能在補救教學的過程中得

低成就學生的五種類型：
一、普通能力低成就學生
二、學習遲緩學生
三、聰敏低成就學生
四、不情願的學習者
五、經驗背景有限的學生

---

1 被用來指出個別成績與團體成績平均數間有無顯著不同的一個數值。

2 是指學生有無通過老師所訂定的教學目標與標準，測驗結果通常只分成通過與不通過二種。

3 是指學生相對於受測團體同年齡或同年級學生的相對位置，例如測驗結果排名在全班第三名。

到改善。

⑵學習遲緩學生：係指智商介於 70 到 90 之間，其學習能力表現低於同年齡（年級）的一般學生，而在成就測驗上得分也低於年級水準的學生。有些學習遲緩者，其成就在年級水準之下，也低於自己的能力程度，這類型的學生可以接受補救教學。若學習遲緩現象的原因主要是智能不足，且近於臨界智力不足者，則宜接受智能不足者之教育。

⑶聰敏低成就學生：係指高智商低成就的學生，特別是指其成就低於自己的學習能力，未達到年級水準者。這類型的低成就學生可從適當的補救教學中獲益。

⑷不情願的學習者：係指欠缺學習動機的學業低成就學生。由於某些因素影響其學習意願，而產生成就低於學習能力的失敗現象。此類型的低成就者需要個別化的補救教學。

⑸經驗背景有限的學生：係指文化不利的低成就學生，造成此類型低成就生的主要原因是屬於經濟不利或環境不利，亟需早期的發現與協助，否則可能產生「習得無助感」，而導致複雜的學習問題。

2. 有學習困難 (learning difficulty) 的學生：學習困難也可譯為「學習困擾」。為避免名詞使用的混淆，以下皆以學習困難稱之。不同學者對學習困難的概念有不同的詮釋。Naparstek (1995) 把學習困難定義為「學生的學業成就無法符合老師、家長或學生本人的期待」。英國 1981 年的教育法案則將學習困難定義為：⑴個人在學習上與同年齡多數學生相較有顯著的困難；⑵個人有障礙，因而阻礙其利用學校所提供符合同年齡兒童的教育措施（何英奇、毛國楠、張景媛、周文欽，2001）。沈蓉與鍾聿琳 (1991) 指出學習困難係指學生在學習過程中所感受到的困擾與問題。何英奇等人 (2001) 則認為所謂的學習困難，是指智能正常學生在學習行為的表現上，低於同年齡同學的水準或低於其智能所預期之應有的成就水準。

除了個人因素之外，有學者將學習困難視為個人與環境之間互動的結果，所以學習困難的定義應該包括內在與外在的原因。翁碧慧 (2002) 認為學習困難係指在學習過程中，面臨個人內在的及外在的問題，使其學習受到阻礙，影響學習。陳麗娟 (1994) 及廖珮泠 (2004) 則認為學習困難是指學生在學習的過程中對課程學習、學習方法及學習情緒方面，產生焦慮或挫折，致無法與外界達成一種圓滿、和諧的適應狀態。許定邦 (2002) 指出學習困難係指學生在其學習過程中，遭遇來自社會、學校、家庭及個人等各方面的困擾，使學習產生挫折和焦慮，而無法專心向學，致使學業成績不如理想，甚而影響其學習成效和學習意願。

學習困難的七個種類：
一、低成就
二、成績不穩定或持續退步
三、容易分心
四、學業的欺詐
五、學科的偏食
六、學習的恐懼
七、逃學

吳武典 (1987) 則認為學習困難的種類，可分為以下七項：

⑴低成就：係指成就水準顯著低於能力水準而言。

⑵成績不穩定或持續退步：可能在身體健康上發生變化，或在動機、情緒上有消沉或不穩的現象。

⑶容易分心：易為不相干的刺激所吸引，顯得心不在焉。因缺乏注意的習慣，對老師所教之內容，很難加以吸收，因此妨礙了學業的進步。

⑷學業的欺詐：指透過不當手段，獲取學業上表面的成就，如抄襲別人的作業、考試作弊等。

⑸學科的偏食：指偏愛某些功課、偏惡某些功課，正如食物偏食現象。

⑹學習的恐懼：包括高度的考試焦慮、書本恐懼、拒絕上學等。往往導致功能性的心智障礙，影響學習效率。

⑺逃學：此乃外向性的不良適應行為，但往往與成績低落形成惡性循環。

二、造成學生學業低成就與有學習困難的因素

造成學生學習成就低落的原因是相當複雜的，通常我們可以發現低成就和有學習困難的學生對學業是不會學，也不大願意學的，無論他們是不會學，還是不願意學，我們都無法由單一因素來判斷學業低成就和學習困難的形成原因。然而

若能採用及早介入或預防性介入的方式，便能幫助學生發現其困難所在，若再加上能給予適當的學習輔導，如此一來，學生的低成就和學習困難現象便可以降低，甚至消除。所以了解學生低成就和學習困難現象的確實原因，是補救教學進行的基礎與成功的幫手。

根據王黃隆 (2003)、林朝夫 (1993)、陳月英 (2001)、陳李綢 (1991)、黃榮貴 (2002) 等人的歸納，影響學生表現低成就或是學習困難的因素有：

1. 個人因素，如個人情緒上的困擾、自我概念低落、欠缺學習動機、過去失敗的經驗、缺乏學習策略與技能、個人生理或健康的缺陷、對學校的適應、智力水準較低等因素。

2. 家庭因素，如家庭破碎、社經地位低、文化貧乏、氣氛不良、親子關係不佳、父母管教及期望不當等因素、家長不重視教育的價值等因素。

3. 學校因素，如教師教學方式與教材選擇不適合學生、班級設備不佳、同儕文化偏差、師生關係不良、同儕間過度競爭、課業負擔大、考試成績不佳、教師的人格與態度等因素。

4. 社會因素，如社區環境不良、社會價值觀偏差等因素。

三 學業低成就學生或是有學習困難的學生之特徵

學業低成就和有學習困難的學生具有某些相似的特徵，而這些特徵可從外顯特徵和心理特質兩方面來加以說明（陳月英，2001；黃立賢，1996；詹餘靜、姜毓玫，2004；Belcastro, 1985; McCall, Evahn, & Kratzer, 1992; Rimm, 1985）。

1. 外顯特徵：這類學生較難集中注意力，並且較缺乏耐心。而且由於讀書技巧不良，對學業無興趣且表現不佳，在閱讀與數學的成就表現，比一般學生來得低；容易有同儕關係不佳的問題，情緒不穩定，對權威具攻擊性和敵意。容易有對未來目標不明確、對生活不積極、漫無目的等問題。

2. 心理特質：低成就和有學習困難的學生自我概念較差、容易自我貶抑。在控制信念上較傾向外控信念，此類學生容易將成功歸因於外在因素，而非自己努力的成果，因此其成就動機較低。此外，他們常常有焦慮、社會適應能力較差等特質。

張新仁、邱上真、李素慧 (2000) 則從低成就和有學習困難的學生在學業及日常生活上的表現，來說明低成就和有學習困難的學生之特徵。

1. 在學業表現部分：

   ⑴在測驗的表現上，呈現低的基本作答技巧。

   ⑵學業成績表現較差。

   ⑶閱讀或數學的能力比一般學生來得低。

   ⑷被留級或學業方面遭遇挫折。

   ⑸經常找藉口不交作業或遲交，或是抄襲同學的作業。

   ⑹記憶力欠佳。

   ⑺語言能力不足。

2. 在日常生活的表現部分：

   ⑴依賴性重，需要家長或教師特別注意。

   ⑵對於有興趣的科目或課程，有優異的理解力及記憶力，並且會一再、長期的將力氣用在此一學科的學習上。

   ⑶容易分心，不易專心及努力工作。

   ⑷學習態度不佳、缺乏學習動機、恆心。

   ⑸在自我或社會性的控制適應部分有困難。

   ⑹在學習部分，需要比其他同學花更多的時間。

   ⑺不喜歡學校及家庭作業。

   ⑻習慣性的遲緩以及較低的出席率。

   ⑼家庭提供較少的支持。

另外，缺少學習動機、習慣性的遲緩及較低的出席率、需要比其他同學花更多的時間等，也是學業低成就和學習困難學生行為方面的特徵。但是，若是他們喜歡的科目或者課程，有時他們反而表現出優異的理解力及記憶力（張新仁、邱上真、李素慧，2000）。此外，有學習困難的學生其學習反應較一般生來得緩慢，因為有學習困難的學生常有知覺上的問題，例如視覺或聽覺有缺陷，所以他們在動作表現上容易動作遲緩、手眼動作不協調、缺乏節奏與韻律感（楊中任，2008），不僅不易理解老師及同學的語言，也不易遵行指示，更因為對社交環境的敏銳性不足，以及不能明白自己行為對他人的影響，故常被同輩孤立、排擠。

　　從本章的說明中可以知道，接受補救教學的對象為教室中的學業低成就和有學習困難的學生。這些學生的問題，大致來自於三個方面。首先是學生各項能力的發展，若是學生的各項能力在發展上有落後的情形，那麼學習成就可能會受到影響，而有低落的情形。二是學習方面的因素，有些學生的各項能力，並沒有發展上的問題，而是他們的學習態度、方法或技巧不良，使得他們沒有辦法趕上同儕的學習進度。三是其他方面的因素，例如家庭缺乏學習資源的提供、學校教育沒有適時的提供幫助等，也都是他們學習成效不佳的因素。當我們要討論有效的英語補救教學之前，應該先找出低成就學生或學習困難學生可能有的問題，才能對症下藥。

　　除此之外，因為學業低成就與有學習困難的學生最明顯的外在特徵，就是他們對於某一學科的成績或成就表現明顯低於一般同儕，所以為了精簡篇幅，在之後的章節中，作者將以「英語低成就學生」作為英語學業低成就學生與對英語有學習困難的學生之統稱。

王黃隆 (2003)。電腦補助教學對國中英語低成就學生實施補救教學之效益研究。
　　國立高雄師範大學教育學系未出版碩士論文。

李玉瑾 (2005)。青少年讀者身心發展與網路檢索行為。中華民國圖書館學會會報，
　　75, 237–246。

李咏吟 (2001)。學習輔導：學習心理學的應用（第二版）。臺北市：心理。

李惠加 (1997)。青少年發展。臺北市：心理。

吳武典 (1987)。特殊教育的理念與做法。臺北市：心理。

何英奇、毛國楠、張景媛、周文欽 (2001)。學習輔導。臺北市：心理。

沈蓉、鍾聿琳 (1991)。大專護理科系學生學習過程中困難之探討與改進。教育部
　　委託研究，編號：臺 (80) 顧 62684。

林美珍（編譯）(2004)。兒童認知發展——概念與應用 (Siegler, R. S. 原著，1998)。
　　臺北市：心理。

林朝夫 (1993)。偏差行為輔導與個案研究。臺北市：心理。

洪蘭（譯）(1997)。學習樂觀、樂觀學習 (Seligman, M. 原著，1991)。臺北市：
　　遠流。

洪儷瑜 (1995)。學習障礙學生的教育與輔導。載於張蓓莉、廖永堃、董媛卿編，
　　如何發現及協助特殊學生（第三版）（90–99 頁）。臺北市：國立臺灣師範大
　　學特教中心。

翁碧慧 (2002)。學習動機與社會支持對國立臺東師範學院在職進修研究生學習困
　　擾之影響研究。臺東師範學院教育研究所未出版碩士論文。

陳月英 (2001)。提昇低成就學生的學習動機。國教輔導，41 (2)，21–26。

陳李綢 (1991)。個案研究。臺北市：心理。

陳麗娟 (1994)。我國國民補習學校班級氣氛及其與成人學生學習行為關係之研
　　究。臺灣師範大學社會教育學系未出版碩士論文。

郭生玉 (1973)。國中低成就學生心理特質之分析。國立臺灣師範大學教育研究所

集刊，15，451–534。

郭生玉 (1997)。心理與教育測驗（11 版）。臺北縣：精華。

張宏哲、林哲立（譯）(2003)。人類行為與社會環境（Ashford, J. B., Lecroy, C. W., & Lortie, K. L. 原著，2001）。臺北市：雙葉。

張春興 (2007)。教育心理學──三化取向的理論與實踐（重修二版）。臺北市：東華。

張景然 (2003)。大學生成長團體實務：新手團體領導者效能的提昇。輔導季刊，39 (4)，41–50。

張新仁、邱上真、李素慧 (2000)。國中英語科學習困難學生之補救教學成效研究。教育學刊，16，163–191。

許定邦 (2002)。高中高職實施多元入學方案後國中生學習困擾及學習態度之研究。國立彰化師範大學教育研究所未出版碩士論文。

黃立賢 (1996)。國小低成就學童的輔導策略。國教園地，57/58，52–56。

黃富順（編）(2002)。成人學習。臺北市：五南。

黃榮貴 (2002)。低成就學生之學習輔導。屏縣教育，12，16–21。

黃德祥 (2000)。青少年發展與輔導。臺北市：五南。

黃德祥、薛秀宜、謝龍卿、洪佩圓、黃惠鈴、朱麗勳、巫宜倫、謝幸穎、許惠慈譯 (2006)。青少年心理學──青少年的發展、多樣性、脈絡與應用（Lerner, R. M. 原著，2002）。臺北市：心理。

楊中任 (2008)。學習障礙的語文教學策略探究。網路社會學通訊期刊，69。2008年 6 月 25 日，取自 http://www.nhu.edu.tw/~society/e-j/69/index.htm

楊坤堂 (1993)。低成就學生的診斷與教學。國小特殊教育，14，12–18。

楊坤堂 (1997)。低成就學生的學習輔導策略。教育實習輔導季刊，3 (2)，53–60。

詹餘靜、姜毓玟 (2004)。國小英語補救教學：英語童書閱讀教學策略之應用。國民教育，44 (5)，20–28。

廖珮泠 (2004)。工業設計系學生學習態度與學習困擾之研究。國立雲林科技大學工業設計研究所未出版碩士論文。

Belcastro, F. P. (1985). Use of behavior modification with academically gifted students: A review of the research. Roeper Review, 7 (3), 184–189.

McCall, R. B., Evahn, C., & Kratzer, L. (1992). High school underachievers: What do they achieve as adults? CA.: Sage.

Naparstek, N. (1995). The learning solution. NY: Aron Books.

Nurmi, J., Onatsu, T. & Haavisto, T. (1995). Underachievers' cognitive and behavioural strategies: self-handicapping at school. Contemporary Educational Psychology, 20 (2), 188–200.

Rimm, S. B. (1985). How to reach the underachiever. Instructor, 95, 73–76.

Shanahan, T. & Barr, R. (1995). Reading recovery: An independent evaluation of the effects of an early instructional intervention for at risk learners. Reading Research Quarterly, 30, 958–996.

Torgesen, J. K., Alexander, A., Wagner, R., Rashotte, C., Voeller, K. & Conway, T. (2001). Intensive remedial instruction for children with severe reading disabilities: Immediate and longterm outcomes from two instructional approaches.Journal of Learning Disabilities, 34 (1), 33–58.

第四章　英語補救教學的評量

　　補救教學要有成效，必須要針對學生的學習問題來加以輔導，但是學生的學習問題到底是什麼？是哪些因素造成的？我們必須要深入探討這些問題，才能夠針對學生的學習問題對症下藥，使學生的學習問題得以被解決，學習狀況得以改善，並能跟上其他同儕的學習進度。教學評量就是教育上用來發現學生學習困難的工具，所謂的教學評量是依據教學目標，運用科學方法，對學生的學習結果從事研究和分析的一系列活動（郭生玉，1997），評量之後不但可以了解學生的學習成果，也可以了解教師所用的教材教法是否適當，並且可以分析教學目標是否達成。但是，學生學習問題的理解並不是等到考試完才加以分析的，也非單次評量就能確實了解，所以教學評量依據舉行的時間點，可以分成教學前的評量、教學中的評量以及教學後的評量。此外，根據 Jorgensen 和 Shymansky (1996) 的看法，評量具有執行目標、監控達成目標的過程、明確的改變教師的角色（由知識的傳輸者轉變成思考的促進者）等的功能。Gipps 和 Murphy (1994) 則認為評量具有確認學生學會什麼、未學會什麼及學習困難所在的功能。故依據評量舉行的目的或功能，又可以將教學評量分成安置性評量、形成性評量、診斷性評量以及總結性評量（林進材，2004）等。學習評量對於低成就學生的學習是相當有幫助的，首先它可以讓老師發現學生的學習困難，然後幫助老師去想辦法協助學生解決問題。以下將分別從補救教學的各階段，來說明評量的使用目的、功能、測驗類型與方式。

壹、補救教學前期的評量方式

　　補救教學前的評量，其目的是了解學生，功能是用來做適當的安置[1]、並了解

---

[1]　依據學生的需求，安排最適合的年級或班級就讀。

課程與教學應該如何安排。測驗類型則有智力測驗、學習態度與興趣等的測驗、學科測驗（包括安置測驗與診斷測驗）。

一　目的

補救教學前進行評量的目的，在於了解學生已有的問題，例如智力、學科能力、基本能力等，此時的評量並不在於給學生一個標籤，而是希望藉由評量來給予學生比較好的教學安排與課程設計。研究證實（邵心慧，1998；張新仁，2001）依據學生的問題而設計的補救教學，最能夠有效的改善學生的低成就問題。

二　功能

教學前評量的功能有三，分述如下：

1. 了解學生的困難與能力：補救教學前先知道學生的能力，可以幫助老師對於即將前來參加補救教學的學生有個概略的了解，因為從多元智能的觀點來看，學生缺乏某一能力不代表其他能力也有問題，而補救教學應從學生有能力、有興趣的地方開始，吸引學生的注意力與參與意願，所以補救教學老師常利用學生的強項能力來彌補學生的弱勢能力，當學生願意學習時，補救教學的進行會容易許多，也會比較有效果。再者，補救教學前應測驗學生的學科能力，讓老師知道學生的問題在哪裡，如此一來，老師在設計課程時，可以針對學生能力低弱的部分多設計相關活動。而在了解學生的能力與學習困難之後，老師才能選擇適用的教學方法來進行教學，並適時給學生幫助，以達到改善學生學業成就的目標。

2. 做適當的教學安排：教學前所做的評量，通常也有安置的功能，首先學生教學前評量的成績，可以拿來做分班的考慮，一種是將學生做同質的分組，也就是能力較好的學生在一班，能力較差的學生在一班，這樣的編班方式有教法、教材容易選用的功能。另一種是做異質的分組，也就是班級中有能力高，也有能力低的學生，學生可以從對同儕的模仿當中來增強學習，因此，異質分組有合作學習、社會模仿學習的功用。但是教學時，老師要同時考慮不同能力學生的課程設計、教材教法，比較費心思，挑戰性高。

3. 適切的課程設計：經過前兩個階段的考量後，接下來是課程與教學的規劃。首先，知道學生的程度，可以擬訂適切的教學目標，讓每個學生都能通過

目標，獲得學習的信心。至於教
學方法的選用，也需要考慮學生
的學習困難之處，因為不同的學
習問題或是嚴重程度不同的問
題，都可以用不同的教學方法來
排除。教材的選擇或編輯教學評
量的方式，也都需要依照學生的

能力與問題來進行，有的教材應該簡單一些，多用一些時間來重複練習相
關概念；而有些則是需要提供多一些時間來思考與理解。對於能力較差的
學生，評量方式可以使用工具輔助，能力較好的學生則應該考慮和一般同
儕一樣，以便往後較容易回歸正規教學。在學後評量結果的解釋上，因為
補救教學採取標準參照的觀點，因此，學生只和自己未接受補救教學前的
成績比較，有進步、能達到標準就代表補救教學有了成效，不必強調進步
幅度的大小或是在班級中的排名。

 測驗類型與方式

1. 智力測驗：針對有學習困難的學生實施智力測驗的目的，在於了解學生的
   學習困難是否因智力不足所引起，且多數的智力測驗，可以讓老師們知道
   學生缺乏的是哪一方面的能力，但是因為智力的定義很分歧，所以在解釋
   智力測驗的結果時要很小心。學生在智力測驗上的得分低，並不代表沒有
   學習能力，老師在解讀學生的智力測驗得分時，還應該搭配上學生的學業
   能力、學習興趣、學習態度及家庭的支持力量等因素。智力測驗通常有標
   準化的測驗題目、流程及解釋方式，使用時應注意學生的特徵，不要選用
   與學生能力有衝突的測驗，例如識字能力差的幼童，就須選用非語言的智
   力測驗或圖形式的智力測驗，以免誤判學生的能力。在國內常用的智力測
   驗有魏氏智力測驗III（適用範圍從兒童到老人）、圖形式智力測驗（適用範
   圍從國小到成人）、托尼非語文智力測驗（適用範圍從幼兒到青少年）等，
   在這些智力測驗中，托尼非語文智力測驗適合年紀較小的幼兒或是國中、
   小學生，圖形式智力測驗及魏氏智力測驗III則適用於各個年齡層的學生。

2. 學習態度、興趣與風格的評量：學生對於英文的學習態度和興趣，會影響補救教學的進行與結果，我們常可以發現英文學習態度正向、學習興趣比較高的低成就學生，在適當的引導之下，很容易有進步，但是對於英語學習態度已呈現負向或者喪失學習興趣的學生，補救教學通常不大有成效，所以，英語學習態度與興趣的評量很重要，但是這並不是說學習態度比較不好、興趣比較低的學生，就不需要補救教學，而是老師在希望補救教學對他們有成效之前，要先重建學生對英語學習的興趣與對自己的信心。學習風格的測驗則可讓老師知道如何針對學生的學習習慣來進行補救教學，有些學生的英語學習成果不佳是因為用錯了學習策略與技巧，只要改用不同的方法，學業低成就問題就可以得到緩解，因此，學習風格測驗也是教學前評量的必要環節。

3. 學科困難的測驗：國內有關英語學習困難的測驗，不管是成就測驗或診斷測驗，數量均不多，茲分述如下（陳姿君，2002）：

   (1) 國民中學英語科成就測驗：由林美珍、黃國彥於 1980 年所編製，正昇教育科學社出版。此測驗有三個版本，分別給一、二、三年級的學生使用。一年級的題本共有六個分測驗，分別為看圖認字母、看圖認字、看圖認句、配合、問答及填充。二年級有七個分測驗，分別是辨音、生字、配合、填充、重組、句法及閱讀。三年級共有七個分測驗，分別是生字、配合、填充、句法、重組、問答及閱讀。本份測驗有建立常模[2]，可供教師對照，讓教師了解學生的成就表現在哪一水準。由於年代較為久遠，課程經過多次的修訂，較不適合現在的學生使用。

   (2) 英語能力診斷測驗：由董媛卿於 1991 年編製，臺灣師大特教中心出版。此測驗有 20 個分測驗，分別是英文字母、英語發音、字彙片語、句子要素、句型類別、句型轉換、詞性類別、詞類變化、冠詞、代名詞、所有格、動詞變化、單複數形、副詞位置、介系詞、中英翻譯、英中翻譯、問題回答、問題製作及閱讀能力等。適用對象為國二學生。本份測驗沒

2　是指解釋測驗分數的依據，通常是某一特定團體接受過測驗之後所獲得的平均分數。

有常模,但有訂定學生應達到的精熟標準,以此判斷學生對於該項技能是否達到精熟水準。此測驗可用來診斷國中學生的英語學習困難,以利老師進行補救教學。

> **補救教學前評量的測驗類型與方式:**
> 一、智力測驗
> 二、學習態度、興趣與風格的評量
> 三、學科困難的測驗 → 安置性評量
>　　　　　　　　　　 → 診斷性評量

(3) 國中學生英語學習成就測驗:由吳裕益、張酒雄和張玉茹於 1998 年所編製。此測驗共有七個分測驗,分別是聽寫、聽力測驗、字彙測驗、文法測驗、克漏字測驗、整句翻譯及閱讀測驗,評量學生英語聽、說、讀、寫的能力。本份測驗的適用對象為國中二年級。本測驗亦有建立常模,提供百分等級及標準分數常模供教師對照,讓教師得知學生英語成就的相對地位。

此外,學科困難的測驗依據其施行的目的,又可以分成以下兩種測驗:

(1) 安置性評量 (placement assessment):教學前實施的一種評量方式,其目的在於了解學生所具備的學習所需之基本知能的程度,因此其難度較低、範圍較小。教師可以利用安置性評量的結果,決定班級教學的起點、是否先行複習舊教材內容、選擇何種適當的教材和教法、如何將學生分組或安排在特殊班級中學習 ,以及了解學生可能會遭遇的學習困難。

(2) 診斷性評量 (diagnostic assessment):這是一種通常在教學前進行,也必須在教學過程中實施的一種評量。當診斷性評量在教學前實施時,其目的在於診斷學生的學習困難所在,並針對其困難,設計必要且適當的補救教學 。 這種評量方法注重學生對特殊題目或是對整組題目的反應。通常會特別注意學生的共同錯誤,以找出學生對特定知識及技能的錯誤類型。當老師掌握了學生特定的學習問題之後，就能針對問題深入的計畫與解決，盡快解決學生學習成就低落的情況。

貳、補救教學進行中的評量方式

補救教學進行中的測驗，其目的在於即時解決學生的學習問題，功能是希望經由立即性的糾正，而節省學生因為嘗試錯誤所流失的學習時間。而且補救教學中的評量所涵蓋的學習量較少，學生容易記得，考試也比較容易通過，學生可以經由這樣的評量，重建自己對英語學習的信心，至於測驗的類型與方式，多是老師自編的學科能力測驗，來源是學生所學的教材或概念，而且以形成性評量（見54頁）為主：學生每學一個概念就進行一次測驗，用這樣的方式來了解學生是否學會或是發現學習問題的所在。

一 目的

接受英語補救教學的學生，通常是在英語的學習上遭遇到困難，這些學生的問題多是因為之前的錯誤學習概念累積而來的，當學生在重新學習這些概念時，過去的錯誤會繼續影響學生的學習，使得學習成果持續低落，為了避免如此情形一再出現，最好的方法就是在發現時便予以解決；老師要進行教學中的評量，就是基於這個目的——找出學生的學習問題並及時解決。

二 功能

教學中的評量的功能有三：

1. 提供回饋給老師及學生：教學中的評量，可以讓老師知道學生的錯誤概念在哪裡，進一步找出可以改善問題的解決方案，而學生自己也可以知道自己的問題。再者，老師也可以從學生的評量結果中，知道自己在教學時有哪個部分不周到，需要再教一次，或是可以進行下一個階段的教學安排了。最後，老師也可以從教學中的評量結果，去調整下一個階段的教學與課程安排，讓補救教學的課程設計與教材教法，能確實的幫助學生解決學業低成就的問題。

2. 即時調整課程與教學：教學前的評量結果，可以幫助老師擬訂教學目標、選擇教材與教法，但是對於低成就學生而言，即時的幫助是最有效的補救教學，所以目標、教材、教法都應該有彈性，隨時可因學生的需要而改變。教學中的評量依據教材的難易程度來安排，而且每次評量只針對一個重要的概念。通常基礎的、較簡單的概念會先教、先考，因為沒有先備經驗或是相關概念的基礎

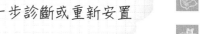

補救教學中評量的功能有三：
一、提供回饋給老師及學生
二、即時調整課程與教學
三、進一步診斷或重新安置

沒有打好，新的學習很容易失敗，所以當學生對於基礎概念不清楚時，老師可以將原先預計的課程延後，調整好新的目標、教材、教法後，先教需要先學會的概念，然後再往下教學，這樣補救教學成效會較好。

3. 進一步診斷或重新安置：接受補救教學的學生，也有可能在補救教學的過程中適應不良，老師也有可能誤判了學生在教學前評量中所呈現的結果與問題，因此使得學生在補救教學中的學習成就仍然不佳。這時，補救教學的老師可以利用教學中的評量，進行再一次的診斷與重新安置，以使學生能確實得到最適性的教學。

 三 測驗類型與方式

教學中的測驗依據功能可以分成以下兩類：

1. 形成性評量 (formative assessment)：此種評量在教學過程當中實施，其目的主要是不斷提供回饋給學生和教師，使他們得知教學和學習的成功與失敗，以確保學習朝向教學目標穩定前進。對學生而言，這種回饋可以增加他們成功學習的可能性，並且可以指出必須修正的錯誤概念所在。對教師而言，它有助於了解學生在哪些方面的學習尚未達到教學目標，也可以知道學生的學習在哪些方面有明顯的困難，進而調整自己的教學步驟，或決定採取什麼樣的矯正措施。形成性評量的範圍較小，評量內容僅限於教學的特定內容，可能是一個概念或原則，或是某一單元的教學內容，而其難度也不及教學結束時所實施的總結性評量。此種評量著重在不斷的進行評量、找出問題、運用新方法再次教學，然後再評量的過程，而形成性評量的最終目的不在於給學生一個等級或分數，而在於改進教學，以促使學

生有效的學習。

2. 診斷性評量 (diagnostic assessment)：在教學中實施的診斷性評量，目的在於持續的在每個學習段落診斷學生的學習困難所在，並不斷的針對其困難實施必要的補救教學。這種評量方法著重在找出學生對特定知識及技能的錯誤類型，然後提出解決的方案與教學，讓學生得以在最短的時間內矯正錯誤。一般來說，形成性評量是屬於急救性的處理，可以立即找出較單純的困難之處並解決，而較嚴重的學習困難則留待診斷性評量的分析和處理。所以診斷性評量是一種更具綜合性和精密性的評量，除了採用標準化的成就測驗之外，通常也需輔助使用非正式的教師自編測驗和直接的觀察紀錄。

補救教學中的評量依功能可分成兩類：
一、形成性評量
二、診斷性評量

而國內常見的英語學科測驗，可以大約分成老師自編的測驗以及其他單位提供的測驗：

1. 老師自編的成就測驗：補救教學老師依據教學目標及教材，來設計適合給低成就學生的形成性或診斷性測驗，這類型的成就測驗，必須要依照補救教學的內容來設計，是一種個別差異很大的測驗，通常不同的補救教學內容，就會有不同的自編測驗，基本上是以教材中的重要概念為設計的要點，可以照顧到每個學生的需要與學習內容，但是缺少一般標準化測驗的信度、效度考量，而且也會跟老師的測驗編製能力有關。一般來說，在教學過程中的自編成就測驗，是以一個概念為一次測量的內容，例如整份考卷只測驗學生時態問題，不宜一次包括太多概念，以減少學生混淆與失敗的機會。目前有許多教材出版商會提供一些與教材相關的題庫，可以提供給補救教學的老師使用。

2. 經過信、效度檢驗的其他測驗：

(1) 臺南市國小英語聽力與閱讀理解電腦化評量：此一評量的目的在於以生

活化的情境，來評量六年級學童英語聽力和閱讀理解的表現水準，以作為國中老師教學安排的參考。此一電腦化評量的內容，包括辨識語音、日常語句理解和短文理解，可以作為學生國小階段英語學習的能力測驗與診斷測驗（陳煥文、涂柏原、洪碧霞、林娟如，2004；黎瓊麗，2005）。

(2) 國中英語學業成就測驗：由羅梅香 (2007) 所編製，在測驗的編選方面，第一部分題型來自於財團法人語言訓練測驗中心所設計「全民英檢初級初試」之題本，第二部分題型選自基測試題題本。此一測驗分為兩大部分，第一部分題目包括聽力測驗、文法及字彙測驗、克漏字及閱讀測驗等。第二部分是依據教育部訂定之國民中學英語課程大綱，綜合各家出版社課本的教學內容所編選出的題目，出題範圍為國一至國二之英語課程。

(3) 英語閱讀能力診斷測驗：陳姿君 (2002) 以國內、外閱讀成分、歷程及發展階段與閱讀診斷測驗的文獻為基礎，並且蒐集國中小英語教材進行內容分析，再配合九年一貫課程綱要，將認字、語音分析、字彙理解及句子理解等納入英語閱讀能力診斷測驗的編製架構。此一測驗的目的在於探知國一學生英語閱讀學習表現的概況，並且深入了解低成就及身心障礙學生英語閱讀學習困難之所在，以作為分組教學或補救教學的依據。本測驗共包含認字、語音分析、詞彙理解及句子理解四種分測驗。

(4) 國中英語文法診斷網：由花蓮縣國中英語領域輔導團所規劃、設計，此一網站的設立目的有三，一是作為英語教師診斷學生文法困難之處，以方便其進行補救教學之用；二是作為學生自我文法診斷之用；三是作為學生文法複習之用。設站者為因應各版本內容不同，主要以國立編譯館所編纂之「文法焦點」(Grammar Focus) 為架構，再另加上一些國中學生常誤用的類似動詞、介系詞等編寫而成。此一測驗主要分為兩大部分，第一部分為「單題式」測驗題，第二部分為「綜合式」測驗題。兩種題型的不同在於，第一部分是測驗學生在「單純的情況」下，對於某一單項文法的理解情形；第二部分則是測驗學生，是否能將第一部分的零散概念，綜合應用於「較複雜」的語言情境中。其網址為：

http://www.ycjh.hlc.edu.tw/~t311/moe/engb5/diagnose/howtouse.htm。

⑸高中職及大學以上適用的英語成就測驗：包括大學校院英語能力測驗 (CSEPT)、全民英語能力分級檢定測驗 (GEPT)、外語能力測驗 (FLPT) 等。

■ 參、補救教學後期的評量方式

補救教學後的評量通常是用來確定學生的學習結果，除此之外，許多老師也會以學習態度或學習興趣量表，來看看學生對於英語學習的感覺是否有所改變，而其主要的功能是用來檢討學生的學習成果、老師的課程設計、老師的教學，以使得補救教學的進行可以更有成效。評量的方式，大致上有學科成就測驗和學習興趣及學習態度量表，類型則分總結性評量及檔案評量。

目的

教學後的評量，其目的在於了解學生學習後的成果，一來可以確定老師的課程設計與教學實施，確實對低成就學生有所幫助，二來也可以當作學生下一階段的學習或補救教學的診斷測驗，以便能進一步的幫助學生成長與回歸正規教學。

功能

教學後的評量有以下三個功能：

1. 了解學生的學習成就：學後評量的結果是補救教學這一段時間以來學生的學習成果。從學後評量中可以發現學生在這一次的補救教學中學習成就問題的改善情形，補救教學老師可以利用學後評量來與家長溝通，讓家長知道學生的進步情形與學習成效，老師也可以利用學後評量的結果，來證實補救教學存在的必要性與價值，但是更重要的是學生可以從學後評量中得到鼓勵，也可以讓老師知道學生對教學的理解

> 補救教學後評量的功能有三：
> 一、了解學生的學習成就
> 二、作為補救教學有無成效的証明
> 三、作為後續教學的基礎

程度。

2. 作為補救教學有無成效的證明：學後評量可以作為老師課程設計與教學實施的評鑑，一個好的課程設計，上自課程目標，下至教學方法的選擇，都必須妥善考量，才能真正適合低成就學生。而教學過程也是影響學生學後評量的因素之一，若是課程設計良好，可是老師沒有確實執行或是在執行中有所偏差，例如合作學習空有小組的形式，學生之間卻無相互幫助、彼此貢獻心力的現象，那麼補救教學仍舊無法真正對學生有益，故學後評量也能幫助老師了解自己的教學實施是否確實。

3. 作為後續教學的基礎：學後測驗更重要的是可以作為學生下一階段學習的診斷測驗，老師可以在學生學後的測驗中，發現學生的哪些學習問題，在此次補救教學後已經獲得解決，哪些部分雖然有進步，但是還未達到精熟的標準，需要在下一階段的補救教學中繼續加強，又還有哪些新出現的問題需要解決。此外，學生的學習能力也會重新受到評估，以作為下一個補救教學階段的起點。

三 測驗類型與方式

1. 老師自編的成就測驗：這時的成就測驗，內容是以一小段時間的教學內容為主，內容不只包含一個概念。學生容易因為同時要記得這麼多的東西，而且測驗中所包含要評量的能力項目也比較多，所以有評量壓力較大、成果較不好的問題。因此，老師可以考慮對於能力較低的學生，降低一點通過的標準，目的應該擺在學生是否真的可以掌握老師教過的內容。

2. 學習態度與學習興趣等的評量：老師也可以在補救教學之後，進行學習興趣、學習態度或學習風格等的測驗，以了解學生對於補救教學的設計、老師的教學等的看法，也可以了解學生對於英文的接受程度、對英文的學習態度及學習方式的變化等等。這樣的調查能夠幫助老師了解學生對於下一步補救教學的進行，是否已經有了足夠的準備。

至於英語補救教學後評量的施行方式有二：

1. 總結性評量 (summative assessment)：是指在單元教學結束後才實施的評量，目的主要在於評估本教學單元所列教學目標達成的程度，以及檢討所用的教學方法是否適當有效，並且評定學生的學習成果。此種評量較偏重對學生的學習成果進行總檢查，目的在於評定學生的成績等第或認定學生精熟的程度，而不是發現學習困難和改進教學。此評量的測驗試題所涵蓋的難度範圍較廣，通常是抽取能代表學習內

補救教學後評量的測驗類型：
一、老師自編的成就測驗
二、學習態度與學習興趣等的評量
補救教學後評量的施行方式：
一、總結性評量
二、檔案評量

容的樣本作為試題，而且學生必須通過老師以同年齡層學生的平均表現為基準所訂出來的成就標準。

2. 檔案評量 (portfolio assessment)：是指整個教學歷程中都在蒐集、展現學生學習成果的一種評量方式，適用於強調個別化的教學歷程中。所謂的檔案評量是指有目的收集那些能夠展現學生努力成果與進步情形的作品，以提供老師或家長長期檢視學習進展的有效評量策略。檔案的內容包括：紙筆測驗結果、概念圖、訪談記錄、學習報告、口頭報告、同儕評量、有系統的觀察資料、學習單、作業等等。從這些訊息資料中，教師可以知道學生在學習過程中所付出的努力、進步情形和達成學習目標的程度，同時也使學生有機會自我檢視、評鑑和反省自己的學習，以成為積極主動的自我評量者。這種評量的重點在於以學生為教學與學習的中心，重視學生的進步、努力和成就，也重視學生間的個別差異，並盡量反映出學生正面有利的資料。此外，檔案評量要與教學活動相聯繫，使評量和教學成為一個循環。檔案評量是一種更真實、動態與整體的評鑑，因為學生在不同情境或不同階段學習的資料，可以呈現學生多元性的能力，為學生長期進步與成長的有力證據。

從上面的說明中可以知道，教學評量在教學中是不斷出現、與教學相輔相成的，例如，上一階段的總結性評量，可作為下一階段安置性評量的參考，在教學

中的診斷性評量，也可以是下一個教學活動的安置性評量。因此，老師們應重視在教學中的每一種教學評量，而且它們是相互影響的，如果老師們希望評量能促進教學，則評量不應該只放在學期末，因為如果評量放在整個教學之後，就不能幫助教師作任何教學判斷。評量應該是連續的過程，讓教學者經由學習者在評量的回應中獲得一些訊息，以作為教學上修正的依據，如此一來，評量才有可能改變教與學的現況（謝祥宏、段曉林，2001）。

根據李咏吟 (2001) 的說法，進行補救教學前，老師必須針對學生的學習困難、學習風格、學習策略、學習習慣、學習態度來加以診斷與分析，然後從這些觀察或測驗的結果中，知道學生的學習問題真正的來源，並針對這些問題來設計補救教學，以確實提升學生的學業成就。故安置性或診斷性的評量對於補救教學的進行是相當有幫助的，在老師還不確定學生是否有學習困難時，此種評量可以讓老師在教學前，就知道學生不理解或是比較不懂的部分，那麼，老師可以設計增強活動或是在教學設計時，特別注意此一部分的教學；若是老師已經確知學生有學業低成就的問題，安置性或診斷性評量則可以幫助老師事先找出學生的問題，以方便進行補救教學。

此外，教學中的評量也有助於老師發現學生的學習困難，因為當老師在教學中發現學生的問題時，可以立即進行補救，若是無法成功解決學生的問題，那麼課後可以依據上課的發現，進行診斷性評量的設計與實施，以確實找出學生的問題，然後設計補救教學並進行之。故形成性與診斷性評量對於補救教學的進行是很重要的，因為如果老師無法掌握學生的問題，補救教學的目標與課程設計將會有所偏差，而低成就學生已經沒有多餘的時間去嘗試錯誤了，所以確實掌握補救教學的進行很重要，也非常依賴學生學習問題診斷的結果。

最後，教學後的評量可以幫助老師了解自己的教學及學生的學習有沒有成效，當老師發現補救教學無法提升學生的學習成就時，可以從學生的反應中，去檢討課程設計、教學方法，甚至是評量方法，來找出學生仍無法達成目標的原因。故總結性評量對於下一個階段的補救教學是很有助益的，因為老師可以將下一次補救教學的時間，集中在學生仍未學會的概念或教材上；也因為老師已經調整過補救教學的策略、教材與教法，所以學生可以免於浪費時間或是再次受挫。

■ 肆、英語補救教學的評量流程 ━━━━━

綜合相關研究（杜正治，2001；張新仁、邱上真、李素慧，2000），英語補救教學的評量根據補救教學的流程，大致可以分為三個階段，以下分別說明這三個階段：

一 轉介過程

補救教學的首要工作在篩選、診斷與轉介適當的學生接受補救教學，而在此過程中，需要用到數種評量方法：

1. 篩選個案：透過教師的平時觀察與一般性評量，或是家長的要求，從各班級的學生中篩選可能需要補救教學的個案，再轉介予診斷小組，並收集有關的資料，以進行初步的診斷。

2. 蒐集資料：針對轉介的個案，由相關教師與診斷小組的工作人員提供相關資料，包括各科成績、智力與性向測驗結果、身心狀況以及學習態度等，來進行分析與診斷。

3. 初步診斷：根據學生的日常生活考查成績水準，來作為初步判斷學生學習困難及可能所需的補救措施之依據。在診斷工作人員小組會議中，由各班級的任課老師，報告學生的學習活動以及在學習中所遭遇到的困難，做成初步「是否確實有接受補救教學的必要」之決定。

4. 家長參與：診斷小組做成決定後與進行評量之前，需通知家長，使其了解子女在校學習狀況與所遭遇的潛在困難，進而和家長討論其子女是否有接受補救教學的必要性。在家長同意後，再實施正式評量。

二 正式評量

在診斷小組收到家長同意書後，即展開各項正式評量，並於規定期限內完成評量的工作。評量資料大致包括：學習困難報告、教室觀察記錄、醫生診斷書、同儕互動關係以及心理評量等。

此時的評量重點主要是了解學生在學習過程中，可能遭遇的困難、問題癥結以及補救對策。而評量的方式包括：

1. 課程性評量：以課程內容為重點，評量學生達成課程目標的程度。

2. 程序性評量：評量的重點在學生本身行為的改變，因此評量的對象是學生的行為，比較的對象也是學生自己。若成績退步，首先探究成績退步的原因，進而協助學生消除這些學習障礙，減少負面行為的產生。

英語補救教學評量的流程：
一、轉介過程
  1. 篩選個案　　2. 蒐集資料
  3. 初步診斷　　4. 家長參與

二、正式評量
  1. 課程性評量　　2. 程序性評量
  3. 判斷性評量　　4. 系統性評量

三、教學中的評量與學習後的評量
  1. 針對每部分學習內容的形成性評量
  2. 針對完整學習內容的總結性評量

3. 判斷性評量：其評量標準是以個人的主觀印象為主，透過教師平日的觀察和記錄，了解學生的學習過程、行為特性及學習方法，以此評估學習的成效。

4. 系統性評量：是一種可量化、客觀且結構性高的評量方式。針對學生平日的學習行為，進行持續性的觀察、記錄與測量。系統性評量可以對學習行為作詳細而深入的了解，分析學生的長處與短處，適時提供回饋。

 教學中的評量與學習後的評量

　　此時的評量重點在於補救教學的過程中，針對每個學習內容設計簡單的形成性評量，來即時且細部的了解學生在不同學習內容中所遇到的學習困難，然後即時分析以調整教學方法、教學內容，以符合學生的個別需求。在一段教學時間過後，進行一個較完整學習內容的總結性評量，以了解學生目前的學習結果與訂定下一教學階段的內容。

　　從上面的說明中可以發現，整個了解學生學習困難的流程，是從老師在教學中發現學業低成就學生或有學習困難的學生開始，為了更深入了解學生學習問題的來源與性質，老師需要利用各種測驗，包含正式的測驗與非正式的觀察、訪談或學生的練習表現等，來找出學生的學習問題；之後，綜合上述資料，以確實了解學生的學習問題，然後進行補救教學的規劃，包含時間長短、分班或分組、教材教法的選擇、成就標準的制定等，然後進行補救教學，在教學過程中，老師仍需不定期的進行形成性或診斷性評量，以了解學生的學習困難是否解決；若問題已經解決，則需設法幫助學生順利回歸主流教育；若是學生尚未準備好，則需進行問題的再次研議，並進行下一步的補救教學設計。

首先，當老師發現學生有學業低成就的問題時，第一個需要考量的問題是，這是不是短暫因素所引起？例如學生家庭或健康的因素等。如果不是，老師可以利用各種評量方式來了解學生的問題，此時可行的流程是先做智力測驗，以確定學生的學習問題是不是因為智能不足而引起；然後做學生的學科能力測驗，尤其是他們表現較差的那一個科目，以找出學生的問題或錯誤觀念。若學生的問題是在學科的知識或技能上，那麼老師可以從學科專業領域去尋求補救教學的方法；若學生的問題無關乎學科專業知識與技能，有可能是學生的學習方法或是學校適應有問題，這時老師可以做學習風格、學習態度、學習困擾以及行為適應等的測驗，以找出其他可能的原因。

在學生進行診斷性測驗之後，老師們接下來要進行初步的判別，以了解低成就學生的真正問題是什麼，是智力不足、有學科學習的困難、還是學生的學習風格與老師的教法無法配合等等？當老師在進行資料整合時，可以利用測驗結果整理表（如表 4-1），將學生所進行過的各項診斷測驗結果，簡要的摘錄重點在表中，如此一來，老師就可以迅速的知道學生的問題與困難何在。

表 4-1 測驗結果整理表

測量項目	評量工具或評量方式	評量日期	評量者	評量結果摘要
智力	魏氏兒童力量表 III 等			量化數據或質性的文字敘述皆可
學科能力	學科能力測驗、觀察等			（同上）
學校適應、行為困擾、學習困擾	問卷、觀察、訪談等			（同上）
學習風格、學習方法	學習風格問卷、學習策略問卷等			（同上）
學習態度、學習興趣	學習態度量表等			（同上）

再來是找出或預測可能的原因，然後整理出可能可以解決學生困難的方法。首先，老師們可以根據學生在測驗中的表現，進一步設計更詳細的問題，來進行學生學習困難的訪談或觀察，這樣的做法是希望更確實的找到學生的學習問題，老師也可以從觀察或訪談中，知道學生心理與情緒的需求，例如學生沒有自信說出已經答對的答案，亦或是學生根本放棄作答等。當學生的問題已經很明顯了，補救教學的設計就能對症下藥，通常也能很快的解決問題。如果學生的學習問題是缺乏學習技巧，老師也可以同時排除學生的問題，一方面進行學習困難的補救教學，一方面設計學習方法或策略的訓練方案。但若是學生的問題是屬於心理方面的，老師通常需要做更多的工作，例如老師要先知道學生心理障礙的來源，再來建立學生的自信心，然後才進行學習困難的排除。

找出學生的學習困難及可能的原因，目的在於幫助補救教學的設計可以確實符合學生的需要，使補救教學比較容易成功，並減少學生在尚未提升學習成就之前，再次遭受到學習挫折。首先，了解學生的問題與原因，可以幫助補救教學的老師做較好的學生分組或編班，例如，老師可以把一班中有相同問題的學生分在同一組，如此一來，便可以同時解決多個學生的相同問題，老師的教學壓力較小，除此之外，因應學生的學習問題深淺不同，或是不同的學生有不同的學習問題，老師可以利用個別化教學與同儕合作學習，來讓學生相互學習與協助，如此一來，老師就可以不必因為學生的問題不同，而做許多額外的準備工作。再者，學生的問題與原因，也會影響到老師選擇教材與教法，例如，當學生的學業低成就問題來自於學生的學習策略時，老師要把重點擺在學習策略的教導與練習，教學內容應該配合學習策略的學習；若是學生的問題來自於對學習內容的不了解，那麼老師可以從學生擅長的學習策略著手，讓學生利用不同的方法去了解教材內容。最後，找出學生的學習困難及可能的原因，也能幫助老師在進行補救教學之前，先了解學生的困難及程度，然後給予學生一個可行的成就標準。很多補救教學之所以不成功，常常是老師們無法掌握學生的成就標準，不是老師們訂定了太高的成就標準，使學生即使努力想做好也無法達到，最後只好放棄；就是老師們給了學生太低的成就標準，認為只要有一點點進步就是有成效，卻忘了評估學生付出多少心力，所以容易使得補救教學變成學生隨便應付一下就可以的活動。當老師無法了解學生的學習問題或是成就標準不合乎學生的能力時，可能會造成學生更嚴重的學習問題，例如學習成就更低落或是拒絕再學習等，因為原本的學習問題是學生的學習策略不合適，但是老師認為是學生練習不夠，只要練習夠了，一定可以達到某一個成就標準，所以老師就給學生更多的練習，希望提升學生的學習成就，未料越多的練習，帶給學生的是越多的挫折，結果使得補救教學的成效依然低落，甚至讓學生放棄繼續學習。

最後是進行補救教學。補救教學是一個「評量──教學──再評量」的歷程（張新仁、邱上真、李素慧，2000），老師在教學中的每一個階段，都要針對學生的學習困難，再一次的實施形成性評量；一來是要確定學生的問題排除與否，二來是要知道老師的教學是否達成目標、是否需要修改。在此一階段，老師要細心的針對學生的需求加以觀察、了解，並作即時的糾正，因為錯誤概念一再重複，會加深學生對這個概念的記憶，如此一來，錯誤會越來越難以改正。而且即時的糾正可以減少學生受挫的次數，讓學生對學習重燃希望。因此，補救教學實施時，班級人數應該降低，讓老師可以關注到每一個學生的問題與需求，使補救教學能達到最好的成效。

■ 伍、讀者劇場教學的學習評量

當老師們以讀者劇場作為英語補救教學的主要方法時，上述所說的教學前的評量與教學後的評量仍然是適用的，因為教學前評量的作用是了解學生、安排課程，因此智力測驗、目前相關的學習結果、學習興趣與態度、學習風格的評量是必要的。補救教學結束以後，為了了解學生的學習成果是否有所提升，必須利用英語能力測驗，來檢驗學生的進步情形，因此，評量的方法與工具是與一般補救教學相同的。但是，當以讀者劇場作為教學的主要方法時，教學過程中的形成性或診斷性評量就相當重要，為了讓老師們更加了解讀者劇場適用的評量方法與工具，作者將於下文中詳加說明讀者劇場特有的評量方式。

讀者劇場教學評量和一般的教學評量在重點上稍微不同，一般的教學評量多著重於過程中經常性的評量，如：學習單、筆試、作業等；但是讀者劇場的教學評量則著重在「質性」的評量上，也就是以學生的學習過程為中心，就參與整個活動的過程表現作評量。也就是說，讀者劇場的教學評量和大家熟知的戲劇教學類似，屬於形成性評量，而且教師對學生的評量應盡量於課堂內完成（張曉華，2002）。而讀者劇場的評量重點主要在於學生的聲音表情、唸讀以及對劇本的詮釋，因為學生須倚靠他們聲音的音調變化和臉部表情來詮釋劇本，使聆聽者了解劇本並能產生共鳴；評量方式則是老師依學生在教學活動中的小組創作期間、輪讀時間、排演時間以及上臺展演期間的表現作形成性評量。然後在整個教學活動完成後，根據學生在不同練習階段的形成性評量的結果，判斷他們在口語能力、發音、閱讀、書寫部分的表現，整理後，做成總結性的評量。

故讀者劇場的評量流程是老師在每節課教學之前，先依據課程的目標、學生的學習、教學流程的特徵等，選擇若干評量的指標，繪製成評量表格（為了方便、快速的記錄，多採取如表 4-2 的五點量表或是檢核表[3]的方式來加以設計），然後在課程進行中評量學生的表現，並在評量表上予以註記。評量的方式很多，例如以評量者的身分來分，可以分成老師評量、學生自評、同儕互評；以被評量者的身分來分，可以分成評量個人以及評量小組；若以評量的範圍來分，則可以分成劇本評量、輪讀評量、上臺表演的評量等（鄒文莉，2006）。如此反覆的、交叉的質性評量，將能產生較詳細及正確的評量資料，除了能讓老師清楚了解學生在英語學習上的困難，也可以掌握學生的進步情形。

接下來要說明的讀者劇場評量，事實上是搭配讀者劇場教學流程而設計的。其中的劇本評量，因為牽涉到可能有老師自編或是學生改寫的部分，必須分開討論。老師自編的劇本，在讀者劇場的比賽中，當然是會列入評量範圍的；但若是用來進行課堂教學，通常並不需要評量，但老師需要從教學中去反省劇本的設計與語言使用的問題。以下將針對讀者劇場教學時，可以進行評量的時機與使用的評量表格做一完整介紹。

 劇本的評量

劇本可以說是讀者劇場教學的主要教材，而其來源有三，一是現成的劇本，

3　是指列出老師想要觀察的項目，例如語調正確，然後根據學生的表現，來決定語調正確或是不正確，只有兩個選項，不像五點量表有五個可能，因此很容易進行評量。

二是透過老師的改寫，三是透過學生的改寫。因為學習的對象為學生，所以劇本評量只針對學生改寫的劇本設計評量表。當然針對學生改寫的劇本，要求的標準會比老師改寫的劇本要降低一些，而且須考慮到學生的寫作能力。RT 劇本評量的指標，不外乎劇情清楚、情節流暢、語言正確流利等；在評量學生創作或改寫的劇本時，考量到讀者劇場教學強調合作學習以及同儕學習的精神，因此通常是以小組為評量的單位；而評量的重點在於寫作的部分，例如對話的格式、用字遣詞、前後連貫性等。表 4–2 改編自鄒文莉 (2006) 的劇本評量標準及相關的劇本寫作要求，提供讀者參考。

表 4–2　學生小組 RT 劇本之評量表

組　別	第　組				
指標	得分高低（數字高表示表現好）				
	5	4	3	2	1
劇本的時間長短適當					
故事完整，容易了解					
情節清楚，合乎邏輯					
讀者位置的安排恰當					
按照格式寫劇本					
用字遣詞正確					
每個角色的句子分配恰當					
句子完整					
句子有前後連貫					
故事的主旨明確					
其他的意見或評論					
總分	（最多 50 分）				

劇本評量時，可以讓學生小組先作自評，也就是自己組評自己組的表現，也可以進行同儕互評，也就是請其他小組評量他組的劇本，或是在看過表演之後，針對某組的劇本做再評量。此外，老師也要參與學生劇本的評量，並給予學生小

組回饋和指導，其所使用的表格也可以是同樣的，但是可以多給予文字或敘述性的建議。至於各組的最後得分，可以用下列公式計算，得出一個以 100 分為最高分的成績。

劇本成績 = [（自評的總分 + 各組互評的總分）÷（全班的組數）] + 老師所給的分數（若不做互評，則為自評得分加上老師給的分數）

舉例來說，第一組自評分數為 40 分，第二組給第一組的互評分數是 36 分，第三組、第四組給的互評分數，分別是 38 分、40 分，而老師給第一組的分數是 42 分。則第一組的劇本可以得到 80.5 分，其計算方法為：[(40+36+38+40) ÷ 4]+42=80.5。如果沒有互評，第一組的劇本得分會是 40+42=82 分。

二 輪讀時的評量

輪讀時的評量是一種形成性評量，主要是用來評量學生在課堂練習中的表現情形，多以學生個人為評量單位，但是會將同一組學生的表現，記錄在同一張表格上（老師組間巡迴及記錄時方便使用），而此類的評量可以包括學生的發音、語調與聲音表情，並依照每個唸讀句子的表現，來加以個別評分。根據作者（鄒文莉，2006）的輪讀評量表，延伸設計適合學生輪讀時的評量表格，如表 4-3。

表 4-3　RT 輪讀評量表

姓名	組　別		第　組		得分	百分比
	句子一	句子二	句子三……			
學生一	發　　音 1 2 3 ④ 5 語　　調 1 2 ③ 4 5 聲音表情 1 2 3 ④ 5	發　　音 1 2 3 ④ 5 語　　調 1 2 3 ④ 5 聲音表情 1 2 3 4 ⑤	發　　音 1 2 3 4 ⑤ 語　　調 1 2 3 ④ 5 聲音表情 1 2 ③ 4 5		36	80
學生二	發　　音 1 2 3 4 5 語　　調 1 2 3 4 5 聲音表情 1 2 3 4 5	發　　音 1 2 3 4 5 語　　調 1 2 3 4 5 聲音表情 1 2 3 4 5	發　　音 1 2 3 4 5 語　　調 1 2 3 4 5 聲音表情 1 2 3 4 5			
學生三	發　　音 1 2 3 4 5 語　　調 1 2 3 4 5 聲音表情 1 2 3 4 5	發　　音 1 2 3 4 5 語　　調 1 2 3 4 5 聲音表情 1 2 3 4 5	發　　音 1 2 3 4 5 語　　調 1 2 3 4 5 聲音表情 1 2 3 4 5			

學生四	發　　音 1 2 3 4 5	發　　音 1 2 3 4 5	發　　音 1 2 3 4 5		
	語　　調 1 2 3 4 5	語　　調 1 2 3 4 5	語　　調 1 2 3 4 5		
	聲音表情 1 2 3 4 5	聲音表情 1 2 3 4 5	聲音表情 1 2 3 4 5		
學生五	發　　音 1 2 3 4 5	發　　音 1 2 3 4 5	發　　音 1 2 3 4 5		
	語　　調 1 2 3 4 5	語　　調 1 2 3 4 5	語　　調 1 2 3 4 5		
	聲音表情 1 2 3 4 5	聲音表情 1 2 3 4 5	聲音表情 1 2 3 4 5		
學生六	發　　音 1 2 3 4 5	發　　音 1 2 3 4 5	發　　音 1 2 3 4 5		
	語　　調 1 2 3 4 5	語　　調 1 2 3 4 5	語　　調 1 2 3 4 5		
	聲音表情 1 2 3 4 5	聲音表情 1 2 3 4 5	聲音表情 1 2 3 4 5		

百分比計算方式：得分÷總分（各項目的最高分×評分項目的數量×句子數量）

　　舉例來說，學生一在輪讀三個句子中的表現如上表所示，所以學生一的輪讀個人得分為 80 分：

得分：　　　$(4 + 3 + 4)^1 + (4 + 4 + 5)^2 + (5 + 4 + 3)^3 = 36$

1　句子一的得分
2　句子二的得分
3　句子三的得分

總分：　　　　　　　　$5^1 \times 3^2 \times 3^3 = 45$

1　各項目的最高分
2　評分項目的數量
3　句子數量

百分比：　　　　　　$(36 \div 45) \times 100\% = 80\%$

　　學生輪讀時，同學可以按照老師示範的唸讀方式來練習，其他同學也可以幫助那些還不熟練的同學，以便修正同學的錯誤。因為有同儕的幫忙，此時老師可以做組間的巡視，並提供幫助或意見。最重要的是老師可以做隨堂評量，但是因為輪讀的時間比較短，老師一次可能只可以評量一到兩組的學生，然後再利用下一次的輪讀時間，評量其他小組的表現。

三　上臺表演的評量

　　當學生上臺展演他們的讀者劇場時，學生自己、老師及同儕都可以給予評量，但是建議以小組評量的方式來讓同儕互評，因為同儕的觀察及專注點通常是一整組的表現，至於學生的自評也適合以小組的方式進行，因為當學生表演時，他們應該不會有時間注意到細部的問題，只能以整體的感受來作答。至於老師的評量，則建議分成整組評量與個別學生的評量，小組評量注重的是學生的合作及分工等社會性學習的表現，個人評量則是用來了解學生經過練習之後的唸讀表現情形。

　　根據作者（鄒文莉，2006）的研究結果，將學生讀者劇場的展演評量，分別擬出小組及個人的評量表（如表 4–4、表 4–5）：

　　1.小組上臺表演的評量表：在學生小組上臺表演時，老師及其他學生小組以這個小組整組的表現為評分對象。表演的小組也可以在表演完之後，為自己的小組作自評。評量項目及標準可以利用表 4–4。

表 4–4　學生小組之 RT 展演評量表

組　別	第　組				
指標	得分高低（數字高表示表現好）				
	5	4	3	2	1
聲量大小適中					
發音清晰、正確					
唸讀速度合宜					
語調正確					
有將句子的感情表現出來					
表情或肢體動作恰當					
每個人負責的部分很平均					
小組成員很合作					
表演流暢，沒有太多中斷					
整體表現					
其他的意見或評論					
總分	（最多 50 分）				

　　而小組的整組得分，滿分為 50 分，如果表演時只有老師一人評分，為了計算方便，可以將上表所得總分乘以 2，得到一個以 100 分為最高分的分數。如果有加入學生自評及同儕互評，其計算的公式如下：

小組表演得分 ＝ [（自評的總分 + 各組互評的總分）÷（全班的組數）] + 老師所給的分數

舉例來說，第一組自評分數為 43 分，第二組給第一組的分數是 38 分，第三組給第一組的分數是 37 分，第四組給第一組的分數是 38 分，老師給第一組的分數是 41 分。則第一組的表演得分是 80 分，其計算方法為：

[(43 + 38 + 37 + 38) ÷ 4] + 41 = 80

2. 個人臺上表演的評量表：在學生上臺表演時，要針對每組的個別成員加以評量，有時是很不容易的，作者建議老師們可以利用各組的劇本作為評量基礎，執行的方式為：老師可以在自己的劇本上，將不同的角色以不同顏色加以標示（如表 4–5），然後再針對上臺表演的學生，做即時的評量（以每個角色一次的唸讀來計分，不論是一句話或是多句話）；而在劇本上記錄的是學生唸讀流暢度的得分，成績由 1 分到 5 分。這樣不但可以迅速的完成評量工作，等到評量結束後，要針對個別學生的表現加以計分時，也比較容易做統計（循色找人即可）。

表 4–5　學生個人之 RT 展演評量表

劇本		第一組	第二組	第三組
Narrator:	Dad makes a go-kart. Everyone wants that go-kart.	3	4	5
Dad:	Look! Biff! Look! Chip! I made a go-kart.	4	3	4
Biff:	I like the go-kart. I want that go-kart. I want it!	5	5	5
Chip:	No, I like the go-kart. I want that go-kart. I want it!	4	4	4
All:	They like the go-kart. They want that go-kart. They want it!			
Narrator:	Biff pushes Chip, and Chip pulls Biff.	4	3	4
Mom:	Stop! Biff, don't fight!	3	4	5
Dad:	Stop! Chip, don't fight!	4	5	4
All:	Stop, stop. Stop it!			
Narrator:	Dad puts away the go-kart. Biff and Chip are	4	4	4

	unhappy. Mom and Dad make a swing. Everyone wants that swing.			
Mom:	Look! Biff! We made a swing!	3	3	5
Dad:	Look! Chip! We made a swing!	5	4	3
Biff:	I like the swing. I want the swing. I want it!	5	3	4
Chip:	No, I like the swing. I want the swing. I want it!	3	3	5
All:	They like the swing. They want the swing. They want it!			
Narrator:	Biff pushes Chip, and Chip pulls Biff.	5	4	4
Mom & Dad:	Oh no! Not again!			

從上表中，可以算出每個學生在團體表演中的流利度得分（得分介於 1 分到 5 分之間），以第一組的學生為例：

Narrator：$(3 + 4 + 4 + 5) \div 4 = 4$

Dad： $(4 + 4 + 5) \div 3 \fallingdotseq 4$

Biff： $(5 + 5) \div 2 = 5$

Chip： $(4 + 3) \div 2 = 3.5$

Mom： $(3 + 3) \div 2 = 3$

重複同樣的方法，即可輕易算出其他組的得分。

為了統一記分的方式，也為了記分的方便性，老師可將上述每個學生的五點量表得分，轉換成與之前幾個評量表格一樣的百分等級計分，其計算方式為：

1. 將學生的平均得分除以五點量表的最高分 (5)，再乘以 100%。

2. 以第一組的 Narrator 為例，其得分為：$(4 \div 5) \times 100\% = 80\%$。

3. 所以 Narrator 在這一次的讀者劇場展演中的個人流利度得分是 80 分。

上臺展演的評量，通常要在表演現場完成，比較不容易有誤差，可是有的時候無法達成，因為老師同時間要關注小組的表現，又要觀察個人的情形，這時候老師可以用攝影機或錄音筆將表演的情況錄下來，事後再予以評量，或是請其他老師協助臨場評分。此外，一次的上臺表演，並不代表學生全部的英語學習結果，因為學生在經過多次讀者劇場的練習之後，表現應該會越來越好，而一個學期當中，可能可以進行好幾次讀者劇場的練習與表演，因此，老師可以利用學生的讀者劇場檔案以及其他相關資料的蒐集，來對學生的表現做確實評量。

　　所謂的 RT 檔案評量是指將學生個人學習過程中較重要、較具代表性的各種作業、學習單、作品、能力表現證明或測驗結果加以彙整。這是一種需要持續累積的學習或發展紀錄，用以勾勒出學生的學習過程，呈現出學生的進步情形；而根據學生檔案的內容所作的評量，即是檔案評量（吳毓瑩，1998；張美玉，2000；葉錫南，2001；Airasian, 1994）。檔案評量通常以學生個人為單位（但是有的時候也可以是以小組為單位），有計畫、有順序的收集能夠證明學生表現的資料，如作業、作品、小考成績等，作為檔案評量的基礎。在蒐集檔案資料的過程中，老師及學生本人可以定期或不定期的檢視檔案內容，除了可以了解學生的進步情形或是學習問題，也可以及時調整不恰當的檔案內容，或是重新組織檔案內容。而為了避免檔案內容過於龐雜、沒有組織，老師在實施檔案評量之前，應該要先和學生溝通觀念，讓學生清楚地了解檔案評量的做法與評量標準（例如什麼資料應該擺入、要如何安排資料、評量的標準、老師的評量所佔比例、學生的整理與自評所佔的比例等）。對年齡較小的學生可能不需要解釋評分標準，但可以提供清單讓學生依序放入物件；對於年紀較大的學生或是家長，老師則需將評分標準加以說明。

　　在讀者劇場的實施過程中，老師應在一開學時，就請每個學生準備好屬於自己的檔案夾，然後發下老師預先想好的目錄表，先和學生們討論目錄表中的內容應如何蒐集、要如何整理，才能展現出自己在讀者劇場的進行中努力與進步的情形。然後，再和學生們討論有沒有項目要刪去，或是有沒有其他的項目要加入，也讓學生知道可以利用不同的媒介（例如照片、錄音帶、錄影帶等）來輔助蒐集資料。接著，讓學生自行蒐集讀者劇場的相關資料（包括劇本創作的草稿、完稿、學生對劇本的理解和操作、道具、學生對表演結果的反省等），並依序放入檔案夾中。但是老師每隔一陣子就要檢閱學生的檔案夾，或是請學生自己檢閱，以了解學生進行的情形，老師更可以隨時提供學生回饋。在學期末時，請學生依據評量標準做自評，也請其他同學做同儕互評，老師也可以進行總評。若是時間允許，也可以請家長協助評量。綜合各方對學生學習的看法之後，老師應該提供學生鼓勵與改進的意見，以使學生的學習有一完美的結束，並為下一次的檔案評量做準備。

　　本章的重點在於英語補救教學前、中、後所涉及的各種評量方法、工具等，這些評量方法及工具的選擇，都與了解英語低成就學生的問題及提升其英語學習成果有關。也就是說，教學評量應該用來發現學生的困難，以找出適合的教學方法，而且需要在每個階段都進行相關的評量，以便及時解決學生的學習問題。更重要的是要了解如何解釋學生的評量結果，才能真正幫助學生解決學業成就低落的問題。此外，作者也從形成性評量的觀點，來說明讀者劇場特有的評量方法與標準，讓有意利用 RT 進行英語補救教學的老師，明瞭進行中可以使用到的評量方法與工具之特性與步驟。

參考書目

杜正治 (2001)。補救教學的實施。載於李咏吟 (編)，學習輔導：學習心理學的應用 (425–472 頁)。臺北市：心理。

李咏吟 (2001)。低成就學生的診斷與輔導。載於李咏吟 (編)，學習輔導：學習心理學的應用 (397–423 頁)。臺北市：心理。

吳毓瑩 (1998)。我看、我畫、我說、我演、我想、我是誰呀？──卷宗評量之概念、理論、與應用。教育資料與研究，20，13–17。

邵心慧 (1998)。國中英語科個別化補救教學研究。高雄師範大學英語教育研究所未出版碩士論文。

林進材 (2004)。教學原理。臺北市：五南。

郭生玉 (1997)。心理與教育測驗 (11 版)。臺北縣：精華。

張美玉 (2000)。歷程檔案評量的理念與實施。科學教育，231，58–63。

張新仁 (2001)。實施補救教學之課程與教學設計。高雄師範大學教育學系教育學刊，17，85–106。

張新仁、邱上真、李素慧 (2000)。國中英語科學習困難學生之補救教學成效研究。教育學刊，16，163–191。

張曉華 (2002)。國民中小學表演藝術戲劇課程與活動教學方法之探討。載於教育部九年一貫課程推動工作小組(編)，七大學習領域──學習手冊及教學示例之「藝術與人文學習領域輔導群」研習教材手冊 (85–104 頁)。臺北市：國立臺灣師範大學。2008 年 7 月 9 日，取自國民教育社群網網頁：http://140.117.11.91/9CC/textbook%20source/0725teach/index.htm

陳姿君 (2002)。國中英語閱讀能力診斷測驗編製之研究。彰化師範大學特殊教育學系未出版碩士論文。

陳煥文、涂柏原、洪碧霞、林娟如 (2004)。臺南市國民小學英語科成就水準之探討。93 年科技化測驗與能力指標評量國際研討會。2008 年 6 月 30 日，取自：國立臺南大學測驗統計研究所網頁：http://yp.nutn.edu.tw/~gimsweb/

英語補救教學的評量

06resource/06resource_04.htm

鄒文莉 (2006)。教室裡的迷你劇場。臺北市：東西圖書。

葉錫南 (2001)。英語科檔案評量於中小學之實施。敦煌英語教學雜誌，30，11–14。

黎瓊麗 (2005)。國小學童英語學習動機、學習策略與學習成就之相關性研究：以
屏東地區國小為例。屏東師範學院教育行政研究所未出版博士論文。

謝祥宏、段曉林 (2001)。教學與評量：一種互為鏡像 (mirror image) 關係。科學
教育，241，2–13。

羅梅香 (2007)。國中生英語補習、家庭英語學習資源與英語學業成就之關係研究。
南華大學教育社會學研究所未出版碩士論文。

Airasian, P. W. (1994). Classroom assessment (2nd ed.). New York: McGraw-Hill.

Gipps, C., & Murphy, P. (1994). A fair test? Assessment, achievement and equity.
Buckingham: Open University Press.

Jorgensen, M. A., & Shymansky, J. A. (1996). Assessment in science: A tool to
transform teaching and learning. In J. Rohton & P. Bowers (Eds.), Issue in
science education (pp. 106–113). Virginia: NSTA.

第五章 讀者劇場——最佳的英語補救教學法

　　本章主要的目的在於提出一些對英語補救教學有相當成效的教學方法或策略，除了了解這一些方法及策略的特色與有效性之外，也會提出一些使用這些教學方法與策略的建議，來進行討論與反省，目的在使這些教學策略與方法能確實落實到我國的英語補救教學之中。然後，本章會針對最佳的英語補救教學法——讀者劇場的定義、特性、教學方式等做一詳細說明。

壹、英語補救教學方法的特色

　　朱錫琴 (2002) 認為教師在實施補救教學的過程中，如果能運用有效的課堂補救教學策略，將有助於提升學生的學習成效。有效的課堂補救教學策略包括：

1. 設計可以協助學生建立成就感與自信心的教學：當學生有學習的勇氣與信心時，較能接受難度較高的學習挑戰。

2. 發展提問的技巧：在補救教學中，學生的能力差異比較大，老師必須有因人而異的提問方式。

3. 提供課後 (After-Class) 的個別化教學：對某些學生而言，即使參加了補救教學，學習的時間依然不夠，所以老師可以利用下課或午休時間，進行小組或個人的補救教學，以提升學生的學業成就。

4. 同儕教學與學習：當學生需要額外的協助，而老師沒有更多的時間來幫助他們時，可以利用小老師、小組學習的方式，來讓成就較高的學生幫助需要協助的學生。

5. 與學生個別訪談：對於一些學習興趣比較低落、學習態度較消極的學生，老師可以利用個別訪談來了解學生，一來可以建立較佳的師生信任感，二來可以從訪談中了解學生真正的問題。

6. 執行適切而多元的動態評量策略：為了知道學生的進步情形、及時的修正或發展教學，進而提升學生的學業成就，老師可以在補救教學的歷程中，持續的進行適切且多元的動態評量。

此外，如同作者在第四章中所討論的重點，有效的補救教學在事前就需要注意到學生能力、興趣、態度及學習風格的評估，以使課程設計能確實符合學生的需求。接下來應該注意教學活動的規劃、老師的接納、教材與教法的選擇、過程中評量結果的解讀、適當的教學調整等，以使得補救教學有彈性，針對學生的問題提供最好、最恰當的幫助。最後是教學後的評量要能符合老師的教學內容，而其解讀應該是標準參照的，並與下一階段的教學密切相關。為了使補救教學能真正起作用，老師們應該考量的因素有：一、對學習內容提供足夠的練習；二、教學方法有吸引學生的特質；三、學習內容有意義；四、學習能延伸到課後等。以下針對上述四項因素，分別提出討論與建議。

一 對學習內容提供足夠的練習

如同第一、二章所言，低成就學生的問題，常常是因為練習時間不夠。這裡所謂的時間不夠，不僅論及練習時間，還須考慮到正確練習這個問題。首先，國內各級學校在教學時，都有教學時數的限制，老師們必須在一定的時間內，教一定數量的內容。花多少時間學一份教材的預估時間，是專家或老師們根據一般學生所計算出來的，對於學習比較緩慢的學生並不適當。因此，有些低成就學生因為需要比較多的學習時間，所以常常只能學會一部分的內容；或是基礎教材還未熟練，就必須馬上進行進階內容的學習，所以新舊學習混雜，反而形成錯誤的概念。此外，低成就學生在學習時，常常需要多一些或進一步的解說，但老師受限於教學時間，常常無法回應學生的需求，使得許多低成就學生依據一知半解的觀念來練習，不只是浪費時間在做錯誤的練習，更讓錯誤概念經過一再練習之後，變得更加難以改正。故在低成就學生的補救教學中，重複練習以提供學生精熟所需的時間是很重要的概念。此外，學生應該練習正確的概念或事物，而不是一味的嘗試錯誤[1]，這樣才能真正提升學生的學習成就。國內的教學型態大致上都是大班教學，老師很難在課堂上即時校正學生的錯誤，若是能採行分組合作的教學方

---

1 學習是在一連串的嘗試解決問題、犯錯、修正、再次嘗試新解法的過程中發生的。

式，讓學生們能即時互相幫助，就能避免學生重複學習錯誤的觀念，許多低成就學生的學習問題，將能迎刃而解。

二　教學方法有吸引學生的特質

　　許多補救教學的進行方式是將在正課中已經學過，但是沒有學好的內容再學一次，這樣的教材會面臨兩個問題：一是教材對學生沒有吸引力，學生會覺得這是已經學過的東西，尤其是部分學生已經學會的教材，更會讓學生注意力不集中，反而影響了對於其他教材的吸收。第二個問題是學生要再次面對學不會的教材，使得他們常常因為缺乏自信，而對補救教學產生排斥感，使得補救教學的成效不如預期。在選擇使用舊教材的情形下，老師的教學方法必須改變，尤其是要盡量以學生有興趣的方法來教學，以引起學生的注意力，並使學生有意願再次學習。從學習心理學的觀點來說，能引起學生興趣的教學方法，需要考慮學生的年紀、需求以及教法與教材的關係；所以，不同的科目、不同的學生都有適合的教學方法，相關的詳細說明，請參照本書第二章。以英語補救教學為例，許多授課老師會利用兒歌律動（藍正發，2006）、童謠（吳雅真，2006）、故事書（吳季芬，2005；姜毓玫，2004）、讀者劇場（陳雅惠，2007；陳嘉惠，2006）等，來使得教學更加有趣，以便吸引學生的注意並提升學習效果。英文常是學生不熟悉的語言，許多學生沒有相關的經驗，所以還未接觸就有些恐懼。因此，有趣的教法更能減低學生對英語學習的焦慮，幫助學生把英語學好。

三　學習內容有意義

　　根據許多教育理論以及本書第二章的討論內容可以得知，學生的學習容易出現障礙，通常是因為學習內容與學生需求或生活經驗脫節。任何學習只要經過類化、不斷的練習之後，就會成為學生的學習或生活能力，並達到自動化的結果，使得學生每次遇到類似問題時，就有相關經驗可以引用。然而若是學習一些日常比較用不到的知識或技能，就常會因為缺乏練習或是對學生無法產生意義連結，而容易遭到遺忘。因此，補救教學的教材或教學內容，應該從學生的經驗與已有的能力出發，若能再輔以學生其他的學科學習或專業知識，做一個統整性的規劃，將更能幫助低成就學生有興趣學習，例如，運用語言經驗學習法（廖欣珮，2005）來教學生如何用英語表達時，老師可以利用已經學過的英文及照片來讓學生描述一件事情的經過；像這樣的方式能讓學生將所學加以應用，然後成為一種能力。

四　學習能延伸到課後

　　作者在第一章中已經說明臺灣是個 EFL 的國家，學生在學校學得英語之後，回家後除非繼續參加英語補習班，或是家中有人可以使用英文與學生溝通或教授英文，否則許多學生的英語使用情境，就只有學校及老師而已。而學校老師受限於上課時數和學生人數，所能提供學生的練習時間有限。如果能讓學生在下課後有延伸學習的機會，例如廣泛閱讀等，學生的英文學習應該會改善，而且對於補救教學的實施也有幫助。許多補救教學老師會提供一些網站、童書及作業，讓學生回家繼續練習英文，但是因為學生能力、家長能力與家庭經濟狀況的關係，最好的課後英語學習方式，仍是讓學生回家練習上課時所教授的教材或課程內容，一來可加深學生印象，二來可以達到多練習的目的。

■ 貳、英語補救教學方法的研究與討論

　　從上述的說明中可以了解英語補救教學的特色，並作為增進英語補救教學成效的參考。在國內，許多研究者也從事英語補救教學或是英語低成就學生的教學，他們所提出來的方法，足以作為英語補救教學之教學法的參考。在此將研究結果整理如下，供讀者參考。首先為針對英語補救教學所提出的一些適用的教學法。

1. 在字彙方面：在語言的學習中，學生若無法有效率的解字，就無法有效率的閱讀，進而嚴重影響其他項目的語文能力，包括發音、書寫和口說 (Stanovich, 1991)，因此，解字對於學生而言是非常重要的基礎能力。許多接受補救教學的學生，其明顯的問題是對許多視覺文字[2] (sight words) 無法辨識，所以字彙教學是補救教學相當重要的一環，國內也有許多研究，針對此一議題有諸多討論。例如，語言經驗學習法（廖欣珮，2005）、英

2　Sight words 在中文中有二種譯法，一為視覺文字，一為高頻率單字，其主要的意義皆是指一些時常會被使用在文章的文字，在經過多次的使用或閱讀之後，變成閱讀者一看到就能理解的文字，不需花費太多心力，就能一目了然的將文字與其字音、字義相連結。但為避免讀者混淆，本書將此種文字皆稱為「視覺文字」。

文童謠教學（吳雅真，2006）、朗讀英語單字（趙仁愛，2005）、以朗讀方式進行的集中主題閱讀策略（柯靜怡，2007）、抽象單字教學（趙慧玲，2004）、字母拼讀法（陳冠宜，2006；賴文婷，2003；賴玉倩，2008）、字音結合拼讀法（陳麗雯，2004）、使用電腦教學光碟輔助（湯茹君，2007）、網路多媒體（林均鞠，2008；張瓊月，2006）、運用同儕個別教學法（賈惠文，2004）、語音覺知能力訓練（蘇宗文，2003）等，都是研究者提出對於英語字彙記憶、解字、認字等方面，相當有幫助的英語補救教學法。而在這些方法中，可以清楚的發現識字補救教學大多以音韻訓練為主，故可知音韻覺知是學生識字的基礎，老師實施補救教學時，應該首重以聲音來輔助學生學習英文字彙。

此外，一些國外的文獻也支持以上的論點，強調字彙學習的重要，例如 Fisher 和 Blachowicz (2005) 以多種單字學習策略（例如 word bank、concept map、context clues 等），來教導英文單字學習有問題的學生。Fisher、Jenkins、Bancroft 和 Kraft (1988) 以分析學生識字的認知能力測驗 (Kaufman Assessment Battery for Children) 為基礎，來設計識字困難學生的補救教學，希望從中知道應如何幫助他們。Lovett、Lacerenza 和 Borden (2000) 則是利用提升聲韻覺知與閱讀策略，來教導學生如何克服識字的相關問題，使學生能具備獨立閱讀的能力。

2. 在聽說方面：英語低成就學生在英語口語或聽力的表現上，最大問題是口語閱讀不流暢，常常有停頓或放棄繼續閱讀的情形、對於已經學過數次的字仍無法記得如何唸讀、聽到時也不知如何反應，而這樣的情形會影響學生對所讀文章的理解，使其在英語成就測驗上表現不佳。因此，培養閱讀的流暢度，是幫助英語低成就學生提高英語表現與學習成就的首要工作，而所謂的閱讀流暢度，大體上是指能夠快速、平順、不費力，且有自動的認字解碼技巧。而布偶劇（李國彰，2007）、英文童謠教學（吳雅真，2006）、讀者劇場（陳嘉惠，2006；黃世杏，2006）、戲劇教學（蘇婷，2005）、英語學習雜誌（陳汝婷，2007）、同儕互動及師生互動（李健生，2004）、電腦輔助英語教學（馬桂珍，2005）等，都曾經被用來提升學生的英文聽力與口説能力，也都證實了有某種程度的功效。

3. 在閱讀方面：在補救教學的低成就學生身上，最常見的書面閱讀問題是放棄，因為要閱讀的書或資料當中，有太多學生不認識的單字，即使學生可以從圖片猜想故事的意思，但是不經引導或是生字太多的閱讀課本，對學生來説是學習的一大壓力。即使是大學生，還是會不戰而退。但是，閱讀卻是學生英語成就測驗中很容易遇到的題型，例如閱讀文章後回答問題；甚至測驗中其他題型的題目本身，都是閱讀的一種。因此，閱讀的補救教學也一直受到國內學者的注意。合作學習法（林茜麟，2003；陳可芃，2004）、英語學習雜誌（陳汝婷，2007）、將補救教學融入一般課程（郭乃禎，2006）、輔助閱讀教材（劉文靜，2005）或是以英語童書閱讀教學策略（姜毓玟，2004；蔣銘珠，2004）來增強學生於閱讀方面的能力，這些都被認為是相當有用的教學方法。McGowen (1990) 針對閱讀補救教學，提出了許多種教學策略，例如建立字庫、使用想像力、合作説故事等。Tam、Heward 和 Heng (2006) 也建議將單字教學融入閱讀課中，並在學生閱讀或學習當中立即訂正錯誤，以這樣的方法來提升學生的閱讀流暢度。

4. 在寫作方面：有關寫作方面的補救教學資料較少，僅有楊群涓 (2007) 針對高低英語學習能力的學生，所進行的互動式寫作對於學生學習效益的研究。在楊群涓的研究中，英語低成就學生的寫作能力在實施互動式寫作教學法後有顯著差異，此代表互動式寫作能提升英語低成就學生的英語學習效益以及單字及句型的應用能力。此外，經過此研究之後，楊群涓發現英文高、低成就學生在後測問卷中，對互動式寫作的態度顯著異於前測的結果，意指英文高、低成就學生認為互動式寫作的實施對於自己的英語學習效益是有正面影響的。

5. 在不分次領域的補救教學方面：在增進全面性英語能力的補救教學中，同儕個別教學（吳金蓮，1989）、電腦合作學習（林佩蓉，2008）、電腦輔助教學（王黃隆，2003；劉俊賢，2004）、資訊融入（陳玉貞，2006）、讀者劇場（陳雅惠，2007）、英文兒歌律動（藍正發，2006）、英語卡通影片（陳建宏，2007）、英語童書教學（吳季芬，2005）、廣泛閱讀（阮玲，2008）、多元智能英語教學（林安妮，2005；柯志儀，2002）、英語學習策略（官月雲，2003；林玉惠，1995；袁麗卿，2006；陳雅婷，2005；郭慧雯，2000）等，都是相當適合的教學方法，也都相當有助於英語低成就學生提高其英語學業成就。而在 Schmid-Schonbein (1980) 的研究中，Schmid-Schonbein 認為英語補救教學要能成功，需先知道影響學習的因素，然後針對學生在這些因素上的缺陷加以幫助，這樣補救教學才能有成效，而 Schmid-Schonbein 所提出的策略（如主動參與、雙語教學等），對英語低成就學生的學習是相當有成效的。

此外，從相關的書籍或研究中，作者也發現以下四種呼應補救教學特色的教學法，相當適用於國內的英語補救教學中。

1. 重複閱讀：在補救教學中，重複閱讀對於學生需要多次練習，才能記得所學事物的特色是很有幫助的，因為重複閱讀的本意就是經由不同方式的一再閱讀，來讓學生記得單字、句型或文章的意義，而識字或解字 (word decoding) 是英語學習的重要基礎，學生無法辨別英文單字，就很難閱讀或聽懂英文，所以重複閱讀大多用來幫助學生識字（洪采菱，2008；陳東甫，2008；彭志業，2003；Selvey, 1989; Simons, 1992）、提升閱讀流暢度，進而提高閱讀理解力（洪采菱，2008；O'Connor, White, & Swanson, 2007; Steventon, 2004; Therrien, 2004; Therrien, Wickstrom, & Jones, 2006; Yurick, Robinson, Cartledge, Lo, & Evans, 2006）。

2. 讀者劇場：讀者劇場具備許多特性，包括上臺展演前的重複練習、學習內容或劇本與學生生活相近、教學方法有趣並讓學生主動參與、劇本能作為學生課後複習基礎。這些特性是讀者劇場相當適合於英語補救教學的理由。而且，已經有許多研究者證實讀者劇場對於提升閱讀能力或閱讀理解（張虹瑩，2006；雲美雪，2007；黃素娟，2007）、增加英語字彙學習（劉曉玲，2008）、提高口語流暢度（洪育芬，2004；張尹宣，2008；陳雅惠，2007；陳嘉惠，2006；黃世杏，2006；黃婉菁，2007；雲美雪，2007；楊岳龍，2006）、降低學習焦慮與增進學習態度（洪雯琦，2008；張虹瑩，

2006；黃素娟，2007；黃婉菁，2007）、提升學習動機與學習興趣（洪育芬，2004；陳雅惠，2007；陳嘉惠，2006；黃世杏，2006；雲美雪，2007；楊佳純，2006）等方面，都有相當大的幫助。

3. 電腦輔助教學：從第一章的說明中，可以知道 CAI 對於英語補救教學的功效，而隨著科技的進步，運用現代的科技，包括網路、電腦、多媒體等，來輔助英語補救教學，更是一個明顯的教育趨勢。電腦有著不發脾氣、可重複練習、由聲光效果所呈現出的有趣教材、不限時空隨時都可以利用的特性，所以現在的電腦輔助教學，能夠符合本章第一節中所提到的英語補救教學的四項特性，更重要的是，電腦輔助教學可以因應學生的個別差異與需要，使學生真正從補救教學當中獲得幫助，例如，有研究者以電腦輔助教學來提升學生的閱讀理解（王明潭，2007；陳宜華，2005；張素貞，2006）、寫作能力（陳瑞容，2004）、聽力或音素覺識能力（王幸子，2004；陳竑婓，2007；黃巧妮，2004）、英語學習成效（劉俊賢，2004），都獲得不錯的成效。但是在國內，因為英語是一門對學生相當陌生的課程，在學生在沒有準備的情況之下，即使使用電腦輔助教學效果也有限，所以，國內最近常以混成式教學 (blended teaching)，也就是一些時間由老師上課，一些時間讓學生自己上線學習，來協助英語學習低成就的學生增強英語能力，例如王士豪 (2005) 便以混成式的課程設計，來進行大學生的閱讀課，並發現學生的學習興趣與態度在混成式教學後變得積極、開放。

4. 專業英語：作者在第一章及第二章都有提到，專業英語是以學生有興趣、正在學習或是專業領域的學習內容，來作為英語學習的教材，因為學生對於自己喜歡、擅長或是有需求的事物，通常比較願意多花一些時間來學習。而當學生願意專注、付出時間來學習時，英語能力也會隨之提升。此外，學生對於自己的專業，也有較多的相關知識，學起來比較容易成功。因此，在補救教學當中所提到的，學習內容要對學生有意義這樣的一個觀點，在專業英語的教學當中，可以得到增強。舉例來說，鄭大彥 (2006) 以英語課程配合職業需求，來訓練公司員工的英語能力，發現以專業英語為導向的訓練課程，比起一般英語課程來得有效。賴慧芬 (2003) 在其研究中也發現，具備相關專業知識的讀者，在閱讀熟悉領域的文章時，可以成功的解讀術語或理解關鍵句，並啟動其專業知識來領導閱讀理解，所以，讀者對於文章的理解程度通常超越字面意義。而專業知識在閱讀過程中發揮了以下六種功能：(1)幫助讀者選擇字義；(2)使讀者有能力預測文章內容；(3)使讀者有能力確認文章的敘述是否正確；(4)協助讀者進一步闡述文字內容；(5)讓讀者有批判文字敘述的能力；(6)幫助讀者採取由上而下的閱讀策略。國外也有許多相關文獻討論 ESP 在各個專業領域的應用，例如藥學、科學、工商業學科等 (Graham & Beardsley, 1986; Hudson, 1991; La Perla, 1988)。

雖然上述的四種教學法都有助於英語補救教學的實施與成效，但是專業英語較適用於年齡層較成熟且已經選擇專業科目的學生；電腦輔助教學在學校實施時，容易受限於設備，所以較適合課後複習使用；至於重複閱讀，其功效與做法和讀者劇場有相當程度的重複，所以作者認為讀者劇場較適用於臺灣的英語補救教學環境。因為讀者劇場已從早期的小組表演方式，漸漸的演變成具有提升識字能力、口語流暢度及閱讀理解能力的英語教學法了。除此之外，在讀者劇場也具有幫助低成就學生學習得更好的支持性社會互動[3]功能，學生可以從老師的帶讀、同學的示範中，得到鷹架 (scaffolding)[4]學習的好處，並提升自己的學習成就，增加學習英語的信心。讀者劇場能夠提高學生的英語學習興趣，讓他們不再將英語視為困難、無趣的學科，也因為學生願意花更多時間學習英文，所以他們的英文表現將有改善。故本書推薦以讀者劇場為國內推行英語補救教學的教學方法。以下幾章將針對讀者劇場在英語補救教學中的重要性加以說明，而本章的下一節則說明讀者劇場及其相關的教學概念。

---

3 意指在 RT 的教學當中，低成就的學生可以在小組練習與互動中，得到其他能力較好的學生的幫助與支持，使得學習成果更好。

4 是指在學生現有的能力之上所提供的必要性協助，以便使學生可以達到預期的目標，而此預期目標是學生在沒有他人幫助的狀況之下，無法獨力達到的。

■ 參、讀者劇場的介紹

　　許多學業出現問題的學生，主要原因多來自於學生熟悉教材的時間不夠，使得他們在處理學習的問題時，無法達到自動化[5]的程度，在補救教學及精熟學習的思維中，若是老師們能夠給予學生更多的練習，那麼任何一個孩子應該都能達到學習目標，也就是學會老師教給他的東西。因此，重複學習是補救教學一個重要的概念，在英語學習的理論中也有相同的看法，所以早有許多對於重複閱讀與學業成就提升之相關性的研究 (Selvey, 1989; Simons, 1992; Therrien, 2004; Therrien, Wickstrom, & Jones, 2006)，大多數的研究都證實重複閱讀對於英語識字、理解方面有很大的成效，故本書將重複閱讀視為英語補救教學的主要策略之一。

　　重複閱讀對於學習有所幫助的關鍵在於不斷的重複練習，因為不斷的重複練習相同的事物，可使學習者快速的找到已經存放在長期記憶當中的知識，與新經驗進行比對與記憶，這比起不能快速連結新經驗與舊知識的學習者而言，節省了許多處理新經驗的時間，如此一來，學習者將有更多的認知資源[6]可以用來處理不同的刺激，或是進行分析、評鑑等這些需要較高認知能力才能達成的工作 (Schneider & Fisk, 1983)。Samuels (1979) 於是提出閱讀自動化訊息處理理論 (the theory of automatic information processing in reading)，並進一步提出重複閱讀學習，其構想便是希望藉由重複閱讀的方式，幫助閱讀障礙或心智遲緩的學童克服其識字自動化的問題，進而增進閱讀上的流暢以及理解。

　　由此可知，重複閱讀法在提升英語閱讀能力與學習成就方面，是一個很好的策略，但重複閱讀法應用在英語教學上，有兩個明顯的缺點：一是重複閱讀如果沒有任何意義，則學生會失去閱讀的興趣，二是重複閱讀需有人示範正確與良好的閱讀方法，否則能力低的學生容易重複使用不良的閱讀策略。故 Rasinski

★
讀者劇場──最佳的英語補救教學法

5　學生可以不必花很大的心力去想為什麼、做些什麼，下意識的就能夠進行反應，達到自動自發學習的功效。

6　學習者可以用來處理或記憶學習到的新經驗之認知能力或認知容量。

(2006) 指出，利用重複閱讀來提升學生的閱讀流暢度時，必須搭配以下三個重要的策略（簡稱 MAP 策略），分別為：

1. 教師的示範 (model fluent reading)：教師向學生示範何謂流暢的閱讀，包含正確性、速度以及有意義的表達方式。除此之外，老師也應和學生討論流暢性的各種問題。

2. 輔助閱讀 (provide assistance while reading)：輔助有兩種方式，一種是教師唸讀句子給學生聽，隨後學生看著文本，並跟著朗讀，這種視聽雙重管道的結合有助於學生認識字彙。另一種是教師坐在學生身邊伴讀，與學生一起唸讀，並適時矯正學生的發音。Topping (1995) 指出，這種輔助對於學生的閱讀流暢度，識字能力及理解力均有正面的影響。

3. 重複閱讀的練習 (provide opportunities for students to practice reading)：重複閱讀旨在幫助學生識字自動化，進而把注意力放在文章的理解上，更重要的是，重複閱讀具有學習遷移[7]的作用，也就是說，當學生學習新的且較困難的段落時，他們會以重複閱讀來解決問題，而且通常會有所進步。另外，重複閱讀也可結合多種不同的教學形式，例如聽錄音帶或結合表演形式的重複閱讀，以幫助學生能以更多元化的方式來學習。

為了解決重複閱讀的缺點，許多研究者發現重複閱讀法中的讀者劇場，其實更適合英語補救教學。在補救教學上，

> MAP策略：
> 一、教師的示範 (model fluent reading)
> 二、輔助閱讀 (provide assistance while reading)
> 三、重複閱讀的練習
>   (provide opportunities for students to practice reading)

讀者劇場是讓學生練習講述故事、詩、笑話、劇本、演講稿或適當文本，直到學生能夠以流暢、有感情的方式來對觀眾表達。讀者劇場希望用最少的道具及動作，

7　把在某一學習情境中所學到的能力，應用到類似的其他學習情境中。

讓參與者藉由閱讀來傳達文本的意義 (Worthy & Prater, 2002)；而讀者劇場可視劇本的分量及學生程度，將學生分為小組表演或全班表演；藉由這種閱讀方式，所有的學生都有機會練習、成功的進行表演，並增加自信心。

RT 對於英語補救教學的幫助頗多。首先，RT 會利用有趣的、輪流的、有聲音表情的閱讀，來達到學生需要重複練習以便提升英語學習成效的目標。再者，RT 能夠幫助小組內的學生相互合作學習，每個人都可以參與並有貢獻，不僅讓學生不會被排斥於小組或學習之外，當學生遇到困難時，也可以詢問同儕。此外，RT 以學生為教與學的中心，學生可以創造自己有興趣的劇本、參與劇中角色的設定與分配、討論展演的形式等，也可以參加同儕的互評活動。最後，RT 同時兼顧聽說讀寫四種語言基本能力的培養，當學生重複練習劇本的唸讀時，聽、說與讀的能力可以得到增強，而當學生自己創作劇本時，寫的能力也可以提升。

除此之外，讀者劇場可以呼應補救教學的四個需求：

1. 重複練習英文的機會：學生在讀者劇場的進行中，需要經過老師示範、全班跟讀、小組內的唸讀練習、上臺前的排演等數次的練習，這使得學生們有機會精熟學習內容。

2. 教學方法有趣：RT 的劇本可以選擇學生有興趣、趣味性較高的簡單兒童讀物來加以改寫，而且 RT 的展演方式，也可以由學生來規劃，有趣的展演方式也會讓學生對學習有興趣。

3. 教學內容能和其他課程或學生興趣結合：讀者劇場的學習內容可以是課本文章、童話故事等內容的改寫，或是學生的故事與創作等，老師可以幫助學生將他們的生活經驗或其他科目的學習，結合成為學生使用的讀者劇場劇本，例如，Fetters (2006) 就以讀者劇場結合電影，來教導醫學院學生學習有關醫學的專業知識。

4. 可以延伸為課後練習或加強：讀者劇場的教學最後都會有一個展演，許多學生為了在這樣的場合中表現出色，會做許多課後的唸讀或是排練，這即是學習的延伸。此外，讀者劇場劇本多是有趣的、簡短的故事，老師可以透過劇本介紹，將原本的故事或內容當成課外閱讀的材料，或是要求學生上網或至圖書館搜尋更多有關資料（例如人物特質、口音、扮相、道具、服裝等）來輔助展演。

一 讀者劇場的定義

Kelleher (1997) 指出所謂的讀者劇場，是指讀者經由口語朗讀，呈現出他們對於文學作品的詮釋。在表演過程中，並不強求服裝、佈景與道具的設計，讀者也不需要死記或背誦臺詞，因為他們可以手持劇本為觀眾朗讀表演。因此，聲音與劇本編寫成為讀者劇場最重要的元素。

Sloyer 則認為讀者劇場是戲劇化文學極低的舞臺式詮釋 ，可在任何空間舉行，沒有佈景、服裝與背臺詞的要求，它可以從戲劇、詩、故事、情景、主題或表達意念上去創作表現，讀者劇場更是語言藝術課程的附屬，能使學習者經歷聽、說、讀、寫的過程 (Rinehart, 2001)。

張曉華 (2003) 指出讀者劇場是戲劇性說故事活動的一種形式 ，是由兩個或兩個以上的朗讀者，進行戲劇、散文或詩歌的口語表現，必要時，將角色性格化，並以各種素材作整體整合，發展出朗讀者與觀眾一種特殊的關係。讀者劇場表演的方式是讓朗讀者從頭到尾都在舞臺或固定的位置上，搭配少許的身體動作、簡單的姿勢及臉部表情，朗讀出所設計的各個故事內容。

林玫君 (2003) 認為讀者劇場重視以不同的口語來詮釋戲劇內容，通常演員的手中都握有寫好的劇本，雖然演員在口述時會有部分戲劇化的表現，但很少有戲劇的互動演出，而演出的場景可由最簡單的一張椅子至複雜的布幕背景，全視導演想要達到的效果而定。

張文龍 (2004) 則指出讀者劇場是一種口述朗讀的劇場形式，由兩位或兩位以上的朗讀者手持劇本，在觀眾面前，直接以聲音、表情呈現劇本內涵，展現劇中人之愛恨情仇。朗讀者可以事先將詩、散文、新聞、故事、繪本、小說及戲劇等各種文學素材，改編為劇本型態，因此，劇本基本上由學生自行完成，教師的角色只是引導者。在呈現時，不需使用戲服、佈景或道具，直接以口述朗讀、手持劇本之方式，讓觀眾藉由對劇本內涵的想像與朗讀者的聲音表情，欣賞文學劇場的表演。

作者（鄒文莉，2005）認為讀者劇場是一種以文學為主的發聲閱讀活動，學生利用口語來闡述故事，和文學及觀眾交流。它是最簡單的劇場形式，因為在讀者劇場的展演中，演員雖然使用劇本，但是故事的情節是透過讀者劇場的旁白或是其他角色「唸」出來的，也就是說，讀者劇場的表演者坐著或站在定點上，直接將故事唸給觀眾聽。簡單來說，讀者劇場是一種應用戲劇來詮釋文字的方式，它的表演內容可以包括戲劇以及各類型的文學，例如短篇故事、小說、詩文、信件、散文、札記、廣播腳本、電視腳本和新聞專欄等。

綜合上面五位學者的說法，再加上作者本人的看法，讀者劇場的表演主要是依賴讀者運用其聲音表情，傳遞劇本中的文學涵義，不需要特殊的服裝、背景、道具，也不需要戲劇演出中複雜的互動關係；讀者劇場劇本的取材也十分簡便，可引用既有的文學作品、劇本、改編的故事或兒童創作，適合於課堂實施；尤其對低成就學生而言，更是一種容易掌握的表演形式，所以低成就學生可以不必擔心自己的能力比較差的問題，而讀者劇場在討論、排練過程中必須一再練習，這一點更是補救教學最需要的重複練習。

二 讀者劇場的特色

歸納 Coger 和 White 以及其他學者的意見，讀者劇場的主要特性可簡要歸納如下（何洵怡，2004；黃郁娸，2005；張文龍，2005）：

1. 讀者劇場演出的焦點在於劇本的口頭朗讀，而不是劇本戲劇性的表現，所以不用太多的道具、服裝、走位或誇張的肢體動作，當然更不需要花費大量的金錢。

2. 讀者劇場呈現時設有敘事者的角色（口白），主要工作是為戲劇設定情境、提示重要劇情，且將許多場景片段連結在一起。

3. 劇本在讀者劇場中佔有相當大的重要性，讀者必須朗讀他們劇本中的角色，但不用死背臺詞，比起一般戲劇較沒有演出的壓力。

4. 讀者劇場中的讀者，藉由他們聲音的音調變化、臉部表情以及手勢等來描述劇本，帶領觀眾進入劇本的情境中。

5. 成功的讀者劇場演出需要進行排演，重複朗讀相同的劇本。

此外，Coger 與 White (1982) 也提出讀者劇場需包括以下五個重要元素：

1. 所有讀者均將劇本拿在手中，讓觀眾一目了然，知道「手持劇本」是讀者劇場整體表現的一部分。

2.劇本的重要性取決於口語的詮釋。劇本並沒有豐富的舞臺表現，但卻存在於讀者與觀眾的想像，所以舞臺裝置與道具的缺少是可理解的。

3.朗讀時，讀者可以站著或是坐在椅子上，沒有表演性的肢體動作或是舞臺走位。

4.讀者不會刻意穿著戲服，一般只穿著黑色的服裝。

5.讀者有時會朗讀一個以上的角色，但不需要更換裝扮。燈光通常用來展現讀者從一個角色到另一個角色的變化，而讀者必須盡全力詮釋劇本中所扮演的角色部分。

三 讀者劇場的教學應用

根據學者的看法（鄒文莉、郭雅莘，2005；Barchers, 1993; Prescott, 2003; Walker, 1996），讀者劇場的完整呈現可以分為四個部分：

1.選擇題材：讀者劇場需要先進行題材選擇，從選出的文學作品中朗讀故事或片段，幾乎所有類型的題材都可以使用在讀者劇場上，很多教師會從書本或是讀者劇場專用的網站去找，但絕大部分的題材都是由故事中的圖片與書本上的情節而來。題材的選擇不應該高於學生的學習能力之上，也就是需要配合學生先前的閱讀與語文經驗。

2.編寫劇本：挑選題材後編撰成劇本。將學生分成不同的小組，依照劇本大綱內的資訊，進行讀者劇場劇本的創作，編寫是以學生為主，依照他們的創意改編成富想像力的劇本。各個小組當中需要包括語文能力較高與較差的學生，採語文能力混合編組，以增強合作與鷹架作用的效果。有時，編寫劇本的工作可由教師先執行，或是依學生的程度，引導他們抓住文本綱要，進一步討論如何改編。

3.演練修飾：進行劇本的修飾與排演。透過演練，學生以小組討論的方式，將初次改編的劇本內容，針對裡面的錯別字、文句不順等部分進行修正，或是增添劇情的變化，讓修正後的作品成為日後可朗讀呈現的劇本。在正式表演之前，學生可反覆練習劇本中自己所要扮演角色的對話，增加朗讀時的流暢度。

4.朗讀表演：手持劇本為觀眾朗讀表演。在呈現的部分，學生需要拿著修正後的劇本上臺朗讀，不需要記憶背誦，在朗讀過程中，學生以聲音變化與表情轉換，進行劇本的角色扮演，沒有點綴的道具或是複雜的肢體動作。

在教學中，這樣的步驟可能稍嫌廣泛了一點，且未能將讀者劇場在教學中的特性予以發揮，因此，如果要將讀者劇場應用於英語課室教學中使用，可能的步驟修正如下述（張文龍，2004；陳欣希，2005；黃郁媖，2005；Walker, 1996）：

1. 選取素材：選取適合學生能力與興趣的素材，教師可依學生程度來進行判斷，不管是短文、童詩或是課文都可信手拈來，最重要的是，所選素材要引起全班學生的興趣。

2. 教師大聲朗讀：教師大聲地朗讀選定的素材，可採用戲劇教學技巧，如角色扮演、教師入戲等，如此更能引起學生的注意。

3. 教師依段落教導學生進行朗讀：帶領學生一段一段朗讀，藉以提醒他們較難的部分以及需要注意的生字、抑揚頓挫等。

4. 學生自己朗讀：教師帶領學生朗讀後，請他們自行以一齊朗讀或是小組輪流的方式來進行，此兩種方式可以讓每個學生一起參與朗讀。

5. 學生自行討論，並將劇本格式化：其中包括角色、場景、舞臺指示等，將角色名單列表，同時，分場次及概述場景的事件，利用團體討論出完整的故事大綱、架構，並決定參與者的角色，嘗試改編劇本

6. 編寫初稿、試讀劇本：學生以小組方式進行討論與創作，將劇本大綱裡的角色、場景、事件等等資訊撰寫成對話，成為一篇有情節起伏的劇本。對話是讀者劇場很重要的格式，學生可以嘗試直接將大綱上的文字轉換成符

讀者劇場在英語課室教學中的施行步驟：

一、選取素材

二、教師大聲朗讀

三、教師依段落教導學生進行朗讀

四、學生自己朗讀

五、學生自行討論，並將劇本格式化

六、編寫初稿、試讀劇本

七、重寫與編輯

八、排演與呈現

九、評量學習經驗

合劇本文體的內容，若程度較低的學生尚無法自行改寫劇本，則可以先透過教師進行示範，將劇本大綱的資訊編寫成劇本，以作為範本。

7. 重寫與編輯：學生討論劇本時，可能會發現有些對話不順暢或是有需要替換字句的情形，甚至也會想要增添劇本上的變化，這些都會形成劇本的重新修改與編輯。

8. 排演與呈現：學生將劇本中屬於自己的角色對話反覆練習到流暢的程度，在最後的呈現，教師可安排表演的舞臺讓學生將角色「演」出來，舞臺可以是講臺或是小劇場，甚至邀請他班的學生來參觀，增添更多演出的趣味。

9. 評量學習經驗：教師藉由學生朗讀的流暢度、參與活動的態度、劇本成果以及同儕互動等，評量學生的學習經驗，以此來修正下一次教學與評估學生的學習成就。

讀者劇場的劇本選擇，可以從國內研究者的著作或是一些網站去尋找，例如作者（鄒文莉，2006）就曾在其著作《教室裡的迷你劇場》中，舉出許多適合國內學生的劇本，並依據字母、發音、句型、文法、課文改寫、中國文化故事、學科內容及詩詞等不同類型的劇本來加以分類。至於網站方面，可以參考下列的選擇：

· Timeless Teacher Stuff (http://www.timelessteacherstuff.com/)
· Reader's Theater Scripts and Plays
  (http://www.teachingheart.net/readerstheater.htm)
· ZOOMplayhouse (http://pbskids.org/zoom/activities/playhouse/)
· ReadingLady.com
  (http://www.readinglady.com/index.php?&MMN_position=1:1)
· Science Wow Factory (http://gvc03c32.virtualclassroom.org/)
· HaveScripts.com (http://www.havescripts.com/index.html)

選用劇本的基本原則是適合學生的程度、興趣和動機，根據 Rasinski (1989) 的看法，劇本的選取應注意在用字方面要稍微簡單一些，以便學生可以流利的讀，也會比較有信心。也有學者認為，讀者劇場的劇本最好是來自課文的改寫，或是選用與課文相關的劇本（楊佳純，2006）；根據 Shepard (1996) 的看法，劇本的內容可以是簡單、生動的故事，有許多的對話或動作，但是不需要很多的角色及場景，而選劇本時可以師生合作，老師根據學生的能力提供建議，然後讓學生去選擇他們有興趣以及想要唸讀的內容。

至於讀者劇場劇本的設計，可以分成老師改寫和學生合作改寫等方式。當學生分組改寫時，老師需要一步驟、一步驟的幫助學生進行劇本的編寫。例如，當老師利用課文來讓學生改寫成劇本時，楊佳純 (2006) 就建議老師可以先將重要的人物、事件、對話，用不同顏色的螢光筆標示出來，再讓學生改寫。Casey 和 Chamberlain (2006) 則提出老師幫助學生的步驟，首先老師先和學生一起將課文或故事讀一次，然後討論故事的背景、人物、時間等，然後老師以幾個段落示範給學生看，如何將故事內容改寫成對話，接著讓學生討論如何編排故事，並把對話都寫出來，然後在對話中加入聲音表情，並試讀給老師及同學聽，最後則是老師及同學給予回饋，修正成正式的劇本。

當老師改寫課文或故事以成為劇本時，根據 Ratliff (1999) 的觀點，改寫課文或故事有四個方法：刪除、增加、改變、擷取。所謂的刪除，是去除一些與理解整個故事無關的角色、動作等；增加則是在原來的故事裡，增加一些新元素，例如口白、演員的動作或臺詞等；改變是變化原有故事的焦點、事件的順序等；擷取則是節錄整個故事中的一小段作為劇本，用故事中最重要的一小段內容，來讓學生更容易了解整個故事的涵義。當老師改寫劇本時，需要考慮的重點是學生的語文程度及興趣，因為必須以學生有興趣的內容來吸引他們，才能提高專注力。再者，句子難易程度要穿插，因為每一組都有能力高低差異的學生。最後，可以選用與其他學科內容有關的故事來改寫成劇本，這樣學生不只學到英文，也能學到其他學科的知識或技能。

一般而言，在小學階段實行讀者劇場的教學活動，需要三到五次的上課時間（不含劇本改寫），每次的活動時間 15 到 20 分鐘左右，每週上課二次。扣除掉第一週、最後一週、月考等無法上課的時間後，一個學期大約可以練習五個劇本。如果想要全班都參與，可將學生分組，每組大約五到六人。此外，老師也可以根據劇本的難易度來調整每一組的人數，劇本較長、較難時，小組內的學生人數就要比較多。挑選來作為劇本或是要改編成劇本的故事最好是簡單及生活化的故事，而且文中要有比較多的對話和動詞,如此一來,改寫成劇本比較容易,表演起來也會更自然、生動。作者(鄒文莉,2006;鄒文莉,2007)為國小課堂中如何執行讀者劇場,設計了下面的教學流程,提供有興趣的老師參考:

表 5-1　RT 劇本的教學流程與時間分配之參考範本

時間	進行的工作
課前	教師挑選繪本或適用課文,並依此創作劇本(由老師或是學生改寫)。
第一堂課	1.教師運用說故事、分享閱讀、引導閱讀、朗讀故事書等方式,帶領學生閱讀與討論文本(5～8 分鐘)。 2.全班逐句的劇本唸讀練習(5～8 分鐘)。
第二堂課	1.教師示範劇本唸讀,強調語氣、斷句與連音(5 分鐘)。 2.小組成員輪流唸讀劇本內容,老師巡迴各組,給予指導與回饋(5 分鐘)。 3.學生為每句臺詞加入表情(例如:傷心、生氣),並練習唸讀(5～8 分鐘)。
第三堂課	1.小組成員輪流唸讀劇本內容,老師巡迴各組,給予指導與回饋(5 分鐘)。 2.各組學生協調分配角色(5 分鐘)。 3.學生分別練習自己分配到的角色(5～8 分鐘)。
第四堂課	1.小組按照分配好的角色及劇本,進行小組內的練習,老師巡迴各組,給予指導、評量與回饋(8～10 分鐘)。 2.學生預演,包括如何進場、開場、表演及退場(8～10 分鐘)。
第五堂課	小組讀者劇場呈現。

　　在進行讀者劇場的教學之前,老師應該先行挑選適合的劇本、進行劇本的改編或寫作(劇本的選擇、改編或創作的問題,會在第九章中加以討論),之後才開始進行讀者劇場的教學。在進行教學時,老師可以先按照平時上課的方式,進行文本的介紹與討論,例如劇中人物的特質或是事件的特殊之處,讓學生有機會想像角色的特點,並從老師提供的看法與選擇中,選用一種較適合句子唸讀的聲音表情。接著,老師可以先抓出劇本的主要句子加強唸讀練習,並提醒學生應用字母拼讀法、斷句、標點符號等規則,作為有意義的唸讀線索。

　　在第二節課中,老師可以先簡要複習課文或故事的內容,再發下根據文本所改編的劇本,示範唸讀的方法與相關技巧,例如語氣、斷句與連音等,目的在於加強學生對劇本內容的理解力,並提供唸讀示範。接下來,老師可以要求學生分組輪讀，不分角色，一人一句，而且輪讀次數可以是數次，而不僅只有一次。分組輪讀的目的為透過同儕學習及合作學習，再次強化學生對文句的理解及唸讀流利度。小組輪讀數次後，即可分組進行文句表情的討論與決定。通常在劇本的安排上，讀者劇場傾向於在每一句的開頭，填上語氣或表情（如下例）。老師應讓學生知道，聲音表情是用來讓聽者及讀者了解劇本的意義，所以應該選用能幫助理解劇本的語氣來唸讀。在討論結束之後，每一位讀者須依據小組決議的標示語氣或表情，來練習唸讀劇本。

Narrator: (Excited) Dad makes a go-kart. Everyone wants that go-kart.

Dad:　　　(Surprised) Look! Biff! Look! Chip! I made a go-kart.

Biff:　　　(Happy) I like the go-kart. I want that go-kart. I want it!

Chip:　　　(Angry) No, I like the go-kart. I want that go-kart. I want it!

All:　　　　(Happy) They like the go-kart. They want that go-kart. They want it!

　　考慮到學生的識字能力及使用的方便性，鄒文莉 (2006) 建議老師可以事先將一些情緒字做成小字典（如表 5-2），每一組給一份，請學生將之分列、分行剪開，變成一張張的小圖片後，裝訂成冊備用，然後在每次小組討論文句表情時，請學生拿出來參考、使用。

　　在讀者劇場課程進行的第三、第四節時，主要時間是用來練習唸讀劇本。首先進行角色的分配及排演：老師先引導學生去思考角色分配的適合性與公平性，並讓學生經由協商將角色分配好。接著，學生們應該依據自己分配到的角色，進行對話與聲音表情的個別練習，老師在此時可以鼓勵程度較佳的學生去引導程度較差的學生完成負責的工作。然後，各組可以先在組內針對劇本作排練，一來可以熟悉上臺表演的順序，二來可以針對角色不適合或是還沒有練習好的同學，提供調整與協助。如果還有時間，老師可以讓學生討論上臺時的進場、退場及可能的道具等。

　　最後則是學生練習成果的展現。對於年紀較小的學生，上臺表演可以給他們帶來很大的信心，因此，作者建議在國中小教學的老師，可以盡量讓每一組學生都上臺表演，對於高中職以上的學生，因其劇本長度較長，建議採輪流或抽籤的方式，但須注意每組在一整個學期上臺總次數之均衡性。在學生表演的同時，老

表 5-2　情緒字小字典

scared	asleep	bored	cold
sad	happy	rude	hot
nervous	painful	polite	angry
lonely	sleepy	surprised	thoughtful
tired	unhappy	violent	worried

（資料來源：教室裡的迷你劇場（30 頁），鄒文莉，2006，臺北市：東西圖書。）

師可以進行學生學習成果的評量，以了解學生在過程中英語能力上的改變。

以上各個流程的時間分配僅供參考，因為剛開始執行讀者劇場時，可能會因為學生對流程的不熟悉，在討論文句表情及排演上消耗過多的時間，而導致需要超過五節的上課時間，但是等到師生都熟悉讀者劇場的流程之後，教學時間可以稍微縮短一些。另外，如果選用的劇本較長、較難，時間配置也會加長。

讀者劇場的執行過程是本書作者希望再次強調的重點，因為讀者劇場的重要性不在於表演，而是執行過程，而這些步驟是促使學習發生的主要機制。透過老師的示範唸讀，學生可以加強其對文本的理解度，在輪讀時，不但再次重複閱讀文本，更可以在同儕的協助下，讓跟不上的學生有機會跟上進度。討論文句表情時，學生當然又必須重複閱讀一次，而除了閱讀之外，更加強了內容意義的釐清。此時，尚未完全了解或僅理解一部分的學生就可以慢慢跟上，有機會再次思考及學習。當學生有了充分的練習之後，若時間充裕，老師就可以讓學生全數上臺表演。最後的排演又再次給予學生重複閱讀及理解劇本的機會。

再者，讀者劇場是一種彈性很高的教學活動。只要在排演過程中，學生能專注在反覆唸讀的部分，達到訓練閱讀流暢度和正確度的學習成效，就算達到了基本的教學成效。老師進行讀者劇場於語言教學時，要隨時掌握戲劇及語言學習的平衡點，否則很可能變成複雜的戲劇演出，忽略語言練習的本質。大致說來，如果故事情節比較簡易，學生的語言程度較初級時，可以著重於表演和肢體語言，演出才會生動有趣，學生也能藉由肢體語言來理解故事。此外，老師會發現劇本簡單或簡短時，學生很容易將自己的臺詞全數背起來，這樣的情況往往會讓學生願意精益求精，加入更多表演的成分；但是上臺時，學生容易因為緊張又要兼顧過多的肢體表演，反而唸得不流暢，而失去了讀者劇場的本意；因此，老師可以跟學生溝通，看劇本唸讀是希望可以將讀者腦中背誦的空間釋放出來，強化閱讀及理解，也避免因擔心忘詞所帶來的焦慮現象。

最後，讀者劇場不需要花俏華麗的服裝道具，小組能穿著一致或整齊的服裝出來表演就及格了；因此，在教學現場最常見的就是學生制服，因為演員能將臺詞唸得好、唸得順才是重點，千萬不要讓花俏的服裝、道具或是誇張的舞臺表演，模糊了讀者劇場的學習。在舞臺分配上，旁白 (narrator) 通常站在舞臺兩端，其餘人員站成半圓形面對觀眾。表演的過程中，表演者可以根據劇情需要或坐或站，編排一些簡單的隊形，甚至戴面具或頭套，在不妨礙唸讀劇本的前提下，讓讀者劇場的表演看起來更有變化。演員有時會利用譜架或講桌放置劇本，讓他們的雙手可以空出來隨著表演舞動。但若是不方便準備譜架，演員單手拿劇本，用單手做動作也可以，只要能注意到唸讀與聲音表情的表達就可以了。其實對剛開始學英文的學生來說，動作、臺步不是重點，學生能夠使用適當的表情、聲音，詮釋出故事中主角的心境，引起聽眾的共鳴，才能夠達到練習讀者劇場的主要目的：用聲音、表情流利的閱讀。老師必須注意最後的小組表演是錦上添花，如果時間真的不夠可以暫時省去，教學過程最好著重在唸讀練習部分，但如果可以給學生上臺的機會，大家一起來分享學習成果，想必可以增添更多學習樂趣。

總而言之，從聽老師說故事、孩子自己讀故事、編寫故事、到上臺用讀者劇場說故事，讀者劇場可以讓學生以合作、社會性的學習模式，結合文學為主(literature-based)的教學方式，藉由溝通、協調、討論、排演的過程，提供學生互動和練習語言的情境；讀者劇場也是一種以學生為中心的學習方式，學生必須自己決定要呈現的重點及方式，訓練他們為學習負責的態度，激勵他們主動參與。因此，讀者劇場可以說是結合並融入多項語言學習意義的課堂活動，這點正好符合了目前臺灣對於語言教學能兼顧四種技能的期待。讀者劇場所提供的趣味成分與重複學習、同儕學習與合作學習的機制，大大提升了學生的學習動機，達到學習語言的目的，對於以英語為外語學習的臺灣學生而言，是一個非常值得嘗試的教學活動。

而歸結上述讀者劇場的特徵與說明之後，可以理解讀者劇場之所以可以提升英語學習成就的原因在於（曾惠蘭，2004；鄒文莉，2005）：

1. 讀者劇場讀者透過口述，表達劇中人物的想法，觀點或情感，不像戲劇應用許多背景道具、化妝、燈光、服裝等舞臺效果來提升觀眾的理解度。讀者劇場的讀者只能靠自己的聲音、表情、手勢或簡單的位移來使文學作品復活，因此讀者劇場需要讀者及觀眾更多、更豐富的想像力。

2. 讀者劇場是一種可以引起高度動機的學習策略，它結合了發音閱讀、文學、戲劇於語言學習中。讀者劇場的戲劇成分使學生了解到閱讀是一種具有實驗性的活動，也就是學生可以試著用不同的朗讀方式，來詮釋不同的意義。透過音量高低，重音和語調，讀者劇場的讀者深入所讀內容，賦予文字及角色生命。當讀者劇場讀者呈現角色時，他們不但反映讀本，也同時重新評估及修正自己對文本內容的理解 (Carrick, 2000)，更進一步了解到口說語言的多樣化。

3. 讀者劇場可以增進學生的閱讀流利度以及對於視覺文字的認識，提升閱讀理解性，提供學生機會去分析對話以及溝通意義，更可以增加對以戲劇方式呈現的文學之認知及欣賞能力。

4. 增加學生的社會互動：讀者劇場的另一個優點是幫助學生發展人際互動的社交合作技巧。學生藉由跟同儕一起朗讀、合作，而不會覺得孤立、寂寞；許多學生也因為可以和同儕合作，而有高度參與的動機。而且，RT 也可幫助害羞的孩童克服困境，因為「劇本」這種文體對害羞的學生是最有用的；學生和組員一起朗讀文章，而非自己一個人朗讀；而且每個學生負責一個部分，大家輪流朗讀，學生有機會可以休息，對較害羞的學生而言，壓力也會比較小。

5. 透過這個互動式的活動，學生們充滿活力、積極投入在回應和詮釋文學作品中。讀者劇場不但強化了閱讀的社會性 (Busching, 1981)，也提供了不同程度的學生一個合作練習的機會，因為 RT 的執行需要不斷的劇本唸讀練習。因此學生的唸讀流利度以及對文本及劇本內容的了解及詮釋方式，也會隨著唸讀次數而增加。

6. 除了提供合作學習的機會外，讀者劇場更提供學生在公開場合發表的機會，它給予學生一個容易而且動力強大的方式去練習閱讀。這種閱讀方式鼓勵學生去融入感情，並且練習重要的口語流利度指標，例如停頓、語調和音調。讀者劇場中角色的扮演更可以幫助學生了解文學中的要素，像是動機和角色辨認；當其他學生聆聽讀者劇場的讀者進行表演時，也同時提升聽的能力。

本章從英語補救教學的特殊需求開始，進行各種英語補救教學法的探討，進而歸納出讀者劇場是最適合臺灣英語補救教學的一種教學法，它能同時符合多項英語補救教學的特殊需求。接下來作者將進一步説明讀者劇場的特色與教學實務，讓有興趣的老師知道如何進行讀者劇場的教學。下面的幾章將針對如何把讀者劇場融入英語補救教學，進行課程設計及教材等議題的討論。

..

王士豪 (2005)。混成式英語閱讀課程於高等教育之設計與實施。淡江大學教育科技學系未出版碩士論文。

王幸子 (2004)。資訊科技融入字母拼讀法教學對促進國小學童音韻覺識之研究。南台科技大學應用英語系未出版碩士論文。

王明潭 (2007)。運用相互教學法融入動畫設計對國小五年級學生英語閱讀理解及動機之研究。屏東教育大學教育科技研究所未出版碩士論文。

王黃隆 (2003)。電腦補助教學對國中英語低成就學生實施補救教學之效益研究。高雄師範大學教育學系未出版碩士論文。

朱錫琴 (2002)。教學法簡介。九年一貫語文領域（英語文組）研習手冊（8–35 頁）。臺北市：教育部。

吳季芬 (2005)。英語童書教學在國小英語科補救教學之效能研究。國立臺北教育大學兒童英語教育研究所未出版碩士論文。

吳金蓮 (1989)。同儕個別教學對國中英語科低成就學生輔導效果之研究。臺灣師範大學教育心理與輔導研究所未出版碩士論文。

吳雅真 (2006)。英文童謠教學對國小英語補救教學效能之研究。政治大學英語教學碩士班在職專班未出版碩士論文。

阮玲 (2008)。運用廣泛閱讀於國小英語科補救教學之可行性研究。臺北市立教育大學英語教學系未出版碩士論文。

何洵怡 (2004)。以聲音活出意象情韻——讀者劇場在中國文學課的學習成效。師大學報，49 (2)，101–112。

李健生 (2004)。同儕互動及師生互動對低成就生英語口語溝通能力的效益。成功大學外國語文學系未出版碩士論文。

李國彰 (2007)。布偶劇應用於國小三年級學童英語口說補救教學之個案研究。國立臺北教育大學兒童英語教育研究所未出版碩士論文。

官月雲 (2003)。學習策略輔導方案對國小英語科低成就學生之學習成就、學習策

★ 讀者劇場──最佳的英語補救教學法

略與學習態度之效果研究。彰化師範大學輔導與諮商學系未出版碩士論文。

林玉惠 (1995)。學習策略訓練對國中英語科低成就學生學習效果之研究。高雄師
範大學教育學系未出版碩士論文。

林安妮 (2005)。多元智能英語教學對學習動機與學習成就之影響：以三位國小六
年級英語低成就學生為例。國立臺北教育大學兒童英語教育研究所未出版碩
士論文。

林均鞠 (2008)。網路多媒體教學對國小高年級英語低成就學生音素覺識能力與英
語學業成就之影響。國立臺北教育大學兒童英語教育研究所未出版碩士論文。

林玫君 (2003)。創造性戲劇之理論探究與實務研究。臺南市：供學。

林佩蓉 (2008)。電腦合作學習在國小英語補救教學之研究。嘉義大學教育科技研
究所未出版碩士論文。

林虹眉 (2007)。 教室即舞臺──讀者劇場融入國小低年級國語文教學之行動研
究。臺南大學幼兒教育學系未出版碩士論文。

林茜麟 (2003)。以合作學習比較青少年原著小說及青少年簡化小說對 EFL 低成就
學生閱讀能力效益之研究。高雄師範大學英語學系未出版碩士論文。

洪育芬 (2004)。朗誦劇對高職學生英文學習的成效研究。中正大學外國語文研究
所未出版碩士論文。

洪采菱 (2008)。廣泛閱讀與重複閱讀教學法對國小一年級學童識字能力、口語閱
讀流暢力及閱讀理解之影響。屏東教育大學教育心理與輔導學系未出版碩士
論文。

洪雯琦 (2008)。讀者劇場對國小學童外語學習焦慮的影響之研究。國立臺北教育
大學兒童英語教育研究所未出版碩士論文。

柯志儀 (2002)。應用多元智慧理論於改善高中英文低成就學生之英語學習能力：
個案研究。政治大學英語教學碩士在職專班未出版碩士論文。

柯靜怡 (2007)。以朗讀方式進行的集中主題閱讀策略對國小低成就學童字彙習得
之探究。國立臺北教育大學兒童英語教育研究所未出版碩士論文。

姜毓玟 (2004)。應用英語童書閱讀教學策略於英語補救教學之個案研究。國立臺
北教育大學兒童英語教育研究所未出版碩士論文。

馬桂珍 (2005)。「每日二說」線上評量對高中高成就與低成就學生之反應分析研究。高雄師範大學英語學系未出版碩士論文。

袁麗卿 (2006)。探討英語學習策略輔導方案對國小英語科低成就學生之學習表現、學習策略運用及自我效能之影響。國立臺北教育大學兒童英語教育研究所未出版碩士論文。

郭乃禎 (2006)。英文補救教學融入一般課程之協同行動研究。雲林科技大學應用外語系未出版碩士論文。

郭慧雯 (2000)。英語學習策略對高中英語科低成就生輔導成效之研究。中正大學犯罪防治研究所未出版碩士論文。

張尹宣 (2008)。讀者劇場與口語流暢度的影響之行動研究——以花蓮市為例。國立臺北教育大學兒童英語教育研究所未出版碩士論文。

張文龍 (2004)。讀者劇場——戲劇運用於語文課程的好幫手。載於財團法人跨界文教基金會舉辦之「2004 臺灣教育、戲劇與劇場」研討會論文集，臺北市。

張文龍 (2005)。讀者劇場的誕生與發展。英文工廠，21，38–48。

張虹瑩 (2006)。Readers Theater 對於國小五年級學童英語閱讀理解及學習態度影響之研究。花蓮教育大學國民教育研究所未出版碩士論文。

張素貞 (2006)。資訊科技融入教學對國中生英語閱讀理解學習成效之研究。慈濟大學教育研究所未出版碩士論文。

張曉華 (2003)。創作性戲劇教學原理與實作。臺北市：成長基金會。

張瓊月 (2006)。探討網路多媒體對英語低成就國小學童學習英文字母之效能。國立臺北教育大學兒童英語教育研究所未出版碩士論文。

陳可苑 (2004)。合作學習對高職學生閱讀英文之效益研究。屏東商業技術學院應用外語系未出版碩士論文。

陳玉貞 (2006)。資訊融入國小英語補救教學。中正大學外國語文研究所未出版碩士論文。

陳汝婷 (2007)。英語學習雜誌對於高成就及低成就的國中學生之英語聽力及閱讀表現之研究。高雄師範大學英語學系未出版碩士論文。

陳欣希 (2005)。讓閱讀舞動「聲音」與「表情」。英文工廠，21，33–37。

陳東甫 (2008)。電腦語音文字同步系統結合重複閱讀教學對識字困難學生學習成效之研究。嘉義大學教育科技研究所未出版碩士論文。

陳宜華 (2005)。多媒體輔助對英語閱讀理解成效之探討。元智大學應用外語學系未出版碩士論文。

陳建宏 (2007)。以英語卡通影片實施國小五年級英語補救教學之行動研究。國立臺北教育大學兒童英語教育研究所未出版碩士論文。

陳冠宜 (2006)。字母拼讀法融入國小英語科低成就學童補救教學之行動研究。國立臺北教育大學兒童英語教育研究所未出版碩士論文。

陳茲婺 (2007)。國小學童英語音素能力的電腦化訓練環境。臺灣師範大學資訊教育學系未出版碩士論文。

陳雅惠 (2007)。讀者劇場融入國小英語低成就學童補救教學之行動研究。國立臺北教育大學兒童英語教育研究所未出版碩士論文。

陳雅婷 (2005)。群策溝通教學法對國一新生英語科專家生手英語學習成效之影響。中山大學教育研究所未出版碩士論文。

陳瑞容 (2004)。電腦輔助教學在英文寫作教學應用之研究。屏東科技大學技術及職業教育研究所未出版碩士論文。

陳嘉惠 (2006)。英語朗讀流暢度及閱讀動機之研究：讀者劇場在國小英語課室之運用。中正大學外國語文研究所未出版碩士論文。

陳麗雯 (2004)。以「字音結合拼讀法」進行補救教學之行動研究。中正大學外國語文研究所未出版碩士論文。

黃世杏 (2006)。讀者劇場對國小學生口語流暢度及學習動機之研究。國立臺北教育大學兒童英語教育研究所未出版碩士論文。

黃巧妮 (2004)。電腦多媒體訊息設計對國小學童英語聽力理解之影響。臺南大學教育經營與管理研究所未出版碩士論文。

黃郇嬡 (2005)。當 RT 遇上語言課程。英文工廠，21，29–32。

黃素娟 (2007)。啟開閱讀之窗：青少年文學讀者劇場閱讀計畫在國中英語教學上的應用。高雄師範大學英語學系未出版碩士論文。

黃婉菁 (2007)。國中七年級學生應用英語讀者劇場之研究。高雄師範大學英語學系未出版碩士論文。

彭志業 (2003)。基本字帶字教學與重複閱讀識字教學對國小學童識字成效差異之研究。國立新竹師範學院國民教育研究所未出版碩士論文。

雲美雪 (2007)。讀者劇場運用於偏遠小學低年級英語課程之行動研究。嘉義大學幼兒教育學系未出版碩士論文。

湯姁君 (2007)。運用電腦教學光碟提升國小低年級學生英文字母學習成效之研究。新竹教育大學人資處語文教學碩士班未出版碩士論文。

曾惠蘭 (2004)。在教室中實施讀者劇場。翰林文教月刊,10 (2),3-6。

鄒文莉 (2005)。讀者劇場在臺灣英語教學環境中之應用。收錄於 Lois Walker 著,讀者劇場:RT 如何教?Readers Theater in the Classroom(10-18 頁)。臺北市:東西圖書。

鄒文莉 (2006)。教室裡的迷你劇場。臺北市:東西圖書。

鄒文莉 (2007)。讀者劇場對兒童英語閱讀之效益分析。教育研究月刊,163,100-111。

鄒文莉、郭雅婷 (2005)。創意無限玩讀者劇場。英文工廠,21,49-54。

賈惠文 (2004)。同儕個別教學對國小英語低成就學生字母拼讀學習成就及學習態度影響之研究。國立臺北教育大學兒童英語教育研究所未出版碩士論文。

楊佳純 (2006)。讀者劇場在國小英語課程之實施研究。高雄師範大學英語學系未出版碩士論文。

楊岳龍 (2006)。英文朗讀流暢度之研究:讀者劇場在國小的運用。中正大學外國語文研究所未出版碩士論文。

楊群涓 (2007)。互動式寫作對國中高低成就學生英語學習之效益研究。高雄師範大學英語學系未出版碩士論文。

廖欣珮 (2005)。運用語言經驗學習法為主軸的補救教學對於國小低成就學生英語單字能力的影響——個案研究。淡江大學英文學系未出版碩士論文。

趙仁愛 (2005)。朗讀英語單字對國小低成就生英語學習與態度的影響之研究。成功大學外國語文學系未出版碩士論文。

趙慧玲 (2004)。英文抽象單字教學對國中高低成就者之效益研究。高雄師範大學英語學系未出版碩士論文。

鄭大彥 (2006)。內容導向式之職場英語訓練：以柏佑製鎖公司為例。南臺科技大學應用英語系未出版碩士論文。

劉文靜 (2005)。輔助閱讀教材對低成就者語言習得之影響：宜蘭高中個案研究。臺灣師範大學英語學系未出版碩士論文。

劉俊賢 (2004)。多媒體電腦輔助教學對國小學童學習英語成效之研究。靜宜大學資訊管理學系未出版碩士論文。

劉曉玲 (2008)。讀者劇場對國小五年級學童英語字彙學習之研究。玄奘大學外國語文學系未出版碩士論文。

蔣銘珠 (2004)。大書的閱讀教學計劃對國中資源班學生在英語學習成就之效益研究。高雄師範大學英語學系未出版碩士論文。

賴文婷 (2003)。以字母拼讀法增強英語科低成就國中生拼字能力之研究。清華大學外國語文學系未出版碩士論文。

賴玉倩 (2008)。由「整體到細部」的字母拼讀教學對二年級低成就生音韻覺識之影響。國立臺北教育大學兒童英語教育研究所未出版碩士論文。

賴慧芬 (2003)。專業知識對較熟練讀者建構大意過程之影響。雲林科技大學應用外語系未出版碩士論文。

藍正發 (2006)。以英文兒歌律動實施國小二年級英語補救教學之行動研究。國立臺北教育大學兒童英語教育研究所未出版碩士論文。

蘇宗文 (2003)。英語語音覺知能力訓練對英語低成就者字彙閱讀表現之探討。中正大學心理學研究所未出版碩士論文。

蘇婷 (2005)。應用戲劇教學於高中英語聽講課之行動研究。政治大學英語教學碩士在職專班未出版碩士論文。

Barcher, S. (1993). Reader theatre for beginning readers. Englewood, CO.: Teacher Ideas Press.

Busching, B. A. (1981). Readers' Theatre: An education for language and life. Language Arts, 58 (3), 330–338.

Carrick, L. U. (2000). The effects of Readers Theatre on fluency and comprehension in fifth grade students in regular classrooms. Unpublished doctoral dissertation, Lehigh University.

Casey, S., & Chamberlain, R. (2006). Bringing reading alive through Readers' Theater. Illinois Reading Council Journal, 34, 17–25.

Coger, L. I., & White, M. R. (1982). Readers Theater handbook: A dramatic approach to literature. IL.: Scott, Foresman.

Fetters, M. D. (2006). The wizard of Osler: A brief educational intervention combining film and medical Readers' Theater to teach about power in medicine. Literature and the Arts in Medical Education, 38 (5), 323–325.

Fisher, G. L., Jenkins, S. J., Bancroft, M. J., & Kraft, L. M. (1988). The effects of K-ABC-Based remedial teaching strategies on word recognition skills. Journal of Learning Disabilities, 21 (5), 307–312.

Fisher, P. J., & Blachowicz, C. L. Z. (2005). Vocabulary instruction in a remedial setting. Reading & Writing Quarterly, 21, 281–300.

Graham, J. G., & Beardsley, R. S. (1986). English for specific purposes: Content, language, and communication in a pharmacy course model. TESOL Quarterly, 20 (2), 227–245.

Hudson, T. (1991). A content comprehension approach to reading English for science and technology. TESOL Quarterly, 25 (1), 77–104.

Kelleher, M. E. (1997). Readers Theater and metacognition. The New England Reading Association Journal, 33, 4–12.

La Perla, J. (1988). English for special purposes in business and industry: suggestions for program design. Community Services Catalyst, 18 (2), 13–18.

Lovett, M. W., Lacerenza, L., & Borden, S. L. (2000). Putting struggling readers on the PHAST track: A program to integrate phonological and strategy-based remedial reading instruction and maximize outcomes. Journal of Learning Disabilities, 33 (5), 458–476.

McGowen, C. S. (1990). Remedial reading for elementary school students. Teaching Resources in the ERIC Database (TRIED) Series. Bloomington, IN.: ERIC Clearinghouse on Reading and Communication Skills. (ERIC Document Reproduction Service ED. 316837)

O'Connor, R., White, A., & Swanson, H. L. (2007). Repeated reading versus continuous reading: Influences on reading fluency and comprehension. Council for Exceptional Children, 74 (1), 31–46.

Prescott, J. O. (2003). The power of reader's theater. Instructor, 112 (5), 22–26.

Rinehart S. D. (2001). Establishing guidelines for using readers theater with less-skilled readers. Reading Horizons, 42 (2), 65–73.

Rasinski, T. V. (1989). Fluency for everyone: Incorporating fluency instruction in the classroom. The Reading Teacher, 42 (9), 690–693.

Rasinski, T. V. (2006). Fluency: An oft-neglected goal of the reading program. In C. Cummins (ed.), Understanding and implementing reading first initiatives (pp. 60–71). DE.: International Reading Association.

Ratliff, G. L. (1999). Introduction to readers theatre. CO.: Meriwether.

Samuels, S. J. (1979). The method of repeated reading. The Reading Teacher, 32, 403–408.

Schmid-Schonbein, G. (1980). Single-case experimental designs in remedial teaching of English as a foreign language. Instructional Science, 9, 183–194.

Schneider, W., & Fisk, A. D. (1983). Attentional theory and mechanisms for skilled performance. In R. A. Magill (ed.), Memory and control of action (pp. 119–143). NY: North-Holland Publishing Company.

Selvey, A. S. (1989). Effects of Repeated Reading on decoding disfluency and reading comprehension. Unpublished doctoral dissertation, The Florida State University.

Shepard, A. (1996). Aaron Shepard's RT Page. Retrieved December 23, 2007, from http://www.Aaronshep.com/rt

Simons, H. D. (1992). The Effect of Repeated Reading of Predictable Texts on Word Recognition and Decoding: A Descriptive Study of Six First Grade Students. Paper presented at the 42nd Annual Meeting of the National Reading Conference, TX.: San Antonio.

Stanovich, K. E. (1991). Changing models of reading and reading acquisition. In L. Rieben, & C. A. Perfetti (eds.), Learning to read: Basic research and its implications (pp. 19–31). Hillsdale, NJ: Lawrence Erlbaum Associates.

Steventon, C. E. (2004). Repeated reading within the context of a peer mediated remedial reading program. Unpublished doctoral dissertation, Georgia State University.

Tam, K. Y., Heward, W. L., & Heng, M. A. (2006). A reading instruction intervention program for English-language learners who are struggling readers. The Journal of Special Education, 40 (2), 79–93.

Therrien, W. J. (2004). Fluency and comprehension gains as a result of repeated reading: A meta-analysis. Remedial and Special Education, 25 (4), 252–261.

Therrien, W. J., Wickstrom, K., & Jones, K. (2006). Effect of a combined repeated reading and question generation intervention on reading achievement. Learning Disabilities Research & Practice, 21 (2), 89–97.

Topping, K. (1995). Paired reading, spelling, and writing: The handbook for teachers and parents. New York: Cassell.

Walker, L. (1996). Readers Theatre in the middle school and junior high classroom. Colo.: Meriwether.

Worthy, J., & Prater, K. (2002). The intermediate grades—"I thought about it all night": Readers Theatre for reading fluency and motivation. The Reading Teacher, 56 (3), 294–297.

Yurick, A. L., Robinson, P. D., Cartledge, G., Lo, Y., & Evans, T. L. (2006). Using peer-mediated repeated readings as a fluency-building activity for urban learners. Education and Treatment of Children, 29, 469–506.

第六章　讀者劇場在英語聽說方面的補救教學

　　本章主要討論讀者劇場對於學生口語表達與聽力方面的作用。所謂的口語表達能力，也就是說的能力，是指運用口頭語言，清晰的將自己的意思傳遞給聽者知道。而聽力是指聆聽者經由收聽到說話者的聲音，並經過認知過程的處理後，確實的理解說者所傳達的意思。因為溝通是一個雙向且相互傳達與理解的過程，因此，聽與說的能力在語言學習上，常常是同時出現、相互輔助的。此外，在語言學習中，聽得懂才有可能說得好，說得好的學生對於別人話語的理解也比較多，有鑑於此，本章將英語聽與說的能力探討放在同一章中討論。

　　在國內，許多研究（洪麗雪，2005；黃淮英，1997）都發現國小英語教室中，教師言談佔去了大部分的課堂時間，而學生可以練習說話的時間很少，即使有機會也常僅限於回答問題。例如，廖家興 (1998) 就在其研究中發現，在國小英語課堂中，教師的發言佔全部師生言談的 58.7%，學生言談則只佔 41.3%。另一方面，洪麗雪 (2005) 發現英語課當中的對話形式多為 IRE (initiate—reply—evaluate)，也就是教室中的對話通常是由教師來啟動的，而學生聽到教師的問題後，需要給予立即的、簡短的回應，沒有太多時間可以思考；而教師則會從學生的回應中，給予學生立即的回饋，或是開始進行下一個對話。在這樣的教學方式之下，學生的語言學習是很被動的，達不到英語練習及應用的地步。因此，像讀者劇場這種鼓勵學生多練習使用語言的教學方式，對於學生的語言學習就顯得相當重要，如此增加學生說話機會的教學方式，可以使教室之中的師生對話形式，從以教師為主轉為以學生為主，不但學生練習語言的機會增多，也可以同時習得一些能讓聽者更加容易了解說話者意義的技巧，像是聲音高低、語調、聲音表情等。

　　此外，近年來研究者（陳淑麗，1996；Leij & Daal, 1999）發現聲韻處理 (phonological processing) 對於學習與閱讀拼音文字的重要性，因為拼音系統就是基於字形與發音的對應關係 (grapheme-phoneme correspondence)，學生的聲韻處理若有缺陷，將會導致他們較差的識字表現。許多研究（李俊仁，1999；柯娜雯，2004；Foorman & Torgesen, 2001; Wagner et al., 1997）也皆指出在聲韻處理能力有缺陷存在的學生，其識字表現通常很差，而識字表現不佳的學生，其閱讀理解的表現也不好，更別提其寫作的能力了。因此，英語聽與說的學習與訓練，在學生學習英語的初期，是非常重要的能力，更是未來英語學習成就的指標之一。如同在第五章中所言，讀者劇場對於英語口語能力的幫助，例如增加視覺文字的識字量、增加口語唸讀的流暢度、利用聲音表情來讓同學聽得懂故事內容等，都是可以幫助學生獲得較佳英語聽說能力的練習，所以相當適合用來進行英語補救中的聽說教學。

本章我們會為讀者介紹英語聽說能力的重要性、英語低成就學生在英語聽說方面的問題，以及其他教學方法對於英語聽說能力的幫助，並藉此引出讀者劇場練習可以對英語聽說能力所產生的確實幫助。此外，因為讀者劇場是以正確的重複練習，以及有感情、有意義的唸讀，來提升低成就學生的英語聽說能力，並不會因為年齡層不同而產生執行流程上之巨大差異，因此，在下文的說明中，作者將不分年紀，而將焦點放在讀者劇場在英語聽說方面的各種學習效益。

■ 壹、聽說能力的重要性

基本上，口語能力是外顯的語言能力，當一個人缺乏正確表達自己意思或接收他人語言訊息的能力時，是很容易被察覺的。而當學生有口語能力不佳的問題時，在識字、閱讀，甚至寫作等各種語言能力的習得上，也會產生相當大的影響。因此，口語能力在學生的語言學習中，佔了很重要的位置。

語言能力，通常指的是語言的溝通能力 (communicative competence)，這是一種社會人群互動性的溝通知能 (an interactional socio-linguistic competence)。所謂的社會人群互動性的溝通知能，是指在人與人的互動中所應具備的語言溝通知能，更具體地說，它是指在日常生活中，語言使用者 (speakers and hearers) 採取適當的語言形式來完成互動性溝通的能力 (Gumperz, 1982)。從語言教學的層面來看，「語言能力」可以分成聽、說、讀、寫四種技能。

在英語學習的初始階段，「聽」是四種能力中最應該先具備的能力，其次是「說」的能力（梁雅美，2003）。至於讀寫能力，則是學生比較需要長期培養、立基於聽說能力之上的語言能力。

至於聽與說的能力之間的關係，根據 Chastain (1988) 的看法，聽與說之間基本上有兩種表現的型態：

一 說話 (talk to)

是指在真實情境中，說話者僅自我陳述，而未與聽話者進行溝通。而說話包含兩種形式，一為非維持性 (unsustained) 說話，例如：回答問題與問候友人等；另一為維持性 (sustained) 說話，例如：描述發生的事、摘要故事內容與發表演說等。

二 對話 (talk with)

與說話不同的是，「對話」強調與他人的互動。對話包含了兩種歷程，一為創造意義，將自己的想法以話語表示出來，另一則為與聽話者互動，以確定聽話者能夠理解說話內容。對話的目標在於意義的互換，而在參與真實語言對話的情境下，學習者必須學習使用不同類型的語詞 (utterance)，並著重於多種形式的溝通 (communication)。此外，對話也必須有起始與結尾，中間則有互動是否成功的溝通策略，例如聽說雙方對話題有相同的熟悉程度，或是舉出聽者能懂的例子來讓他們真正理解說者的意思等。

語言作為一種溝通的工具，其主要目的應該擺在雙方的理解與溝通上，因此，聽說方面的語言能力是英語教學的重點，其中又以聽力的學習最為基礎。大多數的學者專家在研究有關語言習得與聽、說、讀、寫四種技巧的關係時，幾乎都同意聽的能力是語言學習的最初階段，也是習得語言的根基。陳智慧與薛紹媚 (2003) 曾說，一個人的聽力能力發展是先於口說能力，且學習聽和說又遠早於讀寫，所以現今有許多留存的語言只有聲音，而無文字的形式。詹麗馨 (1999) 則認為，在學習語言的歷程裡，「聽得懂」是開啟學習者自信與引發學習興趣的觸媒，沈文中 (1996) 更是認為「說是從聽而來」，故英語四大技巧——聽、說、讀、寫的順序，將「聽」列為首位，不無道理。所以，英語教學必須先建立學習者良好的傾聽習慣，以培養最佳耳力，然後才能繼續發展其他的英語技巧。

「說話」是指用有意義的聲音來表達思想、情感，藉此來溝通或交流意見，它是一種聲音和思想內容結合的產物，包括語音、語詞、語法、語用情境等（羅秋昭，1996）。在現階段高度科技化的社會中，人與人相處、來往，都離不開聽與說的口語表達能力；且學習口語表達，能促進學生人際互動的社會關係，滿足社會的需求與建立自我歸屬感，並有助於培養思考的靈敏度和條理性。而人的口語表達速度約比寫字快八倍，其心理、生理活動過程非常複雜，思維和表達幾乎是同時進行，故其便捷性及特殊性是其他的符號所無法取代的。由此可知，口語表達在我們生活中扮演著重要的角色，不論是小孩或是大人，想要表達思想、感情，傳遞意見，建立人際溝通管道，都必須善用口語表達，所以，口語表達可說是我們生活中不可或缺的工具。

許多外語專家認為，任何外語的聽力訓練一定要在口說訓練之前，因為嬰幼兒自然獲得語言的方式，是經過一段沉默期 (silent period) 的，在此階段，幼兒只是單純的接收聽的訊息 (input)，等漸漸的熟悉語言中的語音之後，便可脫口而說 (output)。但這是指聲音或語言的模仿，事實上，學生的口語溝通能力是經由學習而獲得的。首先，語言的接收不只是消極、被動的接收訊息，還必須主動的加以消化、吸收，以獲得理解與知識。也就是說，語言接收是一種互動、嘗試解釋、建構意義的過程（欉浩慧，2008）。Underwood (1989) 提出聆聽三階段，來說明聽力的過程，第一階段是當聆聽者聽到話語時，會運用自己的語言知識去組織每一個有意義的聲音單位；第二階段是將字或字詞加以檢驗，並和長期記憶做比較，從中獲得意義；第三階段則是當聆聽者從話語中獲得意義後，藉由理解這些話語而回應說者的思考、請求等，以便構成溝通的迴路。

除此之外，語言的表達對於第二語言學習也有其重要性，有不少學者（陳淑惠、曹素香，1998；Krashen, 1981; Pica, 1987）就指出口語溝通在語言學習的重要性，因為當語言學習持續進行時，學生漸漸學得第二語言的規則，如果有機會和教師進行有意義的溝通、互動，更可促進第二語言的學習，而口語表達的練習，則是進行互動、溝通的基礎。例如，Swain (1985) 認為第二語言學習者可藉由自己的語言表達，檢視和目標語 (target language) 正確用法不同的地方，意識到自己缺乏的語言技巧及知識，進而促進第二語言的學習。Swain 也強調當學生被適度要求進行口語表達練習時，將使語言輸出 (output) 發揮最大功效。所以，設計有意義的活動，提供學生參與語言表達的機會，有助於他們口語能力的提升。

　　由於聽說能力對於學生的英語學習有如此重要的影響力，許多研究者及教師也將提升學生的聽說能力視為是早期的英語學習重點，可是對於英語低成就學生來說，英語聽說能力的教學與訓練，常常沒有辦法達到預期的效果，因為研究者或教師們的教學，缺乏對於低成就學生在英語聽說方面問題的了解，而為了有較佳的英語補救教學成效，作者將在本章接下來的內容中探討英語低成就學生在英語聽說方面可能的問題來源。

■ 貳、低成就學生聽與說方面的問題

　　國內的英語學業低成就學生在聽力方面，容易產生不知道發話者的意思、無法給予發話者正確回應的問題，而這些問題有可能來自於學生聽不懂發話者的聲音，抑或是將注意力擺在其他地方，使得他們在聽完發話者說話的內容之後，無法理解其意義，也無法回應發話者的需求。至於在英語說的部分，英語低成就學生會有讀得不流暢、說得結結巴巴、發音不標準、聲調不自然、重音不對等問題。因為低成就學生的聽力與口說問題不盡相同，以下分別陳述。

一　聽的問題

　　聽是一種包含著觀察、注意、認知和記憶的複雜心理歷程（楊榮棠，2005）。聽力理解受到許多因素的影響，根據 Brown (1987) 的研究，英語聽力困難的因素來源有四項：說話者、聽者、訊息和環境。陳智慧與薛紹媚 (2003)、鄧慧君 (1996)、沈文中 (1996) 等人也同意以上觀點，以下將這四個會影響聽話者的英語聽力理解因素分別敘述。

　　1.說話者因素：

　　任何一種語言都會有重複或贅言、無法預知的開場、或自然修正等特徵。這些特徵會在說話時不經意表現出來，容易對不流利的聽者造成理解上的障礙（沈文中，1996）。此外，說話者在一般會話中，會有猶豫、停頓、不平均的音調，以及口音等，這些也都會造成聆聽者理解的困難。例如 Ur (1984) 就指出，在日常會話或演講中，我們常會說出很多超過我們想講的題材範圍之外的話，這些話

包括了重複、錯誤開場白、贅言、自我修正詞、花俏用語、反覆同義字，和一些無意義口語，例如 I mean，Well，You know 等，這些重複語會阻礙語言學習者理解說話者的談話內容。此外，說話者的發音與速度也是引起英語聽力理解困難的原因。黃崇術 (1991) 指出，大部分的學生在聽英語時，對於說話者的速度都會感覺到太快，難以聽懂，而 Ou (1996) 的研究更進一步指出，臺灣學生在學習英語時所遭遇到的困難，以無法理解說話者快速的說話速度為最重要的因素，這是因為在即將聽懂說話者的話語時，聲音已經消失，然後緊接著又有新的聲音出現。這種現象在句子較長時尤其明顯。最後，如果說話者的話語中沒有抑揚頓挫，聽者也會感覺到很難習慣，並且不容易了解一長串話語當中所傳遞的重要訊息。

2.聽者因素：

聆聽者自身的因素也是造成聽力困難的原因。例如，當學生對外語的社會文化、實際生活和語境知識不了解，對語言中的音素、語調和重音不熟悉（通常是因為學習聽講的時間不夠）時，會無法分辨所聽到的語音，因而導致聽力理解有困難 (Brown, 1987)。Ou (1996) 曾說，臺灣學生學習英語聽力時遭遇到的困難，首先是他們無法快速的理解英語的句法結構。此外，有限的英語字彙和不同的句法規則，也使他們無法藉由上下文的幫助來了解英語。而沈文中 (1996) 則說，EFL 的學生對於英語中省略的字或連音不太熟悉，也缺乏對所學語言社會文化的了解，所以會有語言理解的障礙。

再者，學生的心理和生理因素也會造成聽力理解的負面影響，例如要學生集中注意力在一種不熟悉的聲音、字彙和句子中一段較長的時間後，他們常會感到疲倦，進而影響到聽力的理解（楊榮棠，2005）。鍾道隆 (2003) 也認為，對一個聽覺正常的人來說，聽不懂的原因主要是：⑴反應速度慢（解碼、辨認、分析、歸納與理解的速度慢）；⑵語言知識不足；⑶背景知識不足。而其中的反應速度慢，又取決於語言知識及背景知識的多寡；而語言知識不足的表現有很多種，主要有語言知識不紮實，基本文法不穩固和字彙量不多。

Underwood (1989) 也從聽者本身的因素，提出聽力困難的發生因素，其中重要的項目為：

⑴聆聽者無法像閱讀時一樣，能控制說話者的速度。

⑵聆聽者無法經常讓說話者一再重複的講，尤其是在聽廣播或看電視時。

⑶聆聽者本身有限的字彙，使其聽到不懂的部分時，就會停下來思索所聽到的這個字或這句話的意思，如此一來，當說話者再繼續說下去時，聆聽者就跟不上了。

⑷聆聽者無法辨認某些「信號」，譬如 "Secondly, ..." 表示說話者將開始講新的要點，但聆聽者因為不懂這個字所含有的溝通意涵，因而錯失了理解說話者意義的機會。

⑸聆聽者不熟悉語境，所以雖然了解字詞或句子的表面意義，但卻無法貫連字句的意思。

⑹聆聽者無法專心去聽，會導致無法了解；甚至只是短暫的不注意，也會影響到對整體的了解。

⑺聆聽者受制於過去的學習習慣，當他們聆聽時，如果對其中的話語、特別用字或字詞不了解，就會放棄而造成學習失敗。

3.訊息因素：

沈文中 (1996) 的研究指出，許多學者認為聽比閱讀困難，因為文章可以一看再看，而聽卻是瞬間溜過，無法聽不懂再重來。而且聽的取材涵蓋許多範疇，特別是在自然產生的會話中，主題更是多樣化，也不見得有良好的組織性。日常會話當中也參雜許多課本內容沒有的口語語彙或俚語，所以聽的理解會比閱讀理解來得更困難。顏藹珠 (1991) 則認為，學生對語句中較長的語調單位 (tone unit) 的理解較困難，這是因為長的語調單位包含較多非重音字，說話者為保持語句的節奏常會快速帶過，而造成連音 (linking) 或是省略某一些音等現象。Brown (1987) 也提到，因為語言有前後音同化現象，在日常會話中又有一些替代語，如以 stuff 代替 material、guy 代替 man 等，使聽者不容易理解。黃崇術 (1991) 曾說，口說英語所具有的特性，如簡化母音、簡化子音、省略、同化、連音等，會造成學生聽力理解的困難。綜上所言，英語訊息當中的聲韻規律 (phonological rules) 容易造成語言學習者理解他人話語的困難。

因此，在外語聽力的學習過程中，就訊息部分而言，不論來自於真實對話情境或錄音帶、CD 等教材，英語的語言成分，包括音素、重音、語調、字彙、片語、句法、語意、語用、衍生、同化及移位等，和中文有相當大的不同，且聽的素材富變化，使聽者無法有效的組合語境，因而不能預測說話者將要說的內容，這些都會造成學習者的理解困難。

　　4. 環境因素：

　　除了上述的三個主要因素外，一般容易忽略的是環境因素。Brown (1987) 指出，來自聽者所處環境和錄音帶的噪音，會讓聽者無法專注於所聆聽的內容，且聽力教材如果是錄音帶或收音機，因缺乏像環境一樣可以同時呈現視覺和聽覺刺激的特色，再加上看不到說話者的肢體語言，學生聽力理解的程度會受到相當大的影響。亦即，如果光聽錄音帶和收音機，缺乏視覺效果和環境線索，無法看見說話者的肢體語言和面部表情，將使聽者在了解說話者的意思上產生困難。

二、說的問題

　　口語表達能力是兒童學習的基本能力，也是人際互動的一種重要工具，所以兒童早期學習口語表達是很重要的。而任何「發展」均非由單一因素影響，口語表達的發展也不例外，會受多種因素影響，綜合學者（林公翔，1993；林妙娟，1987；胡海國，1976；羅秋昭，1996）所提出影響口語表達能力的因素有下列九項：

1. 智力因素：智力低的兒童口語表達較一般兒童晚，一般兒童平均在 15 個月到 18 個月之間，即會口語表達；智力高者表達語彙多，語句亦較長。
2. 年齡因素：兒童的語彙總數、使用語句長短，均會隨著年齡而增加。
3. 性別因素：一般女童的口語表達發展較男童的發展早，大約提早半年至一年半的時間。但這只在幼兒階段有差別，到了小學以後，男女間就沒有這樣的差別了。
4. 生理因素：身體健康的兒童較不健康的兒童早開始使用口語表達，身體器官的受損，如聽力障礙、腦部受損、動作不協調等，均會影響兒童學習口語表達。
5. 家庭環境因素：如兄弟姐妹之多寡、出生序列、父母的教育程度及社會地位、家庭經濟水準等，均對學生學習口語表達有很大的影響。舉例來說，因為家中子女數比較少而與父母相處時間較多的兒童，或是因為父母的教育程度比較高，有良好的口語表達模範可以仿效的兒童，其口語表達的學習與缺乏語言學習機會和示範的兒童相較之下，成效比較好，句子的使用也較正確。

6. 示範因素：有良好口語表達示範的玩伴、友伴，亦可增加正確口語表達的學習機會。

7. 學校因素：學校教師的教導態度、教學內容、言談音調，亦與兒童的口語表達學習有關。

8. 情緒人格因素：情緒不良、人格偏差也會影響口語的發展，例如家庭氣氛不好，容易導致幼兒情緒人格發展不良，進而影響到兒童學習口語表達的意念。

9. 其他因素：如同時學習兩種口語表達或是雙胞胎、獨生子的情形，其口語表達發展亦較一般的兒童為慢。

而在國內的英語教室中，有很多因素會影響學生口語能力的發展，例如，缺乏第二語言學習的自然溝通情境、班級人數眾多、學生課堂上的口語訓練機會有限等，除此之外，國內的學生上課較為被動、沉默，不會主動去和有能力的成人互動，這也是國內學生外語口語表達能力低落的重要因素。

在了解低成就學生在英語聽與說兩個方面的困難之後，作者從相關的研究中，發現許多可以改善學生英語聽說能力的有效方法。在下文中，作者將一一說明這些方法對於英語聽說能力的幫助，以及這些方法如何提升學生的英語聽說能力。

■ 參、聽說能力相關研究的討論 ■

英語聽說能力的重視及教學，對一個以英語為外語學習的環境來說是相當重要的，因為比起閱讀與寫作，聽與說的能力是更基本的，更能夠幫助學生學好英語。英語是一種拼音文字，學生可以用語音作為媒介，來表達字的意義或是記憶單字（盧文偉，2007），根據 Perfetti 等人於 1992 年提出之普遍音韻原則的理論（Universal Phonological Principle，簡稱 UPP），無論是中文或是英文的閱讀、識字，都涉及自動化的音韻激發，亦即音韻處理能力是語言學習者必須使用到的認知能力 (Perfetti, 2003)。舉例來說，當學生看到一個新的書面文字 "FASS"

時，他們通常根據字的拼法和語音對應規則的知識，來唸出該字的聲音。熟練的讀者通常一下子就可以辨識熟悉的單位，這是因為讀者通常把一個字區分成數個小單位，來幫助辨識熟悉的文字，有時甚至不需要透過字音，就能知道字的意義。

因此，音韻對英語學習的幫助不容小覷，學生可以利用拼音規則與聲音來記住單字，並與其字義相互連結，但是不同英文字母的組合，常有相同的發音方式，學生除了多加練習之外，還須搭配字母拼讀法 (phonics)，以便利用聲音來記憶字的組合或是單字。多年來，英語聽說能力與學習成就有高度相關的看法，被視為是英語教學研究的重點之一，而經由相關的研究，我們可以發現一些對於低成就學生相當有幫助的教學觀點與方法，現在整理說明如下。

一 聽的方面

聽力技巧不論對於母語 (first language) 或第二語言習得 (second language acquisition) 均扮演著相當重要的角色，而藉由聽力技巧的訓練，學生們不但能更加熟悉聽力的學習方法，還能學著用英語來表達感情。學生具備英語聽的能力，指的是學生在聽到某個或某些聲音時，就能聯想到這個聲音所對應出來的文字，然後再從文字去了解說話者所說的聲音代表的意義。但是，英語的聲音與字母之間的對應關係是抽象的，例外字的規則複雜，學生在學習之初常會遇到困難，例如某些不同的字母組合會有相同的發音方式。但是只要學生多加練習、搭配發聲練習、利用聲音來記憶字的組合，通常可以克服這些困難。以下就是許多研究者發現的、對於提升學生聽力有效的工具或策略：

1.電腦多媒體：

電腦多媒體對於學生英語聽力的幫助，是可以重複播放，讓學生重複練習，也可以隨時暫停，讓學生播放聽不懂的地方。重要的是電腦多媒體可以提供臺詞或字幕，讓學生不需要在聽到不會的聲音時，還要分出心思去想這是哪個字的唸法，所以對於提升英語聽的能力有相當大的幫助。邱惠雯 (2006) 探討電腦輔助語言教學與聽力策略對於第二外語學習者聽力理解之影響。在她的研究中，48 位國一學生在經過兩個月的電腦輔助教學後，在聽力理解測驗中均比控制組（沒有接受電腦輔助教學）的學生表現得好，也就是說，利用電腦來進行聽力教學，可以幫助學生在聽力理解上有較佳的學習效果。蔡佩樺 (2003) 則是探討電腦多媒體對於國中生英語聽力及閱讀理解的效益，並將以聽力輔助為主的學習媒介和以視覺輔助聽力的學習媒介互相比較，藉以了解哪一種學習媒介的效果為佳。結果發現，同時使用聽力及視覺輔助，不搭配影片字幕的該組受試者，表現普遍優於其他三組受試者（一組只有聽力輔助、一組同時有聽力及視覺輔助，搭配英文字幕；另一組有聽力及視覺輔助，搭配中文字幕）。此外，黃巧妮 (2004) 也在其研究中，以語音旁白，搭配文字說明、靜態圖片與動畫，來提升國小學生聽力理解的效果。在其研究中發現，使用電腦多媒體語音旁白、搭配文字說明與動畫的訊息設計組合，對於國小學生的英語聽力理解學習最為有效，並且具有最佳的學習保留效果[1]。

羅慧芸 (2006) 探討線上英語聽力教材對大學生聽力學習之幫助，研究者設計一個網站，讓學生能夠進行聽取文章大意 (listening for main idea)、聽取文章細節 (listening for details)、理解說話者的意圖 (interpreting the speaker's intent)、推論 (making inferences) 以及概述聽力文章內容 (summarizing) 等技能的訓練，研究結果顯示，這些線上聽力教材對學生的聽力確實有助益，尤其是學生在整體聽力、聽取文章細節、概述文章內容的技巧上，有顯著進步。黃寶仙 (2007) 認為學習者有英語聽力理解困難的原因之一，是由於口語發音的縮減 (reduced forms)，使得字的發音與學習者所期待的不盡相同，因而讓學習者產生了聽力理解的困難，所以他以一套電腦輔助語音縮減教材來進行研究。電腦輔助語音縮減教材的作用是在學習者進行聽力教學活動之前，進行語音縮減的發現、練習與歸納，然後讓學生進行聽力學習（以電腦多媒體呈現），並在過程中提供可能問題的解答。研究者探討透過語音縮減教學，是否能提升學習者的英語聽力表現。結果發現學習者聽力理解測驗的得分，在實驗過後有明顯的進步，所以語音縮減聽力教學對於提升學習者語音縮減知識是有效的，也肯定語音縮減是影響學習者聽力理解的一大重要因素。

由上可知，學生的聽力理解程度，可以經由電腦多媒體來加以訓練並加強，

1　是指學生在學過某一教材之後，經過一段時間後再次測量，仍然可以記得的教材內容分量。

而且電腦多媒體在針對許多不易教學的聲音或是聽力訓練上，確實相當有幫助，可見電腦多媒體對英語聽力的功效。

2.聽力材料的呈現方式：

聽力學習因為聲音稍縱即逝，不容易記憶，所以聽力學習能力較差或是以英語為外語的學習者容易產生學習困擾。但許多研究都發現，改變呈現聽力材料的方法，有可能提升學生的聽力學習或聽力理解能力。羅家珍 (2003) 就發現廣泛使用錄影帶及錄音帶的視聽教學法，對於學生在聽力學習上有顯著的幫助，但卻很少有針對 DVD 影響特定語言技巧的教學研究，因此，羅家珍針對 DVD 電影應用於英語聽力教學的成效來作一探討，此研究以 33 個大一學生為對象，進行一學年的教學實驗，結果發現大一學生的聽力，在經過一年的 DVD 電影教學後確實進步了。楊淑真 (2004) 也認同錄影帶及 DVD 節目對於高中生英語聽力理解是有影響的，但是應該搭配不同的聽前活動，例如字彙教學與靜音流覽（事先無聲的預覽整個故事），其研究結果顯示，聽前活動的確對高中生英語聽力理解有幫助，靜音流覽比起單字教學更能幫助學生聽力理解。事實上，國內許多研究者都提出不同的聽前活動對於英語聽力理解的幫助，舉例來説，字彙教學（朱淑嫻，2003；胡伶雪，2000；楊淑真，2004；李怡潔，2007；徐麗珍，2004）、圖像輔助呈現或視覺提示單字或文章內容（吳嘉容，2004；蔡麗凰，2001）、試題預覽或問題提示（朱淑嫻，2003；李怡潔，2007）等，都被證實確實能提升學習者的英語聽力理解，尤其是當圖片與文字相輔助時，提升的成效最為明顯。此外，聽前看圖也可輔助低成就學生的英聽理解力，並彌補其在英聽能力上的不足，而且聽前呈現圖片對學生的幫助，遠比邊聽邊呈現圖片的效果來得顯著。最後，接受聽力測驗前先預覽試題的教學方法，使學生的聽力表現顯著地高於單字教學的效果，但是單字教學對聽力學習也有不錯的幫助，尤其是在學生聆聽演説前給予字彙教學，對於他們理解演説內容的幫助最大。

學生的聽力理解也會受到其他因素的影響，例如看錄影帶或 DVD 時，字幕的呈現方式會影響學生的聽力理解。簡單來説，有字幕比沒有字幕更能提升學生的聽力表現（洪美雪，2001 ；楊明螢，2004 ）；中英文同時呈現的字幕，優於只呈現英文的字幕（楊榮棠，2005 ）；只呈現中文的字幕優於只呈現英文的字幕

（洪美雪，2001）。此外，學習時練習時間的多寡（陳佩瑜，2007）以及聽力測驗時重複播放，也能提升學生的聽力表現（仲怡玲，2002；李怡潔，2007；陳美蘭；2002）。這些研究的結果顯示（仲怡玲，2002；李怡潔，2007；陳佩瑜，2007；陳美蘭；2002），不管是對哪種程度的學生，重複播放都能使學生的聽力理解測驗成績有所提升。最後，在聽力測驗時，若是題目有圖像來輔助學生了解問題，對於學生的表現也有正面的影響，例如鄭月珠 (2000) 的研究結果指出，圖案式的聽力測驗（給學生數張圖片，讓學生在聽完聽力測驗的題目之後，將正確的圖片標示出來）對學生的聽力理解，雖然並沒有重大的影響，可是整體來說，有圖案作為輔助的學生，其聽力理解的表現比起沒有圖案輔助的學生要來得好，圖案除了可以提供聽力內容的情境、取代一些背不熟或新的單字之外，圖案式的聽力測驗所花的思考時間較少，並且能得到比較好的成績。

3.聽力學習的技巧：

英語聽力的提升，除了使用各種教學媒體及教學策略的輔助之外，聽力學習的技巧也是重要的考量，王慧婷 (2004) 認為英聽之所以困難，原因之一是由於學生聽英文時，不像處於閱讀模式中，可以利用字與字的間距，有效地將字與詞、句與句區隔出來；之二是由於口語英文上發音的縮減，使得字的發音與學生所期待的不盡相同，所以，口語英文發音縮減之教學是有其必要性的。其研究結果也顯示，口語英文發音縮減之教學能夠有效的提升學生對口語英文發音縮減之認知，但是對於提升學生整體英聽能力則沒有發現顯著的助益。丁弘明 (2005) 則探討語音辨識回饋對於國小學生英語聽力以及發音的影響。結果顯示，在經過實驗教學後，實驗組（在發音之後有教師或電腦給予發音正確與否的回饋）的學生在每一次的評量中，表現情形都超越控制組，尤其是在聽力方面，更是達到顯著的效果。

另外，許多外語或是第二語言學習的學生，甚至是母語學習者，都認為做筆記是有利於學術聽力的策略。王彤心 (2007)、林子郁 (2004)、林惠嫻 (2005)、謝漢偉 (2006) 等人的研究就是在探討做筆記對於英語非母語的學習者在學術聽力理解以及記憶上的影響，但是研究結果呈現兩極的表現：一種是做筆記並沒有對學生的聽力理解有幫助，另一種結果是做筆記有利於學生的聽力表現，例如林子郁 (2004) 就發現，筆記法對受試學生托福聽力測驗的表現有顯著影響，特別是在短文演說部分；林惠嫻 (2005) 則發現，做筆記策略對低分群的學生有幫助，但可能導致高分群學生無法專心聽講；謝漢偉 (2006) 則是發現，做筆記在測驗細節性問題（問學生一些文中有特定答案的問題，例如多久可以泡好一杯綠茶？）上，顯示出明顯的輔助效果。

聽力學習或測驗的主題知識也是學生聽力表現的指標之一，胡伶雪 (2000)、賴莞容 (2003) 探討主題知識與文本字彙知識對臺灣高中生英語聽力之影響，結果發現主題知識與字彙知識在學生的聽力表現上扮演著重要的角色。高典君 (1998) 探討文章結構圖對於以英語為外語的學生學習英語聽力之影響，研究結果發現，文章結構圖的確對大一新生聽英文學術性的文章有幫助；但是，提供此圖的最佳時機，還未在此研究中得到證實。朗讀教學也為初學者在語言學習上提供了良好的練習機會，先前的研究更印證了朗讀對於孩童的語言發展有正面效益。陳奕君 (2006) 的研究便是在探討採用朗讀教學，是否能提升以英語為外語的國中生之聽力理解。結果顯示，應用朗讀教學確實能提升學生的聽力理解，因為朗讀能加深他們對單字與片語的記憶，並且讓他們熟悉整篇文章以及字句的發音。

4.聽力策略：

吳佳欣 (2006)、林素份 (2006)、黃亭綠 (2003)、游雅如 (2007)、詹至仔 (2004) 等人的研究，都在探討聽力策略教學對於學生英語聽力之影響，結果顯示英語聽力策略訓練對國中生的聽力有明顯幫助，實驗組的學生後試的成績有顯著進步，而在聽力過程中，聽力程度較高的學生，使用聽力策略的頻率明顯高於聽力程度較低的學生，大部分學生均使用了四類後設認知聽力策略（理解監控、再次確認、困難認定、表現評估[2]），但是高程度者比低

提升學生聽力的工具或策略：

一、電腦多媒體

二、聽力材料的呈現方式

三、聽力學習的技巧

四、聽力策略

2　理解監控是指閱讀者在聽力理解的過程中，不斷的檢視自己是否完全了解文意；再次確認是指閱讀者再聽一次聽力材料，以檢查或澄清自己第一次的理解；困難認定是指

程度者使用較多的後設認知策略，由此可知，聽力教學應該融入聽力策略，尤其是後設認知聽力策略。

　　從上面聽力策略與工具的說明中可以發現，理解是學生聽力練習的重點，當學生無法聽懂別人的話語時，他們常常會希望說話者再重複一次，以便理解說話內容。而從許多研究中也發現，當說話者說話時有抑揚頓挫、正確的斷句、適當的加上表情或動作時，學生的理解會有所提升。所以，說與聽是兩個互相影響的過程，下文中將討論學生如何解決英語口說方面的問題。

三　說的方面

　　能夠把字唸讀正確，其實就表示學生具備對字的辨認、解碼以及將字母融合再發音的能力 (Ehri & McCormick, 1998)。若要精準的對字解碼，閱讀者必須能夠正確地達到以下四種目標：1.在字母或是字母的組合中辨別聲音的特徵，例如，/r/ 和 /l/ 雖然聽來都有捲舌，但是發音的部位不同。 2.結合音素[3]，例如 /t/ 和 /h/ 合起來，唸做 /ð/。 3.能運用標點符號做唸讀的變化，例如 "I love you, not hate you."，唸完第一個 you 之後要稍微停頓，讓聽者經由停頓來理解句子的意思。 4.用字面上的發音及意義的提示，對課文字彙的讀法與意思做正確的判定。例如，遇到字形相同但唸法不同的破音字，能夠正確的讀出其在文章中的發音（例如在 He has read the book that I read today 這句話中，第一個 read 為過去分詞，發音為 /rɛd/；第二個 read 為現在式，發音為 /rid/）。而在提升口語能力的研究中，可以發現對於口語能力有幫助的學習或教學方法如下：

　　1.戲劇：

　　演戲這種教學法會大量使用到口語能力，能增加學生英語聽與說的能力，這一點已經由大量的研究所證實。例如，李國彰 (2007) 以英語布偶劇來幫助國小三年級英語低成就的學生提升口說能力的表達，經過 15 週的布偶劇補救教學活動後，李國彰發現使用布偶劇教學，的確提供了英語低成就學生新的學習途徑，並

　　學生從聽力材料中，找出問題的重點或是解決問題的方法；表現評估是指閱讀者評估自己完全理解聽力材料的程度。

3　辨別語音的最小單位。舉例來說，kept 有四個音素，分別是 /k/、/ɛ/、/p/、/t/。

能強化學習的參與感。個案學童的口說能力在音素與重音節[4]的前後測上，有相當程度的提升。另外，在此研究中，有三位老師與李國彰合作，進行此一研究的相關資料蒐集、資料分析與校正等工作，這四位老師所形成的協同教師群也發現，接受布偶劇教學的個案學生，英語口說能力比起接受一般課本教學的對照組學生來得進步。由此可知，大量練習說英語能提升學生的英語口說能力，包括字音與字形的配對、語調的變化等等。

馮羿連 (2006) 探討創意戲劇方案對國小學生英語口語表現的影響，她以 68 位國小六年級的學生為研究對象，將學生分成五人一組，然後進行創意戲劇的教學實驗。在過程中，學生須以小組為單位，依據創意戲劇的引導來進行編劇並演出。研究結果發現，創意戲劇方案有助於提升學生的英語口說能力。學生在學習過程中，會注意到並希望可以改善自己的肢體語言或聲音表情，也會注意到自己不會唸的字或片語，希望教師可以多講解這些字句。而這些動機或是學習的專注點，都幫助學生更加注意到自己在口說能力的不足，並能在練習中適時得到改善。

學生不敢開口說英語，也是口說能力不佳的一個重要因素。參與演戲或角色扮演等活動時，由於性質活潑、需要大量說英語、有許多練習機會，所以可以快速且顯著的提升學生的口說能力。蘇瑞怡 (2007) 則希望透過角色扮演教學法來提升學生的英語口語能力，並增進學生的學習興趣，進一步克服學生進行英文對話時會有的恐懼。蘇瑞怡以 32 位國中二年級的學生為對象，讓學生將課本中的對話，以生動的方式呈現在同學面前，最後以口試來檢測學生英語口語能力的進步情況。結果顯示，學生在參與角色扮演法的課程後，英文學習的興趣很明顯的提升了，口語能力顯著進步，在臺上以英文表演對話時的恐懼也大幅降低了。

從上面三篇研究中可以發現，戲劇對於學生聽說能力的幫助有以下幾項：首先是演戲時，需考慮到說話時的聲音表情，這是第二外語學習者比較弱的一部分。此外，演出時提供大量的練習情境給學生說英語，解決學生不常開口說英語的問題。最後，戲劇演出提升了學生的英語學習興趣，讓學生經由快樂、有趣的演戲活動，提升英語口說的能力。

4　是指在有兩個或兩個以上音節的單字中，必須讀得比較重、音調比較高的音節。

2.電腦多媒體：

近來，因為許多電腦多媒體輔助工具及其相關科技的研發，包括光碟技術的迅速發展，使得電腦化語言學習進入視聽化的時代，電腦科技提供具體、具象、動態、有聲的學習經驗，創造有利的外語學習環境，故多媒體工具普遍被使用在提升英語教學與學習的活動上。而許多研究也證實，多媒體工具對英語教學與學習確實有顯著的效果。

梁雅美 (2003) 以電腦語音多媒體工具，來提升國小學生的英語口語表達能力，研究者以 34 名程度相當且未參加校外英語課程的國小學生為對象，利用多媒體工具進行課後的語音答錄作業 15 次，之後再以學生學過的課文圖片進行口語能力的檢測。研究結果顯示，使用語音多媒體工具後，學生的英語口語表達能力發展有顯著的進步，大部分的學生也都認為語音多媒體工具可以提升他們的英語口語表達能力。

陳美彤 (2006) 探討電腦語音辨識系統對於促進學生口語能力之效能，研究者以 40 位大學生為對象，讓實驗組學生在課後進行電腦語音辨識系統的訓練，控制組則無。結果發現，實驗組學生的口語表達能力提升的程度較控制組大，在實驗組中，低成就學生的進步幅度也比高成就學生大。此外，在使用電腦語音辨識系統之後，學生在發音、語調、節奏上有顯著的進步，可見此種語音辨識系統能提升學生的口語表達能力。

陳惠萱 (2007) 認為網路語音溝通可以提供語言學習者較無壓力的口語練習環境，成功地提升學習者之間對話的互動性與目標語的使用，故進行同步與非同步網路語音溝通對英語口語學習成效的探討與比較。結果發現，不論是同步或非同步網路語音溝通，皆能顯著提升語言學習者之口語能力，尤其在發音與口語流利度兩方面；而且非同步網路語音溝通的參與者，在發音與流利度方面的進步幅度，明顯大於同步網路語音溝通參與者。此外，學生對於討論主題的偏好，也會影響學生對於口語討論之動機以及參與程度。

張齡尹 (2007) 探討線上即時討論對於提升大學生英語口語能力之效果，研究者以 59 位大學生為對象，讓學生經由結構性的與不具結構性的線上即時討論[5]，來提升口語能力。結果發現，不論是使用結構性的或是不具結構性的線上即時討論，學生在英語口語能力的表現上，都有明顯提升；雖然兩者的差異沒有達到統計上的顯著差異，但是仍可推知，不論是結構性的或是不具結構性的線上即時討論，都能提升學生的口語能力。

從上述的幾個研究中可以發現，電腦多媒體提供學生無壓力的學習環境、有明確回饋與校正作用的練習環境、無距離或時間限制的溝通情境等，使得英語學習者在練習口說能力時有較佳的表現，而這樣的特質，相當適合用在英語學習能力較差的學生身上，以提升他們的口說能力。

3. 對話日誌：

口語訊息不易留存、稍縱即逝，當學生沒有專注在溝通訊息上時，很容易沒聽到或聽錯訊息，這使得學生在聽力方面表現不佳，連帶的在口說的時候，也容易因缺乏範例而誤用某些句子，使得聽話者產生溝通問題。對話日誌就是為了要解決這樣的情況而設計的，教師可以將聲音留存，讓學生得以重聽、調整、修改，來幫助學生提升口語表現。在這個過程中，還能提供學生許多練習機會，一舉兩得。林育帆 (2003) 就認為口說或書寫的對話日誌（在研究中，學生要進行口說對話日誌，也要進行書寫對話日誌）能改善學生的口語表現，但是口說對話日誌與書寫對話日誌對於學生口語能力的影響是否相同則未有答案，故研究者以此一研究來探究口說與書寫對話日誌對大學生英語口語能力的影響，其主要的目的是希望了解對話日誌對於學生的整體英語口語能力、說話流利度、文法精確度以及字彙方面的影響。研究者以 11 位大學生為對象，進行了三個月的實驗，結果顯示，大學生在經過此一教學實驗之後，整體口語能力明顯提升，包括了口語流利度、文法精確度及字彙方面都有所改善，尤其在口語流利度及時態精確度方面，進步更是明顯。

吳美慧 (2006) 則探討錄音式對話日誌是否能夠降低學生說英語時的焦慮，研究者以 11 位大學生為對象，請他們每週錄製三分鐘的日誌，然後研究者再針對錄音內容錄製回饋，研究結果顯示，大多數的研究對象在參加錄音式對話日誌後，

5　結構性的線上即時討論是指由研究者提供一些問題，來供學生針對問題進行討論；不具結構性的線上即時討論是指學生可以自由開啟任何話題，進行互動。

英語口説焦慮較參加之前低，這可能是因為錄音式對話日誌提供一個舒適、低焦慮的環境，讓學生有勇氣開口說英文，也提供學生更多練習的機會，而當學生的口說能力增加時，他們的信心也更增強。

4.提供學生口語練習機會的教學方法：

互動及多次的練習，一直都是提升學生英語口說能力的好方法，例如小組合作學習、師生互動、溝通式教學法等，都強調在教學過程中就要提供學生許多口語練習機會；從研究中也發現，這樣的教學方法對於提升學生的口語聽說能力確實相當有成效。舉例來說，李健生 (2004) 比較同儕互動及師生互動對低成就學生英語口語溝通能力的效益，特別探討同儕互動的不同分組方式（如同質分組對異質分組）對低成就學生產生的幫助與影響。研究結果發現，低成就學生在和夥伴互動後，其英語的口語表現有顯著進步，而且同伴是教師或高分組學生的低成就學生，其口語表現和字彙量與和低分組學生配對的低成就學生相較之下表現較佳。由此可知，對低成就學生而言，異質分組較同質分組更能夠改善低成就學生的口語表現。黃怡文 (2003) 則是探討如何藉不同合作學習的分組方式，來提升學生的英語口語流利程度以及使用過去式動詞的精確度，結果也發現異質分組的合作學習方式，是最能增進學生口語流利程度的教學方式，亦即每個合作學習小組中，均有優等、中等、及較差程度學生的異質分組，比不考慮學生程度的分組方式更能提升國中學生的口語能力，其中異質分組下的中等程度學生是所有學生中口語流利度進步最大的。

對於口語能力有幫助的學習或教學方法：
一、戲劇
二、電腦多媒體
三、對話日誌
四、提供學生口語練習機會的教學方法

郭懿慧 (2001) 探究溝通式教學觀對國小五年級學生英語口語溝通能力的影響，研究者以兩班國小五年級學生為對象，分別進行傳統教學法及溝通式教學法的實驗，結果發現，實驗組（進行溝通式教學法）學生在「溝通能力評量檢核表」

上的表現明顯優於控制組（進行傳統教學法）學生，且實驗組學生在文法、流暢性、面部表情上的表現也明顯高於控制組學生，但是在腔調、發音、單字、內容創意、肢體動作的表現上，實驗組與控制組學生則沒有顯著的差異。郭怡君 (2005) 在其研究中探討「任務式教學法」互動之特色，以及學生在此一互動過程中溝通能力的養成，研究者以 40 位國中二年級學生為對象，進行任務式教學法的實驗，研究結果顯示，在實驗的後期，學生在一次話輪[6]當中所使用的字數和溝通時互動策略的使用，皆有顯著的增加，而小組的討論活動使得學生更有興趣和同儕用英語來進行討論，不只幫助他們培養更良好的溝通技巧，也使得學生能夠更自主、有效率地理解和使用目標語。

在第三部分的討論中，作者從各種提升學生口語聽說能力的研究著眼，從中發現在提升學生的口語能力上，有哪些工具、策略或技巧可以使用。結果發現，電腦多媒體、戲劇、影帶 DVD、錄音、口語對話日誌等方法，都可以提升學生的英語聽說能力，而這些工具或策略對於學生聽說能力的輔助，主要來自於它們具有以下的功能：一是可以不斷的練習英語，讓學生長時間的接受英語刺激，這可以達到熟悉英語的目的；二是有趣、有目的的練習，要讓學生長時間的練習，又不至於太無聊，最好的方式是唸讀的東西有趣或是過程有趣味，戲劇或角色扮演就能夠達到這個目的，使學生既有重複學習的機會，還能維持高度的興趣；最後是有模仿的對象，當教師在提升學生英語口語的能力時，常常需要提供學生良好的示範，這時，影帶或錄音帶就能提供幫助，例如教師的唸讀錄音帶、或影帶中主角的表現方式，都是學生模仿的對象，以便讓學生的表現達到最正確的狀態。

綜合上面的三個發現，作者認為讀者劇場更適合用來讓英語學習者提升其英語聽說能力，因為讀者劇場有重複練習的機會，在重複練習之前，還有教師及同學的正確示範，過程中又有人可以請教，整個練習過程就像是一齣戲劇的展演，每個人都可以對學習的內容、方式等提出看法，真正參與學習過程。除此之外，讀者劇場還有更優於上述教學方法的地方，一來是學生可以不必像戲劇演出一樣背稿，只要將學習的重心擺在有意義、有抑揚頓挫的唸讀上即可，全心、全時的

6　是指溝通者一次講話的機會，通常沒有時間限制，而是看溝通的情境而定。

練習，可以更快達到熟悉劇本的目的。再來是學生之間可以互相幫忙，低成就學生即使能力低，還是可以對整個小組有貢獻，學習氣氛也會比較融洽，也不是只有幾個人能上臺演出。更重要的是，讀者劇場的展演雖然是學習過程的高潮，但真正的評量或是學習是在練習的過程發生，不像戲劇演出，展演就是決定學習成敗或是學生努力與否的證據，故學生對於展演不會有不當的憂慮與挫折，而且可以讓每個學生都享受到演戲的樂趣與表演的喜悅。

■ 肆、讀者劇場在聽說補救教學上的應用 ■

從許多教室的觀察中可以發現，英語低成就學生在課堂上或英語表現上的最大問題，是朗讀與閱讀不流暢，常常有停頓或放棄繼續讀的情形、對於已經學過數次的字無法記住，這樣的情形會影響學生理解所讀文章的程度，使其在英語成就測驗上表現不佳。因此，培養朗讀與閱讀的流暢度，是幫助英語低成就學生提高英語表現與學習成就的首要工作，而在本章中，作者所說明的閱讀流暢性，談的就是朗讀的流暢性，也就是讀者將看到的文章，運用口語的方式流暢的讀出來，使得聽者能夠經由讀者的唸讀了解文章的內涵，至於書面閱讀，則留待下一章討論。

所謂的閱讀流暢性，大體上是指能夠快速、平順、不費力且有自動認字解碼技巧的發聲閱讀行為。美國國家閱讀委員會 (National Reading Panel) 則明確將其定義為「快速、正確、帶有感情的朗讀」。因為在閱讀時，至少有兩項認知行為——認字以及理解，在互相爭取讀者的注意力。當越多的注意力放在認字時，學生就只有越少的力氣可以花在理解層面上，因此，閱讀流暢性就好像是架在認字及理解上的一座橋，當學生能流利閱讀時，他們也能不費力氣的去正確及快速認字，然後更能專注的理解文章內容，也更有餘裕去連結本身對文章內容的先備知識。換句話說，無法流利閱讀的學生，閱讀時可能是一字一句，或重複、漏字，或停頓在不該停的地方，造成閱讀起來不自然、斷斷續續，這種不流利的閱讀，自然會造成理解層面上的不足（鄒文莉，2005）。

而閱讀流暢性的基本成分包括：解碼的正確性、認字的自動化以及適當運用韻律特徵，如重音、語調、恰當的段落等 (Kuhn & Stahl, 2003)。解碼的正確性是指學生要能從文章中，辨認出大多數字的發音與意義，這樣閱讀才能持續下去，而當讀者可以辨識出字音與意義時，才能流暢的以聲音來呈現所讀文章，並讓聽者確實的理解文章內容。認字自動化即是指當學生不必花費很多心力於字的解碼時，這些字就成為學生閱讀的視覺文字，學生可以用最少的時間與精力，去找到這些字對應的字音與意義，故閱讀反應可以加快而不須太多思考，此即為識字自動化。而適當的運用韻律特徵，如重音、語調、恰當的段落等方法來唸讀文章，讀者將可以了解句子中各個部分的意義與關係，然後以應有的語氣來加強文章的特點，這可以說是融合識字與音韻關係的過程。當學生可以做到這一步時，其閱讀理解基本上已經達成。

　　事實上，解碼正確與認字自動化是閱讀理解發展線上的兩個階段，而不是截然劃分的，例如 Laberge 與 Samuels (1974) 就提到，學生從初學認字到認字技能自動化，要經過以下三個階段：

　　1.錯誤期：這個階段的學生在認字上，需耗費很大的注意力，且容易出錯，表現在唸讀上的情形是斷斷續續的唸，甚至需要慢慢拼，才知道某字的唸法，對於認不出來的字，則放棄唸讀，並停止繼續閱讀。

　　2.正確期：學生在認字上可以達到較高的正確率，但速度較慢，需要集中注意力進行認字才可以，學生在口說上的表現是每個字都唸得正確，可是速度慢，缺乏聲音表情，好像只要將字唸對就可以了，唸完後，學生對故事會有一些印象，但是無法完整了解。

　　3.自動期：學生的認字不僅正確、快速、也不需花費太多的注意力，聲音表情是相當靈活與正確的，斷句、暫停或連音等，都與文章意義配合，從學生的唸讀就能了解文章，因為學生的認字很快又正確，所以學生有多餘的時間，可以來關注閱讀篇章的意義。

　　除此之外，根據 Hudson、Lane 和 Pullen (2005) 的看法，一位具有閱讀流暢性的學生在閱讀上的表現有以下的特徵：

　　1.可以正確地朗讀一段連貫的文章，因為學生對於許多的文字，都具有基本的字形、字音與字義的對應能力。

　　2.就算在沒有練習的情況下，學生依然可以保持這樣流暢的朗讀，不只錯誤少，還能維持一段很長的閱讀時間。

3. 學生對於正在朗讀的文章，具有歸納文意的能力，也就是當學生一邊朗讀時，一邊也能經由自己唸讀出來的聲音知道文章的意義。

最後，Chard 和 Pikulski (2005) 也認為，有效的閱讀是結合語言（包括聲音與文字）、知覺感官（視覺與聽覺）、記憶（視覺文字、聽到的聲音等）以及行動方式（搜尋相關的記憶、重讀一次等）等向度所組成的一個複雜歷程，閱讀流暢性在此一複雜歷程中所扮演的角色，是從基礎的認字解碼到建構涵義之間的連接橋樑，如下圖所示。從圖 6-1 中可以知道，口語閱讀的流暢性需植基於閱讀者對於字母、聲音、音素結合等知識的整合，當閱讀者對這些解碼工作有熟練度（亦即解碼自動化或解碼流暢）之後，閱讀者可以快速的將看到的字，藉由字形、聲音等來連結字義，並藉由文章中的相關訊息，來理解所讀到的文字，真正達成閱讀理解。

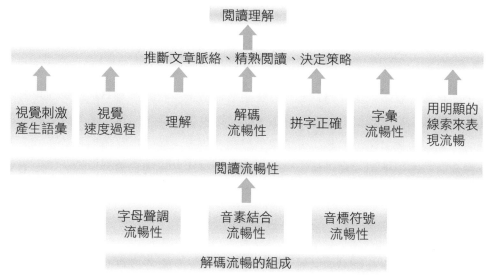

圖 6-1　閱讀流暢性與閱讀理解

（資料來源：Individual differences in oral decoding fluency in young children: A multivariate study preliminary results (p. 5), Roxanne F. Hudson, 2005, Florida: Florida State University.）

由此可知，解碼流暢或自動化是閱讀流暢性產生的先決條件，而提高解碼流暢性的最好方式就是重複閱讀熟悉的文本 （郭妙芳譯， 2004/2003 ； Kuhn & Stahl, 2003）。舉例來說，吳宜貞 (2004) 的研究就發現：對於低識字能力的學生，教師可以採用重複閱讀的方式，讓其解碼能力自動化，以促進閱讀的速度，而當學習者熟悉聲音與符號的聯繫之後，他們就能發展出分析、識別的能力，並使之自動化。而重複閱讀法是 Samuels 於 1979 年所提出的，Samuels (1979) 認為自動化可以藉由加強刺激與反應間的連結強度來達成，而連結的強度要增強必須有許多的練習，最後才能達到增進閱讀流暢性的目標。因此，重複練習是建立文字辨認、解碼的自動化和提高閱讀理解程度的最佳方法。

重複閱讀法固然是提升閱讀流暢性的一個很好的策略，但重複閱讀法應用在英語教學與學習上，卻有一個明顯的缺點——如果重複閱讀變成沒有任何意義的反覆唸讀或是教法一成不變，則學生會失去閱讀的興趣。讀者劇場可以妥善解決重複閱讀會失去樂趣的問題，因為教師們在進行讀者劇場時，有以下的策略（張宛靜，2007；Walker, 2005）：

一 初階唸讀 (primary reading)

當學生年紀較小、較沒有經驗時，教師可以選擇具有預測性、特定單字及片語不斷重複的故事來進行 RT 教學。在初階唸讀中，教師扮演 RT 主要的旁白，而學生則藉由複誦簡單的字彙、片語、韻文以及重複臺詞的方式來參與活動。這個方法類似說故事活動的參與，讓學生以傾聽故事，並重複唸讀重要句子的方式來參與。只要學生相信自己會唸讀，他們就能變成真正的唸讀者。因此，無論學生的閱讀能力如何，教師必須都將劇本分給每個學生，因為這些劇本內包含實際的故事、文字，可以幫助學生把正要聽到的故事與劇本裡的文字做連結。

二 輪流唸讀 (circle reading)

輪流唸讀時，教師事先將劇本發給學生，請他們默念整個故事，然後請全部的人圍成一個圓圈，接著請坐在教師左邊的第一位唸讀者唸出第一個唸讀的部分，第二位唸第二個部分，以此類推，先不用指派固定的人唸某一部分。待故事輪完一圈之後，花點時間來討論故事的相關細節，例如角色的個性、唸讀的聲音、角色的裝扮等。接下來，探討旁白在故事裡的重要性，他們應該如何介紹故事的背景，應該用何種語氣來詮釋，以及如何幫助每個角色的唸讀者。教師應幫助學生建立適當的語氣和節奏，並針對劇本裡的單字和生詞，複習字義及發音。最後，徵求自願者來擔任特定的唸讀者，並請他們在自己的臺詞部分畫線，然後大聲的唸讀。接下來，學生們依循圓圈的順序，輪流交換角色及劇本，並以此方式持續一段時間。

三 即時唸讀 (instant reading)

　　即時唸讀活動進行時，教師先將影印好的劇本發給學生，也可以讓學生兩人一組，共用劇本。接下來請同學默念劇本，再將劇本的臺詞分配給不同的同學，請他們在自己的臺詞上畫線。然後，唸讀者大聲的朗誦自己的臺詞，教師可以隨時糾正他們的發音、說明字義，甚至要求朗讀者在他們的劇本上做筆記，不過，別讓朗讀停頓下來。接下來，請朗讀者在班上同學面前進行第二次的朗讀。當結束之後，大家一起討論故事或劇本，重新分配角色和臺詞，再唸讀一次。

四 合作唸讀 (cooperative reading)

　　在合作唸讀前，教師先將全班學生分組，發放劇本。然後，要求學生默念劇本並為每組安排練習場地，小組在各自的場地練習唸讀劇本。接著，小組中的成員自行分配臺詞並彩排劇本，並且自行提出改進及建議的辦法。教師則穿梭在各小組之間，鼓勵並檢查學生是否有在劇本上畫線、認真練習唸讀等。課堂練習後，教師應要求學生將劇本帶回家，以便在家也可以排演、練習，並建議他們和家庭成員一起大聲唸劇本。下一次上課時，先讓小組再練習兩到三次，等他們做好在觀眾面前表演的準備後，為小組安排表演時程，讓全部的組別都有機會展現出他們的練習成果。

五 舞臺讀劇 (staged reading)

　　剛開始就讓所有想參與舞臺讀劇的唸讀者都拿到劇本，劇本可以讓他們在試演日之前帶回家做練習。在試演日當天，召集學生並讓他們以輪流唸讀的方式來進行唸讀，也就是先不安排角色，依照座位的順序，讓他們輪流唸完劇本。此時，教師可以用一種有趣、沒有壓力的氣氛去進行。等到暖身結束時，為不同的唸讀者安排特定的角色，最好是讓他們選擇最喜歡、感興趣的角色，至於那些比較害羞的唸讀者，教師就要付出更多的關注。接下來是一而再、再而三的唸讀劇本，直到所有的唸讀者都能夠做到流暢的程度為止。最後，則是讓每個小組都能上臺展現他們練習的結果。

而在這些重複閱讀的活動中，學生可以經由兩個重點，來增加他們英語聽的能力。首先，經由 RT 這樣重複認字、唸讀的過程，學生不僅可以建立聆聽的習慣與能力，還可以在不需花費很大心力的情況下，記住一些常見的字，而字句的音韻也可以幫助學生將此字記在腦中，等到學生在一些溝通情境之下聽到這個字時，他們可以很快的知道它的字形與意思，這樣就能夠經由識字量的增加，來提升學生英語聽力。此外，因為 RT 教學多使用具有預測性和重複情節的題材，來作為學生唸讀的劇本，而情節可以預測或是內容有重複性的題材，通常伴隨許多相同句子的重複練習，所以學生容易在唸讀過程中，進一步的熟悉教材，甚至是同學還沒唸到時，他們已經知道接下來的句子是哪一句與其意義。這使得學生容易因為可以預測的規則，而了解到故事的結構與說話時相關的句子、段落等知識，藉由這些知識，學生在聽別人說話時，會注意到一些說話的技巧或特色，並以此來理解說話者的意思，增強他們聽的能力。更重要的是，RT 強調讀者聲音表情、斷句、連音、暫停等語言功能的使用，而這些功能不只可以使唸讀劇本的學生了解如何唸才是有意義的，也能讓聽讀者從唸讀者的唸讀中，學會藉由這些說話技巧來知道文句的意義，以便聽懂他人的話語，例如難過的聲音、越來越無力的聲音、重音的強調等。

對於英語低成就學生而言，無法熟悉英語基本能力，應該就是其英語學業成就低下的主因，而欠缺練習的機會及學習時間有限，更是加重學生英語成就低落的因素。英語補救教學的最大功用與成效，應該就是提供學生精熟教材所需的時間，讓學生確實將英語基本能力學好，進而提高學生的學業成就與學習興趣。讀者劇場在實施的過程中，提供學生多次的反覆練習機會，首先是教師的帶讀，包括了重複閱讀、伴讀、分享閱讀及支持性閱讀等；接著是同組學生的共同練習，包括輪讀、分享閱讀、同儕伴讀等；最後是學生個人的課後練讀。即使不考慮課後的練習時間與次數，接受 RT 教學的學生也有超過一般課堂上課的練習時間與次數，所以，讀者劇場在提供重複練習這個目的上，確實有相當的成效。而從相關研究（劉曉玲，2008）中也可以發現，讀者劇場中所包含的重複閱讀、以相關單字來編寫劇本等因素，被證實可以增加學生解字的成功比例。此外，張尹宣 (2008)、陳雅惠 (2007)、陳嘉惠 (2006)、黃世杏 (2006)、楊岳龍 (2006) 等人，在探討讀者劇場對學生口語流暢度（朗讀流暢度）的影響之後發現，經過練習之後，學生的英語口語唸讀速度 (English oral reading rate) 有明顯的進步，而且中、低成就學生之進步較高成就學生明顯。再者，學生的朗讀準確度及正確聲調的表現也有所增加。由此可知，讀者劇場確實對學生的口說能力有增強的效用。

此外，口語流暢性決定於讀者對於文字和主題的熟悉度，初學者因為必須花費許多精力於認字中，閱讀會較不流利。然而，即使當孩子能達到目標——快速自動閱讀時，如果沒有注意到語氣、聲調或是抑揚頓挫，他們的口語閱讀也有可能不自然。語氣或韻律是由一些口說語言特徵編輯而成，包括重音、高低起伏、音調、速度和停頓。能夠抑揚頓挫的閱讀，就表示讀者對於語句和句型已經了解，也代表了對文本內容提供的閱讀線索，包括標點符號、標題、不同字型字體（大小寫或粗體字）的理解（鄒文莉，2005）。在閱讀中，好的讀者不僅是簡單、快速、正確的讀，同時他們也帶表情的讀。韻律能夠提供流暢與理解之間的連結，讓詞語更容易被理解 (Kuhn & Stahl, 2003)，能夠有效運用這些特徵，學生就能建構他們所讀文章的內容與意義，大幅提升閱讀理解的程度。故恰當的段落、語調和重讀是成為一個流暢讀者的指標。

在 RT 中，抑揚頓挫的閱讀可以反映出讀者對於語句及句型的了解，學生試著用不同的朗讀方式，來詮釋不同的意義，透過音量高低、重音和語調，RT 讀者深入所讀內容，賦予角色及文字生命。而且當 RT 讀者呈現角色時，語調與韻律不僅反映學生對文本的理解，同時也能讓聽讀者來評估唸讀者對文本內容的理解 (Carrick, 2000)，進而達到溝通的目的。RT 聲音表情的教學，是先由教師示範開始的，因為此時的學生還無法掌握文章的意義，教師藉由語調、韻律等聲音特質，來傳遞劇本中每個句子的意義，學生先是跟隨、模仿，然後再加入自己的感覺，此時的學生已從教師的示範中知道句子的意義，然後學著以自己的方式來呈現對劇本的了解，所以到了上臺展演時，學生對於劇本中的句子大多已經完全了解，其唸讀通常是流暢、有意義、容易了解的，這就是英語口語能力真正的表現。

在本章中，作者從英語低成就學生在英語聽說方面的問題著手，先是找出英

159

語低成就學生所需要的英語聽說方面的補救教學法，然後，再從適合學校英語教育及具有可行性兩方面，來討論 RT 在英語聽說補救教學上的功效。總結來說，英語聽說能力是一體兩面的，英語說得好的學生，因為具備許多語言技巧，也會把這些技巧用來幫助聽力理解，所以他們在聽說方面的表現，皆優於英語低成就學生，而低成就學生因為欠缺好的聽說能力或是相關的語言技巧，所以他們的口說與聽力的表現也會較低落。而 RT 適用於英語聽說補救教學，是因為 RT 先從教導學生唸好劇本開始，當學生可以將劇本唸得有意義時，他們也會學到如何將聽到的話語做有意義的處理並聽懂。所以，英語的聽與說兩種能力是相輔相成的，而將 RT 融入英語教學的做法，也優於一般學生只是唸對或是單調記憶英文單字即可的學習方式，注重的是以溝通、理解作為學習英語聽說的最終目標。

丁弘明 (2005)。語音辨識回饋對國小低年級學童英語「聽力、發音」的影響。雲林科技大學資訊管理系未出版碩士論文。

王彤心 (2007)。再探做筆記對英語非母語學生的學術聽力效益。政治大學英國語文學研究所未出版碩士論文。

王蕙婷 (2004)。「口語英文發音縮減」之教學對大學生英文聽解之效益研究。清華大學外國語文學系未出版碩士論文。

仲怡玲 (2002)。英語重複再聽是否有助英語聽力之理解：以臺灣大學生為例。淡江大學西洋語文研究所未出版碩士論文。

朱淑嫻 (2003)。字彙與問題提示對小學生第二語言聽力學習的影響。成功大學外國語文學系未出版碩士論文。

沈文中 (1996)。"Listening: Problems and solutions" 讀後感。英語教學，20 (4)，72–80。

吳佳欣 (2006)。臺灣英語系大學生高程度與低程度者聽力理解策略與困難之有聲思考研究。彰化師範大學英語學系未出版碩士論文。

吳宜貞 (2004)。重複閱讀及文章難度對五年級學生閱讀能力影響之探討。教育心理學報，35 (4)，319–336。

吳美慧 (2006)。錄音式對話日誌對降低英文口說焦慮的影響：以淡江大學學生為例。淡江大學英文學系未出版碩士論文。

吳嘉容 (2004)。圖像輔助呈現時機對臺灣國中生聽力之影響。政治大學英語教學碩士班未出版碩士論文。

李怡潔 (2007)。不同的聽力協助對國小學生英語聽力表現的成效——以屏東縣長興國小為例。屏東教育大學英語學系未出版碩士論文。

李俊仁 (1999)。聲韻處理能力和閱讀能力的關係。中正大學心理學研究所未出版博士論文。

李健生 (2004)。同儕互動及師生互動對低成就生英語口語溝通能力的效益。成功大學外國語文學系未出版碩士論文。

李國彰 (2007)。布偶劇應用於國小三年級學童英語口說補救教學之個案研究。國立臺北教育大學兒童英語教育研究所未出版碩士論文。

林子郁 (2004)。聽力筆記法對英語聽力測驗效益之研究。臺灣師範大學英語研究所未出版碩士論文。

林公翔 (1993)。現代兒童心理語言學。河北：河北教育出版社。

林妙娟 (1987)。認識兒童語言發展。花蓮農推簡訊，4 (3)，15–16。

林育帆 (2003)。口說與書寫對話日誌對英語口語能力的影響。臺灣師範大學英語研究所未出版碩士論文。

林素份 (2006)。聽力策略教學對臺灣高中生英語聽解力之影響。彰化師範大學英語學系未出版碩士論文。

林惠嫻 (2005)。A Preliminary Study on the Effects of "Note-taking" Strategy on Different Proficiency Levels of Junior High School Students。政治大學英語教學碩士班未出版碩士論文。

邱惠雯 (2006)。電腦輔助語言教學及聽力策略對增進英語聽力效益之研究。大葉大學應用外語研究所未出版碩士論文。

胡伶雪 (2000)。主題背景知識與文本字彙對英語聽力理解的效益研究。高雄師範大學英語學系未出版碩士論文。

胡海國 (1976)。發展心理學。臺北市：華新。

洪美雪 (2001)。字幕對外語學習成效影響之探究。成功大學教育研究所未出版碩士論文。

洪麗雪 (2005)。國小英語課室教師言談之框架分析。中正大學外國文學研究所未出版碩士論文。

柯娜雯 (2004)。國小英語低成就學生中、英文音韻處理與識字能力之研究。國立臺北師範學院特殊教育學系未出版碩士論文。

高典君 (1998)。文章結構圖對英語聽力成效之研究。清華大學外國語文學系未出版碩士論文。

徐麗珍 (2004)。字詞搭配教學對於臺灣大學生的英語聽力之效益研究。高雄第一

讀者劇場在英語聽說方面的補救教學

科技大學應用英語所未出版碩士論文。

張尹宣 (2008)。讀者劇場與口語流暢度的影響之行動研究——以花蓮市為例。國
　　立臺北教育大學兒童英語教育研究所未出版碩士論文。

張宛靜 (2007)。讀者劇場於英語教學上的應用。網路社會學通訊期刊，66。2008
　　年4月13日，取自：http://www.nhu.edu.tw/~society/e-j/66/66-29.htm

張齡尹 (2007)。藉由線上即時討論來提升大學生英文口語能力之準實驗研究。成
　　功大學教育研究所未出版碩士論文。

郭妙芳（譯）(2004)。飛向閱讀的王國（Routman, R. 原著，2003)。臺北市：阿
　　布拉教育文化。

郭怡君 (2005)。任務式教學法對高中生口說能力訓練之成效。清華大學外國語文
　　學系未出版碩士論文。

郭懿慧 (2001)。溝通式教學觀對國小學童英語口語溝通能力影響之研究。花蓮師
　　範學院國民教育研究所未出版碩士論文。

陳佩瑜 (2007)。大學英語系學生英語聽力練習時間與聽力進步之研究。屏東教育
　　大學英語學系未出版碩士論文。

陳奕君 (2006)。應用朗讀教學提升國中生之聽力理解。高雄第一科技大學應用英
　　語所未出版碩士論文。

陳美彣 (2006)。電腦輔助口語訓練系統效能之研究。大葉大學應用外語研究所未
　　出版碩士論文。

陳美蘭 (2002)。聽兩次及圖片呈現之時對臺灣高中生聽力之影響。高雄師範大學
　　英語學系未出版碩士論文。

陳淑惠、曹素香 (1998)。國小英語教室常用教室用語、師生互動策略與溝通情境
　　的建構。國民教育，39，22–29。

陳淑麗 (1996)。閱讀障礙學童聲韻能力發展之研究。臺東大學國民教育研究所未
　　出版碩士論文。

陳雅惠 (2007)。讀者劇場融入國小英語低成就學童補救教學之行動研究。國立臺
　　北教育大學兒童英語教育研究所未出版碩士論文。

陳智慧、薛紹媚 (2003)。大學英語聽力學習研究。華岡英語學報，5，25–46。

陳嘉惠 (2006)。英語朗讀流暢度及閱讀動機之研究：讀者劇場在國小英語課室的運用。中正大學外國文學研究所未出版碩士論文。

陳潀萱 (2007)。同步與非同步網路語音溝通對英語口語學習之成效。臺灣師範大學英語學系未出版碩士論文。

梁雅美 (2003)。語音多媒體工具對國小學童英語口語表達能力之影響——以 Talkworks 軟體為例。國立臺北師範學院兒童英語教育研究所未出版碩士論文。

黃世杏 (2006)。讀者劇場對國小學生口語流暢度及學習動機之研究。國立臺北教育大學兒童英語教育研究所未出版碩士論文。

黃巧妮 (2004)。電腦多媒體訊息設計對國小學童英語聽力理解之影響。臺南大學教育經營與管理研究所未出版碩士論文。

黃怡文 (2003)。不同分組方式對常態分班下國中學生口語能力的影響。淡江大學英文學系未出版碩士論文。

黃亭綠 (2003)。聽力策略訓練對臺灣地區國中生之成效。臺灣師範大學英語研究所未出版碩士論文。

黃淮英 (1997)。從英語教室互動分析教師言談之功能。高雄師範大學英語教育研究所未出版碩士論文。

黃崇術 (1991)。Two major difficulties Chinese students encounter in the process of English listening comprehension。英語教學，15 (3)，39–45。

黃寶仙 (2007)。電腦輔助語音縮減教學對提升整體英語聽力理解之研究。國立臺北教育大學教育傳播與科技研究所未出版碩士論文。

馮羿連 (2006)。創意戲劇方案對國小學生英語學習態度及口語表現影響之研究。高雄師範大學英語學系未出版碩士論文。

游雅如 (2007)。直接策略教學對英語聽力表現與策略使用之影響。臺灣師範大學英語學系未出版碩士論文。

鄒文莉 (2005)。讀者劇場在臺灣英語教學環境中之應用。載於 Lois Walker，Readers Theater in the Classroom（10–18 頁）。臺北市：東西圖書。

楊明瑩 (2004)。字幕對臺灣大一學生英語聽力理解與策略運用影響之研究。彰化師範大學英語學系未出版碩士論文。

楊岳龍 (2006)。英文朗讀流暢度之研究：讀者劇場在國小的運用。中正大學外國語文研究所未出版碩士論文。

楊淑真 (2004)。聽前活動對高中生英語聽力理解影響之研究。彰化師範大學英語學系未出版碩士論文。

楊榮棠 (2005)。不同字幕的英語卡通影片觀賞對學生聽力效果之研究。國立臺北教育大學兒童英語教育研究所未出版碩士論文。

詹至仔 (2004)。英語後設認知聽力策略之研究。雲林科技大學應用外語系未出版碩士論文。

詹麗馨 (1999)。英語聽力教學好書導讀。敦煌英語教學雜誌，20，16–19。

廖家興 (1998)。國小英語教室師生互動中的性別差異研究。高雄師範大學英語教育研究所未出版碩士論文。

鄭月珠 (2000)。圖像式英語聽力測驗對臺灣國中生的影響。彰化師範大學英語學系未出版碩士論文。

鄧慧君 (1996)。聽前活動之應用。英語教學，20 (4)，64–71。

劉曉玲 (2008)。讀者劇場對國小五年級學童英語字彙學習之研究。玄奘大學外國語文學系未出版碩士論文。

蔡佩樺 (2003)。多媒體對於國中英語聽力及閱讀理解之效益分析。高雄師範大學英語學系未出版碩士論文。

蔡麗凰 (2001)。圖畫呈現在不同文類對高中生英文聽力之影響。高雄師範大學英語學系未出版碩士論文。

盧文偉 (2007)。電腦化兒歌識字教學對國小學習障礙學生識字學習成效之研究。臺中教育大學數位內容科技學系未出版碩士論文。

賴莞容 (2003)。主題知識對臺灣高中生英語聽力之影響。高雄師範大學英語學系未出版碩士論文。

鍾道隆 (2003)。學英語給你好方法。臺北市：寂天文化。

謝漢偉 (2006)。筆記對英語演講理解效益之研究。臺灣師範大學英語學系未出版碩士論文。

顏藹珠 (1991)。英語聽力教學芻議。英語教學，15 (4)，26–32。

羅秋昭 (1996)。國小語文科教材教法。臺北：五南。

羅家珍 (2003)。DVD 電影教學對大一學生聽力學習的成效探討。清華大學外國語文學系未出版碩士論文。

羅慧芸 (2006)。線上英語聽力教材對大學生聽力學習之研究。清華大學外國語文學系未出版碩士論文。

蘇瑞怡 (2007)。角色扮演教學法對學生英文口語能力及學習態度、動機的影響——以北勢國中學生為例。朝陽科技大學應用外語研究所未出版碩士論文。

欉浩慧 (2008)。字幕處理方式對不同英語聽力成就的國小六年級學童英語聽力表現與學習動機之影響——以臺北縣國小學童為例。國立臺北教育大學兒童英語教育研究所未出版碩士論文。

Brown, G. (1987). Twenty-five years of teaching listening comprehension. English Teaching Form, 25 (1), 11–15.

Carrick, L. U. (2000). The effects of Readers Theatre on fluency and comprehension in fifth grade students in regular classrooms. Unpublished doctoral dissertation, Lehigh University.

Chard, D. J., & Pikulski, J. J. (2005). Fluency: Bridge between decoding and reading comprehension. Reading Teacher, 58, 510–519.

Chastain, K. (1988). Developing second-language skills theory and practice (3rd ed.). FL: Harcourt Brace Jovanovich.

Ehri, L. C., & McCormick, S. (1998). Phases of word learning: Implications for instruction with delayed and disabled readers. Reading and Writing Quarterly: Overcoming Learning Difficulties, 14 (2), 135–164.

Foorman, B. R., & Torgesen, J. (2001). Critical elements of classroom and small-group instruction promote reading success in all children. Learning Disabilities Research & Practice, 16 (4), 203–212.

Gumperz, J. (1982). Discourse strategies. Cambridge: Cambridge University Press.

Hudson, R. F. (2005). Individual differences in oral decoding fluency in young children: A multivariate study preliminary results. Florida: Florida State University. Retrieved from: http://www.fcrr.org/science/pdf/Hudson/Reading_Fluency_brownbag_web.pdf

Hudson, R. F., Lane, H. B., & Pullen, P. C. (2005). Reading fluency assessment and intervention: What, why, and how? The Reader Teacher, 58, 702–714.

Kuhn, M. R., & Stahl, S. A. (2003). Fluency: A review of developmental and remedial practices. Journal of Educational Psychology, 95, 3–21.

Krashen, S. (1981). Principle and practice in second language acquisition. Oxford: Pergamon Press.

Laberge, D., & Samuels, S. J (1974). Toward a theory of automatic information processing in reading. Cognitive Psychology, 6, 293–323.

Leij, A. V. D., & Daal, V. H. P. V. (1999). Automatization aspects of dyslexia: Speed limitations in word identification, sensitivity to increasing task demands, and orthographic compensation. Journal of Learning Disabilities, 32 (5), 417–429.

Nigohosian, E. T. (2003). Meeting the challenge of diversity: Applying whole language theory in the kindergarten with ESL Korean children. (ERIC Document Reproduction Service No. ED 352818).

Ou, H. C. (1996). The effectiveness of teaching English listening comprehension. Studies in English Language and Literature, 1, 30–39.

Perfetti, C. A. (2003). The universal grammar of reading. Scientific Studies of Reading, 7, 3–25.

Pica, T. (1987). Second language acquisition, social interaction, and the classroom. Applied Linguistics, 8, 3–20.

Samuels, S. J. (1979). The method of repeated reading. The Reading Teacher, 32, 403–408.

Swain, M. (1985). Communicative competence: Some roles of comprehensible input and comprehensible output in its development. In S. Gass & C. Madden (Eds.), Input in second language acquisition (pp. 235–256). Rowley, MA: Newbury House.

Underwood, M. (1989). Teaching listening. New York: Longman.

Ur, P. (1984). Teaching listening comprehension. Cambridge: Cambridge University Press.

Wagner, R. K., Torgesen, J. K., Rashotte, C. A., Hecht, S. A., Barker, T. A., Burgess, S. R., Donahue, J., & Garon, T. (1997). Changing relations between phonological processing abilities and word-level reading as children develop from beginning to skilled readers: A five-year longitudinal study. Developmental Psychology, 33 (3), 468–479.

Walker, L. (2005). 讀者劇場：RT 如何教？Readers Theater in the Classroom. 臺北市：東西圖書。

第七章 讀者劇場在英語讀寫方面的補救教學

在本章中，作者將討論 RT 在英語讀寫補救教學上的施作及成效。閱讀對現代人而言，是日常生活當中最普遍的活動之一。不論在工作或休閒，在家裡或學校，隨時隨地都有可能發生閱讀的活動。而閱讀對學生來說更是重要，因為學生求學，想要獲取書中的知識，最主要的方法就是閱讀，不會閱讀的學生，無法自行吸收外來的知識，學習成果會受到限制，因此，閱讀教學是語文教育中相當受到重視的一環。但是閱讀需牽涉到許多的心理運作過程，例如解碼、記憶字詞、具有相關的背景知識等，所以，閱讀能力的培養通常需要有計畫的教學及豐富完整的語文學習環境（邱上真、林素貞，2002）。在母語的閱讀學習上，因為生活環境中到處充滿這樣的刺激，學生隨時隨地都有練習閱讀的機會與材料，所以只要輔以一些有計畫的教學，學生的閱讀能力就能發展得相當好。但是，第二外語的閱讀學習就相當受到限制，因為學生學習外語的機會與環境較為缺乏，刺激也不如母語一樣充足，即使有好的、有計畫的教學，也不容易有好的結果，故如何有效的教授學生第二外語的閱讀方法是教師的一大挑戰。許多研究（許美雪，2003；黃秋燕，2004；廖盈淑，2004；Adams, 1990）都指出，英語閱讀教學需要有計畫的長期施教，再加上良好的策略，才能真正達到目標，在本文中，作者將針對臺灣這個以英語為外語的環境所需要的英語閱讀教學法做介紹。

寫作則是一連串創思的過程，它是寫作者提取儲存於大腦中的資訊，運用各種策略加以重整、修正，並和周圍的社會環境互動後，用來傳達意義的一個過程（吳美瑠，2007）。寫作所憑藉的工具雖然是文字，但是運用文字的能力立基於寫作者的聽、說、讀的能力之上，寫作者需要依賴聽與讀來蒐集相關資料，並從中學習一些基本的寫作技巧，例如完整的句子、同一個意思用不同句子或單字來表達等，寫作也需要依賴說的能力，因為絕大多數的優秀寫作者在說話時，句子的完整性、多變性及流暢性，都比起一般人來得好，也就是說，其實說的能力，已經在為文字書寫預做準備了。而寫作更是語文學習的最後階段與最高層次的技能，它除了需融合聽、說、讀的技巧之外，其內容更涉及修辭學、文章學、語言學、哲學和心理學等各種領域的知識（王萬清，1993；劉世劍，1995），其歷程相當複雜且富有創造力，故寫作需要長期、有系統的培養與訓練，才能有良好的表現；因此，它也是語文教學過程中很難教導的一種技能。在第二語言的寫作時，寫作者經常受到有限的第二語言知識、語言的精熟度有限、不了解第二語言所在的社會與文化因素等原因的限制，所以常會有停止寫作的情形發生——不是因為無法構想內容，而是找不到正確的語言來進行寫作 (Silva, 1993)；並顯示出比較少構思、比較少做內容修正，流暢性與正確性不足的問題，需要在外語教學中予以訓練或加強。

最後，在讀寫教學上更為基本的一個關注議題，是學生的識字量的問題，因為如果學生不認識字，閱讀就只是一堆無意義的符號呈現在眼前而已，更別提想將自己的意思用最佳的文字表現出來。就認知心理學的觀點來看，識字是閱讀理解、寫作流暢的基本要素。當學生無法正確辨識或掌握文字的意涵時，就無法理解文章的意義，也無法用正確的單字或語句來寫作。因此，為了能夠成功的閱讀和寫作，學生的識字能力必須達到一定的自動化程度才行 (Perfetti, 1992)，所謂的識字自動化，包括識得一定數量的單字、提取字義沒有阻礙且速度快等，對於以英語為外語的學習者來說，識字自動化代表學生的英語能力，可是許多 EFL 學習者的識字能力不好，使得他們聽、說、讀、寫的表現不好。要加強學生的英語基本能力，常常需要提升學生的識字能力，尤其是識得一些視覺文字與了解如何使用。

在下文中，作者將分別討論識字、閱讀與寫作各項能力的重要性、可能有的問題及其補救教學相關的策略與技巧，從中找出英語讀寫補救教學的可能性。

壹、讀寫能力的重要性

識字對於閱讀與寫作有相當重要的影響力，並且是英語四種基本能力的基礎，閱讀則是獨立英語學習所必須具備的能力，學生在學校教育之後，必須具備基本的閱讀能力，才有可能繼續學得更多的英語知識。寫作則是英語能力的最佳展現，因為寫作是學生運用英語基本的聽、說、讀三種能力及相關知識與技能，才能完成的工作；而寫作能力佳，即代表學生在其他英語基本能力上的表現亦不差，所以在討論閱讀與寫作能力的重要性之前，作者會先討論英語識字能力的重要性。

一 識字能力的重要性

識字是所有學習的基礎，重要性不言而喻，從聽的方面來說，學生無法辨識聽到的聲音，就無法了解聲音所代表的涵義，所以，單字的聽力辨識是聽力理解的重點。從說的方面來看，學生不知道用哪一個單字或是用錯字來表達自己的意思時，與他人溝通的目標就無法達成。從閱讀的理論來看，雖然認字不是閱讀的全部，卻是閱讀理解的重要基礎 (Cagelka & Berdine, 1995)，因為看不懂重要的關鍵字詞，就無法理解文章中的訊息。從寫的方面來看，學生在傳達自己的意思時，要知道該用什麼字來說明，甚至應該選用最能傳達自己意思的單字。當學生缺乏可用字的知識時，會無法繼續寫作或是詞不達意。由此可知，識字對於英語聽、說、讀、寫的進行，有著關鍵性的影響。

識字和理解是閱讀是否成功最重要的兩項因素，因為不認得字彙，就遑論理解，認得字卻不解其意，閱讀理解仍然無法達成。就認知心理學的觀點來看，識字是閱讀理解的基石，也比閱讀理解更為重要。為了要理解所讀的文章，學生的識字能力必須達到一定的自動化程度才行，而所謂的自動化是指原本需要非常專注才能完成的技能，經過一段時間的練習之後，變成不需要很多注意力即可以完成的歷程（林翠玲，2007）。Lin, Podell 和 Rein 進一步指出，識字自動化是指學生能夠快速、不費力且反應正確的，在不自覺的情況下進行文字的辨認、提取文字的意義（楊憲明，1998）。Samuels (1979) 認為，閱讀時首先要先將文字解碼，而後自記憶中檢索字義，這兩項歷程都需要注意力，若將太多心力花費在文字的解碼過程上，將沒有足夠的注意力可以同時檢索字義。所以，在學生的識字還未自動化之前，他們的注意力必須來回的處理解碼和字義理解的工作，因此閱讀速度變慢，同時也加重了記憶的負擔，使得閱讀理解無法達成。

事實上，閱讀是一個多重線索交互作用的歷程。在閱讀的過程中，字音、字形與字義等線索是同時運作的合作關係，學生可在字音和字形的交互影響下，辨識出所讀文字及其意義。因此，識字能力的認知成分應該包括視覺—組字規則編

碼 (visual-orthographic coding)、聲韻規則編碼 (phonological coding) 與語彙字義編碼 (semantic coding) 等部分 (Aaron & Joshi, 1992)，這代表著在學習語文的過程中，學生需要使用到聽覺、視覺來連結字彙庫中的字義，進而建構音韻表徵與視覺表徵，促成識字的結果 (Catts & Kamhi, 1999)。視覺文字的記憶對識字而言是重要的，所謂的視覺文字是指學生不需要解碼、分析，就能立刻、正確的說出字義的完整單字 (Harris & Hodges, 1995)。但是閱讀生手在辨認文字時，常常以字母的筆畫或單一字母為認字單位，不只處理的時間過長，也不易記住整個單字；而熟練的閱讀者則以整個字為視知覺的單位，不僅辨識字形的速度變快，辨識的錯誤率也減少許多（林翠玲，2007）。

從識字對於寫作的影響來看，學生要能創作一篇有意義的、能與人溝通的文章時，首先要具備一些基本的寫作編碼知識，例如拼字、字音一字形的對應等知識，還需具備一些字彙知識，例如人際間的用語、特定主題的用字等 (Grabe & Kaplan, 1996)，這都牽涉到學生的識字能力。寫作能力不佳的學生在字詞、語句上的問題有用錯字、用詞不適當、遺漏字詞、意思不完整、冗辭贅語、濫用成語、句子結構混亂、句子意思費解等。而 Hayes (1996) 更在他的研究中指出，文字闡釋與文字產出的部分，對於第二語言的寫作者而言，是相當困難的一件工作，因為第二語言的學習者對於第二語言的精熟度有限，對其社會與文化的語言使用也不甚了解，字彙量可能不足以進行寫作，就算字彙量足夠，也常常會有用詞不當、表達不清的情形發生。由此可知，識字也是學生英語寫作的基礎。在英語寫作時，寫作者要反覆的閱讀已經完成的部分，掌握文章意義的走向，才能繼續往下完成寫作。在這樣的過程中，學生的識字、用字能力，將影響寫作結果的品質，故寫作者的識字能力，對於英語寫作確實有相當重要的影響力。

適當的識字量及流暢的識字速度，是閱讀理解與良好寫作的基本條件。當學生擁有良好的識字能力，能夠流暢的閱讀內容、掌握字詞涵義、理解篇章大意，也能適當使用單字、恰當運用文字規則時，就能創造出一篇良好的作文；反之，若學生識字能力不佳，將導致識字量的不足或解碼的自動化歷程不夠快速，使得學生無法逐字或流暢的閱讀與掌握文意，造成閱讀理解的困難（胡永崇，2002；Ehri, 1997; Harris & Hodges, 1995），也無法確實的利用已知的文字、文法，來寫出一篇易懂、有中心思想的篇章。

二 閱讀能力的重要性

所謂閱讀，根據陳明來 (2001) 的説法，就是觀看書刊資料或是看著文字而發出正確讀音，但是除了認出字並加以發音之外，真正的閱讀還應該包括理解文章內容的意思，而且理解可以説是閱讀的核心 (Tierney & Readence, 2002)。傳統上，我們將閱讀視為是複製的能力，是讀者回想、記憶、重新陳述作者訊息的能力，是讀者將印刷字體和圖像符號的訊息，轉譯為個人能夠理解之語言文字的過程 (Baumann, 1988)。事實上，閱讀是讀者藉著和閱讀材料之間的交互作用，內在積極的主動建構意義的過程，例如 Stoodt (1989) 就認為讀者在閱讀的過程中，藉著了解文章語言、思考文章內容，進而評鑑文章以理解其意義。換言之，閱讀是讀者從文章中引申意義的歷程，是在個人與文章、環境的互動中，不斷的建構意義的歷程 (Linda, 1993)。綜合上述，閱讀是從他人的話語、文字當中，去了解文句、獲取意義，進而將此一意義與自己的相關經驗作結合，生出更深一層意義的過程。經過這樣的過程，閱讀者能增長自己的知識，達到學習的功效。

從閱讀的定義來看閱讀的意涵，傳統論者認為閱讀是書面語言與口語之間的互換，目的在於從書寫符號中獲取意義，所以閱讀離不開文字形與義的轉變（林翠玲，2007）。例如，謝孟岑、吳亞恆、江燕鳳 (2005) 就將傳統上的閱讀學習，定義為文字解碼或語音技巧、字彙以及理解。他們強調為了成為閱讀者，學生必須做到三件事：

1. 能運用語音的知識來唸出文字，以協助辨識新字；也能根據前後文來了解文字的含義。
2. 必須要能了解在閱讀過程中所接觸到的眾多文字的意義和相關字。
3. 必須能了解所閱讀的內容。

除此之外，從 Dole, Duffy, Roehler 和 Pearson (1991) 的觀點來看，閱讀可以被視為是訊息交換的過程，是一個閱讀者依據其先備知識，來解釋寫作者所寫的文章內容的主動過程，而這樣的觀點將閱讀者視為是閱讀歷程中能產生作用的一個因素，他們會將自己的相關經驗，融入詮釋文章的過程之中，使得閱讀不再只限於將文字的聲音及意思轉譯出來而已，而是依據讀者自己的經驗，嘗試去解讀寫作者的意思，但許多寫作者的意思並不像字面呈現的那麼簡單，所以詮釋、想像也是閱讀成功與否的關鍵。近年來，Chall 進一步主張閱讀是一種問題解決的過程，讀者需在調適或同化的歷程中，適應環境的要求（王瓊珠，2004），這樣的看法將閱讀視為一個解決問題的工作，任何影響一般思考或問題解決的能力都會影響閱讀。舉例來說，當學生在閱讀時遇到不懂的單字，會試著跳過它繼續閱讀，從周遭的訊息中去了解這個字；或是當學生讀不懂文章時，會將自己的相關經驗拿出來對照，嘗試去理解文章內容或是做比較恰當的推論。上述都是學生用來解決閱讀問題的方法。從解決問題的觀點來看閱讀，可以發現閱讀其實不只是利用視覺或字彙知識來了解文章而已，閱讀時還使用了許多相關的技能，來解決可能面對的問題，並了解文章的意涵。

Laberge 與 Samuels 也認為，在閱讀過程中很多元素必須在同一時間協調，包括：識字、字的意義、決定字的正確意義，結合字成一有文法的單位、產生推論和使用閱讀知識去建構一致性、了解內容（謝相如，2005）。當閱讀者在字彙辨識沒有自動化時，會花費大量的工作記憶進行解碼，而阻礙到推論理解的工作，造成閱讀的不流暢。要成為一名好的閱讀者，首要的工作就是要達到閱讀流暢性。而閱讀流暢性的基本成分包含了正確解碼、自動化的字彙辨識、適當使用韻律與語調 (Kuhn & Stahl, 2004)。所謂的正確解碼是指能正確發出字音的能力，即單字與聲音的連結 (Chard & Osborn, 1999)。而自動化的字彙辨識則是將單字視為一個整體單位來處理，而不是個別字母的組成，因而能直接且快速地自長期記憶的字彙庫中，提取字音及字義的相關訊息。根據 Allington 的看法，自動化單字辨識對於閱讀流暢性是關鍵的，他更主張自動化單字辨識是成為閱讀流暢讀者的重要階段（陳嘉惠，2006）。所謂的適當使用韻律與語調是指，讀者能運用聲韻的特徵來閱讀，也就是能利用音量大小、音調變化、持續或時機，以及停頓在有意義的單位之末來表達文章的意義。當一個人能流暢的處理一篇文章時，代表他能利用音韻的表達來閱讀 (Samuels, 2002)。此外，音韻的閱讀包括適當的利用文章句法結構，將許多個字集合成為詞組或有意義的單位 (Samuels, 2002)，Kuhn 和 Stahl (2004) 則認為一個兒童是否為流暢讀者的指標，在於他們閱讀時是否具有適當的用詞、聲調與強弱。

★ 讀者劇場在英語讀寫方面的補救教學

總結來說，閱讀能力對於學生英語學習的重要性，是當學生有較佳的閱讀能力時，他們的識字基礎穩固，對於單字的音韻規則、造句的文法規則，甚至是語言的聲韻特色，都有很好的水平，使得他們在閱讀上的表現既正確又流暢，唸過或讀過文章之後，可以很快、很清楚的知道文章的意義。故學生的英語閱讀能力可以作為英語學習的成功基礎，因為在學生使用閱讀能力或用所理解的文章或字句意義來進行寫作、聽講、表達時，良好的閱讀能力都能使英語學習有比較好的成果。

　　所謂的寫作，是指透過文字來傳遞思想、表達情意，達到溝通的目的。寫作更是一種思維活動，寫作者所完成的作品，就是把其思考活動用文字有秩序的表達出來。同時，寫作也是一種語文能力的表現，擁有良好的聽、說、讀能力的寫作者，其寫作的成品才會易懂、有品質。而寫作與口語溝通最大的不同，是寫作而成的作品不會有時、空的限制，就如同古籍一般，寫作可以讓許多人在不同的時間、空間中欣賞與閱讀，更是將自己的想法明確傳遞的一種方法。而所謂的寫作能力，是指人們透過文字來描述事物的能力，當人們可以用適當的文字，將自己的意思確實的傳遞出來時，就擁有運用文字來寫作的能力。

　　至於本文所關注的英語寫作能力，則是指學生使用英語來描述事物的能力。因為英語是國內學生的外語，在學習及使用上有某個程度的限制，因此，本文所提的英語寫作能力是基本的寫作能力：包括學生對於英語字彙、文法及文章架構等語言知識的使用。換句話說，寫作就是寫作者將自己所見、所聞、所思、所做，運用識字、寫字、用詞、造句、佈局、構思、運用恰當的語言文字等能力或技巧，把它寫出來。寫作不僅是字、詞、句、段、篇和標點符號的綜合運用，也是觀察、思維等智力活動的綜合，更是立場、觀點、思想、感情和邏輯的表現（曾惠鈺，2006）。

　　但是寫作並不只牽涉到語言知識而已，根據洪金英 (1993) 的看法，影響寫作表現的知識因素有：

　　　1.主體的知識：指寫作者所要傳達給讀者的特定知識。
　　　2.文章結構的知識：即組織文章內容，以適當形式或文體來表達的知識。

3.後設認知策略的知識：指的是寫作過程中，對於自己為何要這樣寫、這樣寫可能有的結果，更包括了不斷閱讀、修正，以使寫作更加完善的知識。

4.讀者的知識：指寫作者與讀者溝通的企圖，寫作者會根據其對讀者之閱讀與理解能力的了解，來引導並調整自己的寫作內容與方向，以提高作品的可讀性，方便讀者閱讀。

5.語言的知識：包含文字、句子等基本語文能力，以及段落組織、文章結構等文章層次的問題，這些語言知識是寫作的基礎，也是影響寫作進行與作品品質的因素。

　　由上可知，寫作者在寫作過程中所牽涉到的知識繁多，包括是否能流暢的產出文字與觀念、是否熟悉寫作原則與規範、是否了解讀者的理解程度、是否具備文學欣賞與反省思考的能力等等，都足以影響寫作能力的表現。簡單來說，學生寫作時，必須運用他們已有的語文知識、讀過的文句，把想說的話以合理邏輯、正確的文法結構、恰當的字詞，組合成句子，然後再將句子組成段落，進而成為一篇完整的文章。以此來看，當學生進行英文寫作時，首先要認識足夠的英文單字，才足以構成一篇文章，而學生使用文字的能力，也是寫作的重要要求之一，因為字彙豐富的寫作者在書寫表達時，較能夠以精確的字眼來作陳述（葉靖雲，2000），而文字表達恰當的寫作者，也才能創作出易懂、值得讀的文章（吳雨潔，2006）。此外，文法也是英文寫作需要具備的能力，因為當學生需要將所知的字彙聚合為句子時，必須考慮到文字使用的規則，造句可以說是學生寫作的第一步，將一群字詞結合成為一個具有邏輯性、可以表達一個複雜想法的句子，需要運用到上述寫作所需的能力，而且需要具備讓思想、感情完全符合，而不會誤導讀者的能力。再者，文章類型也會影響學生的寫作表現，因為不同的文章類型，需使用不同的文字及寫作技巧，舉例來說，說理的文章須使用較為中立的文字、證據需確實；描寫的文章則需要感情的融入與優美的字詞。學生必須知道所寫文章的目的，才能完成合適的文章。最後，學生的相關生活經驗也是寫作時要考慮的，對於擁有較多生活經驗的寫作題目，學生的成品內容豐富詳實，但是對於缺乏經驗的題目或是目的不明確的寫作要求，學生的寫作結果常常是貧乏無趣的。

　　寫作的重要性就在於寫作是內在思緒的組織與表達，寫作不只可以培養寫作者的思考、組織和邏輯能力，透過寫作，讀者也可以很清楚的知道寫作者的生活經驗、認知程度及內在的思想層次。寫作也是意識的重新建構，透過寫作者所寫出的文字，讀者除了可以檢視寫作者的內在思維，也可以強化自己對於外在世界的知覺與意識，但是因為缺乏面對面的機會，寫作不像口說可以有立即的回饋，知道讀者是否充分了解，所以寫作者必須在沒有回饋的情況下，花很多精力來構思連貫性的訊息，以使讀者了解、接受寫作內容，而這樣的訓練可以提升學生的思考、邏輯等能力。除此之外，寫作表達更是影響學生學業成就的重要因素之一，也是學習其他學科的基礎，在學校中，學生常常被要求寫考卷、寫筆記、寫報告、寫文章等，這些工作無一不與寫作能力的強弱有關，若是學生的寫作能力不佳，即使他們的知識充足，依然無法得到好的學習成果。

■ 貳、低成就學生讀與寫方面的問題 ■

　　根據補救教學的觀點，教師若能針對英語低成就學生在識字、閱讀與寫作等方面的困難來加以解決，學生的學習成就會提升，學業低成就的情形可以改善，進而提升學生獨立學習的信心與能力，確實的幫助學生脫離英語學習成就不佳的循環。故了解學生在識字、閱讀與寫作方面的困難，是改善教學及學生學習結果的第一步，在下文中，作者將一一討論英語低成就學生在這三方面的困難。

一 英語低成就學生的識字問題

　　識字是語言學習的基礎，若是學生沒有良好的識字能力或字彙量，在說話時就無法使用適當的字詞，在聽力理解部分，也無法理解一段有太多生字的句子，在閱讀方面，無法理解所讀的文章，因為文章的意義要由字、句、段落的意義所累積而成；在寫作方面，也會有無字可用或是不知用何字較好的問題。有這樣情況的學生，在學習上，不只不能用說的、寫的來表示自己的學習成就，在理解教師的教學或是從別的方面來學習的能力，也不甚理想，故其學業成就受到識字能力的影響，會有低落的情形發生。但是教師要如何改善低成就學生的識字問題呢？其實在進行英語識字的補救教學前，教師應該先了解學生在識字方面的問題，然後對症下藥，設計有效的英語識字補救教學課程，讓學生的識字問題得以解決，而學生的識字問題可能有：

1. 識字的發展有缺陷：Ehri (1995) 將英美國家兒童的識字發展，分為四個階段：⑴圖形期 (pre-alphabetic phase)，在此階段學生將字視為一個圖形來記憶；⑵部分字音對應期 (partial alphabetic phase)，此一階段的學生，開始了解部分的字與聲音之間的對應關係，但卻只能對字中的幾個字母之字音對應，並以此記憶單字；⑶完全字音對應期 (full alphabetic phase)，學生在此階段完全了解字音對應規則，可以將字母與語音一一對應，讀出完全未學習過的字；⑷字形期 (consolidated alphabetic phase)，此時的學生開始注意到有些單字裡有相同的拼字組形，而將之視為一體，在認讀陌生單字時，可以將整個拼字組形與語音對應，使得學習單字更容易（朱惠美，2002）。

   在臺灣這樣一個 EFL 的國家中，第三和第四個英語識字發展階段對於學生來說比較困難，因為英語的聲音與字母之間的對應關係是抽象的，例外字的規則複雜，學生在學習之初常會遇到困難，例如，把發音是 /a/ 的 A 發成 /ɛ/、把發音是 /ɪ/ 的 Y 發成 /aɪ/ 等；或是某些不同的字母組合，但有相同的發音方式；相同的字母組合，卻有不同的發音這樣的問題，例如，學生常常無法了解，為何 "Thomas" 中的 th 的發音和 "to" 的 t 相同，都是發音成 /t/，卻不是和 "this" 中的 th 一樣，發音成 /ð/。這些問題都是學生在識字發展上會遇到的問題，因為學生無法確實的解決問題，所以他們的識字發展很難跨越過第三及第四個階段，到達識字自動化的地步；也因此他們常會因為發音的錯誤，而無法快速的記住某個英文字。

2. 音韻的使用有障礙：聲韻處理 (phonological processing) 對於學習閱讀拼音文字相當重要，因為拼音系統就是基於字形與發音的對應關係 (grapheme-phoneme correspondence)，聲韻處理若有缺陷，將會導致較差的識字表現 (Leij & Daal, 1999)。多數的研究皆指出，與一般兒童相較，識字有困難的兒童在聲韻處理的能力上確實有明顯不足，尤其是聲調覺識能力普遍不如一般兒童 (Comeau, Cormier, Grandmaison, & Lacroix, 1999; Meschyan & Hernandez, 2002)，這使得識字困難的學童在字素－音素的轉換技能上比較不熟練，不僅難以擴大音韻－字形的連結能力，也不易將音韻和組字的歷程整合在一起。除此之外，朱惠美(2002)、盧貞穎(2003)、Comeau等人(1999)、Meschyan(2002)也發現，英語識字困難的學生通常有語音訊息處理困難的問題，語音訊息處理困難的意思是在語音處理的歷程上有缺乏語音分析能力、無法順利將視覺的文字刺激轉換成聲韻的形式、無法快速地處理文字的音韻訊息等情形，所以不能有效地將文字視覺刺激以聲韻的形式保留在短期記憶中，因此造成其文字辨認自動化發展的困難。

由上可知識字與音韻有相當大的關係——一個識字有困難的學生，在音韻的表現上容易有以下問題：不能做字形和音素的連結、無法正確辨別字和字之間、母音與母音之間的異同、無法拼讀不熟悉的字、發音不正確或有遲疑、無法掌握聲韻規則等困擾，而這樣的結果，使學生無法快速的認出字來，也就不能知道字的意義，造成識字的障礙。

3. 視知覺的問題：識字有困難的學生，其視知覺通常有缺陷（邵慧綺，2003；謝相如，2005；謝俊明，2003），也就是說，學生在閱讀文字時，對某些文字有辨識上的困難，不能快速、有效的知道字與字間的異同，尤其是相似字，如"p、q"、"b、d"、"u、v"等，而這樣的文字處理速度，使得學生的閱讀或朗讀緩慢且費力，識字自動化的速度，遠比其他的學生來得慢，對於複雜的識字工作，其視覺處理的速度更是緩慢。除此之外，有一些學生會有眼動的障礙，不只無法適當的把視覺形象保留在短期記憶中，甚至在閱讀時會有跳行、漏字等現象發生，以致於無法將訊息連貫成有意義的篇章。最後，識字有困難的學生也有讀過即忘、逐字閱讀、不當斷句等閱讀的問題，而這些問題容易使得學生的閱讀理解模糊、識字結果無法提升識字量及識字能力（邵慧綺，2003；謝相如，2005；謝俊明，2003）。

通常視知覺的問題並不是教育造

英語低成就生的識字問題：
一、識字的發展有缺陷
二、音韻的使用有障礙
三、視知覺的問題

成，也不易經由教育訓練來改善，但這確實是學生識字困難的原因之一。一般而言，視知覺的問題須經由醫學或輔助器具來加以改善或矯正，通常經過醫學治療或是使用輔助器具之後，學生的識字問題都可以有相當大的改善，但是有些學生的問題，並不能由醫學或輔具來加以改變，這時候，在教學上，教師應該因應學生的限制，給予學生適當的幫助，並且以學生能力所及的範圍，來作為教學的起點。例如，當學生因為視知覺有問題，而無法分辨英文字母 "b、d" 時，教師可以放大字母，並將字母的某個部分加以強調（如圖 7-1）。此外，教師也可以彈性的因應學生的問題，來改變教學的內容與方法，例如，視知覺無法識字，視覺閱讀就不能有好的結果，但是若讓學生改成聽讀，就可以解決這個問題，因此，識字的補救教學有其必要之處，也必須彈性的變化，以適合學生的需求。

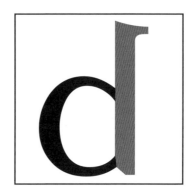

圖 7-1　加強視覺資訊的字母卡

二 英語低成就學生的閱讀問題

閱讀是個複雜的認知歷程，不是看著書就能知道書中所蘊含的意義的，學生要能理解文章，需具備許多的知識與技能。在英語低成就學生的身上，我們常常可以發現一些共同的閱讀問題，例如看不懂字的意思、看到字唸不出來、無法正確的發音、斷句不正確、唸完或讀完之後，不知道文章在說些什麼等等，而這些問題主要來自於以下幾個原因（吳有明，2008；陳汝婷，2008；劉文靜，2005）：

1.缺乏適量的字彙：剛學習閱讀或是外語閱讀的學習者，所採行的閱讀方式

是由下而上 (bottom-up) 的，學習者先從文字視覺影像的了解開始，按照將字母組織成字、字組成句、句組合成段落、段落再組合成文章的歷程，一步一步的將閱讀到的資訊，變成讀者的內在心理表徵，並加以了解與記憶。而這樣先辨別刺激的物理特徵，而後認識其內涵、意義的模式，重視的是文字的解碼過程。根據 Gough 的模式，採取由下而上閱讀模式的閱讀者，透過句子中每個字母和逐字的處理，開始本文第一段落 (segment) 的眼睛定像 (fixation)，接著是掃視 (saccade)，然後第二定像，依此類推，直至全文的閱讀完成及理解（林翠玲，2007）。所以，若學生在識字上有困難或是認識的字彙不夠多，在閱讀時常無法了解單字或是無法從單字的認識，來獲取整個句子的意義，更別提是段落或是文章的意義了。

許多閱讀能力不佳的學生，是以由下而上的閱讀方式來理解文章的，也就是一個字、一個字的弄懂之後，再一句一句的處理，然後是段落，再到全文，解碼是重要的過程，可是英語低成就學生識字量少、解碼能力差，所以光是要弄懂每個字就已經很不容易了，更遑論理解全文，而且當他們把所有的精神都放在查閱與了解單字時，閱讀的壓力很大、速度很慢，而且一點成就感都沒有，完全無法領略閱讀的樂趣。故許多學生會很快的放棄閱讀，相信自己根本不會或不能閱讀，但是學生越沒有閱讀的經驗，他們的閱讀能力就越差，一來一往的，就形成了惡性循環。

2. 缺乏相關的背景知識： 另外一種閱讀的模式是認為閱讀應該是由上而下 (top-down) 的，此模式著重讀者由既有知識去整理文字刺激的認知歷程，兒童通常對於字或文章只有一部分的認識，他們一知半解、依著既有的知識半讀半猜的閱讀，進而理解所讀的文章。這種閱讀的方法強調理解，認為閱讀是由四個同時且交互的循環所組成，包括視覺、知覺（確認字母與單字）、造句（確認文本的結構）、意義（建構輸入訊息的意義），讀者在閱讀時，事先以舊經驗預測接下來的文章內容，若讀者的預測正確，則可以繼續閱讀，而且讀者對所讀文章的了解，超越作者字面上的意義，具有讀者個人的經驗與思想，若讀者的預測是不正確的，閱讀則會慢下來，以便重新閱讀或尋求額外的資訊，來建構正確的意義。故當學生對於閱讀文章所必須具有的先備知識不足或缺乏時，他們的預測會有錯誤，需要一再的重讀或蒐集新資訊，阻礙了流暢的閱讀理解，此時，即使學生擁有適量的字彙，也無法確切的了解到文章的涵義，故適當的、相關的背景知識，對閱讀理解是有幫助的。

3. 影響學生閱讀發展的其他因素：包括智力、環境刺激與社會互動，以及個體經驗這三項（黃瑞琴，1997）。

(1)智力：智力是一切學習的重要影響因素，當然也影響學生對於閱讀的學習，尤其是閱讀能力尚未成熟時，學生需要記憶相當多的字、句、文法規則等，相當需要智力的輔助，所以，智力的高低對於學生的閱讀能力與閱讀理解，有相當大的影響，智力高的學生，其閱讀能力明顯的高於智力低的學生。

(2)環境刺激與社會互動：所謂的環境刺激是指學生擁有豐富的讀寫環境、有機會嘗試或探索文字、以及參與或從事有意義的讀寫活動。例如陳淑琴 (1998) 就認為教師是否視每一個學生為主動的學習者，是促成學生語言學習的最大催化劑，教師應該在課程規劃與活動設計時，考量學生的需要、興趣與能力，在包容與輕鬆的情境中，讓每個學生勇於嘗試閱讀與表達想法，這樣，學生的閱讀能力才能提升。而所謂的社會互動，是指成人要擔負協助學生邁入獨立閱讀階段的責任。人與書並不是天生吸引的，必須要有媒合的角色，例如父母、老師等，將書帶到孩子的世界，這樣學生才有可能喜歡上書，進而喜歡上閱讀。而他人的協助，可以提供幼兒進一步探索社會中所使用的語言符號系統的機會，並提升其閱讀層次。

(3)個體經驗：讀者個人影響閱讀的因素尚有讀者的年齡、語言能力、注意力、記憶力、文章結構知識、閱讀策略、知覺形成概念的能力等認知因素，與讀者的態度、興趣、動機、自我概念等情意因素（王瓊珠，2004；Kameenui & Simmons, 1990）。舉例來說，年齡太小、語言能力低的學生，無法理解太難、太多的文字，其閱讀所用的材料，必須考量他們的限制。再者，太長、太複雜的故事，也不適合初學閱讀的學生，因為學生對於故事內容的記憶理解與注意力不夠充足。學生所具有的經驗、知識與概念，也會影響他們對於文章的了解，故越切合學生需要與程度的文章，越能帶給學生閱讀的樂趣。蔡銘津 (2002) 指出，讀者需要三種不同的知識，來幫助閱讀理解：首先是內容知識，這是指學生要具有關於文章主題領域的知識；二是文章結構的知識，指的是知道不同文體類型的文章之組織方式；第三是策略性知識，是指學生如何對所閱讀文章作摘要、畫重點、推論及監控的知識。此外，在學生學習閱讀的過程中，也應注意學生的情意因素，例如學生喜愛書的態度。對書有興趣的學生，較容易發展出好的閱讀習慣。而教師若能以內在動機來鼓勵閱讀，並在閱讀中予以肯定，學生的閱讀能力將大幅提升。

> **英語低成就學生的閱讀問題：**
> 一、缺乏適量的字彙
> 二、缺乏相關的背景知識
> 三、影響學生閱讀發展的其他因素
> 　1. 智力
> 　2. 環境刺激與社會互動
> 　3. 個體經驗

三　英語低成就學生的寫作問題

　　寫作可說是語文學習的整合表現，它有賴於識字、閱讀、說話等基本語文能力的建立，而且寫作是一連串複雜的心智過程，必須具備多項能力才足以完成（陳正恩，2006）。然而，寫作低成就學生常在寫作歷程中的每個環節都出現問題，例如：一看到題目就不知如何下筆、不知道使用哪些題材來寫作、花極少的時間於寫前構思、計畫能力不足等，因此導致寫作成果不佳。故在探討影響學生寫作表現的因素時，必須做多向度的探討，如此才能真正了解影響寫作表現的因素。而影響寫作表現的因素如下（洪金英，1993；鄭博真，1996；Hayes & Flower，1986）：

　　1.語言知識的影響：語言知識是指學生所擁有的與寫作有關的文字、句子等基本的語文能力，以及段落組織與文章結構等文章層次的知識，這些語言知識是寫作的基礎，也是影響寫作進行及作品品質的重要原因。寫作能力不佳的學生常會有以下情況：使用錯字或別字、用詞不適當、遺漏字詞、句子不完整、冗辭贅語、句子結構混亂、句子意思費解、遺漏標點符號、標點符號使用失當等。

2. 閱讀因素的影響：寫作不單是語文學習的綜合表現，更是閱讀成果的累積，沒有足夠的閱讀，學生就無法有充足的資訊以及對文章架構的了解，來幫助他們成功的寫作。閱讀和寫作的發展，可以說是相互並進的，有閱讀習慣的學生，在寫作時，其語意及語法能力顯著優於沒有閱讀習慣的學生（黃淑君，2003），而且當孩子在寫作時，他們同時也整合了閱讀的知識，也就是說，他們必須一邊寫作，一邊閱讀，以保持寫作不偏離主題及計畫，通常學生也會以教導自己如何閱讀的方式，來教導他們自己如何書寫（蔡蕙珊，2001）。而許多寫作能力低落的學生，在平時並沒有閱讀的習慣，缺乏對文字使用、文章架構及許多主題知識的了解，因此，其寫作常常有用字一再重複或錯誤、文不對題、內容貧乏的問題。

3. 主題知識的影響：主題知識指的是寫作者要傳遞給讀者的特定知識，它會影響寫作內容的產出歷程，成為寫作過程中計畫的來源。而學生寫作能力最弱的部分，常常就在於認清題目的範圍和重點，當學生對於寫作題目中所需的主題知識有所欠缺時，往往不知道該如何下筆，不知道該寫些什麼，不然就是產出與主題無關的內容。可是外語寫作時，學生常常缺乏對於相關文化或是特定字彙隱含意義的了解，因此在寫作時，常有不知如何下筆或是偏離主題的表現。

4. 文章結構的影響：不同的文章類型有不同的文章結構，例如說理的文章應該有正反兩方意見的陳述，而文章結構可以幫助學生形成寫作的計畫，也就是什麼訊息放入文中，什麼訊息要捨去，以及什麼訊息要放在第一段，什麼訊息要放在另一個標題之下等，可是學生對於文章結構的認識，是隨著年齡增長的（蔡雅泰，1995；Englert & Hiebert, 1984），年紀小或是程度較差的學生缺乏此一知識，所以寫作像是記流水帳，或是一段中含有太多訊息，寫作的結果不易了解。

5. 後設認知策略的影響：一個優秀的寫作者會擬定一個合適的寫作目標與計畫，並根據此一目標或計畫來進行寫作，同時在整個寫作歷程中，還會不斷的進行監控與重讀，並對產出的文章進行校正、修改，此即後設認知策略對寫作表現的影響。寫作能力低的學生，常常是隨想隨寫，內容缺乏合理的順序，寫完之後也無法利用閱讀及寫作計畫來進行文章的修正，所以，文章常有缺乏連貫性、不合邏輯、分段不恰當、材料多但組織零亂等問題。

6. 讀者知識的影響：寫作是一種溝通的過程，作者以文字來傳遞想法、意願或是重要訊息等，讀者則藉由寫作者的文字，來了解作者想要傳達的訊息。而作者在進行寫作時，通常會根據其對讀者的預設、對讀者閱讀能力的了解，來引導整個寫作的內容、方式與方向，目的就是希望提高作品的可讀性，達到清楚溝通的目的。但是，寫作能力較差的學生，常常會意識不到讀者的存在，所以他們的寫作經常會遺漏必要的信息、只站在寫作者的立場來寫作、沒有考慮到讀者的閱讀、文章邏輯跳躍性思考等，導致寫作的成果品質不佳。

185

7. 其他因素的影響：包括了環境因素與年齡因素。人類的語言，是經由聽者與說者之間的互動過程，透過觀察、模仿而獲得的，如果學生缺乏語言學習的環境，在面對需要運用語言來表達的複雜認知活動時，勢必會有困擾。而學生所處的家庭環境，對於寫作的表現有其重要性，因為兒童從年紀很小時，就已經開始在家庭環境中，發展寫作時所需使用到的書面語言知識，學生從環境中得到的刺激或示範越多、有越多仿效或反應的機會，其寫作能力將能有好的發展與提升；反之，學生將缺乏寫作的能力。Needels 和 Knapp (1994) 指出，寫作歷程中所需具備的認知能力與相關的經驗或知識，都與學生的身心發展有關，隨著學生年紀的增長，其認知能力增加，相關的知識與經驗也越多，所以寫作的能力與成果越好。但是年幼及發展較不好的寫作者，其寫作能力與某些特定領域的知識不夠充足，因此，他們在寫作時常會感到困難。

由上可知，學生的寫作表現受到眾多因素的影響，而從這些因素的探討中，我們可以發現到寫作者需具備相當多的知識及能力，才能有良好的寫作能力和成果，故寫作是一件相當困難、複雜的工作，無怪乎許多學生都會有寫作表現不佳的問題。而在外語寫作時，由於有限的外語知識，寫作者時常會因為語言的需要，而非內容的需要而停滯。Silva (1993) 更指出外語的寫作者與母語的寫作者相較，構思的步驟較少、也較少做內容

影響英語低成就學生寫作表現的因素：

一、語言知識

二、閱讀因素

三、主題知識

四、文章結構

五、後設認知策略

六、讀者知識

七、其他因素

修正，流暢性與正確性更是不如母語寫作者。此外，除了有限的語言知識外，外語寫作者還有社會與文化的不利因素。例如，他們可能沒有覺察到不同的社會與文化對於語言使用方式的差異、寫作中想表達意思的適當方式不同，或是不同文化的讀者對文章有不一樣的期待等因素。故外語寫作者需要具備更多的知識與能力，才能將寫作的工作做好，而這也是外語寫作者需要面對更多寫作困難的原因。

■ 參、讀寫能力相關研究的討論

在下文中，作者將討論有關英語識字、閱讀及寫作三方面的相關研究，從中發現有效的教學方法，以便進行英語讀寫能力的補救教學，對英語低成就學生的識字、閱讀與寫作困難提供幫助。

一 英語識字的相關研究

中國文字與英語文並不相同，所以其識字教學也有相當大的不同，因為本書關注的焦點是英語補救教學，因此，下文中主要以國內英語文的識字教學為主。首先，在英語文的識字教學中，許多研究（李淑芳，2006；但昭蕙，2006）都把英語低成就學生的音韻能力，視為是學童識字能力的最佳指標，並證實學生的英文聲韻覺識能力與英文識字能力達到了顯著相關[1]的水準，除此之外，但昭蕙

(2006) 還發現首音判斷對英文識字能力最具預測力，也就是說，能夠分辨出 bay 和 bath 有相同的首音，但是 bay 與 may 有不同首音的學生，他們的英文字唸讀表現也會比較好。再者，學生的英語學習動機與學習時數（李淑芳，2006），也能用來預測學生的識字能力，亦即學生對英語識字學習保持興趣、願意多花時間進行學習，都能提高學生識字學習的結果，這正與本書重視讀者劇場的教學有相同的觀點。最後，Stanovich 在其認知歷程與識字的研究中，發現學生的識字學習與學生的認知能力（例如記憶力）有關，年紀小的學生多用視覺來記住字，但是年齡較大的學生則會用聽覺來幫助記憶（黃素娟，2007）。

由這樣的研究與說明中可以發現，英語識字學習與音韻規則有相當大的關係，尤其是識字困難學生常常在字形與字音聯結方面有困擾，因此，英語識字補救教學可從語音解碼能力的相關訓練開始，並經由視覺刺激的配合，來增加學生識字學習的成功率。至於英語識字教學的常用策略有四：

1. 字母拼讀法 (phonics)：以拼音文字來說，當學習者能夠利用語音途徑，將字形和字音進行聯結，就能增進識字學習。許多研究都指出有識字困難的兒童，通常容易在形—音的聯結上產生問題 (Bell, McCallum & Cox, 2003; Elisa, Pekka & Maria, 1999)。但是學生在經過語音解碼能力的訓練之後，其識字、拼音的表現都有明顯的進步 (Berninger et al., 2003; Elisa et al., 1999)。因此，加強學生的形—音聯結能力，是識字教學時不可忽略之重點。而字母拼讀法的教學就是教學生認識字母和語音之間的對應關係。因為英文屬於拼音文字，其文字符號與語音間有相當高的對應關係，所以，只要學生能熟悉字母拼讀法，就可以一見到英文字，立即能夠唸出字音來與聽到字音就能拼出字來，如此將可提高學生英語識字及拼字能力。近來，許多教師進一步將字母拼讀法與字義做聯結，也就是將字的意義用圖表示在字旁（如圖 7-2），使學生在學習字母拼讀法時，就能一邊記住字的意義，以提升學生的識字能力。

1　是指英文聲韻覺識能力和英文識字能力有很高的相關性，亦指聲韻覺識能力表現好的學生，在識字能力的表現上一定也會很好。

圖 7-2　字母拼讀法與圖片的結合

然而，要想學好形－音聯結能力必須先學習字母的辨認，並能利用字母本身的發音來讀，所以，發音、拼音的學習也是不可缺少的。而利用字母本身的音，來進行音素的組合 (blending) 或切割 (segment) 練習，對學習者來說，不需再學習另一套音標符號，故能減輕其負擔，並提升拼字、識字的能力（郭惠玲，2002）。因此，字母拼讀法對識字學習來說很重要，許多補救教學教師對於學生的識字困難，也持有這樣的看法，亦即增加學生的拼讀能力，就能增加學生的識字量，進而提升其英語學業成就，因此，字母拼讀法是英語補救教學中常見的教學策略之一。

2. 實物教學 (realia pictures and photos)：通常，英語初學者能聽懂的英語很少，但是學生可以透過其他管道，像是圖畫（如圖 7-2）、物品、手勢、表情、動作等，來獲取語言的意義，並加以學習（沈添鉦，1998），萬雲英 (1991) 更指出較具體、較具形象的字，以及口語中常用的字、詞，或是帶有情緒的字、與生活經驗密切聯繫的字，學生較容易識記，因此，教師在講解字義或造詞時，應盡可能的舉出生活實例，或是將字詞與學生的生活經驗相關聯，這樣才能容易的讓學生了解新的英文字詞。而利用實物來進行字彙學習，是外語教學常採用的方法。所謂的實物教學，就是透過具體物的呈現，來提升學生對字彙的理解與認識 (Nation, 1990)，例如教 apple 時，同時呈現一顆真的蘋果，或是在教 bag 時，同時拿出一只袋子，這常常是教師教導初學者學習英語時所使用的方法之一。但是有些實體物取得不易，所以教師們就藉由模型、圖片或閃示卡 (flashcard) 等，來教學生學習字彙及作為遊戲的教具。然後，在討論到有關表情、動作或行為的字彙時，教師就配合肢體語言的展現，讓學習者很快的知道此字彙所代表的意義。這一種教學法是希望藉由實物或動作、表情的幫助，來讓學生記憶字彙，而實物等的呈現是作為學生成功學習的鷹架，用來幫助學生了解意義及回憶相關聯的字彙。

3. 從閱讀中學習 (acquisition-while-reading)：有些研究者認為學生可以透過閱讀來習得字彙（黃淑芬，2002；Nagy & Herman, 1987），因為在在有意義的情境脈絡中，讀者須著重字義的使用，主動的利用各種方法得知不懂的字義；除此之外，學生也能透過不同的情境，學習字義的不同用法，所以閱讀可以幫助學生習得字彙。然而，有時候，情境脈絡未必會增加字彙的學習，因為讀者可能因不清晰的線索或是缺少相關的經驗，而對文意做出錯誤的推論，或是直接忽略這些不熟悉的字彙（劉郁芬，2002）。

此外，在學習第二語言時，依照語意和主題叢集 (semantic and thematic clustering) 來進行教學，也能提升學生的字彙學習，例如同時學習臉上的器官 nose、eye、mouth、ear，比起打散學習這些字彙時來得有效（何青芳，2004）。再者，研究也證實字彙的習得與字彙的出現頻率有關（劉郁芬，2002；Beck, Perfetti & McKeown, 1982）。例如，Beck、Perfetti 和 McKeown (1982) 在其研究中，設計兩種不同的教學法，以了解複習對字彙學習是否有幫助，研究結果發現，接受持續複習教學的學生，能記得更多的字彙，在詞彙測驗上的表現也有進步，故複習對字彙學習是有幫助的。而劉郁芬 (2002) 研究簡易小說的閱讀對字彙習得的影響，結果也發現在不斷出現某些生字的情況之下，學生可以在閱讀過程中習得這些生字，而且出現頻率越高的生字，越容易被學生記住。

由此可知，廣泛的閱讀程度適合的文章，可以幫助學生提升識字能力，因此，許多英語補救教學的方案，都以分級讀本搭配各式的閱讀方法（鄒文莉、洪瑄，2008）來讓學生學習識字，希望經由大量閱讀，來使學生擁有更多的視覺文字，擴充學生的心理字彙庫，並提升英語學習的成就。

4. 電腦輔助教學：電腦輔助教學在識字教學上的使用可分為兩類 (MacArthur, Ferretti, Okolo & Cavalier, 2001)：一是使用電腦來提供語音覺識 (phonological awareness)、解碼 (decoding) 的教學，這是因為電腦可以分析並模擬一些教師不易發出的聲音，又可以不斷重複播出，使學生可以經由大量練習，來熟練他們不會的聲音。另一種則是利用電腦的互動性功能，於練習時提供口語回饋，讓學生及時知道自己的錯誤，並有正確的聲音可以模仿。反覆練習、營造學習情境，及透過不斷刺激、反應、模仿、演練、強化、習慣等方法，是學好英語所不可缺少的策略（吳岳樺，2001）。以電腦輔助字彙學習來看，學生可以因為電腦的立即回饋（視覺和聽覺）、記錄學習歷程、用一致性的方法來呈現學習材料等特點，而提升了其字彙學習的成果（黃漢龍，2001；Pennington, 1999），教師也能夠利用電腦來進行補救教學、個別化學習、或呈現教學內容，使學生可以在電腦輔助教學的幫助下，增加其基本的識字技巧（王黃隆，2003；許繼德，2002；Cobb, 1999; Garcia & Arias, 2000）。

英語識字教學的常用策略：
一、字母拼讀法
二、實物教學
三、從閱讀中學習
四、電腦輔助教學

同時，許多研究也顯示 (Gu & Johnson, 1996; Kojic & Lightbown, 1999)，學習者在閱讀時若遇到不熟悉的字彙，會結合不同的策略來進行學習與記憶。然而，教師在有限的時間內（每週約 80 分鐘的教學時間），無法——培養學生的各種英語學習的技巧，而利用電腦輔助教學能節省教師32% 的教學時間 (Kulik & Kulik, 1987)，並提供學生反覆練習的機會，有助於學生的識字學習，更重要的是，電腦也能促進學生認字、拼音的學習（王黃隆，2003；許繼德，2002；Garcia & Arias, 2000）。

在臺灣，也有學者以任務基礎 (task-based) 語言教學法及雙語字典來提升學生的識字能力。賀彩利 (2006) 以 TBLT (Task-Based Language Teaching) 的方式，來提升國小學生的英語識字量，他在研究中提供學生一個使用語言的真實情境，其中包含了許多以完成任務為基礎的活動，讓學生在完成任務的過程中學習語言，並提升識字的成果；結果發現，任務基礎語言教學法對臺灣國小學生英語識字與早期閱讀有良好的教學成效，學生的學後滿意度也傾向正面。蘇怡嘉 (2006) 則是探討中英雙語字典的應用是否能提升學生英語識字表現及英語字彙習得，結果發現，中英雙語字典的使用對學生的英語識字有顯著的影響，大多數的學生在使用字典後，其字彙的測驗表現有顯著提升。此外，在使用字典之後，多數學生覺得英文識字變簡單了，因為字典提供了許多單字的各種字義，故當學生遇到不會的英文單字時，他們會使用字典以得到協助。由此可知，任務基礎語言教學法及雙語字典教學對國內學生的英語識字學習有幫助，因為以任務為基礎的教學法，會在過程中對任務中的相關單字進行教學，讓學生知道彼此之間的關係，增加學生記住以前不會的單字之機率，至於使用雙語字典，主要是幫助學生在識字過程中知道不會的字義，而且在查閱字典的過程中，學生可以記住字的組合，增加學生對於英文單字的熟悉程度。

二 英語閱讀的相關研究

以閱讀為研究重點的研究者，多將其研究重心放在閱讀流暢性與閱讀理解上，而這兩者的基本成分包含了正確解碼、自動化的字彙辨識、適當使用韻律與語調 (Kuhn & Stahl, 2004)。

1. 正確解碼：解碼是指能正確發出字音的能力，即單字與聲音的連結 (Chard & Osborn, 1999)。在閱讀理解中，解碼技巧是不可或缺的基本技能，因為了解一些關鍵字的意義，讀者才有可能理解整個句子的意義，進而理解整個段落或整篇文章的意義。這樣的解碼能力，可以經由閱讀來加以增強，也就是說越是熟練的閱讀者，其解碼技巧越是精進，例如 Gleitman 發現精熟讀者 (expert reader) 從頻繁接觸單字的經驗上獲益，他們的發音是順暢的 (flexible)，並在不斷的練習中，獲得單字知識去閱讀 (Katz, Lundquist & Shankweiler, 1999)。因此，要成為一個精熟讀者，學生必須在解碼時上運用一些策略，像是使用上下文的脈絡線索，以及字母與聲音關係 (letter-sound relationships) 的知識 (Cunningham, 1990)，來幫助自己能順利、沒有困難的進行解碼。

通常英語教師在學生閱讀之前，會提供學生一些重要單字的教學，而這些教學對於解碼與閱讀理解有相當大的助益。舉例來說，吳玲姍 (2004) 以音素切割訓練 (phoneme segmentation training)，來教導國小一年級學生學習認讀英文字及提升閱讀能力，結果發現，接受教學的學生其早期閱讀能力、音素切割能力以及認字能力都有顯著的提升。簡麗真 (2001)、許美雪 (2003)、吳美琪 (2005) 則認為強化閱讀能力（包括音韻覺識、文字辨識與拼讀及拼字能力）對於剛學習閱讀或是有英語閱讀困難的學生的閱讀理解都相當有幫助，並由其研究結果證實，學生的英語語音操控能力，對於早期文字發展有相當大的幫助；而直接的、加強的、系統化及詳盡的單字教學，能真正增進學生早期閱讀的能力。除此之外，學生的語音覺識、拼字能力及閱讀能力會隨著學習英語的時間增加而增長。由此可知，正確解碼是閱讀理解必備的一種能力，而這樣的能力，可以用音韻、拼讀、字與詞的教學等方法來提升。

2. 自動化的字彙辨識：是指將單字視為一個整體單位來處理，而不是個別字母的組成，因而能直接且快速地自長期記憶的字彙庫中，提取字音及字義的相關訊息。當讀者有能力自動化辨識單字時，為了深入了解各式各樣的文本，他們必須具有適當語法措辭的閱讀速度及理解 (Rasinski & Zutell, 1990)。而自動化的字彙辨識需經歷三個階段 (Kuhn & Stahl, 2004)：一是剛開始閱讀時，學生在認字方面有困難，常需要中斷閱讀來處理各個單字的意義，而且常有犯錯的情形發生。二是學生在學習如何閱讀文章與單字的發音後，可以藉由聲音與字母的連結，來獲得識字的能力，但是因為尚未達到自動化的階段，所以學生常必須停下來思考或嘗試發音。最後是自動化階段，也就是在多次練習後，學生可以正確、迅速的閱讀，而且能夠同時解碼和理解。

因此，要達到自動化的字彙辨識，需要不斷的練習文章內容，在聲音與字母的不斷接觸中，獲得字彙知識並增進閱讀流暢性。林玉萍 (2006) 提出長期、明確的詞語搭配教學——教師於課堂上講授搭配詞 (collocation) 的觀念與學習技巧、不斷提醒課文或單字例句中的搭配詞、且提供許多有關搭配詞的練習活動，能有效地增強學生的閱讀能力，而這樣的增強對所有高、中、低成就的學生均有幫助。賴志全 (2002) 也曾指出增加學生的語彙能力、活化其背景知識、並幫助學生讓其原有知識和新學到的字彙產生連結，能提升學生的閱讀能力。除此之外，許多研究者也針對一些學生比較不容易掌握的單字或文章，提出使用其他工具這個方法，以達成閱讀理解的目標，首先是字典或註解的使用，張妍婕 (2004)、王信偉 (2005) 以線上字典、電子字典與一般字典，來探討查閱字典對閱讀理解是否有助益，結果發現，查閱字典對閱讀理解並無明顯助益，但是使用字典對於字彙習得卻有明顯的效果。再者是生字註解的使用，張淑美 (2004) 以中文及英文生字註解，來了解生字註解對臺灣學生的英文閱讀理解及生字學習的影響，結果發現，中文註解讓學生知道文中關鍵字的意義，不僅幫助學生記憶單字，也幫助他們閱讀理解。

從上面的說明中可以知道，識字要能自動化，重複練習是很重要的因素，而不斷的練習，讓學生可以由字形、字音來記憶字的意義，這能使識字的自動化盡快達成。除此之外，教師也可以用一些教學策略，來幫助學生的識字過程能夠順利、流暢，例如搭配詞的教學、字彙的預先教學等。而識字自動化對於閱讀理解相當有幫助，因為當學生在識字部分不需要花費太多心力時，他們就能將心力放在閱讀理解上。

3. 適當使用韻律與語調：適當使用韻律與語調是指讀者能運用聲韻的特徵來閱讀，而音韻的特徵包括強弱或聲調、強調或大聲、持續或時機，也就是能利用音量大小、音調變化、及停頓在有意義的單位之末來表達文章的意義。此外，音韻的閱讀還包括適當地利用文章句法結構將許多個字集合為詞組或有意義的單位 (Samuels, 2002)。當一個人能流暢的處理一篇文章時，就代表他能利用音韻線索來閱讀，Schreiber (1987) 就主張正確的呈現聲韻學線索，是流暢讀者與不流暢讀者之間的重要差異，故一個學生是否為流暢讀者的指標，在於他們閱讀時是否能利用適當的用詞，正確的聲調與強弱 (Kuhn & Stahl, 2004) 來幫助他們閱讀理解。

除此之外，聲調特徵也是語言中句法結構的基礎線索，學生在閱讀時的音韻表達，同樣與語言中的句法結構相關聯，例如何時應該用開心的語調、何處該斷句、何時要延長、何時要停

> 閱讀流暢性與閱讀理解的基本成分：
> 一、正確解碼
> 二、自動化的字彙辨識
> 三、適當使用韻律與語調

頓等，都與文章的意義及句子的文法有關係，因此，聲調特徵也關係著學生是否能了解文章的意義 (Schreiber, 1987)。Chafe (1988) 曾指出用聲調閱讀句子，必須分配句子中單字的句法角色，當學生在閱讀中能以音韻閱讀表現出適當的措詞語法 (appropriate phrasing)、暫停結構 (pause structure)、強弱 (stress)、音調高低 (rise and fall pattern) 時，表示他們的解碼技巧已經熟練，並能用句法結構的基礎線索來決定文章意義、理解文本 (Kuhn & Stahl, 2003)。由此可知，音韻表達不只幫助學生習得所閱讀的單字、句子等，也提供了閱讀流暢性與閱讀理解的連結。

許芝瑜 (2006) 就曾探討朗讀英語童書對國小四年級學生英語認字、閱讀理解的影響，結果發現，英語童書朗讀對高、低英語能力的國小學生之英語認字與閱讀理解都有正向的影響。徐美玲 (2002) 探討臺灣高中生在英文閱讀時，使用兩人一組「有聲思考法」的功效，有聲思考法指的是將原本內在的思考活動內容以口述的方式表達出來，結果發現「有聲思考法」能增進學生的英文閱讀能力，低程就學生進步幅度較高程就學生為多，除

此之外，學生們表示在讀英文文章時，為了使閱讀更有效率，他們會設法找出文章的大意，並且也會根據前後文來猜意義。張立之 (2002) 探討三種閱讀方式對於臺灣國中學生英文閱讀理解的影響，這三種閱讀方式分別為：在班上同學面前開口朗讀、獨自開口朗讀、以及默讀。研究結果顯示，學生們以默讀來閱讀文章時，對文章的理解程度較高，但在獨自朗讀時，理解程度較差。

由上面三個研究可以發現，朗讀或出聲閱讀對於學生理解文章有相當大的幫助，因為學生的閱讀有語音與語意的搭配，所以學生可以藉由聲調、發音與斷句等技巧來理解所讀文章，而這樣的作法，提升了學生在英文閱讀上的表現。但閱讀理解的達成需考慮許多因素，例如字彙知識、背景知識、文本的難易程度、閱讀的技巧等，而研究者常用在閱讀理解研究上的方法或策略，多與閱讀文本的難易度、熟悉度與閱讀技巧為主，因其對學生的閱讀理解有所幫助。舉例來說，郭玟宜 (2004)、陳玉貞 (2005) 以學生對讀本的熟悉度以及有無相關的文化背景，來研究學生對於某文本的閱讀理解程度。結果發現，使用簡化的讀本或學生熟悉其文化背景的文章，有助於學生的閱讀理解及增加其對讀本的熟悉程度，而讀者在閱讀時，會自然地使用本身的文化背景來輔助，並克服文本難度的影響，進而增進閱讀理解。陳玉貞 (2005) 更進一步的認為，英語教師可選擇簡化或是學生熟悉其主題的讀本，來減低中、低成就學生的英文閱讀壓力，並提升閱讀興趣。葉奕君 (2005) 以教導學生閱讀策略，來探討這樣的教學法對學生閱讀理解的助益，結果發現，教授閱讀策略或技巧有助於學生的閱讀理解。黃秋燕 (2004) 以另類閱讀教學方式（包括探究教學法及小組策略閱讀），來探究此種教學方式對學生英語閱讀之成效，結果發現，雖然學生在段考閱讀測驗上的得分沒有顯著的增加，但是實驗組（施以另類閱讀教學方式）的學生對文章的理解錯誤較少，且心得內容較豐富。陳宏喜 (2002)、黃藍億 (2003)、陳清泉 (2004)、呂麗淑 (2005)、張淑真 (2005)、周鴻謀 (2005)、盛敬元 (2006)、許瓊文 (2007) 等研究者，以語意構圖、故事基模、教具、圖片或是影片等輔助工具，來幫助學生閱讀理解，從這些研究結果中，可以發現閱讀策略或是輔助工具可以增進學生的閱讀理解能力，不只是對英文能力較佳的學生有所幫助，對於英文能力較低的學生也有相當大的幫助，這足以證明提供輔助工具與技巧，是學生有閱讀理解困難時的必要措施。陳宜華 (2005)、江怡萱 (2005)、王明潭 (2007) 則探討多媒體輔助教學對於以英語為第二外語的學習者，其閱讀理解方面的成效，結果發現，使用多媒體來輔助學生閱讀理解，確實功效顯著。最後，以社會建構論為基礎的合作學習對於學生的閱讀理解也有顯著功效（王明潭，2007；王靜儀，2004；林思燕，2006；胡美娥，2007；蔡宜君，2007），因為不同的學生有不同的背景、知識及能力，可以在閱讀過程中互相幫助，使每個學生都能在閱讀當中獲益。

上述教學策略的目的，在幫助學生達成閱讀理解的目標，在英語閱讀的補救教學中，教師的目標是希望讓學生可以藉由閱讀，來增進英文的基本能力，故教師們可將上述的閱讀策略的教學納入英語補救教學中。

三 英語寫作的相關研究

許多教師及研究者都知道，寫作是一個必須依賴教導才能成熟的語文技能，在學生學習寫作的過程中，「有能力的他人」的鷹架輔助，是提升學生寫作能力最好的方法，因為經由他人的協助或回饋，學生可以知道完整的句子為何、如何構成一段文章、如何把自己的意思清楚傳遞等，故教導或協助是學生寫作學習的必要條件；此外，優良的寫作者或寫作成品，更需要經過一再的練習才有可能做到，許多英語寫作的教學，都把可以增加學生寫作時數的方法作為寫作教學的重要策略。最後，寫作教學常用的策略也被許多研究者加以實驗，以下介紹這些策略對於學生寫作學習的成效。

1. 協同寫作：許多研究者及教師發現，多數寫作能力差的學生，一開始就被要求獨立寫作，這樣是很容易失敗的，因為寫作能力不好的學生，常常不知道如何下筆、也缺乏先備知識，所以需要輔助。而學生異質小組的合作學習，讓學生不會害怕作文課，遇到不會的部分時，有其他能力高的學生的作品可以觀摩、模仿，所以，協同寫作對於學生的寫作能力有很不錯的影響。但是在外語寫作中，學生所能提供他人的輔助及知識有限，反而是同儕之間的互評與分享，對學生的幫助更大，因此，許多在寫作教學上的合作學習，都以閱讀其他同學的文章後，修改或是提供意見的同儕互評為主。

黃政嘉 (2005) 以線上平臺來讓學生練習如何討論、整合小組的寫作作業，結果發現協同寫作的方式可以匯集更多的知識，讓所有的知識與想法激發出更多的創意，所以學生的寫作成品會有所改善。而這樣一種在寫作過程中，能夠透過溝通與協調來完成文章的同步共同討論機制，使得學生寫作成品的結構，更加明確、堅實。簡啟雯 (2004) 則以結合文件檔案共享和網路聊天室功能的線上同儕寫作與編輯平臺 (POWER, Peer Online Writing & Editing Room, http://formoosa.fl.nthu.edu.tw/power/power/summary.php?op=BlogList)，來讓學生藉由線上的文章分享及提供回饋，提升彼此的英語寫作能力。在經過線上同儕回饋活動後，受試者無論在字彙、語詞的使用上，抑或是在整體的英文寫作能力上，均有明顯進步。左婉薇 (2001) 在其研究中發現，經過同儕評論後，學生所改寫成的完稿比初稿好，在結構及文法錯誤方面也都顯著減少，而且同儕評論的效益，部分可以延續到下一篇作文，也就是學生第二篇作文的初稿，在結構方面比第一篇的初稿顯著進步，與第一篇作文的完稿品質相近，同儕互評的效益由此可見一斑。而陳明君 (2004)、曾琬茹 (2007) 的研究也有相似的發現。邱靖雅 (2005) 則是以線上寫作與合作互評系統 (WE-COOL, Writing & Evaluation-Cooperative On-line Learning System)，提供學生進行同儕互評與小組合作評量的機會，來提升學生的寫作能力；結果發現，同儕互評與合作評量對於提升學生的寫作能力有幫助。

從上述的研究中可以發現，學生間的鷹架輔助對於學生英語寫作能力的幫助是明顯的，多數的學生都給予同儕評改活動正面的評價，認為這樣的活動能提升寫作品質，而學生也能了解從寫作者與讀者的角度來閱讀文章會有不同的結果，並能從希望讀者可以了解的向度來修改自己的文章。

2. 線上寫作軟體或教學平臺：線上寫作軟體或教學平臺有寫作教學、多次練習、重寫、評分等功能，提供學生練習寫作的機會，並能讓學生分享自己的作品、評鑑他人的作品，從中提升自己的英文寫作能力。鄭為元 (2005) 以線上寫作軟體來幫助學生增進英文寫作能力，而其所使用的 My Access 寫作軟體 (http://www.vantagelearning.com/school/products/ myaccess/)，不僅有教學的功用，還附有人工智慧作文評分系統，可以即時對學生的作文進行評分，並給予診斷式回饋，能增進學生的寫作能力。林偉玲 (2006) 則以 NICENET 教學平臺 (http://www.nicenet.org/) 來引導學生練習英語寫作，並透過 NICENET 來發表學生的作品、進行同儕互動與師生互動，而這些功能對於鼓勵學生練習英文寫作技巧，有相當好的效益。

此外，蘇煜棠 (2006) 利用多媒體學習系統，來讓學習者進行作文重寫與同儕互評的活動，結果發現，多數的學習者都認為多媒體學習系統能夠提升寫作能力。劉思怡 (2006) 則是讓學生在部落格上發表他們的小論文，然後由其他學生提供改寫的意見，結果發現，透過其他同學在部落格上的回應，學生最後完成的小論文與剛開始時的寫作，在內容與架構上有相當大的進步。李陳小屏 (2001) 及呂冠瑩 (2002) 則是以電子郵件作為寫作訓練之主要途徑，並從中發現，電子郵件確實可以促進學生的寫作能力，尤其當寫作情境在課堂中時，學生的寫作在內容、組織、文法、句型複雜度及總分上皆有顯著進步。

3. 寫作策略與後設認知策略：在進行外語寫作時，許多表現不佳的學生，其實有相當豐富的寫作資料，其所欠缺的是寫作策略，也就是不知道怎麼將心中的想法化成文句表達出來，故寫作策略的教學，對於學生寫作能力的輔助頗大。例如，施秀卿 (2004)、黃瓊如 (2002) 就認為寫作策略教學對於學生英語寫作能力有正面的協助效果，例如讓學生在下筆前，能運用教師所引導的寫作策略構思，並透過教師引導的寫作過程、句型的運用以及同儕作品分享，來幫助學生在寫作內容、組織、句型、用字及型式上有較佳的表現。劉淑惠 (2003)、潘永政 (2003) 則研究閱讀後先做範文摘要對於學生寫作能力的影響，結果發現，學生的寫作成績與摘要的成績呈現正相關，學生的閱讀能力及寫作能力，也因為做摘要而提升。至於王欣蓉

(2006) 則關注學生自己獨力寫作所必須具備的後設認知能力。 在其研究中，她訓練學生自己重讀、修改、監控自己的寫作歷程，並在研究中發現，後設認知英文寫作策略的訓練，加強了學生整體的作文能力，並改善學生在內容、組織、字彙、文法、標點及大小寫方面的表現。

4. 寫作會談或對話日誌：這種策略強調的是寫作者必須要考慮到閱讀者的相關條件與回應，當學生無法從讀者的角度來寫作時，他人的回應將能幫助學生的文章更有可讀性，也更能達到清晰、雙向溝通的目的。首先，教師的回應（不論是用會談或是寫日誌的方式）對於學生的寫作能力、文章內容都有幫助。舉例來說，李秋芸 (2007)、翁嘉玹 (2007)、許瑞容 (2006)、賴惠玲 (2005)、王心漪 (2003) 等人，在研究中都發現，有教師回饋的英文寫作教學模式，對於學生在字彙使用、文法改錯、文章內容、組織、連貫性、長度、寫作修正、寫作流暢度上，都有明顯的幫助，而且是相當立即的效果。由此可知，教師回應能夠幫助學生提升英語寫作能力。另一方面，楊群涓 (2007) 則認為英文低成就學生的英語寫作能力受到師生互動的影響。她認為互動式寫作教學（包括師生對談、同儕討論）可以提升學生英語學習效益以及單字、句型的應用能力。在她的研究中，楊群涓讓學生練習寫作，並請能力高的學生及教師給予回應，然後學生再依據回應修改其文章。結果發現，英語低成就學生的單字、句型應用能力有顯著的提升，高成就的學生也在過程中發現自己的能力因為幫助別人修改文章而有所提高。黃麗妙 (1996) 則以一般學生為研究對象，探討師生會談與同儕團體討論對於學生寫作能力的功效，結果發現，這些互動的討論方式也可以增進一般學生的寫作能力，讓學生文章中的內容、組織、遣詞用字及文法都有相當程度的進步。

5. 閱讀與寫作結合：擅長寫作的學生通常都有較好的閱讀能力，因為閱讀能幫助學生擁有更多觀摩寫作的經驗，以及幫助他們豐富英文寫作的資料，對於寫作是相當有幫助的，故閱讀可以說是寫作的基礎。例如，王肖齡 (2006)、成建英 (2005) 和陳素娟 (2002) 發現先閱讀相關的文章之後再寫作，有助於提升學生的英文寫作表現，學生還能在這個活動中，學到許多單字和句型，而學生的寫作不論在內容、組織、用字、拼字、句構修辭、標點符號及大小寫上都有顯著的進步，也能提升學生的閱讀理解能力。

姚素芳 (2003)、周珮瑤 (2006) 則以一些結合閱讀和寫作的活動，透過重寫文章、摘要寫作、學習檔案評量與合作學習等教學策略，引導學生由閱讀而寫作，一步一步體驗寫作的過程，學生由所閱讀的文章結構出發，進而模仿寫作並表達自己的想法，在此閱讀統合寫作的過程中，學生所閱讀的文章成為寫作時很好的範本，而閱讀則是幫助他們增進字彙運用能力的方法。楊純真 (2002) 認為寫作策略會影響學生的寫作成果，尤其是學生在寫作時需使用到的推敲策略、摘要策略與評價策略[2]，對於學生寫作成品的品質有頗大的影響。

6. 語意圖：利用語意圖，可以幫助學生組織自己的寫作結構、內容與過程，例如，莊于慧 (2006) 就發現，語意圖能夠顯示出英文作文的分層結構，幫助學生寫出結構分明的英文段落，並促進學生啟動既有的背景知識，幫助學生寫出更多想法，因此，學生的英文寫作表現在內容、結構方面都有顯著的進步。黃秋玉 (2005) 則是以故事圖解教學法來幫助高中生寫出較長的英文文章，結果發現，故事圖解教學法有助於增進高中生的英文寫作能力，不論是在內容，組織，文法，修辭等方面皆有顯著的進步。由此可知，利用語意圖來幫助學生寫作，可以使學生的寫作有明顯的架構，內容或長度也有所增加。

肆、讀者劇場在讀寫補救教學上的應用

在補救教學上，多數教師以聽說為主要的關注點，其實英語讀寫的補救教學，也是相當重要的，而其教學的方式與英語聽說的補救教學有異曲同工之妙，所以讀者劇場也相當適合於英語讀寫的補救教學。在下文中，作者將說明讀者劇場在

2　推敲策略是指推論作者的目的或意圖、猜測不認識的字的意思等策略。摘要策略是指改寫或摘錄文章重點等策略。評價策略是指讀者同不同意作者的看法，評鑑作者所寫的句子品質是否良好等策略。

識字、閱讀及寫作補救教學上的應用，更重要的是讀者劇場其實可以在一個劇本的練習中，將識字、閱讀及寫作補救教學融合在一起，減少學生所花費的時間，卻能達到分開教學有的相同效果。

一 讀者劇場在英語識字補救教學上的應用

　　讀者劇場用於識字補救教學上的主要好處，是其有重複練習的特色，讀者劇場實際上是重複閱讀的方法之一，而重複閱讀一直以來都被認為是一種能顯著提升低成就學生識字速度或文字解碼速度的教學策略 (Hapstak & Tracey, 2007; Rasinski, 2006; Therrien & Kubuina, 2006)。Samuels (1979) 根據訊息處理模式以及自動化理論，發展出他的重覆閱讀教學法，主張重複練習閱讀一小段文章內容，直到能夠流暢的閱讀，然後再進行下一段落的文章閱讀。而重複閱讀在識字教學的應用是以簡短的、有趣的句子（大約 50～200 字左右），來訓練學生重複閱讀，因為字數少、句子的重複性較高，使得學生較無學習的壓力，而且許多字在一次的練習中就出現多次，更加提升重複閱讀的有效性。教師需等到學生較熟悉某一段文章之後，才能進行下一段句子或另一篇文章，以此種方式來進行識字或閱讀教學，在教學的後期，學生花在每個句子上的時間越來越少，每段文章重複閱讀的次數也越少，而且閱讀單字的錯誤率降低許多，這代表學生對於每段句子的字彙認知自動化和理解能力有明顯進步 (Samuels, 1979)。同時，在語音記憶方面，越來越熟練的閱讀者會自動的、正確的將適當的語音和文字相配合，使得學生可以依據語音的線索，來記憶或認識單字，達到提高識字量的目的。

　　讀者劇場與重複閱讀相同，擁有重複練習這個好處，而被認為是用來發展有意義的、流暢閱讀的最佳方法 (Martinez, Roser, & Strecker, 1999)，但是讀者劇場延伸了重複閱讀的作法。例如，讀者劇場對於閱讀流暢性的要求，除了重複閱讀所要求的發音正確、速度正確之外，還需加上對於字義理解的要求。對於讀者劇場而言，所謂的閱讀流暢性包括：正確的唸讀文章、用平時溝通的速度來唸讀、用有韻律的方式來唸讀。正確的唸讀是指正確的識字並唸出聲音；用平時溝通的速度來唸讀是指識字要能自動化，並使用正常的速度來唸；而用有韻律的方式唸讀是指讀者要用有語調高低、重音、聲音長短的唸讀方式，來表達文章或文字的意思 (Hudson, Lane, & Pullen, 2005)。而讀者劇場所重視的反覆練習、有意義的斷句與旋律，以及有意義的文章脈絡，都能幫助學生將劇本中的新字詞學好，並將之作有意義的記憶，以減少學生學習英語時的記憶負荷量，進而將多餘的認知能力拿來作閱讀理解，因此，讀者劇場用於英語識字的補救教學中是相當適合的。

　　此外，重複閱讀時，學生多是自己一再的重複練習，這樣的練習若是正確的，學生的學習成果當然是會有所提升，但若是錯誤的，那麼重複閱讀不僅不能提升學習成效，還可能加深學生的錯誤概念，故研究重複閱讀的文獻（吳宜貞，2004；彭志業，2003；Hapstak & Tracey, 2007; Therrien & Kubuina, 2006）特別指出，對於程度較差、年紀較小或識字量較少的學生，在進行重複閱讀時，教師必須提供更大的閱讀輔助鷹架，例如示範、重讀一次好讓學生跟讀、與學生一起共讀、學生有錯誤時及時的加以更正或給予回饋以及對學生的學習成效，即時的給予鼓勵，如此才能避免學生過多的失敗經驗、提高其閱讀的興趣以及縮短整體教學的時間。但是，國內的英語課，一班會有 30 到 35 個學生，可是教師只有一人，無法周全的關照每個學生，因此，讀者劇場為避免錯誤練習的可能，也為了減少教師的教學負擔，於是以社會性的鷹架概念，來幫助學生學習並做正確的練習。例如，在讀者劇場的教學中，教師會先示範如何唸讀劇本、聲音表情如何呈現，來讓學生模仿與記憶，另一方面，班級學生通常會做異質的分組（大約五到六組），每個小組中都有能力較好的學生，可以提供其他小組成員幫助，像是解釋單字字義、示範語句的語調、說明口語閱讀的正確方式，教師有時也會提供視聽媒體的輔助（如故事 DVD 或是教師自己唸劇本的錄音帶等），來讓學生把劇本唸讀得更好，希望藉由鼓勵同儕合作、提供視聽設備的協助，能夠使學生的閱讀速率增加，同時增加他們辨認字彙的能力，減少識字錯誤率，也同時提高學生對於英語閱讀的理解能力，故讀者劇場可以說是辨識英文字詞的一種有效又有趣的學習方式。

　　最後，Smith 在綜合相關的文獻之後，也提出英語識字補救教學應該適度的根據學生的學習能力與學習風格做調整，而這些調整包含了配合學生的先備能力來給予適合與適量的教材、配合學生的學習風格（如專注力、訊息處理速度等）來進行教學時間的調整、依據學生的需要來調整練習次數、因應學生的優勢能力（聽覺型或是視覺型）與認知形式（擅長推理或是擅長記憶）來設計課程或選擇教材（洪儷瑜，1995）。在讀者劇場的補救教學中，教師們可以使用分級的讀者劇場劇本，來作為因應學生英語能力的方法。例如，Lois Walker 在其網站 (http://www.scriptsforschools.com/70.html) 中，就將 RT 劇本按照學生的年紀，分成幼稚園到三年級的劇本、四到五年級的劇本、六到七年級的劇本、青少年及成人的劇本等五個等級，每個等級的劇本難度、句數、句長、用字都有程度之分。鄒文莉 (2006) 則將 RT 劇本按照內容，分成字母劇本、拼讀劇本、句型劇本（其中又分成三到四年級的劇本及五到六年級的劇本）、文法劇本以及課文改寫劇本，這些劇本適合年紀較小或程度較低的學生使用，而節慶故事劇本、自然科學劇本、詩詞韻文劇本等，則較適合年齡稍大的學生使用，例如國中生。而針對學生的學習風格、先備能力、優勢能力等問題，Lois Walker 則將劇本按照課程領域、主題等標準予以分類，使有需要的教師可以依照自己的需求來加以選擇。

從上述的說明中可以知道，讀者劇場的特色能夠配合英語識字補救教學的需求，舉例來說，讀者劇場被許多學者（張尹宣，2008；陳嘉惠，2006；黃世杏，2006；楊岳龍，2006）認為是提高閱讀流暢性的主要方法，而閱讀流暢性佳，表示學生能正確的辨識所見到的字、可以正確的讀出來，並記住字形與字義，而這些識字的相關能力，對於學生英語學習成就是相當有幫助的。因此，讀者劇場被作者認為是相當適合英語識字補救教學的一種教學方法。例如，陳雅惠 (2007) 將讀者劇場應用在英語補救教學之中，希望藉由讀者劇場在英語補救教學中的實施，來增進國小英語低成就學生的英文朗讀流暢度和英文閱讀動機。其對象是五位國小五年級的英語低成就學生，研究者在課餘的英語補救教學時間，以讀者劇場的方式來進行英語補救教學，結果發現學生的朗讀流暢度（不論是唸讀的準確度或速度）均有顯著的進步；此外，不論是學生主動閱讀或是老師指定的閱讀，學生都更有自信可以讀得好，也樂於參與課堂的閱讀活動與討論，故研究者認為讀者劇場可以作為英語教師在教導英語低成就學生時的參考。劉曉玲 (2008) 也將讀者劇場與學生的字彙學習做結合，針對不同學習成就的學生進行實驗，以了解讀者劇場是否有提升學生字彙學習的功效。其對象也是國小五年級學生，研究方法是將教科書上的故事加以改寫，並讓學生經由教師示範、分組試讀、上臺展演這樣的過程，來熟練故事中的新字詞。結果顯示，讀者劇場的教學有益於國小學生英語字彙之學習，尤其是字彙學習當中的唸讀能力和拼寫能力的提升最為明顯，此外，讀者劇場教學對於學習成就中等的學生之英語單字學習成就，有最為明顯的成效。

此外，國外也有許多研究顯示讀者劇場在識字方面的功效。Griffith 和 Rasinski (2004) 以四年級閱讀低成就學生為對象，連續施行一年每學期 10 週的讀者劇場教學後，發現學生趕不上同儕的比例降低了，閱讀流暢性從每分鐘 62.4 個字，進步到每分鐘 109.8 個字，閱讀表現也從只有二年級的程度，進步到五年級的程度。Begeny 和 Silber (2006) 以四位三年級的閱讀低成就學生為對象，進行不同閱讀教學策略（包括重複閱讀、預覽文章、參考字表訓練、語句複誦與糾正）組合的補救教學，結果發現前三種教學策略整合的閱讀教學，對於提升學生的識字量最為有效，而且在兩天後的追蹤測[3]中，表現不僅比其他的策略組合好，而且比訓練結束後立即測的得分還要高。Tam、Heward 和 Heng (2006) 以單字教學及重複閱讀的概念作為閱讀困難學生介入教學的主軸，進行五位三到五年級學生的補救教學，結果發現以同一文本進行重複閱讀及單字教學的補救教學法，可以提升學生的閱讀流暢性，也減少錯誤識字的量。Homan、Klesius 和 Hite (1993) 以 26 位低於年齡閱讀表現的六年級學生為對象，將學生分成兩組，分別進行重複閱讀及有提供幫助但不重複的閱讀教學實驗，經過八週以後，學生的表現並無顯著差異，但是有提供幫助但不重複練習的這組學生，表現高於重複閱讀組的學生，所以若是教師能幫助學生進行重複閱讀的學習，學生的表現應該會比較好。而 Selvey (1989) 也在其研究中，發現重複閱讀對於提升閱讀流暢性及識字表現有相當好的成效。

讀者劇場在英語閱讀補救教學上的應用

理解是閱讀的最終目的，其基礎是文字解碼，可是閱讀理解是一種更抽象的歷程，無法直接觀察，因為它牽涉到文章、作者與讀者之間的連結。閱讀理解之所以困難，是因為學生不但要認識文章中的每一個字，還需要知道字構成句、句

3　是指在實驗過後一段時間，針對實驗內容所進行的一種測驗，目的在於證明實驗效果的保留程度。

構成篇章、聲音及語調對於語句和文章的影響，甚至加入讀者個人對於文句的不同詮釋等相關資訊，才能有最佳的閱讀理解。閱讀的能力通常不是天生的，學生需經由成人的帶領與支持，才能有所成就；閱讀理解也是，沒有人引導學生去知道文章的重點，學生的閱讀理解就會流於表面。而閱讀的情境或過程越是自然、無壓力，學生閱讀理解的程度就越佳。

作者從相關研究中發現，教師若想增進學生的閱讀流暢性與閱讀理解的話，讀者劇場是不二法門，因為在讀者劇場的活動中，閱讀是自然的發生在準備表演的脈絡中。首先，學生可以在教師的導讀中，進行初步的閱讀理解，因為故事會以圖片呈現或是教師以口述故事內容來加以表達，即使學生不完全認得所有的字，也能了解故事的意義。然後，學生自己默讀或兩人一組一起閱讀文章，以重複閱讀、適當的斷句來建立閱讀流暢性。接著，學生們會整組一起練習，並輪流擔任不同的角色，來體驗不同角色的感情、情緒、人格。重複閱讀或是合作學習的目的，在於閱讀流暢性的建立，進而利用聲音表情，來進行更深入的閱讀理解。最後，在表演給觀眾看時，學生們會利用有意義的聲音，再將劇本唸一次，聲音表情除了可以增加朗讀的學生對文章的理解，也能幫助聽讀的學生了解朗讀者對文章的詮釋。由此可見，讀者劇場可以讓學生多次的閱讀某一篇文章，並從中獲益，增加閱讀的流暢性與理解程度。

除此之外，學者 (Atterman, 1997; Senechal, Thomas, & Monker, 1995) 指出透過重複閱讀，學生可以增進對故事的理解，也是他們發展為成熟閱讀者的最有效策略，因為聽或說同樣的故事很多次，除了激發他們對文本的熟悉度，也可以激發他們對文章更深切的反應與思考，進一步促進他們的理解能力，因為隨著不斷重複而增進的閱讀流暢度，學生的閱讀理解力也會隨著增進。讀者劇場也強調閱讀的流暢性及大聲的朗誦演出，而為了演出，閱讀者經常要重複閱讀，將聲音與感情融入朗讀之中，用語言的抑揚頓挫、輕重緩急，來傳達劇本的訊息給聆聽者。故重複閱讀及流暢閱讀不但能使讀者融入文本內容，也能奠定其語文基礎，而將感情、聲音表情、語調融入劇本練習與演出，讓讀者宛如走入劇中世界，將文字從紙本跳脫出來，並模擬故事成為真實的呈現，平淡的文字成為鮮活並能觸動人心的體會，也是讀者在閱讀理解之後的表現。

國內近年來也有許多有關於讀者劇場提升學生朗讀能力的研究， 從陳嘉惠 (2006)、楊岳龍 (2006)、熊勤玉 (2005) 與張尹宣 (2008) 的研究中，可以發現讀者劇場的教學，能有效提升學生的朗讀流暢度、朗讀準確度與使用正確聲調的能力。熊勤玉 (2005)、楊佳純 (2006) 與張怡芳 (2007) 更發現，讀者劇場對於學生的英語聽、說、讀、寫各方面都有幫助。除此之外，張虹瑩 (2006)、黃世杏 (2006)、黃素娟 (2007)、雲美雪 (2007)、徐雅惠 (2008) 從其研究中也發現，英語讀者劇場提升了學生們的英語閱讀能力， 使學生更能理解所閱讀的英語文章 。 劉曉玲 (2008) 提出讀者劇場有益於國小學生英語字彙之學習。從上述這些研究中還可以發現，選擇適合的讀者劇場劇本、製作吸引學生的教具以及設計有趣的活動，是成功的讀者劇場不可或缺的要素，而讀者劇場更是一個處理國小學生英語程度差異的好方法，因為所有的學生都能參與演出，一來可以避免學生單獨演戲時的彆扭與壓力，也提供了一個開口說英語的機會。

　　總而言之，重複閱讀是學生在教學之後，得以再次接觸書本與閱讀故事內容的最好方式，經由閱讀同樣的故事很多次，學生可以熟悉文本，學得新字彙，使閱讀技巧更加流暢，理解力也隨著增進，並可以激發學生對書中故事更深切的反應。另外，經由一再的聆聽故事、思考問題，不只能讓學生分辨出之前不太了解的地方、習得語言技巧、沉浸於閱讀中，還能進一步促進學生的理解能力。讀者劇場就是經由不同的人多次的唸讀與引導，讓學生一再的接觸劇本或故事，希望藉由多次的重複閱讀與練習，幫助學生在使用句子、了解不常用字的意義、閱讀理解等方面，能更加自動化與迅速 (Fisher, 1991)。

　　讀者劇場也利用在劇本中加入適當的聲音表情來提升學生的閱讀理解能力。適當的使用韻律與語調，是指讀者能運用聲韻的特徵來閱讀，也就是能利用音量大小、音調變化以及停頓在有意義的單位之末，來表達他們對於文章意義的理解。除此之外，音韻的閱讀包括了適當的利用文章句法結構將許多個字集合為詞組或有意義的單位，而當一個人能流暢的以聲音來傳達一篇文章的意義時，就代表他能利用音韻的表達來閱讀 (Samuels, 2002)。另外，學生展演讀者劇場時，常會加入一些身體動作、面部表情，這些非語言因素的展現，也都是學生對於劇本的閱讀理解。

在 RT 的教學中，劇本因為有劇情，內容較一般的故事短及容易，又多是從學生的程度、經驗與需求去挑選的，所以學生對於閱讀及了解劇本比較不會有壓力。教師更可以利用學生已熟悉的故事、生字、具預測性和重複情節的題材 (Nigohosian, 2003) 來改編成劇本，供學生進行讀者劇場的練習，這種劇本的情節常伴隨著許多相同句子的重複練習，學生對於劇本的理解也會比較容易成功。而學生以分組方式來進行讀者劇場的練習，有不會的地方時，有人可以請教或模仿，減少學生在閱讀中一知半解的情形，如此一來，學生的閱讀理解能力，可以在劇本、教師及同學的幫助下逐步提升。

三 讀者劇場在英語寫作補救教學上的應用

寫作是聽、說、讀、寫四種能力的整合，也是語言發展最後才進行的部分（杜淑貞，1998；楊耀琦，2006），許多學者都認為在學生稍具一些英文單字及文法知識之後，就可以進行英文寫作了（林麗菊，2005；Cameron, 2007）。而英文寫作需要教導或是很多的示範，學生無法自行發展，也無法與母語寫作相提並論。早期，教師們會認為只要學生可以口述句子，就可以把句子完整、正確的寫在紙上，所以教師們常用給題目要學生寫作的方式，來教英文寫作，結果成效不佳。近幾年來，教師們了解到學生的英文寫作需要示範、引導才能完成，可是學者們提出來的寫作教學法，對於以英語為外語的寫作者而言，仍有許多的困難存在。其實，英文寫作需從建立單字量與單字熟悉度開始，因為學生沒有基本的識字量，是無法進行寫作的。此外，學生還必須知道寫作的方法及規則，才有可能將自己的口頭語言，以文字寫成書面語言，還必須符合文法規則，這樣才能達到溝通的目的。最後，學生還必須知道一些寫作方面的技巧。例如，寫作時作者心中要有一個對話的對象，因應這個對象的不同，寫作者的文章重點、架構、說詞等等都會相當不同，以使溝通的目的達成。因為這樣複雜的寫作知識系統，所以教師在引導學生寫作時，需要分步驟來進行。例如，先從簡單的句子開始，然後再教寫一段文字，慢慢才是完整的、可以傳達學生想法的文章。在英文寫作上，因為寫作的限制會更多，因此，許多教師會利用一些逐步漸進的方式來教學生寫作，而這些方法有單字或單詞填空、重組句子、增加簡單句、增加前言或結果、改寫結局，一直到整個文章的創作（徐雅惠，2008）。從這些教學活動中，學生可以增加字彙量、知道基本英文句子的結構，一直到創作一篇可以表情達意的文章。而這些引導活動也被許多教師融入讀者劇場的教學當中，用來進行學生劇本的改寫或創作，並且被證實對於學生的英文寫作能力確實有不錯的成效(徐雅惠，2008)。

在讀者劇場的學習中，學生可以先經由教師改寫或改編的劇本，來熟悉單字、文法與句型的相關知識，因為教師所編的 RT 劇本，通常都有可預測的內容及重複的句型，學生從不斷的練習閱讀當中，熟悉了文法結構，進而知道如何運用文法，來構成有意義的句子（徐雅惠，2008）。接著，在學生進行 RT 劇本的編寫之前，教師應該提供學生改寫過的 RT 劇本的範本，或是教師先示範如何改寫劇本，然後再讓學生參考教師的劇本，進行學生小組的劇本改寫。而在實際進行 RT 劇本寫作的過程中，學生可以經由一些簡單的活動來練習 RT 劇本的創作，例如先從簡單的單詞置換開始，再進入句子的書寫，然後進行改寫句子或重組句子等的練習；接著，教師可以讓學生進行學生小組的合作寫作，因為一個人的創作，容易讓學生因為沒有資料或概念，而無法寫好並產生焦慮感；最後才是學生個人的獨立寫作。在這樣的一個過程中，教師需要考慮學生的英語能力與其對於寫劇本的熟練程度，在剛開始進行劇本改寫或是學生能力較不好時，教師可以給他們謄寫句子、置換某些名詞的簡單工作，讓他們有能力、有時間去熟悉基礎寫作，然後針對能力較好或是比較有經驗的學生，RT 劇本的改寫是要求他們加入自己的想法，實際運用句型、文法和單字，來合作或獨自編寫劇本。

經由這樣的寫作教學與練習的過程，學生可以學到寫作的相關知識與技巧，並讓學生在沒有壓力的情形下，學會英文寫作。更重要的是，這樣的寫作訓練結合了英語識字、閱讀與寫作三大基本能力，當學生學習閱讀教師所提供的劇本或是改寫後的範本時，因為劇本內容多是重複的句型與可以預測的內容，學生在過程中，可以多次見到相同的單字並記憶它，這可以增加學生的識字量。而在學生嘗試置換單詞或是添加句子時，他們必須先了解劇本中各個句子的意義；此時，學生會不斷的閱讀、唸讀，嘗試以各種方式來了解劇本，學生的閱讀能力則可以因此而得到增強，閱讀理解的程度也可以得到提升，更重要的是，學生原本不是很熟悉或注意的英文，也會變得容易了解。最後，在練習寫作過程中，雖然只是簡單的單字、句型的運用，但是學生在過程中，經由請教別人、查閱字典、和同學討論，而了解到英文單字的使用、文法規則，甚至英文的相關知識，這不只對學生未來的獨立寫作有幫助，也能讓學生經由仔細的閱讀、慎用單字與句型、了解寫作的過程，而使得自己的四種基本英語能力得到提升。

　　更重要的是，當學生自己進行劇本的改寫或創作時，學生是自己學習的主人，他們可以依自己的意見來選擇學習的材料。舉例來說，學生可以選擇自己已經會唸的單字、句子，來作為創作劇本對話的基礎，不必受限於別人所寫出的、較困難的句子。學生也可以試著使用一些在他們能力之上，但是他們能夠掌握的單字或句子，來作為劇本的內容。在此過程中，學習的內容為學生所掌握，學生不僅知道劇本中每個字句的意義、會適當的使用英語，還可以了解自己的能力到底在哪裡。再者，當學生試著改寫劇本時，他們會選用自己認識的單字、句子，來進行劇本的改寫工作，或是排除他們不會的字句，或是用他們覺得適合劇本意義的句子，來替換一些他們覺得不是很適合的句子。從這樣的過程中，學生不僅學到了寫作的基本技能，而且還提升了自己對於課文的理解，而教師也可以藉由這些方式，同時培養學生的語言能力與批判思考力，也發現他們對於劇本相關主題的經驗。因此，學生劇本的改寫或創作，不僅只是寫作而已，還牽涉到學生對課文或是故事的理解、批判，也代表學生有自己的思想，對於不恰當的文章，有拒絕或是修改的勇氣，間接的鼓勵學生掌握自己的學習主權。

　　本章從了解學生在識字、讀寫等方面的問題著手，經由其他研究的討論與發現，找到適合英語識字、讀寫補救教學的相關策略，並以讀者劇場為主要的關注點，提出以讀者劇場來融入英語讀寫補救教學的可行性及方法，期盼這樣的教學，可以提升學生在英語識字、讀寫等方面的學習效果。

王心漪 (2003)。師生英文對話日記對臺灣高中生英文寫作之影響。臺灣師範大學英語研究所未出版碩士論文。

王肖齡 (2006)。國小英文小書之閱讀及寫作教學研究。高雄師範大學英語學系未出版碩士論文。

王欣蓉 (2006)。後設認知英文寫作訓練對南臺灣高中學生英文寫作效益之個案研究。高雄師範大學英語學系未出版碩士論文。

王明潭 (2007)。運用相互教學法融入動畫設計對國小五年級學生英語閱讀理解及動機之研究。屏東教育大學教育科技研究所未出版碩士論文。

王信偉 (2005)。電子辭典與傳統字典對大學英語系學生閱讀理解與非刻意字彙習得之比較。高雄師範大學英語學系未出版碩士論文。

王黃隆 (2003)。電腦輔助教學對國中英語低成就學生實施補救教學之效益研究。高雄師範大學教育學系未出版之碩士論文。

王萬清 (1993)。國語文教學設計的理論基礎。載於國小作文寫字教學學術研討會論文集（13–57 頁）。國立臺南師範學院語文教育學系主編。

王靜儀 (2004)。交互教學法增進國中生英文閱讀能力及後設認知之效應。中山大學教育研究所未出版碩士論文。

王瓊珠 (2004)。故事結構教學與分享閱讀。臺北市：心理。

左婉薇 (2001)。同儕評論方式在英文寫作上的效益。高雄師範大學英語學系未出版碩士論文。

江怡萱 (2005)。雙碼理論應用於多媒體輔助英語生字與閱讀理解成效之研究。臺灣海洋大學教育研究所未出版碩士論文。

成建英 (2005)。運用任務導向的閱讀寫作教學法培養國中生英語讀寫能力之個案研究。成功大學外國語文學系未出版碩士論文。

朱惠美 (2002)。EFL 初學者解碼能力與讀字能力之相關研究。臺北市立師範學院學報，33，471–484。

讀者劇場在英語讀寫方面的補救教學

何青芳 (2004)。電腦合作學習在國小英語認字學習之研究。嘉義大學教育研究所未出版碩士論文。

吳宜貞 (2004)。重複閱讀及文章難度對五年級學生閱讀能力影響之探討。教育心理學報，35 (4)，319–336。

吳雨潔 (2006)。由看圖作文評量國小四年級學生的寫作能力。高雄師範大學教育學系未出版碩士論文。

吳岳樺 (2001)。外語教學問題與學習策略之探討。教育資料與研究，38，36–40。

吳玲姍 (2004)。音素切割訓練對臺灣國小一年級學童早期英語閱讀能力之影響。國立臺北師範學院兒童英語教育研究所未出版碩士論文。

吳美琪 (2005)。 兩種早期閱讀訓練對臺灣國小英語閱讀困難學童閱讀能力之研究。國立臺北師範學院兒童英語教育研究所未出版碩士論文。

吳美瑠 (2007)。自我調整策略發展 (SRSD) 模式對高職寫作困難學生寫作能力之分析研究。臺南大學特殊教育學系碩士班未出版碩士論文。

李秋芸 (2007)。在英文為外國語言之情境下教師回應對學生寫作修正之影響。交通大學英語教學研究所未出版碩士論文。

李淑芳 (2006)。不同聲韻處理能力的國中閱讀障礙學生在中、英文識字能力之研究。彰化師範大學特殊教育學系未出版碩士論文。

李陳小屏 (2001)。透過電子郵件之互動來增強英文溝通及寫作之能力。靜宜大學英國語文學系未出版碩士論文。

但昭蕙 (2006)。臺灣國小四年級學童中英文聲韻覺識與英文識字能力之研究。國立臺北教育大學兒童英語教育學系未出版碩士論文。

呂冠瑩 (2002)。英語電子郵件交換對高中生寫作之影響。清華大學外國語文學系未出版碩士論文。

呂麗淑 (2005)。語意圖對於高中生英文閱讀理解的成效研究。臺灣師範大學英語學系未出版碩士論文。

杜淑貞 (1998)。小學生文學原理與技巧。高雄市：復文。

沈添鉦 (1998)。從語言學習的原理談國小英語教學。教師之友，39 (2)，4–9。

邱上真、林素貞 (2002)。特殊教育導論：帶好班上每位學生。臺北市：心理。

邱靖雅 (2005)。運用合作評量與團體獎勵於線上寫作與合作評量系統對高中生英語寫作成效與態度之研究。國立嘉義大學國民教育研究所未出版博士論文。

林玉萍 (2006)。字詞搭配教學對臺灣高職學生英語閱讀能力發展之效益研究。高雄師範大學英語學系未出版博士論文。

林思燕 (2006)。交互教學法對臺灣國中生英文閱讀能力與後設認知之效益。政治大學英語教學碩士班未出版碩士論文。

林偉玲 (2006)。學習者對以 NICENET 練習英文寫作之看法──以朝陽應外系學生為例。朝陽科技大學應用外語研究所未出版碩士論文。

林翠玲 (2007)。分享式閱讀教學對國小一年級學童認字能力、閱讀流暢度及閱讀理解之影響。屏東教育大學教育心理與輔導學系未出版碩士論文。

林麗菊 (2005)。英語教學七堂課。臺北市：東西圖書。

周珮瑤 (2006)。運用任務導向閱讀延伸寫作教學活動培養國小英語學習者語文能力之研究。成功大學外國語文學系未出版碩士論文。

周鴻謀 (2005)。視覺教具（圖片）在國小五年級英語閱讀理解成效之研究。國立臺北教育大學兒童英語教育研究所未出版碩士論文。

邵慧綺 (2003)。視知覺能力與聲韻能力對閱讀障礙者識字學習之影響。特殊教育季刊，87，27–33。

洪金英 (1993)。文章結構的提示與主題知識對兒童說明文寫作表現的影響。政治大學教育研究所未出版碩士論文。

洪儷瑜 (1995)。學習障礙學生的教育與輔導。載於張蓓莉、廖永堃、董媛卿編，如何發現及協助特殊學生（第三版）（90–99 頁）。臺北市：國立師範大學特教中心。

胡永崇 (2002)。學習障礙學生之識字教學。屏師特殊教育，3，17–24。

胡美娥 (2007)。運用交互教學法對於提升國小五年級學生英語閱讀理解策略學習及英語閱讀態度之行動研究。國立臺北教育大學兒童英語教育學系未出版碩士論文。

施秀卿 (2004)。國中學生對英語寫作策略教學的觀感與表現之研究。中正大學外國文學所未出版碩士論文。

姚素芳 (2003)。高中英文閱讀與寫作統合教學研究。中正大學外國語文研究所未出版碩士論文。

郭玟宜 (2004)。文化背景引發跟文本難度對國中英語學習者閱讀理解的影響。國立臺北師範學院兒童英語教育研究所未出版碩士論文。

郭惠玲 (2002)。自然發音法對國中輕度智能障礙學生在英語字彙學習成效之研究。彰化師範大學特殊教育學系未出版碩士論文。

徐美玲 (2002)。運用雙人小組「有聲思考法」增加臺灣高中生英文閱讀能力以及後設認知的成效。臺灣師範大學英語研究所未出版碩士論文。

徐雅惠 (2008)。應用讀者劇場縮小國小三年級學生英語讀寫能力差距之成效及學習態度影響之研究。國立臺北教育大學兒童英語教育學系未出版碩士論文。

翁嘉孜 (2007)。高中生對話日誌寫作對英語寫作能力、反省、焦慮及動機之效益研究。高雄師範大學英語學系未出版碩士論文。

莊于慧 (2006)。語意圖在英文寫作課之應用。彰化師範大學英語學系未出版碩士論文。

張尹宣 (2008)。讀者劇場與口語流暢度的影響之行動研究——以花蓮市為例。國立臺北教育大學兒童英語教育研究所未出版碩士論文。

張立之 (2002)。三種閱讀方式對臺灣國中學生英語閱讀焦慮與閱讀理解的影響。臺灣師範大學英語研究所未出版碩士論文。

張妍婕 (2004)。字典查閱對閱讀理解及英文字彙學習之影響。臺灣師範大學英語學系未出版碩士論文。

張怡芳 (2007)。讀者劇場在小學英語課堂上的應用。靜宜大學英國語文學系未出版碩士論文。

張虹瑩 (2006)。Readers Theater 對於國小五年級學童英語閱讀理解及學習態度影響之研究。花蓮教育大學國民教育研究所未出版碩士論文。

張淑美 (2004)。生字註解對英語字彙學習與閱讀理解之影響。南台科技大學應用英語系未出版碩士論文。

張淑真 (2005)。故事基模教學對國小學童英語閱讀理解力影響之研究。國立臺北師範學院兒童英語教育研究所未出版碩士論文。

陳玉貞 (2005)。讀本語言複雜性及文化背景對臺灣大學生英文閱讀理解影響之研究。高雄師範大學英語學系未出版碩士論文。

陳正恩 (2006)。成就精緻的作文教學，師友月刊，463，78-83。

陳宏喜 (2002)。插圖對高中生英文閱讀之效益研究。雲林科技大學應用外語系未出版碩士論文。

陳明君 (2004)。同儕評量對國中生英語寫作之成效研究。中正大學外國文學所未出版碩士論文。

陳明來 (2001)。臺北市公立國中生課外閱讀行為之研究。政治大學圖書資訊學研究所未出版碩士論文。

陳宜華 (2005)。多媒體輔助對英語閱讀理解成效之探討。元智大學應用外語學系未出版碩士論文。

陳素娟 (2002)。在高中英文寫作教學搭起閱讀及寫作之虹橋。高雄師範大學英語學系未出版碩士論文。

陳清泉 (2004)。提供結構指南對於臺灣英語學習高中生的閱讀理解效益之研究。高雄師範大學英語學系未出版碩士論文。

陳淑琴 (1998)。語文教學的另類選擇——全語言教學觀。國教世紀，179，11-14。

陳雅惠 (2007)。讀者劇場融入國小英語低成就學童補救教學之行動研究。國立臺北教育大學兒童英語教育學系未出版碩士論文。

陳嘉惠 (2006)。英語朗讀流暢度及閱讀動機之研究：讀者劇場在國小英語課室之運用。中正大學外國語文研究所未出版碩士論文。

許芝瑜 (2006)。英語童書朗讀對國小四年級學生認字、閱讀理解及學習態度的影響。國立臺北教育大學兒童英語教育學系未出版碩士論文。

許美雪 (2003)。強化式字母拼讀法教學對臺灣國小學童英語早期閱讀能力影響之研究。國立臺北師範學院兒童英語教育研究所未出版碩士論文。

許瑞容 (2006)。英文對話週記和引導式寫作對臺灣高中生英文寫作能力與寫作焦慮之影響。臺灣師範大學英語學系未出版碩士論文。

許瓊文 (2007)。圖像閱讀教學對臺灣五年級學童英語閱讀理解之影響。彰化師範大學兒童英語研究所未出版碩士論文。

讀者劇場在英語讀寫方面的補救教學

許繼德 (2002)。網路輔助教學對不同認知風格的國小學童在英語學習動機與成就之影響。屏東師範學院教育科技研究所未出版碩士論文。

盛敬元 (2006)。在不同時間內放映影片對高中學生英文閱讀態度及理解之比較性研究。高雄師範大學英語學系未出版碩士論文。

黃世杏 (2006)。讀者劇場對國小學生口語流暢度及學習動機之研究。國立臺北教育大學兒童英語教育研究所未出版碩士論文。

黃秋玉 (2005)。故事圖解法對臺灣高中生英文看圖寫作之影響。臺灣師範大學英語學系未出版碩士論文。

黃秋燕 (2004)。思者為王：運用小組策略閱讀之探究式教學法對臺灣高中生進行英語閱讀教學的成效。臺灣師範大學英語研究所未出版碩士論文。

黃政嘉 (2005)。同步鷹架輔助學習在科技英文協同寫作上之應用。中華大學資訊管理學系未出版碩士論文。

黃素娟 (2007)。啟開閱讀之窗：青少年文學讀者劇場閱讀計畫在國中英語教學上的應用。高雄師範大學英語學系未出版碩士論文。

黃淑君 (2003)。國小學生聽覺理解能力與閱讀理解能力之相關研究。臺中師範學院教育測驗統計研究所未出版碩士論文。

黃淑芬 (2002)。臺灣高中生之字彙及語法與英文閱讀理解的關係。高雄師範大學英語學系未出版碩士論文。

黃瑞琴 (1997)。幼兒讀寫萌發課程。臺北市：五南。

黃漢龍 (2001)。資訊教育環境下可行的補救教學措施探討。資訊與教育，85，94–103。

黃瓊如 (2002)。寫作前組織策略在英文作文教學效益之研究。臺灣師範大學英語研究所未出版碩士論文。

黃藍億 (2003)。概念構圖教學策略對大一學生英文閱讀理解能力之影響。慈濟大學教育研究所未出版碩士論文。

黃麗妙 (1996)。使用寫作會談與小組討論在高中英文作文教學上之個案研究。靜宜大學外國語文研究所未出版碩士論文。

彭志業 (2003)。基本字帶字教學與重複閱讀識字教學對國小學童識字成效差異之研究。新竹師範學院國民教育研究所未出版碩士論文。

雲美雪 (2007)。讀者劇場運用於偏遠小學低年級英語課程之行動研究。國立嘉義大學幼兒教育學系未出版碩士論文。

賀彩利 (2006)。任務基礎語言教學法對小學生英語識字與早期閱讀成就的影響。國立臺北教育大學兒童英語教育學系未出版碩士論文。

曾琬茹 (2007)。同儕回饋用於英文文稿寫作之研究——以臺灣大學生為例。屏東教育大學英語學系未出版碩士論文。

曾惠鈺 (2006)。國小提早寫作教學策略探究。臺南大學語文教育學系未出版碩士論文。

楊佳純 (2006)。讀者劇場在國小英語課程之實施研究。高雄師範大學英語學系未出版碩士論文。

楊岳龍 (2006)。英文朗讀流暢度之研究：讀者劇場在國小的運用。中正大學外國語文研究所未出版碩士論文。

楊純真 (2002)。閱讀與寫作指引對臺灣高中生英文寫作的影響。彰化師範大學英語學系未出版碩士論文。

楊群涓 (2007)。互動式寫作對國中高低成就學生英語學習之效益研究。高雄師範大學英語學系未出版碩士論文。

楊憲明 (1998)。閱讀障礙學生文字辨識自動化處理之分析研究。特殊教育與復健學報，6，15–37。

楊耀琦 (2006)。引導式英文寫作。臺北市：東西圖書。

鄒文莉 (2006)。教室裡的迷你劇場。臺北市：東西圖書。

鄒文莉、洪瑄 (2008)。分享閱讀搭配分級繪本在英語教學上之應用。教育研究與發展期刊，4 (2)，119–143。

葉奕君 (2005)。閱讀策略教學對國中生英文閱讀能力之成效。政治大學英語教學碩士班未出版碩士論文。

葉靖雲 (2000)。以文章寫作和造句測驗評估國小學生作文能力之效度研究。特殊教育研究學刊，18，157–172。

萬雲英 (1991)。兒童學習漢字的心理特點與教學。載於楊中芳、高尚仁主編，中國人、中國心——發展與教學篇（403–448 頁）。臺北市：遠流。

廖盈淑 (2004)。國小英語教師對初階段英語閱讀教學的信念及實施概況之研究：以臺北縣為例。淡江大學英文學系未出版碩士論文。

熊勤玉 (2005)。讀者劇場應用於國小中年級國語文課程之行動研究。臺南大學戲劇研究所未出版碩士論文。

潘永政 (2003)。閱讀與摘要範文對外語（英語）寫作的影響之研究。清華大學外國語文學系未出版碩士論文。

劉世劍 (1995)。文章寫作學：基礎理論知識部份。高雄市：麗文。

劉思怡 (2006)。部落格於大學英文寫作課之個案研究。輔仁大學語言學研究所未出版碩士論文。

劉郁芬 (2002)。臺灣高中生經由英文小說閱讀之字彙出現頻率對字彙習得的影響。高雄師範大學英語學系未出版碩士論文。

劉淑惠 (2003)。英文摘要寫作教學對臺灣高中生英文讀寫能力之影響。臺灣師範大學英語研究所未出版碩士論文。

劉曉玲 (2008)。讀者劇場對國小五年級學童英語字彙學習之研究。玄奘大學外國語文學系未出版碩士論文。

蔡宜君 (2007)。運用合作式閱讀策略教學法培養國中生英語閱讀能力之個案研究。成功大學外國語文學系未出版碩士論文。

蔡雅泰 (1995)。國小三年級創造性作文教學實施歷程與結果之分析。屏東師範學院初等教育研究所未出版碩士論文。

蔡銘津 (2002)。兒童閱讀與寫作的認知歷程及其教學涵義。論文發表於兒童語文閱讀與寫作研討會。高雄：樹德科技大學。

蔡蕙珊 (2001)。國小一年級學童寫作形式之個案研究。嘉義大學國民教育研究所未出版碩士論文。

鄭為元 (2005)。線上寫作軟體用於臺灣大專英文寫作課之研究分析——以 MyAccess 為例。高雄第一科技大學應用英語所未出版碩士論文。

鄭博真 (1996)。寫作修改教學策略對國小學生寫作修改表現、寫作修改能力、寫作品質和寫作態度之影響研究。臺南師範學院國民教育研究所未出版碩士論文。

賴志全 (2002)。字彙教學對提昇國中學生英文閱讀理解能力之研究。高雄師範大學英語學系未出版碩士論文。

賴惠玲 (2005)。使用寫作會談對增進高中生英文作文連貫性成效之探討。元智大學應用外語學系未出版碩士論文。

盧貞穎 (2003)。一年級學生音韻覺識之研究。國立臺北師範學院兒童英語教育研究所未出版碩士論文。

謝孟岑、吳亞恆、江燕鳳 (2005)。幼兒語文讀寫發展 (McGee, L. M. & Richgel, D. J. 原著)。臺北縣：華騰。

謝相如 (2005)。國小英語教師對識字技巧之了解與課堂實施之研究。國立臺北師範學院兒童英語教育研究所未出版碩士論文。

謝俊明 (2003)。閱讀障礙學生與一般學生在唸名速度上之比較研究。臺東大學教育研究所未出版碩士論文。

簡啟雯 (2004)。線上同儕回饋對大學生英文寫作之效能研究。清華大學外國語文學系未出版碩士論文。

簡麗真 (2001)。臺灣學童英語語音覺識、拼字能力及閱讀能力之發展研究。國立臺北師範學院兒童英語教育研究所未出版碩士論文。

蘇怡嘉 (2006)。中英雙語字典教學對國小學生英語識字之研究。高雄師範大學英語學系未出版碩士論文。

蘇煜棠 (2006)。應用雙重增強學習策略於線上英文寫作之研究。臺南大學科技發展與傳播研究所未出版碩士論文。

Aaron, P. G. & Joshi, R. M. (1992). Reading problems: Consultation and remediation. New York: The Guilford Press.

Adams, M. J. (1990). Beginning to read: Thinking and learning about print. Cambridge, MA: MIT Press.

Atterman, J. S. (1997). Reading strategies for beginning and proficient readers. (ERIC Document Reproduction Service No. ED 416447). Retrieved March, 23, 2009, from http://eric.ed.gov/ERICWebPortal/contentdelivery/servlet/

ERICServlet?accno=ED416447

Baumann, J. F. (1988). Reading assessment: An instructional decision-making perspective. Columbus: Merrill.

Beck, I. I., Perfetti, C. A., & McKeown, M. (1982). Effects of long-term vocabulary instruction on lexical access and reading comprehension. Journal of Educational Psychology, 71 (1), 506–521.

Begeny, J. C. & Silber, J. M. (2006). An examination of group-based treatment packages for increasing elementary-aged students' reading fluency. Psychology in the Schools, 43 (2), 183–195.

Bell, S. M., McCallum, R. S., & Cox, E. A. (2003). Toward a research-based assessment of dyslexia: Using cognitive measures to identify reading disabilities. Journal of Learning Disabilities, 36 (6), 505–516.

Berninger, V. W., Vermeulen, K., Abbott, R. D., McCutchen, D., Cotton, S., Cude, J., Dorn, S., & Sharon, T. (2003). Comparison of three approaches to supplementary reading instruction for low-achieving second-grade readers. Language, Speech, and Hearing Service in Schools, 34, 101–116.

Cagelka, P. T., & Berdine, W. H. (1995). Effective instruction for students with learning difficulties. Boston: Allyn and Bacon.

Cameron, L. (2007). Teaching languages to young learners. UK: Cambridge University Press.

Catts, H. W., & Kamhi, A. G. (1999). Language and reading disabilities. Boston: Allyn and Bacon.

Chafe, W. (1988). Punctuation and the prosody of written language. Written Communication, 5, 396–426.

Chard, D. J., & Osborn, J. (1999). Phonics and word recognition in early reading programs: Guidelines for accessibility. Learning Disabilities Research and Practice, 14, 107–117.

Cobb, T. (1999). Breadth and depth of lexical acquisition with hands-on concordancing. Computer Assisted Language Learning, 12 (4), 245–360.

Comeau, L., Cormier, P., Grandmaison, E., & Lacroix, D. (1999). A longitudinal study of phonological processing skills in children learning to read in a second language. Journal of Educational Psychology, 91 (1), 29–43.

Cunningham, P. (1990). The names test: A quick assessment of decoding ability. The Reading Teacher, 44 (2), 124–129.

Dole, J. A., Duffy, G. G., Roehler, L. R., & Pearson, P. D. (1991). Moving from the old to the new: Research on reading comprehension instruction. Review of Education Research, 61 (2), 239–264.

Ehri, L. C. (1995). Phases of development in learning to read words by sight. Journal of Research in Reading, 18, 116–125.

Ehri, L. C. (1997). Sight word learning in normal readers and dyslexics. In B. A. Blachman (Ed.), Foundations of reading acquisition and dyslexia: Implications for early intervention (pp. 163–190). Mahwah, NJ: Lawrence Erlbaum.

Elisa, P., Pekka, N., & Maria, V. (1999). Who benefits from training in linguistic awareness in the first grade, and what components show training effects. Journal of Learning Disabilities, 32 (5), 437–447.

Englert, C. S. & Hiebert, E. H. (1984). Children's developing awareness of text structures in expository materials. Journal of Educational Psychology, 76 (1), 65–74.

Fisher, B. (1991). Joyful learning: A whole language kindergarden. Portsmouth, NH: Heinemann.

Garcia, M. R., & Arias, F. V. (2000). A comparative study in motivation and learning through print-oriented and computer-oriented tests. Computer Assisted Language Learning, 13 (4/5), 457–465.

Grabe, W. & Kaplan, R. B. (1996). Theory and practice of writing. NY: Longman.

Griffith, L. W., & Rasinski, T. V. (2004). A focus on fluency: How one teacher incorporated fluency with her reading curriculum. The Reading Teacher, 58 (2), 126–137.

Gu, Y., & Johnson, R. K. (1996). Vocabulary learning strategies and language learning outcomes. Language Learning, 46 (4), 643–679.

Hapstak, J., & Tracey, D. (2007). The effects of assisted repeated reading on students of varying reading ability: A single-subject experimental research study. Reading Horizons, 47(4), 315–334.

Harris, T. L., & Hodges, R. E. (1995). The literacy dictionary: The vocabulary of reading and writing. Newark, DE: International Reading Association.

Hayes, J. R. (1996). A new framework for understanding cognition and affect in writing. In C. M. Levy and S. Ransdell (Eds.), The science of writing (pp. 1–27). Hillsdale, NJ: Lawrence Erlbaum.

Hayes, J. R. & Flower, L. S. (1986). Writing research and the writer. American Psychologist, 41 (10), 106–113.

Homan, S. P., Klesius, J. P., & Hite, C. (1993). Effects of repeated readings and nonrepetitive strategies on student's fluency and comprehension. Journal of Educational Research, 87 (2), 94–99.

Hudson, R. F., Lane, H. B., & Pullen, P. C. (2005). Reading fluency assessment and intervention: What, why, and how? The Reader Teacher, 58, 702–714.

Kameenui, E. J., & Simmons, D. C. (1990). Designing instructional strategies. Columbus, Ohio: Merrill.

Katz, L., Lundquist, E., & Shankweiler, D. (1999). Comprehension and decoding: Patterns of association in children with reading difficulties. Scientific Studies of Reading, 3 (1), 70–95.

Kojic, S. I., & Lightbown, P. M. (1999). Students' approaches to vocabulary learning and their relationship to success. The Modern Language Journal, 83, 176–192.

Kuhn, M. R. & Stahl, S. A. (2003). Fluency: A review of developmental and remedial practices. Journal of Educational Psychology, 95, 3–21.

Kuhn, M. R. & Stahl, S. A. (2004). Fluency: A review of development and remedial practice. In R. B. Ruddell & N. J. Unrau (Eds.), Theoretical models and processes of reading (pp. 412–453). Hillsdale, NJ: Lawrence Erlbaum.

Kulik, J. A., & Kulik, C. C. (1987). Review of recent literature on computer-based instruction. Contemporary Educational Psychology, 12 (3), 222–230.

Leij, A. V. D., & Daal, V. H. P. V. (1999). Automatization aspects of dyslexia: Speed limitations in word identification, sensitivity to increasing task demands, and orthographic compensation. Journal of Learning Disabilities, 32 (5), 417–429.

Linda, K. (1993). Uncovering cognitive process in reading. Paper presented at the 43rd Annual Meeting of the National Reading Conference, Charleston, SC. (ERIC Document Reproduction Service No. ED 364 842).

MacArthur, C. A., Ferretti, R. P., Okolo, C. M., & Cavalier, A. R. (2001). Technology application for students with literacy problems: A critical review. The Elementary School Journal, 101, 273–301.

Martinez, M., Roser, N., & Strecker, S. (1999). "I never thought I could be a star": A readers theatre ticket to fluency. The Reading Teacher, 52 (4), 326–334.

Meschyan, G., & Hernandez, A. (2002). Is native-language decoding skill related to second-language learning? Journal of Educational Psychology, 94, 14–23.

Nagy, W. & Herman, P. (1987). Breadth and depth of vocabulary knowledge: Implications for acquisition and instruction. In M. McKeown & M. Curtis (Eds.), The nature of vocabulary acquisition (pp. 19–35). Hillsdale, NJ: Lawrence Erlbaum.

Nation, I. S. P. (1990). Teaching and learning vocabulary. Massachusetts:

Newbury House.

Needels, M. C., & Knapp, M. S. (1994). Teaching writing to children who are underserved. Journal of Educational Psychology, 86 (3), 339–349.

Nigohosian, E. T. (2003). Meeting the challenge of diversity: Applying whole language theory in the kindergarten with ESL Korean children. (ERIC Document Reproduction Service No. ED 352 818). Retrieved March, 23, 2009, from http://eric.ed.gov/ERICWebPortal/contentdelivery/servlet/ERICS ervlet?accno=ED352818

Pennington, M. C. (1999). Computer-aided pronunciation pedagogy: Promise, limitations, directions. Computer Assisted Language Learning, 12 (5), 427–440.

Perfetti, C. A. (1992). The representation problem in reading acquisition. In P. B. Gough, L. C. Ehri, & R. Treiman (Eds.), Reading acquisition (pp. 145–174). Hillsdale, NJ: Lawrence Erlbaum.

Rasinski, T. V. (2006). Fluency: An Oft-Neglected Goal of the Reading Program. In C. Cummins (Ed.), Understanding and implementing reading first initiatives (pp. 60–71). Newark, DE: International Reading Association.

Rasinski, T. V., & Zutell, J. B. (1990). Making a place for fluency instruction in the regular reading curriculum. Reading Research and Instruction, 29, 85–91.

Samuels, S. J. (1979). The method of repeated readings. The Reading Teacher, 32, 403–408.

Samuels, S. J. (2002). Reading fluency: Its development and assessment. In A. E. Farstrup & S. J. Samuels (Eds.), What research has to say about reading instruction (pp. 166–183). Newark, DE: International Reading Association.

Schreiber, P. A. (1987). Prosody and structure in children's syntactic processing. In R. Horowitz & S. J. Samuels (Eds.), Comprehending oral and written language (pp. 243–270). New York: Academic Press.

Selvey, A. S. (1989). Effects of Repeated Reading on decoding disfluency and reading comprehension. Unpublished doctoral dissertation, The Florida State University.

Senechal, M., Thomas, E., & Monker, J. (1995). Individual differences in 4-year-old children's acquisition of vocabulary during storybook reading. Journal of Educational Psychology, 87, 218–229.

Silva, T. (1993). Toward an understanding of the distinct nature of L2 writing: The ESL research and its implications. TESOL Quarterly, 27 (4), 657–677.

Stoodt, B. D. (1989). Reading instruction (2nd ed.). New York: Harper & Row.

Talcott, J. B., Hansen, P. C., Assoku, E. L., & Stein, J. F. (2000). Visual motion sensitivity in dyslexia: Evidence for temporal and energy integration deficits. Neuropsychologia, 38 (7), 935–943.

Tam, K. Y., Heward, W. L., & Heng, M. A. (2006). A Reading Instruction Intervention Program for English-Language Learners Who Are Struggling Readers. The Journal of Special Education, 40 (2), 79–93.

Therrien, W. J., & Kubuina, R. M. (2006). Developing reading fluency with repeated reading. Intervention in School & Clinic, 41 (3), 156–160.

Tierney, R. J., & Readence, J. E. (2002). Reading strategies and practices: A compendium. MA: Pearson Education Company.

第八章　融入讀者劇場於英語補救教學的課程設計

　　綜合上面幾章的說明，讀者可以得知將讀者劇場融入英語補救教學，對於提升英語低成就學生的英語聽、說、讀、寫等能力，有以下的功用：

1. 英語識字方面：RT 用於識字補救教學上的主要思考之一，是其有重複練習的特色，RT 實際上起源於重複閱讀，是重複閱讀的方法之一，但是 RT 延伸了重複閱讀的作法。例如，RT 對於閱讀流暢性的要求，比起重複閱讀所認為的發音正確、速度正確之外，還需加上對於字義理解的要求。所以對於 RT 而言，所謂的閱讀流暢性包括：正確的唸讀文章、用平時溝通的速度來唸讀、用有韻律的方式來唸讀。正確的唸讀是指正確的識字並唸出聲音；用平時溝通的速度來唸讀是指識字要能自動化，並使用正常的速度來唸；而用有韻律的方式唸讀是指讀者運用語調高低、重音、聲音長短的唸讀方式，來表達文章或文字的意思 (Hudson, Lane & Pullen, 2005)。以 RT 來進行識字教學時，其反覆練習、有意義的斷句與韻律、連音及呼吸，都能幫助學生將劇本中的新字詞學得好，並將之作有效率的記憶，以減少學生閱讀時的認知負荷量，進而將多餘的認知能力用來理解閱讀。此外，在 RT 的教學中，教師可以多加使用具有預測性和重複情節的題材 (predictable books)，因為這樣的劇本，通常伴隨許多相同單字或句子的重複練習，一來讓學生容易熟悉教材，二來讓學生更有自信去朗讀，所以可預測及重複性較高的教材，很適合用來改寫成 RT 所需的劇本。重複性高的劇本，也可以使學生在熟悉某一個單字時，有更多的練習機會，對於識字量較少的學生，可以提升他們認識視覺文字的機會。

　　最後，重複閱讀時，學生多是自己一再的重複練習，這樣的練習若是正確的，學生的表現當然會有所進步；但若是錯誤的，那麼重複閱讀不僅不能提升成效，還可能加深學生的錯誤概念，故研究重複閱讀的文獻特別指出，對於程度較差、年紀較小或識字量較少的個案，在進行重複閱讀時，教師必須提供更大的閱讀輔助鷹架，例如示範、協助跟讀或共讀、錯誤更正以及學生成效回饋，如此才能避免學生失敗經驗過多、提高其閱讀的興趣、縮短整體教學的時間 (Rasinski, 1990)。在 RT 的教學中，教師通常會先示範如何唸讀劇本、聲音表情如何呈現，來讓學生模仿與記憶，另一方面，班級學生通常會做異質的分組（大約五到六組，每組大約五到六人），每個小組中都有能力較好的學生，可以幫助其他成員，像是單字字義的解釋、發音、語調等的示範，教師有時也會提供視聽媒體輔助（如故事 DVD 或是教師自己唸劇本的錄音帶等），來促使學生把劇本唸讀得更好，希望藉由鼓勵同儕合作、提供視聽設備的協助，能夠使學生的閱讀速率增加，同時辨認字彙的能力也增加，降低錯誤認字的頻率。

2. 英語聽與說方面：RT 在英語聽與說方面的功能，是提高學生的（口語）閱讀流暢性，而所謂的閱讀流暢性，大體上是指能夠快速、平順、不費力且有自動認字解碼技巧的發聲閱讀行為。RT 在實施的過程中，提供學生多次的反覆唸讀及聆聽英語的機會，首先是教師的帶讀，其引導方式包括了重複閱讀、伴讀、分享閱讀及支持性閱讀等策略，接著是同組學生的共同練習、自己個人的練讀等，這樣一來，即使不考慮課後的練習時間與次數，學生也能獲得超過一般課堂上課的練習時間與次數，這對於低成就學生的英語聽說能力有一定程度的幫助。再者，教師的引導對於學生的閱讀流暢性也有相當大的幫助 (Kuhn & Stahl, 2003)。在 RT 中，教師帶讀的活動提供了學生參考老師優良閱讀技巧的機會，學生可以從教師的示範中，了解文字所無法透徹表達出的語氣、感情及態度等面向，幫助學生正確掌握文章的思想、感情，這樣一種以教師的示範作為學生學習鷹架的作法，確實提高學生對於所練習文章的理解層次。更重要的是，在 RT 的練習或展演當中，抑揚頓挫的閱讀可以反映出讀者對於語句及句型的了解，學生試著用不同的朗讀方式，來詮釋不同的意義，透過音量高低、重音和語調，RT 讀者深入所讀內容，賦予角色及文字生命。而且當 RT 讀者呈現角色時，語調與韻律不僅反映學生對文本的理解，同時也能讓聽讀者來評估朗讀者對文本內容的理解 (Carrick, 2000)，進而達到溝通的目的。

3. 英語閱讀方面：重複閱讀是學生在教學之後，得以再次接觸書本與閱讀故事內容的最好方式，經由多次閱讀同樣的故事內容，學生可以熟悉文本，習得新字彙，使閱讀更加流暢，理解力也會隨著增進，並可以激發孩子對書中故事更深切的反應。另外，經由一再的聆聽故事、思考問題，不只能讓學生分辨出之前不太了解的地方、習得閱讀策略、沉浸於閱讀中，還能進一步促進學生閱讀的自動化與增加閱讀速度 (Fisher, 1991)。在 RT 的教學中，劇本因為有劇情，內容較一般的故事短及容易，又多是從學生的程度、經驗與需求去挑選的，相對於課本或故事書，學生對於閱讀及了解劇本比較不會有壓力。教師更可以利用學生已經熟悉的故事、生字、具預測性和重複情節的題材 (Nigohosian, 2003)，來改編成劇本，供學生進行 RT 的練習，學生對於劇本的理解也會比較容易成功。而學生以分組方式來進行 RT 的練習，有不懂的地方時，可以請教或模仿組員，如此一來，學生的閱讀理解能力，可以在劇本、教師及同學的幫助下逐步的提升。

4. 英語寫作方面：受限於少量的英語知識，英語低成就學生在寫作時常因語言的需要，而非內容的需要而停滯，亦即英語低成就學生會因為缺乏單字、文法、句型等相關語言知識，而使得英語寫作表現不佳。Silva (1993) 更進一步指出第二語言的寫作者，比起第一語言的寫作者，較少構思文章內容、也較少做內容的修正，寫作的流暢度與正確性，更是不如第一語言的寫作者。而英語補救教學中的低成就學生，因為寫作必備的識字、閱讀、文法等因素的缺乏，普遍來說，寫作能力都不佳。因此，RT 針對能力較低的學生，先是以簡單的故事、句型、單字，來讓學生練習聽讀，並建立學生寫作的必備能力。等到學生熟悉了劇本之後，教師可以開始讓學生嘗試著改寫劇本，學生首先試著依據已有的句型，來重製一些稍微不同的句子，此時學生的寫作，可能只是改寫數個句子而已。然後，教師可以讓學生在劇本中慢慢加入幾句學生自己的話，或是在劇本前後替換一些簡單的描述，例如角色、情景或結果的說明，此時學生的寫作可以進步到句子。最後才是讓學生自己將挑選出來的故事改編成劇本，學生以小組的方式進行討論與創作，將劇本大綱裡的角色、場景、事件等資訊撰寫成對話，成為一篇有情節起伏的劇本。此時，各個學生小組當中需包括語文能力較高與較低的學生，亦即採行語文能力混合編組，以增強合作與鷹架作用的效果，教師也應該依據學生的程度，引導他們抓住故事的綱要，進一步討論如何改編。之後，學生可以用小組討論的方式進行劇本的修飾，例如針對劇本裡的錯別字、文句不順等部分進行修正，或是增添劇情的變化，讓修正後的作品成為日後可朗讀呈現的劇本。

由上可知，讀者劇場對於英語低成就學生的補救教學相當有幫助，不只學生的學業成就得以提升，還能重建學生對於英語的學習信心。然而，讀者劇場在國內是一種相當年輕的教學方法，作者在第五章中雖然有稍微提過RT實施的方式、流程、教材等概念，但是要將讀者劇場應用在英語補救教學中，課程設計必須有其他更詳實的考量。因此，接下來的兩章內容中，作者會對如何進行融入讀者劇場的英語補救教學提出建議；而本章則會說明RT英語補救教學的課程模式與設計，包括學生來源、教學時間、教學流程、教材教法、作業設計、結果評量等。

壹、讀者劇場英語補救教學的課程模式

在臺灣，無論是國小、國中、高中職或是大學，補救教學的實施方式，大致上不超過以下三種型式：一是利用資源教室，在不增加學生就學時間、有專業教師針對該科教學的情形下，來進行補救教學。二是採行延長時間的補救教學策略，目的在讓學生上正課時和班級同儕一起上該年級的課程，所以利用課餘時間來加強學生正課時沒有學好的部分。三是正課時間抽離的方式，若是學生的學業狀況與一般同儕相差太多，即使是上課時待在教室中，也可能無法學到東西，因此為了避免學生的學習挫折，所以在其他學生上正課時，將低成就學生抽離至其他教室，由專業教師教導相同科目但內容較為簡單的教材。在下文中，作者將分別說明這三種英語補救教學的課程模式。

 資源教室模式 (Resource Room Program)

這是一種對於英語學業成績不佳的學生所提供的輔助性措施，其所依循的理論是補償式課程與加強基本能力課程的融合，本書第二章中有補償式課程與加強基本能力課程的詳細説明。所謂的補償式課程是指補救教學應在學生缺乏之處，提供更多的機會或時間，讓學生得以彌補其不足；而所謂加強基本能力的課程，指的是學生學習的內容，應以提升學生的基本學習能力為主，例如英語聽、説、讀、寫的能力，對於一些普通學生所需的創意思考、批判思考或是課內的教學目標，可以等到學生的基本能力充足之後再來增加，以避免學生混淆或是學習基本能力的時間不夠。基於這樣的觀點，英語補救教學課程通常以正課之外的時間，以延長練習時間、加強基本英語能力的課程，來提升英語低成就學生的學習成果。在資源教室模式中，學校提供專屬的教室、額外的專業師資與經過特殊設計的課程，使某些需要他人協助的學生，在大部分時間與一般學生在普通教室上課，而少部分時間（通常是空堂、彈性時間或是其他可運用的課）則被安排在資源教室，接受資源班教師的指導。因為資源教室採取小班教學，一位教師同一時間只需教導三到四位學生，比班級導師有更多的時間，所以資源班教師可以針對學生設計個別化的課程，提供不同的教材與教法，以個別或小組的教學，來彌補正規教學之不足。資源教室的專任教師，因為具有輔導學業低成就學生的專業技能，所以有責任要了解學生的學習問題，以及研究正規的課程內容，以編排簡化教材、改編教材或自編教材，進而對學生提供適合的英語補救教學。

綜合以上觀點，採用資源教室模式的補救教學，其課程為不增加每週的總上課時數，而是採取外加式、延長時間式的課程，教學進度通常由任課教師自行依照學生學習狀況來決定，教學內容則多為經過調整或簡化的、重要的課內教材。但是，資源教室模式的施行有三大缺點：一是國內資源班的設計，通常是用來教導有學習障礙的學生國語、數學、理化等主要科目，較少用於英語補救教學之上（王振德，1987；林惠玲，2009；蘇雅芬，2004），不只缺乏課程設計、教材教法的資源，教師也缺乏相關訓練，所以利用資源班來進行英語補救教學需要仔細評估。二是學生來到資源教室接受補救教學的時間，需與班級導師協商，但不論如何選擇或協商，都會佔用學生其他課程的時間，舉例來説，教師安排學生在藝術課時去加強英語，雖然英語課得以增加學習時間，卻犧牲了藝術課的學習。三是學生很容易被同儕標籤為學習能力不好的人，因為當大多數學生都在教室上課時，要到資源教室的學生卻必須離開，同儕一定會知道離開的這個學生是特殊的，所以參與資源班補救教學的學生，常常遭受同學的異樣眼光。

二 課後／課前學習輔導

這是一種因應精熟學習與練習律 (Law of Exercise) 的補救教學方法，所謂的精熟學習，指的是每個學生精熟同一份教材的時間並不一樣，但是只要教師給予個別學生他所需要的學習時間，每個學生都能精熟學習材料，而當學生有學業低成就的問題時，多是因為學生無法在其他同儕精熟同一份教材的時間內，也達到相同的程度，這些學生比起其他同儕，需要更多的學習時間將教材學會。至於練習律的觀點，指的是越多的正確或相同的練習，越能讓學生學會某樣教材，而英語補救教學可以利用原有教材再多加練習，因此，重複的練習與類似的教材是課後／課前英語補救教學的重點。換句話說，在課後／課前的英語補救教學中，教師嘗試延長學生的學習時間，例如利用早自習、午休或是第八節，將學生在正課中未能學好的教材再教一次，利用延長練習的時間及增加練習次數，來達到使學生趕上其他同儕的課程目標。所使用的教材與課內的學習材料一樣，因為補救教學的目的在於讓低成就學生也與一般學生一樣學好某些材料。在這種增加學習時數的補救教學方法中，教師會針對學生在課堂中學不會的概念、技能等來增加練習，例如，很多補救教學的教師就以相關的練習題、作業、考卷來作為補救教學教材，或是依照其內容或架構來改編，而其教學方式通常是事先複習課本中重要的、學生還不會的概念一小段時間後，先讓學生擁有正確的觀念，之後再讓學生做練習題，教師即時批改並給予學生回饋，以增加學生的信心與掌握課程的能力。

課後／課前學習輔導是目前國內常見的英語補救教學方式，其優點是能提供低成就學生更多時間熟悉與同儕一樣的教材，以便趕上進度，此外，這種補救教學方式不需要像資源教室模式一樣，要犧牲學生其他科目的學習時間；而運用重複的教材來再次教導英語低成就學生，也可以幫助他們熟練教材。但是這種英語補救教學方式，亦有著增加學生學習時數與壓力的缺點，例如利用課餘時間來進行英語補救教學，意味著學生每天或每週的學習時數要增加，這可能會讓學生犧牲休閒運動或休息的時間，也會耽誤家長接送的時間，牽涉的因素比較多；而使用相同的教材再教一次，也有可能會引起學生的排斥心理。所以較好的課後／課前英語補救教學法，應該是利用學生在校的空閒時間（例如早自修、午休等）來進行英語補救教學，然後利用稍微簡化的課內教材，來降低學生的害怕與排斥，再實施較活潑的教學方法，以達到重複又有趣的效果，這樣一來，課後／課前英語補救教學將能發揮最大的功效。

三 正課時間抽離的方式

在國內，真正將學生在上英語課時抽離出來，到其他地方讓其他教師教學生較簡單的教材，其實是相當少見的，因為這樣不只容易讓同儕對低成就學生另眼相看，接受補救教學的學生也會對自己有所懷疑。但是這樣的課程設計，卻讓學生能夠接受小組教學或是個別教學，課程、教材與教法都是量身訂作的，可以有效的運用時間於自己能力之內的學習，成效應該也會比較好。這種補救教學法擁有非常兩極的評價，使用時應該深思，這樣的課程模式通常也須經過專業人員的評估，若確定於正式課程時間抽離學生進行補救教學，低成就學生的學習成效會較佳，才能夠提出申請，而在申請後仍需提報相關會議或委員會通過，並經過家長的同意才可以進行。

另一種抽離原班的補救教學方式爭議較少。這種方式是進行全年級性的能力分組，這樣的抽離方式，是讓全年級的學生先進行能力評估，然後不分班級的進行分組，在同一時間安排相同課程，讓學生在上課時間內打破班級藩籬，進行能力小組的學習。在進行全年級性的能力分組與補救教學時，會由不同的教師負責不同能力小組的教學，而這樣的教學設計相當符合學生的需求，不只不需要增加每週上課的總時數，又能降低學生被標籤的機會，是一種相當符合個別差異與經濟效益的補救教學法。而在授課教師的安排上，對於低成就學生的班級，應該盡量分派有相關補救教學能力的教師來進行教學，這樣的安排更能幫助學生。

臺灣常見的補救教學模式：
一、資源教室模式
二、課後／課前學習輔導
三、正課時間抽離

全年級性的分組教學有其優點，可以在正課時間將學生分組進行教學，但是這樣一來，在課程安排上需要考慮很多因素，例如，同一年級在同一節課都上英語課，是否有足夠的英語教師可以安排課程？再者，因為全年級打散編組，所以學生需要更換教室上課，而讓學生跑班，常會拖延到上課時間，也容易讓學生的上課情緒產生變化。例如，要和一些不大認識的同學一起上課，對於較沒有自信的學生而言會有心理壓力。最重要的原因是，進行全年級性的分組補救教學時，授課教師有可能不是學生所熟悉的，因為學生每年或每學期都會重新分組；而這些教師能否在課前就確實了解個別學生及其需求，也會影響全年級性的分組英語補救教學成效。

■ 貳、讀者劇場的課程設計

　　雖然國內常見的英語補救教學課程模式皆有其優點與缺點，但是國內仍較多使用課後／課前補救教學方式，一來是可以讓班級英語教師或導師來教學，二來是不會剝奪學生的上課權益，他們可以正常的上其他課，在英語課的時間，也可以和同學一起參與普通課程，減少被標籤的機會。因此，在考量國內的教學現況下，下文中的 RT 英語補救教學設計，乃以課後／課前實施的模式來加以設計。接下來，作者將分別說明在 RT 英語補救教學中影響課程設計的重要因素。

一　學生來源及能力分組

　　如第一章所提到的，從常態分配圖（見圖 1–1）來看，低成就學生的能力位於相同年齡學生的 16% 以下，但是在班級中，英語成就評量多是教師自編的測驗，無法以年齡常模來計算，因此同年齡學生的 16% 這個標準並不適用。所以在一般的教學班級中，低成就學生的辨識可以採用其他的方法。在教育上，專家學者們通常以班級英語成績後 25% 的學生為低分組的學生，需要接受進一步的幫助；例如，多給一些學習時間、利用新的教學方法、需要小老師的幫助等，而這樣的分法也為一些研究者與政策所接受。舉例來說，教育部近幾年所進行的課後攜手計畫，便是以班級英語成績的後 15%（都會地區）或是後 25%（非都會地區），為需要接受補救教學的國中、小英語低成就學生。至於高中職或是大學的英語補救教學對象，通常是以入學考試英語一科的得分來加以篩選，例如低於後標（考試成績位於第 25 百分位數之考生級分）或是未通過學校的英語畢業要求（例如通過中級全民英檢)。

除此之外,因應教育優先區[1]特別關注家庭經濟或教育背景不佳的學生,在英語補救教學的對象中,也會有一般性的教育扶助對象(因其身份而需要受到扶助,而非有學習困難),包括了原住民學生;身心障礙人士子女及身心障礙學生;外籍、大陸及港澳配偶子女;低收入、中低收入家庭學生;失親、單親、隔代教養家庭子女等,這些學生因為較缺乏家庭的教育資源與支持,因此常有各種學科學習困難的問題,尤其是在英語這一科的學習上,他們的學習成就與接受過英語補習的學生相較,存在明顯差距。換句話說,英語補救教學的可能學生來源可以是英語學習成果不佳以及因為家庭環境不利、缺乏英語學習機會的英語低成就學生。

雖然這些學生都是班級中學習能力或成果較差的學生,但是彼此之間仍有個別差異,作者建議教師可以按照這些學生的能力、特質,進行異質的能力分組,或是鼓勵其他英語學習成就佳的學生留下來做小老師,讓各組中都有足以作為模仿對象的學生。通常,在異質分組時,教師要考慮需要多少個能力較好的學生,才可以幫助一個學習低成就的學生,作者建議以一組五位學生為例,應有一到兩位能力較高的學生,能力中等的學生兩位,能力較低的學生最好是一位,而在座位的安排上,應該讓低成就學生坐在能力較好的學生旁邊,以便就近給予幫助。

二 時間分配及教學流程

針對 RT 應用在一般課堂上,作者的建議是使用約 20 分鐘來規劃課程,詳細情形可見第五章的說明。但是針對英語補救教學,因為上課的時間長度、教學內容的不同,課程的規劃也不盡相同,以下針對 RT 融入英語補救教學的時間規劃與教學流程提出說明。

首先,在英語補救教學的落實方面,作者建議教師們採取課前(早自習時間)、課後(放學後的輔導課時間)增加學習時數的方式,來進行英語低成就學生的補救教學,因為這樣的設計不僅不用在上課時間抽離學生,避免可能給學生帶來的標籤效應,時間也足夠進行以 RT 為主的英語補救教學,也不易引起家長有關於

1　是指因為物質或經濟極為貧乏或不利,政府必須優先改善其狀況,才能使教育機會得以均等的地區。

學生沒有學到正課知識的疑慮。而學生英語補救教學的上課時數通常是每週上課兩次，每次 80 分鐘（國小通常是 4 點下課後，接著上到 5 點 20 分左右），排除掉學生寫回家功課的時間、中間休息時間及準備放學的時間之後，每次的實際上課時間約有 40 分鐘左右，作者便以 40 分鐘來訂定課程的規劃。除此之外，進行 RT 英語補救教學時，全班大概可以分成五到六組，每個學生小組的人數大約五到六人，人數還可以依據劇本的難易程度來加以調整，而每個劇本約需要四次的上課時間。至於這四節課的課程設計與教學安排，請參考表 8-1（鄒文莉，2006；鄒文莉，2007）。

　　此外，讀者應該可以發現，表 8-1 與表 5-1 很相似，它們的不同只是每一節課的總時數。這是因為在一般的課堂上，RT 教學屬於輔助性的課程設計，所以，每一節的進行時間約是 15 到 20 分鐘。而英語補救教學因為可以全時間的進行 RT，所以其課程時間比較長，再加上補救教學的學生英語程度較為低落，所以 RT 教學中重複閱讀及練習的時間，會比表 5-1 中的練習時間多出許多。

表 8-1　RT 劇本的教學流程與時間分配之參考範本

時間	進行的工作
課前	教師挑選繪本或適用課文，並依此創作劇本（由教師或是學生改寫）。
第一堂課	1.教師運用說故事、分享閱讀、引導閱讀、朗讀故事書等方式，帶領學生閱讀與討論文本（10 分鐘）。 2.全班逐句的劇本唸讀練習（10 分鐘）。 3.教師示範劇本唸讀，強調語氣、斷句與連音（10 分鐘）。 4.小組成員輪流唸讀劇本，教師巡迴各組給予指導與回饋（10 分鐘）。
第二堂課	1.小組成員共同為每句臺詞加入語氣（例如：傷心、生氣），並練習唸讀（10 分鐘）。 2.小組成員輪流唸讀劇本，教師巡迴各組給予指導與回饋（10 分鐘）。 3.各組學生協調分配角色（5 分鐘）。 4.小組練習劇本的輪讀（5 分鐘）。 5.學生個別練習自己分配到的角色（10 分鐘）。
第三堂課	1.小組按照分配好的角色及劇本，進行小組內的練習，教師巡迴各組，給予指導、評量與回饋（15 分鐘）。 2.小組共同討論表演時所需的其他動作或道具，然後做準備（10 分鐘）。 3.學生預演，包括如何進場、開場、表演及退場（15 分鐘）。
第四堂課	1.小組按照分配好的角色及劇本，進行表演前的練習（10~15 分鐘）。 2.小組讀者劇場呈現（20~25 分鐘）。

從表 8–1 中可以知道，RT 英語補救教學的流程，大致上與一般的 RT 教學一樣。首先，教師挑選適合的劇本、進行教師劇本的改編或寫作（劇本的選擇、改編或創作的問題，會在下一章中加以討論）。接著，教師進行文本或故事的介紹與討論，包括人物與事件，讓學生了解故事內容及句子唸讀的聲音表情。然後，教師利用放大的劇本，來進行唸讀的示範，包括單字、詞語、句子與整個劇本，幫助學生了解有意義的閱讀是什麼樣子，教師也應該提醒學生斷句的方式、標點符號的功用等，提供學生自己唸讀時的線索。接著，教師發下劇本，再次示範唸讀的方法與相關技巧，例如語氣、斷句與連音等，讓學生標示在劇本上，其目的在於加強學生對劇本內容的理解力，並提供唸讀的範例。接下來，是學生的分組輪讀，不分角色，一人一句，一來讓所有學生熟悉劇本，提高唸讀的流暢度，二來讓還不會唸的學生，有機會觀摩別人的唸讀。然後，在小組輪讀數次以後，進行文句表情的討論與決定，並標注在劇本每一句的開頭，而教師可以提供學生表 5–2 的情緒字小字典，作為 RT 練習時的參考。再者，是學生小組做角色的分配及排演，教師應注意或提醒各組角色分配的適切性，在角色分配好之後，學生依據自己分配到的角色，進行對話與聲音表情的個別練習。然後，各組可以先在組內針對劇本作排練，一來可以熟悉上臺表演的順序與表演的內容，二來可以針對角色不適合或是還沒有練習好的同學，提供調整與協助。最後，是學生練習成果的展現，因為英語補救教學的學生人數比較少，作者建議老師讓每一組學生都可以上臺表演，以提升低成就學生的學習成就感。

　　根據上面針對一個劇本預估的教學時間，作者建議一整個學期的英語補救教學可以如表 8–2 來規劃。一個學期 15 週（排除第一週、最後一週、三次月考的時間及可能無法上課的時間），每週上課兩次，每次有 40 分鐘可以進行 RT 英語補救教學，以這樣的狀況來估算整個學期的英語補救教學時間，從表 8–1 中可以發現，每兩週應可進行一個 RT 的劇本（這並不包含劇本創作，若教師有意讓學生進行劇本創作，則需再增加一至二堂的上課時間，故可以五次上課為進行一個劇本及其創作所需的時間，所以上課所需的劇本數也會減少）。再者，RT 進行前的說明與相關能力的練習也需要時間，所以也安排了教導學生相關知識及技能的課程，約有三週；故實際以 RT 融入英語補救教學的時間，約為 12 週（若學生已經有過事前訓練及說明的經驗，則前三週的教學時間，可以用來進行 RT 課程）。
最後，依據學生的年級、能力及不同劇本的難易度，將可能的課程規劃出來。

表 8-2　　RT 英語補救教學之課程規劃

年級	事前的說明與練習	讀者劇場教學
三年級	1.班級常規的教導（一節） 2.分工合作的教導（一節） 3.形成小團體和團體討論的教學（一週） 4.教學流程及上臺展演的練習（一週）	1.字母劇本（四週） 2.拼讀劇本（四週） 3.句型劇本（二週） 4.課文改寫劇本（改寫關鍵字、句為主）（二週）
四年級	1.班級常規的教導（一節） 2.分工合作的教導（一節） 3.形成小團體和團體討論的教學（一週） 4.教學流程及上臺展演的練習（一週）	1.字母劇本（二週） 2.拼讀劇本（四週） 3.句型劇本（四週） 4.課文改寫劇本（改寫關鍵字、句為主）（二週）
五年級	1.班級常規的教導（一節） 2.分工合作的教導（一節） 3.形成小團體和團體討論的教學（一週） 4.教學流程及上臺展演的練習（一週）	1.字母劇本（二週） 2.拼讀劇本（二週） 3.句型劇本（二週） 4.其他劇本：節慶故事、自然科學、詩詞韻文等（二週） 5.課文改寫劇本（四週）
六年級	1.班級常規的教導（一節） 2.分工合作的教導（一節） 3.形成小團體和團體討論的教學（一週） 4.教學流程及上臺展演的練習（一週）	1.字母劇本（二週） 2.拼讀劇本（二週） 3.句型劇本（二週） 4.其他劇本：節慶故事、自然科學、詩詞韻文等（二週） 5.課文改寫劇本或劇本創作（四週）

*關於劇本的種類與介紹，請見表 8-3

從表 8-2 中可以發現，在國小二年級的部分，作者並沒有安排 RT 英語補救教學，因為許多縣市是從國小三年級才開始教英語的。國小三年級學生的英語補救教學，考慮到學生識字量較少、須以拼讀為重點，先加強三年級學生的識字訓練，所以上課內容以字母劇本及拼讀劇本等較簡單的劇本為主。接著，等到學生較熟練字母及拼讀劇本之後，再將 RT 英語補救教學的重心，放在劇本長度較長

★ 融入讀者劇場於英語補救教學的課程設計

的句型劇本上。等學生熟悉一些句型劇本之後，可以讓學生改寫句型劇本，通常是關鍵字的置換，以訓練學生為改寫課文劇本做準備。最後，學生應進行課文改寫劇本的 RT 英語補救教學，因為英語補救教學的最終目的，在於幫助低成就學生熟悉上課內容，趕上同儕的進度，作者建議教師可以先自行改寫課文劇本來讓學生練習，等到學生有一定程度之後，再訓練學生自行閱讀課文並加以改寫（可以改寫關鍵字、替換句型、增添前言、改變結局，一直到全文改寫），以達到循序漸進、培養學生各種語言能力的目標。

國小四年級的 RT 英語補救教學的進程，大致與三年級的進程差不多，但是較多時間會擺在課文改寫劇本上。而在國小高年級（五年級與六年級）的英語補救教學上，作者將教學重點移往較能提升學生各項英語能力的課文改寫劇本及其他類型的劇本上，因為在這些劇本的練習中，學生更能學到一些使用英語的能力，而不是只有單字或簡單句型而已，再加上學生從三年級開始的英語補救教學，也有相當的成效，學生的能力已經足以進行這些課程了，所以，國小後期的英語補救教學以課文改寫劇本及一些由節慶故事、自然科學、詩詞韻文等改寫而成的劇本為主要教材。

讀者劇場雖然多被認為對於年齡較小的學生比較有幫助，但是它的某些特質也相當適合年齡較大的學生來進行。首先，讀者劇場有劇情，但卻不提供角色的說明，每個扮演此一角色的學生，都能依據自己的想像去發揮，對於喜歡新鮮、創意的高中職或大學學生，是相當有吸引力的。第二，在讀者劇場中，每個人重複唸讀的份量不多，也有一些重複出現的句子，這對於年齡較大、比較在意他人眼光的高中職及大學學生而言，是比較能夠掌握的任務；再者，讀者劇場在轉換角色之後，學生們重複讀的句子又會不同，這能讓每個學生都有機會熟悉整個劇本。此外，讀者劇場的另一個優點是可以幫助學生發展人際互動的社交合作技巧，學生藉由跟同儕一起朗讀、合作，不會覺得孤立、寂寞；許多學生也因為可以和同儕合作，而因此有高度的參與動機，劇本這種教材對學生也很有幫助，因為學生是一起朗讀文章，而非自己一個人朗讀，而且每個學生負責一個部分，對低成就學生而言，壓力也會比較小。

在國中及高中職學生的英語補救教學上，因為學生特質、課程及學業的要求，與國小打好英語基礎、喜愛英語學習的目標稍有不同，故其英語補救教學的課程設計，雖然也可以利用 RT 來進行，但是其教學時間會受到考試的要求及學生課業壓力大的影響而顯得不足，故作者建議教師可以在英語補救教學的時間中，以每次 20 分鐘左右，大約三到四次的上課時間，來完成一個 RT 劇本的練習。這時，教師的目的應放在利用 RT 來複習教過的課文，讓學生在比較有趣、容易的學習過程中，記住重要的英語單字、句子與學會閱讀理解。在這個階段的英語補救教學中，因應學生即將接受入學考試的現況，RT 英語補救教學的重點，應擺在課文改寫劇本的學習上，利用教科書上的重要句型、單字來改寫或設計成劇本，甚至是讓學生自行改寫，以培養他們寫作的能力，學生也可以將課文重點記起來。而在時間的分配上，教師可以將部分時間拿來進行 RT，而不是所有的時間都進行 RT，一來是因為學生參加入學考試，須熟記課本中的某些內容，二來是因為目前國內的國中及高中職階段的英語補救教學，都是以全班參加課後輔導的方式來進行，若整節課都進行 RT，一些教師、家長及學生可能還無法接受。

目前，在國內各大學所進行的英語補救教學，大多是抽離式或是補充式的補救教學，所謂的抽離式英語補救教學，一種是英語資源班的方式，讓學生在有空堂時，到特定地點接受英語教師的補救教學，這通常是針對課內學習或是入學考試考不好的學生。第二種是成立英語補救教學的特殊班級，通常針對的特定對象是未能通過學校或系所畢業要求的學生，例如當學生無法通過畢業要求時，學校要求這些學生參加英語強化課程，以一定數量的節數來訓練學生通過某一考試，以達到順利畢業的目標。而所謂的補充式英語補救教學，絕大多數是學校提供場地或是教材，讓學生自學，以提升學生的英語能力，舉例來說，國內許多大學都有英語學習中心或是英語補救教學的線上課程，提供學生增加英語學習能力。在這樣的情形之下，RT 英語補救教學對於大學學生的幫助，應該放在正式課程之中，例如上面所説的全年級能力分組的英語教學，在國內大一英文課的設計上，已經實行相當長的一段時間，各大學將學生按照入學成績或是入學後的英語分級測驗，將學生分成數組，不同能力的組別，以不同的教材、進度來教學，希望對不同程度的學生都有幫助。在這樣的分班或分組之下，需提振低成就學生學習英語的信心與興趣，作者建議可以利用 RT 來進行低成就學生的英語教學。至於課程設計則可以依據教師及學生的需要，安排一整節課或是半節課的時間來進行 RT 教學，因為學生不再受限於入學考試，教學重點可以擺在讓學生感興趣以及能提升學生專業知識的內容之上。至於教材部分，則可以選用一些簡單的故事劇本來教學，或是利用結合英語與專業課程的方法來編寫適合的劇本，一來可以提升大學生的英語能力，二來可以培養大學生的專業能力。RT 教學的教材，也可從相關的網路資源而來，至於這些網站資訊的介紹，讀者可以查閱第五章。

三 教材的選用與改寫

絕大多數的教師或研究者都認為，學生英語補救教學最好的教材，應該是學生課內的學習內容，也就是課本內容的重新教學，但是這些教材對學生學習心理的影響、其難易程度如何，也都是成功的英語補救教學應該要考量的因素，例如重學一次曾經學不好的教材，學生會覺得自己絕不可能成功，或是這教材本身對學生來說太過困難，再學一次不見得會有成效等。但是有學者 (Tandichova, 1995; Thames & Reeves, 1994) 認為，引起學生學習興趣的教材比充滿知識的教材更重要，因為學生有興趣的教材，可以讓學生願意花時間學習，進而學到知識。所以，英語補救教學的教材應以學生有興趣、有需要、熟悉的材料為主，但是其調整也是相當必要的，例如在邵心慧 (1998) 的研究中就發現，重新設計教材是英語補救教學成功的因素之一，而這個發現用在 RT 英語補救教學上，也是相當有效及重要的。在 RT 英語補救教學中，RT 劇本可以是教師所選用的、非課程內容的劇本，但是教師的挑選需要有標準，例如針對學生的語言能力、有好的品質、有正確的文法、是學生所喜愛的主題等，其主要考量應該是難易度適中、與課文內容相關、以教過的句子或文法為主等，這樣的標準，可以使得教師所挑出的劇本，仍有與課程內容相關的功用。

RT 劇本也可以是教師改寫的課文、故事等，詳細流程及範例請見第九章。在 RT 劇本的改寫中，教師可以利用學生上課學過但不是很熟悉的課文，來進行 RT 劇本的設計，通常教師要考量的問題在於如何利用 RT 的特性，來讓學生學會課堂中還不熟悉的教材，所以英語補救教學的教師會先挑出課文中的重要句子，也就是課程目標中學生一定要學會的句子，這些句子在整個劇本中會重複多次，也常會提供給能力較弱的學生來唸讀。當句子太長時，教師應該縮減，以使英語低成就學生能夠唸讀，也能記牢。然後，將課文改成對話形式，好讓學生可以明確的知道自己負責朗讀的部分，並能將負責的字句唸好。在 RT 英語補救教學的簡要劇本中，教師可以設計只有兩到三個學生互相輪唸的劇本，也可以設計五到六個學生的輪讀，要視英語補救教學學生的程度而定。再者，教師要檢查各個角色朗讀的分量是否平均，若是差距太大則需調整，以產生最佳的學習效果。

在低年級的英語補救教學中，作者不建議教師讓學生自行改寫劇本，因為英語低成就學生的英語程度無法勝任這個工作，英語補救教學應該重建學生的英語學習信心，而不是讓學生再次受到挫折。因此，學生自行改寫 RT 劇本，在低年級的英語補救教學中應盡可能避免。此外，用課文來改寫成 RT 劇本的目的，在讓學生有意願再次學習曾學過的教材，因為改寫劇本經過簡化、趣味化的改編之後，其內容是學生已有經驗的，不至於讓學生覺得又要多學一個新教材，再加上有聲音表情等特殊內容，不會讓學生覺得了無新意，所以教師改寫的課文 RT 劇本，相當適合作為 RT 英語補救教學的教材。但是因為 RT 融入英語補救教學需要的劇本數較多，基本上，每一課的課文都要改寫成劇本或是每四節課就需要一個新劇本，這對於進行補救教學的教師來說壓力較大。所以，作者建議教師們可以合作改寫劇本，兩到三人改寫一課，然後再將大家的劇本集合起來，讓每個教師都有教材可用，又不需要自己親自去改寫每一課。

至於教材的安排，則是考慮學生的學習能力，採取由易到難的順序，來進行課程的規劃。故在剛開始的 RT 英語補救教學中，教師們會以比較簡單的字母劇本，來帶領學生進行 RT，因為解字或識字是學生聽、說、讀、寫能力的重要基礎。然後，教師們再漸次的以發音劇本、句型劇本、教科書課文改寫的劇本、故事改編的劇本以及詩詞劇本來進行教學，不只能同時增強學生的基本英語能力，也能學到更多課本之外的知識。有關劇本類型和範例，請見表 8-3。

表 8-3　各種劇本的定義與舉例

	定義	舉例
字母劇本	以英文 26 個字母為劇本寫作的主角，目的在	Reader 1：（說字母名）a Reader 2：（說字母音）a

	讓學生認識字母，並學會字母的發音。	Reader 3：（用身體畫出大寫字型）A Reader 4：（用身體畫出小寫字型）a Reader 5：An apple Reader 6：I'm eating an apple.
拼讀劇本	以學生常犯錯的發音或是主要的發音為標準，來設計讀者劇場劇本，目的在於改正學生的發音或是學會重要的發音技巧。	以 –ad 為例： Reader 1：Mad, mad, mad. Reader 2：Dad is mad, mad, mad. Reader 3：Sad, sad, sad. Reader 4：Mom is sad, sad, sad. Reader 5：Dad is mad. Mom is sad. For Ted is bad, bad, bad. Reader 6：No more bad, bad, bad then never mad and sad.
句型劇本	以課堂上常見的句型，來設計讀者劇場劇本，目的在讓學生熟記句型並會使用句型。	以 How are you? Fine, thank you. 為例： Reader 1：How are you today? Reader 2：Fine, thanks.（微笑） Reader 1：How are you today? Reader 3：Fine. Thank you.（可用其他表情） Reader 1：How are you today? Reader 4：I'm fine. Thank you.（可用其他表情） Reader 1：How are you today? Reader 5：I'm great, thanks.（可用其他表情） Reader 6：Why do you keep asking "How are you today?"（疑惑地） Reader 1：Because I am happy today and I hope everyone feels the same. All：　　　How are you?（請觀眾一起回答，可讓觀眾挑選上面的對話回答）
課文改寫劇本	利用學生英文課本中的課文，來加以改寫成讀者劇場劇本，目的在讓學生學會或複習課本內容。	以 Let's Make a Cake 為例： Reader 1：It's winter. All：　　　It's cold.（學風吹過的聲音） Reader 2：I want to have a hot pot for supper. All：　　　Let's see what we have in the refrigerator. Reader 3：Tomatoes.（拿出實物或圖片） Reader 4：Eggs.（拿出實物或圖片） Reader 5：Vegetables.（拿出實物或圖片） Reader 6：Beef.（Moo... 學動物叫聲） Reader 1：Pork.（Oink... 學動物叫聲）

★ 融入讀者劇場於英語補救教學的課程設計

故事劇本	以一個故事來改寫成讀者劇場劇本，目的在於讓學生了解故事並有能力閱讀長一點的故事。	

Reader 2 : And tofu. （拿出實物或圖片）
All : We can make a great hot pot. Yummy!（每個人將食材或圖片放入鍋中）
Reader 2 : The hot pot looks great.
Reader 3 : We are hungry.
All : Bon Appetit!（可以舉起筷子歡呼）

以 The Mouse Wedding 為例：

Narrator : Do you know mice hold wedding ceremonies like people do? If you don't, it's about time for the story.
Reader 1 : Now, please sit back.
Reader 2 : Relax.
Reader 3 : And listen to this interesting story.
All : The mouse wedding.
Reader 4 : This story begins with Mr. Mouse,
Reader 5 : Mrs. Mouse,
Reader 6 : And their beloved daughter, Miss Mouse.
Narrator : Mr. and Mrs. Mouse lived with their daughter and they loved her very much.
Reader 1 : Mrs. Mouse found the best food for her.
Reader 2 : Mr. Mouse found the best house for her.
Reader 3 : As the days went by, Miss Mouse grew up.
Reader 4 : It's time for marriage.
All : Mr. and Mrs. Mouse decided to find her the strongest husband in the world. But who is the strongest one in the world?
Narrator : The sun should be the strongest. He is so high above the sky, so, Mr. and Mrs. Mouse went to him.
Reader 5 : Mr. Sun, are you the strongest one in the world?
Reader 6 : If you are, I would like to marry off my daughter to you.
Reader 1 : I can shine and give people warmth, but the cloud can cover me.
Reader 5 & 6 : The cloud is the strongest one in the world.
Narrator : So Mr. and Mrs. Mouse went to visit the cloud.

Reader 5 : Mr. Cloud, are you the strongest one in the world?

Reader 6 : If you are, I would like to marry off my daughter to you.

Reader 4 : I can cover the sun, but wind can blow me away.

Reader 5 & 6 : Wind is the strongest one in the world.

Narrator : So Mr. and Mrs. Mouse went to visit Wind.

Reader 5 : Mr. Wind, are you the strongest one in the world?

Reader 6 : If you are, I would like to marry off my daughter to you.

Reader 2 : I can blow the cloud away, but the wall can stop me.

Reader 5 & 6 : The wall is the strongest one in the world.

Narrator : So Mr. and Mrs. Mouse went to visit the wall.

Reader 5 : Mr. Wall, are you the strongest one in the world?

Reader 6 : If you are, I would like to marry off my daughter to you.

Reader 3 : I can stop the wind, but even the tiniest mouse can damage my body.

Reader 5 & 6 : We mice are the strongest ones in the world.

Narrator : Finally, Mr. and Mrs. Mouse went home. They married off their daughter to the strongest mouse on the third night of the Chinese New Year.

Reader 4 : They invited all the mice in the village to celebrate the wedding and Chinese New Year.

Reader 1 : Since then, people go to bed early on that day.

Reader 2 : So mice can hold a big wedding for their precious daughters.

		Reader 3 : That's the end of our story. Reader 4 : We hope you liked it. All :　　　See you.（揮手再見）
詩詞劇本	以老師們常用的兒歌韻文及童詩，加以改編成讀者劇場劇本，目的在於增加樂趣或是讓學生經由熟悉的事物，喜歡讀者劇場的教學。	以 There Was a Crooked Man 為例： Reader 1: There was a crooked man, Reader 2: There was a crooked man, 　　　　　And he walked a crooked mile, Reader 3: And he walked a crooked mile, 　　　　　He found a crooked sixpence; Reader 4: He found a crooked sixpence 　　　　　Against a crooked stile; Reader 5: Against a crooked stile; 　　　　　He bought a crooked cat, Reader 6: He bought a crooked cat, 　　　　　Which caught a crooked mouse, Reader 1: And they all lived together All:　　　In a little crooked house.

資料來源：教室裡的迷你劇場（51、63、83、137、155–158、198 頁），鄒文莉，2006，臺北市：東西圖書。

四 作業或學習單

　　當教師進行 RT 英語補救教學時，通常不會一開始就發下劇本，開始帶讀、輪讀等工作。許多教師會在課前或是剛上課時，教導學生一些劇本相關的知識、將原故事說一次給學生聽或是和學生討論故事，像是故事主角、發生的地點、發生的時間、事情的經過、故事的結果及所隱含的意義等。舉例來說，黃素娟 (2007) 就在其課程設計中，加強學生對於相關少年文學作品的先備知識，例如中美文化對於某事不同的觀點等；張虹瑩 (2007) 則是先用大書將故事讀給學生聽，然後再呈現劇本，進行 RT 教學。這樣做的目的在使學生對即將練習的故事有深入的了解，而這些了解可以幫助學生選擇聲音表情、知道如何詮釋角色，也可以讓學生對劇本有更好的理解。

　　而在 RT 的練習過程中，教師也會給學生一些作業，例如用學習單請學生將故事以圖畫表現出來，或是讓學生進行小組討論，並填寫討論記錄單等，這些都是教學過程中，教師可以用來出作業給學生的方式。例如，有些教師為了加強學生的閱讀理解，會給學生一些以 story map 為基礎的學習單（如圖 8-1），讓學生從聽劇或讀劇中，知道劇本內容的意義，也可以在學生改寫劇本時，用來幫助學生架構劇本、進行劇本的改寫（楊岳龍，2006）。此外，許多教師也會將劇本作為課後作業的一部分，除了讓學生在課堂上練習唸讀之外，許多教師會請學生在課後，持續練習劇本的唸讀，也有教師會將自己示範或是小組輪讀的聲音錄起來，讓學生可以在下課或放學後聆聽及練習，一來增加學生的學習機會，二來增加學生將重要英語句子記起來的機會。

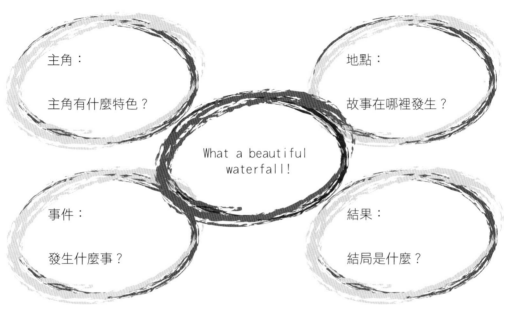

主角：

主角有什麼特色？

地點：

故事在哪裡發生？

What a beautiful
waterfall!

事件：

發生什麼事？

結果：

結局是什麼？

圖 8-1　　story map

除此之外，在 RT 教學時，也需要一些工作用的學習單，例如表 8-4 的角色分配表（以表 9-2 的 "Wow! What a beautiful waterfall!" 劇本中的角色為例，來加以設計）。在表 8-4 中，除了角色的負責人之外，還需標示出負責的小老師，以便不會唸的學生有小老師可以給予幫助，若是學生的能力夠，那就不需要分派小老師了。此外，考慮到學生練習重要句子的次數，以及不讓某些學生上臺之後沒有戲份，在 RT 劇本中，有些句子必須是全部學生一起唸，或是由兩到三位學生一起唸的，以確定每位學生都有練習及學習的機會。在下列角色分配表中，這樣的情形也應該詳加標示。

表 8–4　RT 劇本之角色分配表

角色	負責的人	要唸的句數	負責教的小老師
Narrator		3+1[2]	
Dad		5+1/2[1]+1[2]	
Mom		5+1/2[1]+1[2]	
Candy		3+1/2[1]+1[2]	
Tina		2+1/2[1]+1[2]	

1. +1/2 或是 +1/3 表示此學生有一句兩人或三人一起唸的臺詞，在劇本中以 "reader 1 & reader 2" 或是表 9–2 中的 Dad & Mom 來表示。

2. +1 表示有一句大家都要唸的臺詞，在劇本中以 "All" 來代表，可參考表 9–2。

　　教學或表演結束後，教師可跟學生討論：角色的詮釋可以多麼不同？如何將劇本或表演修改得更加精緻？而如果劇本夠短，時間又允許，教師可以就同一個劇本，進行第二次、第三次的表演，讓學生輪流擔任不同角色，並加入討論後所提出的意見，讓學生更有興趣，也讓讀者劇場的教學活動更為精緻化。此外，RT教學過後，許多教師會鼓勵學生去閱讀改編成劇本的原始故事，一來可以加深學生對於劇本及故事的了解，二來可以製造學生廣泛閱讀 (extensive reading) 之意願及興趣，提升學生識字、閱讀理解等相關的能力。

五　課中或課後評量

　　在本書第四章中，作者提出了對 RT 教學評量方式的看法與相關的表格，作者發現形成性評量較適合 RT，因為教師們需要從學生的學習過程中發現他們的問題，即時的提供協助。例如學生某個字唸不好、不能和同儕合作學習等，都需要立即的處理或示範，不能讓學生學到錯誤的觀念或是在補救教學中受到與正課中一樣的挫折。所以，RT 教學的評量要配合教學的流程進行。例如，學生自編劇本時，教師需要觀察並引導學生正確的修改方式。而劇本完成後，教師及同儕需立即進行評量，以便規劃下一個階段的練習。然後，在教師示範過後、學生的練習時間內，教師要巡視每一組，記錄每一組或是每一個學生的問題，立即提供示範或指定小老師，等到練習數次之後，教師再來評量小組及學生輪讀的成果，並針對表現較差的學生，提供個別跟教師一起練習的機會。最後，當學生進行學習成果的展演時，教師及同儕可以進行一個總結性的評量，並在評量結束之後，提供被評量的組別一些建議，讓學生小組得以改正缺點。若是可能，教師可以請每一組針對同學及教師的建議，再次修改表演的內容與方式，然後進行第二次表演，以達到表演、評量、修改、再表演的循環式教學之功效。

　　以下，作者以一個教學計畫（表 8–5）來作為本章總結。

表 8–5　　RT 英語補救教學之教學計畫

單元名稱	What a beautiful waterfall!	教材來源	Enjoy 8, Lesson 2
教學者	許美華	教學時間	4 節，共 160 分鐘
學生年級／人數	國小五年級／ 15 人	學生程度	C 級（程度低）
課程目標	1.熟悉課程內容 2.能夠正確的讀出劇本中的句子 3.能夠有感情的讀出劇本中的句子		
教具	故事圖片、story map、劇本、故事錄音帶、情緒小字典、角色分配表、上臺位置圖、評量表等		

教學目標	時間	教學過程	教具	教學評量
		準備工作： 教師先將課本 Enjoy 8 的 Lesson 2 " What a beautiful waterfall!" 改寫成劇本（方法見第九章）。		
熟悉課程內容	5 分鐘	1.教師先將課文故事圖貼在黑板上，利用中文將圖片串連，說成一個有情節的故事。	故事圖片	
	5 分鐘	2.將學生按照不同程度分成三組。		
	10 分鐘	3.教師將課文故事圖下的對話，以有感情的方式示範唸讀一次，發下 story map（如圖 8–1，每組一張），請學生討論一下，	story map、課本	小組可以完成 story map

247

融入讀者劇場於英語補救教學的課程設計

教學目標	時間	教學過程	教具	教學評量
		完成 story map，並將課文中不懂的單字圈起來。		
	10 分鐘	4.教師發下劇本，先讓學生對照一下，哪些句子是課本中有的，哪些是課本中沒有的。然後，教師示範唸讀，提醒學生聲音表情、連音等的變化，接著，教師唸一句，學生跟著唸一句，帶讀兩到三次。	劇本、課本	
能夠正確、有感情的唸讀	10 分鐘	5.學生小組內的練習（大家一起把每一句唸好），教師巡視並提供幫助。	劇本	學生可以把每一句都唸好
	5 分鐘	1.教師再示範唸讀劇本兩到三次，然後讓學生進行小組內的輪讀（一人一句，把整個劇本唸好）。	劇本	
	10 分鐘	2.學生小組討論劇本中每個句子的聲音表情，並利用情緒小字典（如表 5–2），將聲音表情寫在每句的句首括弧內。	劇本、情緒小字典	小組能選出適當的聲音表情
能夠正確、有感情的唸讀	10 分鐘	3.讓學生依據所標示的聲音表情，練習輪讀兩到三次，教師巡視、評量並提供幫助。	RT 輪讀評量表（表 4–3）	小組可以呈現適當聲音表情
	5 分鐘	4.教師發下角色分配表（如表 8–4），學生小組討論角色的分配，並寫在分配表上。	角色分配表	小組可以完成角色分配
	10 分鐘	5.依據角色分配的結果，每個小組分別練習劇本的唸讀，教師巡視並提供幫助。	劇本	小組可以完成輪讀
		6.回家作業是聽教師唸劇本的錄音帶（每人一捲）。	錄音帶	
	10 分鐘	1.學生小組再次進行小組內的劇本唸讀，每個人依據自己被分配到的角色，練習自己負責的句子。	劇本、上臺位置圖	小組可以正確、順利的完成輪讀
	10 分鐘	2.學生小組進行劇本的聲音預演，每個人負責把自己的句子唸好，讓輪讀的流程	劇本	小組可以完成組內

教學目標	時間	教學過程	教具	教學評量
能 夠 正確、有感情的唸讀		順利。接著，討論上臺的方式、順序、動作、道具等問題。		預演
	10 分鐘	3.學生預演上臺的方式、樣子，並將整個表演流程（含劇本唸讀）排練一次。然後，下臺商量、修改，再預演一次。	劇本	小組可以完成上臺預演
	10 分鐘	4.剩下的時間，每個學生依據自己被分配到的角色，練習自己負責的句子，然後整組再次練習輪讀。	劇本	學生可以把自己負責的句子練好
能 夠 正確、有感情的唸讀	10 分鐘	1.學生小組先複習組內輪讀數次，教師巡視並給予幫助。	劇本	
	5 分鐘	2.教師安排學生小組上臺展演的順序，因為只有三組，所以每一組都必須上臺。		
	5 分鐘	3.學生準備上臺，教師發下 RT 展演評量表（如表 4–4），每組都有自評表及他組評量表。	RT 展演評量表	
	10 分鐘	4.學生上臺表演，其他組及教師評量。		小組可以完成上臺表演
	10 分鐘	5.全班討論、分享學習心得及上臺感想。		學生可以說出自己的心得或感想

王振德 (1987)。我國資源教室方案實施現況及其成效評鑑。台灣師範大學教育研究所未出版博士論文。

邵心慧 (1998)。國中英語科個別化補救教學研究。高雄師範大學英語教育研究所未出版碩士論文。

林惠玲 (2009)。高雄市普通高中職身心障礙資源班實施現況與困難之研究。屏東教育大學特殊教育學系未出版碩士論文。

張虹瑩 (2007)。Readers Theater 對於國小五年級學童英語閱讀理解及學習態度影響之研究。花蓮教育大學國民教育研究所未出版碩士論文。

黃素娟 (2007)。啟開閱讀之窗：青少年文學讀者劇場閱讀計畫在國中英語教學上的應用。高雄師範大學英語學系未出版碩士論文。

鄒文莉 (2006)。教室裡的迷你劇場。臺北市：東西圖書。

鄒文莉 (2007)。讀者劇場對兒童英語閱讀之效益分析。教育研究月刊，163，100–111。

楊岳龍 (2006)。英文朗讀流暢度之研究：讀者劇場在國小的運用。中正大學外國語文研究所未出版碩士論文。

蘇雅芬 (2004)。宜蘭縣國小資源班實施現況調查研究。臺東大學教育研究所未出版碩士論文。

Carrick, L. U. (2000). The effects of Readers Theatre on fluency and comprehension in fifth grade students in regular classrooms. Unpublished doctoral dissertation, Lehigh University.

Fisher, B. (1991). Joyful learning: A whole language kindergarden. Portsmouth, N. H.: Heinemann.

Hudson, R. F., Lane, H. B., & Pullen, P. C. (2005). Reading fluency assessment and instruction: What, Why, and How? The Reading Teacher, 58 (8), 702–714.

融入讀者劇場於英語補救教學的課程設計

Kuhn, M. R., & Stahl, S. A. (2003). Fluency: A review of developmental and remedial practices. Journal of Education Psychology, 95 (1), 3–21.

Nigohosian, E. T. (2003). Meeting the challenge of diversity: Applying whole language theory in the kindergarten with ESL Korean children. (ERIC Document Reproduction Service No. ED 352 818). Retrieved March, 23, 2009, from http://eric.ed.gov/ERICWebPortal/contentdelivery/servlet/ERICS ervlet?accno=ED352818

Rasinski, T. V. (1990). Effects of repeated reading and listening-while-reading on reading fluency. Journal of Educational Research, 83 (3), 147–150.

Silva, T. (1993). Toward an understanding of the distinct nature of L2 writing: The ESL research and its implications. TESOL Quarterly, 27 (4), 657–677.

Tandichova, E. (1995). Coursebook evaluation in teacher training in Slovakia. MLT, 4, 65–147.

Thames, D. G., & Reeves, C. K. (1994). Poor readers' attitudes: Effect of using interest and trade books in an integrated language arts approach. Reading Research and Instruction, 33, 293–308.

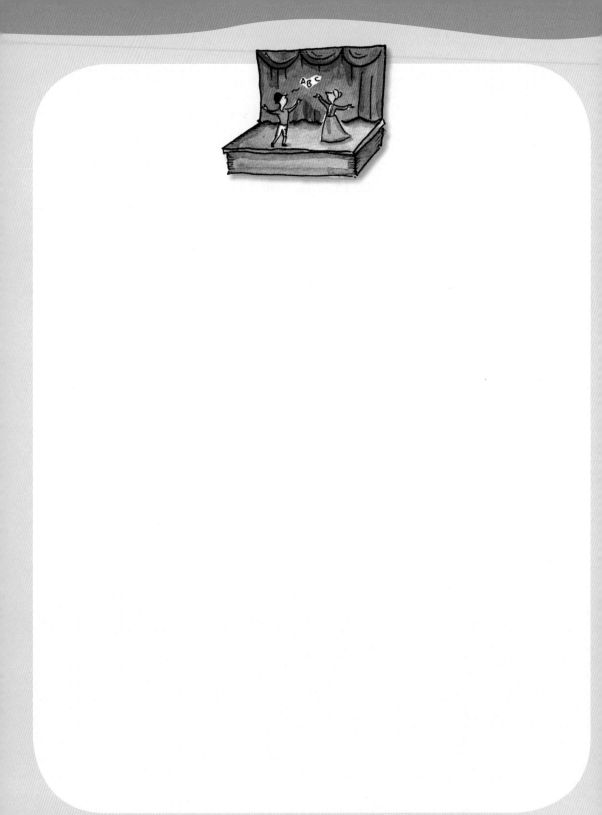

第九章　融入讀者劇場於英語補救教學的教材——劇本

在英語補救教學中，調整教材是致使英語補救教學成功的一大因素（邵心慧，1998），而根據 RT 的相關理論，不論是利用 RT 來訓練學生的聽說或是讀寫能力，RT 劇本都是教學的重要教材（鄒文莉，2005）。因為學生要閱讀劇本，了解如何用聲音來詮釋，好讓聽讀者了解劇本內容，而聽讀者則需要從唸讀者的朗讀中，了解劇本在傳達些什麼，甚至他們也可以同步閱讀劇本，來理解唸讀者對於劇本的詮釋。而當學生進一步需要練習寫作能力時，他們也可以在閱讀之後，將閱讀的文本改寫成劇本，或是將其他劇本加以改寫。因此，劇本在 RT 教學的應用是相當重要的，故 RT 劇本的挑選、改寫或創作，都是牽動英語補救教學是否成功的重要因素。

而英語補救教學的教材，可以是針對原課程內容的複習，也可以是一系列由專家學者或教學者所編寫的、適合學生程度的補充教材之改編劇本。在英語補救教學的自編教材過程中，教師及專家學者需要考慮學生的英語程度及學習狀況，才能編寫出真正適合學生的教材。許多英語教師因為授課壓力相當大，所以沒有多餘的時間編寫額外的補充教材，因此大部分的老師會從已有的教材中，去選出適合英語補救教學班級或學生的教材來用，故選用適合教材及自編補救教材，是目前臺灣英語補救教學教師最常使用的兩種教材處理的方式。英語補救教學的教師在進行 RT 融入英語補救教學時，對於劇本的處理，也多是挑選現成的 RT 劇本或是改寫現有劇本或課本。劇本改寫的工作，一般會先從教師自己改寫開始，慢慢的才轉變成學生參與改寫，然後再進步到學生自行改編或創作劇本。

本章內容將說明英語補救教學及 RT 融入英語補救教學的另一個重點，那就是有關教材的議題——如何選擇適合的補救教學教材及自編適合的教材供學生使用。在本章中，作者將以第二章中討論過的重點及相關概念，結合 RT 在英語補救教學中的應用，進一步討論其運用過程與方法。

壹、有關英語補救教學教材運用的討論

作者從有關英語補救教學的研究中發現一些英語補救教學教材所需的特色，以下將先分析這些英語補救教學教材的共通特色，讓教師在選擇或自編教材時參考。首先，姜毓玟 (2004) 以童書作為其英語補救教學的教材，搭配上英語童書閱讀教學的策略，來測試這樣的教材教法，對於國小五年級學生的英語補救教學成效如何。在姜毓玟的研究中，英語補救教學所使用的教材，是研究者依據一個中心主題所選編的英語童書教材，研究者所持的觀點是英語童書中的故事，呈現著許多簡單、有意義的口語練習活動，並隱含具有行為意義的完整片語或詞句。這樣的教材適合英語低成就學生的程度、容易學習與記憶、學生可以從故事書中了解教材的涵義，經由字句與書中圖案的對應，而學會或記得教師所教的教材內容。因為童書中的一些詞語或句子，通常都是短而完整的學習材料，因此對於英語低成就學生來說，既能學得快又能學得完整，達到較好的教學與學習效果。從這樣的觀點看來，英語補救教學的教材，需具備簡單、有意義且資訊完整等特色。

除此之外，英語補救教學的教材也應該具有某一程度的趣味性，以便吸引學生的學習興趣，以下三位研究者所採用的教材就具有這樣的特點。首先，藍正發 (2006) 以兒歌律動來融入英語補救教學，用兒歌內容作為教學的材料，利用律動結合音樂的方式，來教導學生學習英語，結果發現，學生因為兒歌律動這樣的教學方法，變得更加喜歡英語學習，而這樣的教材教法對於學生的英語字母認知能力、字母拼讀能力，以及教室用語的適應能力皆有幫助。此外，吳雅真 (2006) 以英文童謠作為英語低成就學生音素覺識、認字與拼字能力等方面的補救教學教材。研究者在教學前，先行測試選用的英語童謠是否適切，以便挑選出適合學生的教材，而這些童謠都將音素覺識及字母拼讀法等技巧或訓練自然地融入，能讓學生覺得有趣味，這使得以英文童謠來進行英語補救教學的成效極佳。最後，陳建宏 (2007) 以英語卡通影片來進行英語補救教學，在這個研究中，研究者以電影字幕及對話作為學生英語學習的材料。研究者從影片中挑出一些學生能力範圍內的句子，將之列印出來，讓學生作為學習的教材，因為卡通對於學生的吸引力很大，使得接受英語補救教學的學生，在英語字母的認知、字母拼讀的能力和英文單字與句型的能力上皆有所提升。由以上這三篇研究中可以知道，英語補救教學的教材可以相當多元，故事、童謠、影片字幕等，都能是學生學習的材料，重要的是這些材料需要經過篩選，是以學生的學習能力為基礎去挑選與改編的，這樣才能對學生的英語補救教學有所幫助。

　　RT 劇本作為教材具有上述對於英語補救教學有效的因素。首先，RT 劇本可以是童書的改寫，在學生寫作之前，學生必須能夠讀懂故事中的句子才能進行，而改寫的句子可以簡化，讓學生容易記得基本的句型；再加上教師在 RT 教學前，通常會將故事說一次，好讓學生了解故事大意，故教師能藉由 RT 劇本來提升學生的閱讀與寫作能力。再者，在 RT 劇本的展演上，教師也可以使用一些押韻的字來設計臺詞，或是將一些簡單的韻文應用在劇本的唸讀上，甚至是加入一些歌唱或舞蹈的元素，來讓學生的練習跟演出成為一個文學的饗宴。最後，RT 劇本也可以先讓學生聽故事 CD 或是看故事 DVD，讓學生對劇本內容有更深入的認識。在 RT 練習時，劇本需每人一份，每個學生都可以看著劇本唸讀，不需要背稿。故 RT 劇本與其搭配的教學方法，相當適合用來進行英語補救教學。

　　最後，作者要說明的是 RT 劇本在英語補救教學中的應用。在 RT 英語補救教學中，最主要的教材就是劇本，許多研究者（徐雅惠，2008；黃婉菁，2007；劉燕玉，2008）都認為 RT 英語補救教學所用的 RT 劇本，應該利用學生正課所讀過的課文來加以改寫，因為這些課文是學生要跟上同儕必定要學會的，而學生也有一定的熟悉度，經過改寫或簡化之後，學生應該可以學得更好，也不易有排斥學習的情形。除了英文課本中的課文以外，張虹瑩 (2007) 與楊佳純 (2006) 以文學作品來改寫成 RT 劇本，並發現利用文學作品改寫而成的劇本，對於學生的英語補救教學相當有功效。洪育芬 (2004) 則將整本故事書按照章節分成六個 RT 劇本來讓學生學習，等學生熟悉這六個相關的 RT 劇本之後，再讓學生上臺展演一齣完整的戲劇，結果發現學生自己改寫的 RT 劇本，對於學生的閱讀理解很有幫助。黃素娟 (2007) 則以兩本文學小說為基礎，來進行國中學生的 RT 英語教學，學生在過程中，需要練習朗讀、改寫劇本與上臺表演，結果發現，學生除了學得英語能力之外，青少年文學小說對學生也相當有啟發性。王瑋 (2006)、雲美雪 (2007) 則以短篇故事改寫成的 RT 劇本，來教導年紀較輕的英語低成就學生，結果發現英語低成就學生比較有能力掌握從重複性較高的英語短篇故事改寫而來的 RT 劇本，不只學起來比較有興趣，英語能力也比較有進步。

由上可知，RT 劇本的來源很多，像是課文、故事、文學小說等，其形態也相當多元，有選用的合適劇本、有教師改寫的劇本、有學生自編的劇本等。不管哪一種劇本，重要的是能讓學生的英語學習成效提升，而從研究中也發現，RT 劇本對於低成就學生的幫助，是以學生的能力基礎作為教學的起點，設計簡化過的課文 RT 劇本或故事 RT 劇本，來讓學生練習。但是其中仍含有學生必須具備的英語能力，經由有示範、有協助、有趣的學習過程，來使學生能夠學會並喜歡英語。此外，RT 劇本要能提供學生安全感，所以，RT 劇本若能採用符合學生生活經驗、家庭背景的故事來加以改寫或簡化，學生的英語學習表現將能有所增強。

RT 劇本的發展有許多方式（曾惠蘭，2004）：

1. 教師由現有的劇本中選擇，或由教師撰寫，但是教師在挑選或撰寫劇本時，須考慮下列的因素：

　　⑴教師要確認所選的書適合學生閱讀：小心的選擇閱讀的文本，盡量包含廣泛的文體，找出可以引起學生興趣的閱讀材料。

　　⑵考慮學生的年紀：對年紀較大的學生而言，與真實人生相關的故事較佳，當學生評估故事時，同時就會討論關於性別、種族、自我認同等議題，正適合處於尋求自我、有表達需求的青少年。對較年幼的學生，則可多採用動物、童話、魔幻等內容，因為這些主題是此一年齡的學生比較喜愛、比較能接受的。

2. 讓孩子選書來發展成劇本：

　　可由學生自行從自己喜歡的書中挑選一個章節作為 RT 劇本。

3. 由學生寫劇本：

　　若學生已經熟悉讀者劇場，教師可以讓學生試著自己寫劇本，讓學生將自己所讀的故事寫成簡單的劇本，經由劇本的改寫，學生可整合閱讀、寫作、思考等能力，來培養基本的讀寫能力。

■ 貳、讀者劇場劇本的選擇

在這個部分，作者將提供一些教師們挑選 RT 劇本時需要注意到的事項，好讓 RT 劇本確實能夠符合教師的需要及學生的程度，進而提升英語補救教學的成效。

選擇 RT 劇本的標準

根據許多實際施行 RT 的教師及研究者的建議（曾惠蘭，2004；楊佳純，2006；Rasinski, 1989; Shepard, 1996），教師選擇 RT 劇本時有以下標準：

1. 劇本的難度要深淺合宜、適合學生程度：剛開始進行 RT 教學時，教師要選擇較短的以及用字較簡單的劇本，長度最好不要超過兩頁（年紀較大的學生可以到三頁），以便學生可以流利的讀，讀的時候也會比較有信心。此外，RT 劇本要根據學生的需要與能力來加以挑選，太簡單的劇本沒有學習的挑戰性，當然也無法增進學生的能力，而太困難的劇本讀起來非常吃力，有時候劇本的內容無法得到學生共鳴，並讓他們產生學習挫折，因而使他們的學習興趣消退。最後，RT 劇本的選擇要適合各個年齡層、不同程度的學生，例如，給中低年級學生用的劇本，其內容應選擇簡易句型、重複句型以及趣味性高的劇本。至於高年級學生的劇本，其選擇就必須多元化，例如難易度要適中、劇情引人入勝、內容多變化等，這樣才能引發學生的學習動機。

2. 劇本的內容要新奇、有趣，足以吸引學生注意力：劇本是 RT 演出的靈魂，有好的劇本，才會有好的演出呈現。除了上面所說的要考慮學生年紀、語言能力、喜好之外，教師所挑選的 RT 劇本，本身也應該有某些特質，好讓學生喜歡它，例如有幽默性的對話、特殊的節奏、押韻、劇本內容富含想像力與創造力（像是故事結局出人意料）、角色增加或是特質改變（例如小紅帽中的大野狼突然變成好人等），都能使教師挑選出來的劇本，受到學生的喜愛。

3. 劇本的內容也應該貼近學生的生活經驗、考量學生的喜好，以激發創意：RT 劇本的挑選，要考慮學生的相關經驗，若能有融入學生平日生活的劇本，定能讓學生覺得英語學習與生活息息相關，不只學生對於劇本的詮釋會比較正確，重複練習唸讀的結果也會更好。此外，教師也可以挑選學生喜愛的電玩、卡通、故事書等材料所改寫成的劇本來讓學生練習，因為是學生喜歡的主題，所以他們會相當的專注，也可以和同儕一起分享，讓英語學習與學生的生活更貼近。

4. 一個好的 RT 劇本要包括快速移動的對話、有動作、充滿幽默感，也必須包括敘說故事的部分 (Margaret, 2004)：雖然劇本應該有重複性，但是重複太多很無趣，若是讓同一角色說很多臺詞，可是其他角色都沒有表現的機會，也會讓表演的流程慢下來，變成相當冗長又沒有趣味的表演。所以 RT 劇本應該讓對話有規則的在讀者之間移動。此外，學生在展演故事時，可以加入一些肢體動作（但是不宜太多，以免喧賓奪主），一來可以幫助聽讀者理解劇本內容，二來使得唸讀者在臺上顯得有主動性，使 RT 讀劇可以活潑起來。再者，RT 劇本的內容要可以具備學生能了解的幽默對話或矛盾有趣的衝突點，讓內容變得活潑，也增加學生詮釋語言文字的機會。最後，RT 劇本中應該包含一些說明故事背景、角色或是故事內容的旁白，一來可以讓聽讀者具有較好的閱讀理解，二來是輔助 RT 劇本更加完整，因為某些故事內容是無法純粹用對話表現出來的。

5. RT 劇本不需要太多演戲的成分，而要把重點擺在英語學習上：教師選擇劇本時要注意的是 RT 劇本的內容可以是簡單、生動的故事，有許多的對話或動作，但是不需要很多的角色、場景、服裝等演戲的成分，目的是要讓每一個 RT 參與者都有足夠的時間，也有足夠的句子數量可以發揮。而從英語學習的觀點來看，RT 劇本要有好的英語學習品質，就必須要有豐富的字彙、正確的文法、足夠的重複性、情節有起伏、富含大量的對話等，這樣的劇本才能讓學生學得快又學得好。

最後，在選擇劇本時，師生可以共同合作，也就是教師根據學生的能力，提供一份書單，然後讓學生從中選擇他們有興趣以及想要唸讀的內容來改寫，這比起全由教師決定，更能讓學生覺得有參與感，也更加了解自己的英語能力。除此之外，提供書單也可以省去讓學生在浩瀚書海中盲目摸索的時間，一來比較有效率，二來學生不會覺得挑選劇本是一件苦差事。

二　哪裡有適合的劇本可以選擇？

　　知道如何挑選劇本之後，教師們可以到哪裡去挑選劇本或是故事呢？首先，是從學生的課本中去搜尋，例如國內的國語課本常有劇場形式的課文，也許英語教師可以將之改編成短而有趣的英語劇本，而英文課本中的對話，也可以拿來組合成有趣的劇本。再者，教師可以從學校圖書館或是書店等地點，去尋找適合的書籍、故事書、教材等，而教師們在上述地點所選出的書籍，通常會需要進一步的編輯，像是改寫、刪減一些部分、增加某些句子或說明等，這些改編的工作，在本章的下一個部分會加以說明。最後，獲得 RT 劇本最容易也是最有效的方法，是利用網路資源，目前有許多 RT 教學的相關網站，蒐集或是編寫了一些劇本後，免費提供給有興趣的教師使用，教師們可以參考相關的網站。

　　以下，作者提供一些能讓老師們選擇劇本的資源（如表 9-1），其中某些書籍或網站，已在第五章中提過。

表 9-1　國內、外可供教師們挑選的 RT 劇本

類別	名稱	內容	網址
國內	讀者劇場——RT 如何教（Lois Walker 原著，李晏戎譯，臺北市：東西圖書）	2005 年出版，內含十數個劇本	書籍
	教室裡的迷你劇場（鄒文莉著，臺北市：東西圖書）	2006 年出版，包含數十個劇本並依主題加以分類	書籍
	讀者劇場——建立戲劇與學習的連線舞臺（Neill Dixon, Anne Davies, Colleen Politan 合著，張文龍譯，臺北市：成長文教基金會）	2007 年出版	書籍
	讀者劇場英語劇本創作集（高雄市政府教育局國教輔導團叢書）	由高雄市參加讀者劇場工作坊的英語教師所完成，內含許多劇本	CD 與成果彙編
國外	Aaron Shepard's Home	提供許多免費的 RT 劇	http://www.aaronshep.com/

Page	本	
Busy Teacher Café	在 Reader's Theater 的子目錄下，有許多劇本可以選擇與下載	http://www.busyteacherscafe.com/teacher_resources/literacy_pages/readers_theater.htm
FictionTeachers.com	提供許多免費的、有關短篇小說的 RT 劇本給教師下載，但內容適合年紀較大的學生	http://www.fictionteachers.com/classroomtheater/theater.html
HaveScripts.com	提供許多免費的 RT 劇本	http://www.havescripts.com/classroom.htm
PoetryTeachers.com	提供許多免費的、有關詩詞的 RT 劇本給教師下載，但內容適合年紀較大的學生	http://www.poetryteachers.com/poetrytheater/theater.html
Timeless Teacher Stuff	提供許多免費的 RT 劇本	http://www.timelessteacherstuff.com/
Reader's Theater Scripts and Plays	除了許多免費的劇本之外，還提供教師改寫劇本的技巧及學生用的改寫劇本學習單	http://www.teachingheart.net/readerstheater.htm
Science Wow Factory	提供許多免費的、有關科學的 RT 劇本給教師下載	http://gvc03c32.virtualclassroom.org/
Scripts for Schools	以 Lois Walker 的概念及劇本為主的一個網站，內有許多劇本，且按不同年級分類，但只有一些劇本是免費的	http://scriptsforschools.com/
ReadingLady.com	在 Readers Theater 的子目錄下，提供許多免費的 RT 劇本給教師使用	http://www.readinglady.com/index.php?&MMN_position=1:1
ZOOM playhouse	提供許多免費的 RT 劇本	http://pbskids.org/zoom/activities/playhouse/

■ 參、如何編寫讀者劇場的劇本

　　起源於戲劇型式的讀者劇場，擁有戲劇一樣的彈性與包容，不只表演方式可以多元（如廣播劇、聲音劇等），其劇本內容也相當多變，不只是故事，任何題材，像是詩詞、歌曲、新聞、短文、課文等，都可以拿來作為劇本。重要的是，教師們要跳出傳統劇本的框架，因為 RT 劇本的目的在於語言學習，所以長度不必太長，不太有明顯的起承轉合，對話的重複性也會比較高，臺詞通常是一個唸讀者接著另一個唸讀者說，比較不會有一個明顯的主角；也有可能出現一個情形，就是一個角色的臺詞由兩個不同的學生來說。但是無論 RT 劇本的內容、形式如何的多元，RT 都是以聲音表情來傳遞劇本內容的，所以在 RT 劇本中，聲音表情的安排十分重要，也是教師進行 RT 英語補救教學時應該多加注意的地方。至於讀者劇場劇本的設計，可以分成教師改寫與創作及學生合作改寫與創作等兩種方式，但是不論是改寫或創作，不論是教師進行還是學生進行，都需要先挑選劇本改寫的素材，而選取 RT 劇本素材的標準有：

1. 不論學生們的語言能力如何，劇本素材應該要能引起課堂中所有學生的興趣：

    舉例來說，故事、課文、卡通、電玩遊戲都可以是 RT 劇本的素材，且深受學生喜愛，但需要經過改寫才適合教學，而其改寫有一些訣竅，例如 Swanson (1988) 就曾提到，讀者劇場的劇本創作可藉由較小的變化，例如縮短或改編學生們喜愛的故事、增加新的角色、將故事背景交由旁白來說明，或是提供與平常不同的解釋等方式，來讓聽眾藉由對劇本內涵的想像與朗讀者的聲音表情，喜愛 RT 教學中的練習與聆聽。

2. 對於英語程度不同的學生，應該提供具有不同挑戰性的劇本素材：

    劇本素材的選擇要考慮到學生的程度，補救教學班級的學生，因為其學習能力較低落，所以教師可以選擇比較簡單、字比較少、重複性較高、有可預測情節的故事來加以改寫，以便給學生信心來學習英語。但是對於一般的課堂，因為學生的英語程度有明顯落差，而且每一個 RT 小組都有不同能力的學生，針對這樣的情形，教師應該挑選一般程度的學生都可以學好的素材來加以改寫，然後在劇本的設計中，讓程度較差的學生負責故事中較為簡單、重複性較高的部分，一來讓學生有比較多的聆聽及練習的機會，二來讓學生在其能力之上可以掌握，提供他們繼續學習的興趣與信心。至於那些能力較好的學生，則負責劇本中的旁白或是較長、較困難的句子，以免讓學生覺得沒有挑戰性，感到學習很乏味。

在下文中，作者將分別說明教師以及學生改寫及創作劇本的方法及流程。

一　教師改寫與創作

教師自行編寫劇本對英語補救教學來說，有一個很大的優點，那就是教師比較可以根據學生的程度、上課的內容、學生的學習問題等，來撰寫適合學生的教材，例如教師們可將現有的英語教材，利用在課文內容中加入情緒、聲效等方法，將課文或是對話改編成適合學生的 RT 劇本，而適合學生的教材更能幫助學生達到英語補救教學的目標。此外，教師自行編寫劇本，也可以增加教師編寫補充教材的能力，而這樣的能力在英語補救教學中十分重要，因為當學生無法學會教材時，教師通常需要再進一步的簡化教材，可是又不能失去學習的重點。再者，教師自行編寫的劇本，通常比較切合實際教學的需求，例如教師比較知道班上學生最近流行什麼，學生的生活經驗是什麼等，在這樣的考慮下所選出的題材較豐富，又有實際經驗做基礎，所以學生學起來比較有興趣，成果應該也會比較好。最後，教師改寫的劇本在剛進行 RT 教學或是 RT 英語補救教學時，也會比較容易成功，因為剛開始學習 RT 的學生缺乏劇本的相關概念，需要一些時間熟悉與學習，而英語低成就學生的能力，可能根本就無法進行劇本寫作，若是教師在不恰當的時間、不恰當的準備下，要求學生進行 RT 劇本的編寫，學生會有很大的學習壓力，更可能因此遭受挫折，而放棄英語學習，故教師改寫 RT 劇本，仍是多數英語補救教學教師選用的方法。

就如同編寫補救教學的教材一樣，當教師要將選好的課文或故事改寫成為 RT 劇本時，有四種相當有效的方法，分別是：1.刪除一些與理解整個故事無關的角色、動作、臺詞等，以便劇本更加容易了解與表演。 2.在原來的故事架構中增加一些新元素，例如旁白、聲音表情、動作或是臺詞，使得劇本的內容更加豐富，表演起來也更具流暢性。 3.改變原有故事的焦點、事件的順序或結局等，這樣做的目的，除了增加劇本的趣味性之外，有時是為了劇本的邏輯性。 4.擷取整個故事或課文當中，最有益於學生學習的部分，來作為 RT 劇本改寫的主要來源，通常教師會選擇適合學生程度、較具重複性、情節張力較大的部分，來進行 RT 劇本的編寫，而這樣的作法可以讓學生更容易了解所學內容的重點。故教師編寫劇本時應該注意的事項有以下五點：

1. 邏輯性：劇本的內容及安排應該有邏輯性，也需根據課文內容作通盤的計畫，例如事件發生的順序、何時該教哪個節日的 RT 劇本、哪一種人該用哪一種語調說話、這句話該給哪個角色負責等，都是教師編寫劇本時應該注意的事情，而有邏輯順序的劇本，可以幫助學生理解劇本內容，也比較容易記得學過的東西。此外，劇本的難易度也應該按邏輯順序來排列，例如對於年紀較小或是剛開始學習 RT 的學生，劇本可以用很簡單的方式來呈現，從每個人負責一個音、一個字到一句話，而劇本中的句子多以第一人稱、簡單句、現在式來寫作，而且一句話中通常僅含有一項資訊，使劇本能夠簡單易懂。

2. 教育性：RT 英語補救教學的目的，在於讓學生趕上一般同儕的學習進度，其教學的目標主要擺在提升學生的基本能力，直到這些學生可以獨立學習為止。所以 RT 劇本的內容、教學的方式，都應以此目標為主。此外，RT 劇本也要注意不能出現錯誤的學習，例如錯誤的概念、不正確的文法、用法等，因為學得的錯誤觀念得用學得它一倍以上的時間來加以改正。

3. 趣味性：教師在編寫 RT 劇本時，應考慮將幽默感也融入劇本中。找一本富含幽默性的故事書，就可以達成這個目標了。除此之外，教師也可以在編寫劇本時，將矛盾的聲音表情放在一些句子上，例如在應該高興的句子中，加入生氣或悲傷的聲音表情，以加強故事的趣味性。而教師也可以在劇本中，加入一些

教師編寫RT劇本時應注意：
一、邏輯性
二、教育性
三、趣味性
四、表演形式
五、可用性

引起學生興趣的元素，例如以班上學生或大家耳熟能詳的名人作為主角名、將某個學生的招牌動作或口頭禪作為劇本的一部分等，都可以讓學生覺得很有趣，並能在放鬆、有趣的情境中學英語。

4. 表演形式：RT 劇本在編寫之前，應考慮要用何種方式來呈現此一劇本，如此一來，寫出來的語句和表演形式才能互相搭配，不會顯得突兀。例如若想將 RT 劇本做成廣播劇，學生的聲音表情變得很重要，因為演出時，聽讀者不會看到朗讀者，不能從朗讀者所提供的其他線索，來理解所閱聽到的劇本。若是要把 RT 劇本做成新聞報導，那麼就應該要注意新聞記者的說話方式、態度、表情、專有名詞等，以免不像新聞報導。所以表演形式及類別會影響 RT 劇本的寫作，需要在教師寫作之前就確定。

5. 可用性：RT 劇本要能適合能力較低落的學生，必須進行某些部分的改變，首先，教師改寫劇本時，應將課文中的語句依照主題，改成流利、正確且富感情的自然口語對話，而為了使劇本的教學及展演得以順暢、流利，教師可以刪去課文中不重要的說明，以免干擾學生理解整個劇本，但是同時教師也應該將課文中最富關鍵性的對話予以保留，因為這些句子是學生熟讀某一課文必定要熟悉的內容。在 RT 劇本的改寫中，每一齣劇本的角色安排不宜過多，通常，五到六人是常見的人數規劃，當教師在改寫劇本時，對話應該簡短清楚，並盡量力求每個角色負責的句子總數均衡一些。一個經過妥善規劃、時間在三到五分鐘內、對話簡短有力又具重要性的劇本，對於英語補救教學的幫助將是最大的。

最後，教師編寫劇本的過程可以細分成六個步驟，分別說明如下：

1. 選擇一個內含許多對話的短篇故事、課文、歌曲或其他語言素材：教師在選擇即將用來改寫成 RT 劇本的素材時，要考慮到故事的難易度適合學生、內容是否與學生的生活經驗相關、可否引起學生的學習興趣、故事本身不會太長或太難、故事的內容及情節生動有趣、對話容易表現出角色的情緒或特點、是否可以利用旁白來說明故事的背景等問題，以便挑出最適合學生的故事，而最有效也是最佳的語文素材，可以說是課本中的課文，許多 RT 補救教學的教師都傾向於取用課文來改寫。

2. 決定劇本主題：教師在編寫 RT 劇本之前，應先將這個 RT 劇本的中心思想或是主要目的確定下來，這樣教師在改寫時，才不會偏離主題與目的。主題可以分成要學會課文中重要的文法或句子，抑或是要讓學生將課文內容做表演，這樣的思考會把教師的 RT 教學導向教學、複習或是比賽等不同的用途。當教師希望以 RT 劇本來教學時，劇本內容將以課文為主，當教師希望將 RT 用來複習時，劇本內容也許會涵蓋二到三課的重要句子，若是教師將 RT 教學當做是比賽的練習，那 RT 劇本就必須有戲劇表演的元素或內容，不同的主題或目的，會影響 RT 劇本的改寫及創作方式。

3. 決定劇本呈現形式：當教師決定好素材、主題之後，接下來要考慮的是劇本呈現的方式。RT 劇本的演出方式，包括了日常對話、新聞播報、朗讀、廣告、舞臺劇等，每一種方式都需考量不同的元素。例如，當 RT 的呈現方式是廣告時，除了句子的聲音表情外，肢體動作應該是主要的輔助工具；當 RT 作為新聞報導時，新聞的專有名詞及用語就很重要；若是以 RT 作為舞臺劇呈現，教師還必須要考慮搭配的音樂。對於一般的英語教學或是 RT 英語補救教學，作者建議教師以日常對話或是朗讀為呈現方式，一來可免去教師的準備工作，二來教學的焦點很清楚，所以，RT 劇本在教學的需要之下，多以大量對話配合聲音表情來創作。

4. 構思劇情大綱並寫作：當上述的因素都設定好之後，接下來就是劇本內容的設計了，教師在寫作劇本之前，都會先將故事或課文熟讀，然後根據整個故事的內容，找出故事或課文的核心情節或段落。接下來，許多教師會將故事分成起承轉合或是起承合的結構，然後寫出三到四段的故事，通常中間的段落會放入整個故事最讓人感動或是最有趣的部分。除此之外，教師需要考慮到劇本的重複性，因為 RT 英語補救教學希望學生能多聽、多練習重要的句子，所以，重複性在 RT 劇本中是很重要的元素。同時，教師也需要注意到故事的流暢性，當故事中的段落或對話跳得太遠時，教師可以加入旁白來說明，好讓學生能理解整個劇本。

最後，教師開始撰寫草稿。首先將課文中的重要句子，按照邏輯順序一一的寫下來，而在劇本寫作時，每一個劇本的總句子量，應該是課文中對話的 1.5 倍

（全文若是 **20** 句，劇本就約 **30** 句），不足的部分，作者建議教師可以設計重複句（見表 **9-2** 粗體的句子），因為重複句是突顯故事重要情節與句子的地方，功能是讓一些能力較差的學生，有機會在聽過別人唸讀之後模仿著唸，增加他們的學習機會，而且多位讀者的重複齊唸也可以增加讀者劇場的魅力，也讓學生不必獨自擔負表演成敗的責任。

表 9-2　將課文改成適用的 RT 劇本

課文	劇本	
It is spring. The Green family is hiking in the mountains.	Narrator:	It is spring. The Green family is hiking in the mountains.
Tina:　Wait for me, Dad.	Tina:	Wait for me, Dad.
Dad:　Sure. Take your time.	Dad:	Sure. Take your time.
	Candy:	**Wait for me, Mom.**
	Mom:	**Sure. Take your time.**
	Narrator:	**Mom is looking around and she finds a big lake.**
Mom:　Let's go this way. There is a big lake.	Mom:	Let's go this way. There is a big lake.
	Dad:	**Kids, there is a big lake. Let's go this way.**
Candy: Is there a waterfall?	Candy:	Is there a waterfall?
Mom:　Yes, there is.	Mom:	Yes, there is.
	Tina:	**There is a waterfall?**
	Dad:	**Yes, there is.**
	Narrator:	**The Green family goes to the big lake and looks at the waterfall.**
Candy: Wow! What a beautiful waterfall!	Candy:	Wow! What a beautiful lake!
	Candy & Tina:	**Wow! What a wonderful waterfall!**
	Dad & Mom:	The lake and the waterfall are really beautiful.
Dad:　Let's take a picture here. Say "Cheese."	Dad:	Let's take a picture here.
	Mom:	**Come here, kids! Let's take a picture.**
	Dad:	Say "Cheese."
	Mom:	**Come here, Dad.**
All:　"Cheese."	All:	"Cheese."

資料來源：Enjoy 8（12-13 頁），臺南市國小英語輔導團，2007，臺南市：臺南市政府教育局。取自 http://www2.tn.edu.tw/english/Enjoy2007/E8L2.htm

5. 依照人數分配角色、編排角色的個性：在教師寫出劇本中的重要對話時，其實就已經開始考慮角色的分配了。這時候，教師必須考慮到每個 RT 小組的人數是五到六人，所以劇本中的角色也是以五到六人的設計為佳。但是，有些學生較無個人獨白的能力，所以教師在分配對話時，可以有一些部分是兩到三個學生齊唸的。接著是考慮角色的特質，例如粗魯的、開朗的角色，其說話的方式就會不一樣，教師可以先將這些角色的聲音表情，寫在教師部分的劇本上，以便教師帶讀時可以使用，但是學生部分的劇本則不標示聲音表情，因為要讓學生小組去討論與決定（如表 **9–3**，不標示聲音表情的句子，表示用一般的方式唸讀）。除了聲音表情之外，教師也可以考慮在劇本中加入一些奇特的音效、表情或是肢體動作，使劇本的表演更加活潑、有創意，但是這些特殊元素不宜太多，以免失去了英語學習的本意。最後要注意的是教師在寫作時，應該將對話的部分，分配給各角色去唸讀，然後把一些必要的背景知識，分配給旁白去唸讀。

表 9–3　教師及學生的 RT 劇本

教師的劇本	學生的劇本
Narrator: (　　　) The class is going to Green Island this Sunday.	Narrator: (　　　) The class is going to Green Island this Sunday.
Bill: (Happy) My class is going on a trip this week.	Bill: (　　　) My class is going on a trip this week.
Betty: (Happy and shout) Yeah! My class is going on a trip this week.	Betty: (　　　) Yeah! My class is going on a trip this week.
Zoe: (Surprised) Where are you going?	Zoe: (　　　) Where are you going?
Bill: (　　　) Green Island.	Bill: (　　　) Green Island.
Narrator: (　　　) Green Island is a small island near Taitung. It's beautiful and clean.	Narrator: (　　　) Green Island is a small island near Taitung. It's beautiful and clean.
Zoe: (Excited) Cool! How will you get there?	Zoe: (　　　) Cool! How will you get there?
Betty: (Smile) We will go there by bus and ship.	Betty: (　　　) We will go there by bus and ship.
Zoe: (　　　) I've been there by bus and ship.	Zoe: (　　　) I've been there by bus and ship.

Betty:	(Surprised) Really?	Betty:	( ) Really?
Zoe:	( ) Yeah! It's beautiful.	Zoe:	( ) Yeah! It's beautiful.
Bill:	(Thoughtful) I had heard that Green Island is clean.	Bill:	( ) I had heard that Green Island is clean.
Zoe:	(Agree) Uh-huh. And you can tour around by bike.	Zoe:	( ) Uh-huh. And you can tour around by bike.
Bill and Betty:	(Happy) It sounds like fun. We can't wait to go.	Bill and Betty:	( ) It sounds like fun. We can't wait to go.

資料來源：Enjoy 10（12-13 頁），臺南市國小英語輔導團，2007，臺南市：臺南市政府教育局。取自 http://www2.tn.edu.tw/english/Enjoy2007/E10L2.htm

6.潤飾：整個劇本的寫作完成之後，教師應該加以檢查。作者建議教師可以自己先唸幾次，找出唸得不通順的地方及理由，然後再加以修改。而檢查的項目，包括是否是重要的學習內容？篇幅會不會太長？角色說話的比例是否得宜？角色的聲音表情是否合乎角色的特質？聲音表情是否合乎句子的意思？劇本中所添加的動作、表情或聲音是否合宜？這些項目都是教師要檢查的重點項目。最後，將教師部分的劇本及學生部分的劇本分別印出，準備上課。

二 學生改寫與創作

剛開始進行 RT 教學時，比較適當的劇本是教師自己寫好或是選擇現有的劇本，因為學生在此時並無 RT 的相關經驗，可能也不懂劇本的對話形式，通常得等到一段時間的學習與熟悉之後，才有可能讓學生進行 RT 劇本的寫作，若是教師在沒有帶領學生學習的情況下，就要求學生進行 RT 劇本的寫作，可能會造成學生相當大的挫折。但是一旦學生們在活動進行中，對於 RT 劇本越來越熟悉，也越來越有興趣及自信時，教師就可以開始要求學生著手劇本的編寫工作了。

而學生自己改寫 RT 劇本的好處在於，學生可以選擇自己有興趣的故事，按照自己的能力來編寫，這樣的劇本對於學生的英語學習幫助很大。再者，RT 劇本的編寫可以擴展學生的英語學習和閱讀理解能力，同時也幫助學生了解文學作品的內容架構和角色性格，提供學生進入文學領域的機會 (Shepard, 2004)。此外，學生自己編寫劇本，對於提升學生的讀寫能力相當有幫助，因為只有當學生受到鼓舞，並受到期待寫出他們自己要寫的東西時，學生才會願意積極的練習寫作。而 Prescott (2003) 更從其研究中發現，當學生在準備他們自己的 RT 劇本時，他們確確實實的融入在閱讀、寫作和思考技巧當中，而且學生從將故事編寫成劇本的經驗中，學到了如何去鋪排角色、情節，也學會了寫作的一些技巧與句型，而這些學習經驗對於學生接下來的寫作學習，提供了良好的基礎。最後，根據作者的寫作教學經驗，發現許多學生的英文寫作，常常有自說自話的問題，仔細分析之後發現，這是因為學生不知道寫作的目的是溝通，而讀者是他們需要在文章寫作時考量的一個重要角色。在 RT 劇本的寫作時，因為劇本的對話形式，讓學生知道寫作與溝通之間的關係。經由這樣的覺知，學生在寫作劇本時會去考慮到讀者與寫作之間的關係，這使得他們的寫作有聽眾、有溝通的目的。

但是對學生而言，從沒有劇本寫作經驗到自己獨力完成一個劇本，是一連串的訓練過程，教師需要一步驟、一步驟的引導學生，將課文內容加入他們的創意，改編成簡易的 RT 劇本。而學生的劇本寫作，可以分成學生模仿教師的劇本或課文的改寫，以及學生依據故事或課文的完全創作。在學生改寫劇本這個工作上，教師可以依據下列由易到難的步驟，帶領學生一步一步的學會改寫劇本。

1. 替換單字或片語：學生在剛開始學習 RT 劇本的寫作時，最簡單的引導方式是替換劇本中某些句子裡相同詞性的單字，例如，換另一個動詞來完成句子，或是將某個名詞替換成另一個名詞。如果學生還是做不到這樣的要求，教師可以給學生兩到三個選項，讓他們去選擇一個填入空格當中。例如：

教師的劇本	要給學生練習的劇本
R1: What's your name? R2: My name is John. R1: What's your name? R3: My name is Tina.	R1: What's your name? R2: My name is _____. R1: What's your name? R3: My name is _____.

2. 在劇本中適當的地方增加相同的句子：當學生比較熟悉 RT 劇本後，教師可以給學生比較難的工作。舉例來說，讓學生仿寫一個一模一樣的句子，

但是他們必須知道這個句子適合的位置或是與之相對應的回答。例如：

教師的劇本	要給學生練習的劇本
Tina: Wait for me, Dad. Dad: Sure. Take your time. Tina: Wait for me, Mom. Mom: Sure. Take your time.	Tina: Wait for me, Dad. Dad: Sure. Take your time. Tina: _____ _____ ___, Mom. Mom: Sure. Take your time. Tina: _____ _____ _____, _____. Cindy: Sure. Take your time.

3. 找一句課文中有的、相關的句子，加入劇本中：這樣的引導是希望學生去注意到劇本可以增加新的元素進來，尤其是當學生知道某句話可以加進來時，其英語學習的成果會有所提升，因為他已經可以把某些句子記在心中，而且知道這個句子的使用方法了。例如在下例中，學生可以加入 "**How do you spell your name?**"、"**J-o-h-n, John.**" 兩句話，表示他們知道問完名字之後，常會需要拼出名字的寫法，而名字的拼法是一個一個字母說完之後，再唸一次名字，而這也顯示出學生在教師不知道的部分，仍有其知識與能力。

教師提供的劇本	要給學生練習的劇本
R1: What's your name? R2: My name is John. R1: Nice to meet you, John. R2: Nice to meet you, too.	R1: What's your name? R2: My name is John. R1: _____ ? R2: _____ . R1: Nice to meet you, John. R2: Nice to meet you, too.

4. 增加開場或結束的旁白部分：這是學生開始獨立創作劇本的先備經驗，學生要從一段對話中，想出前面幾句的開場白或是結束劇本的幾句話，這時候，學生必須注意句子的邏輯性與正確性，句數通常不用太多。例如，學生可以在劇本的前面，加入一句話來說明劇本的背景。

課本的對話	學生寫的劇本
	Mom: My Dear, I have some toys for you. Come and see them. Do you like teddy bear?
Mom: Do you like teddy bears?	
Child: No, I don't. I don't like teddy bears.	Child: No, I don't. I don't like teddy bears.
Mom: Do you like robots?	Mom: Do you like robots?
Child: No, I don't. I like something else.	Child: No, I don't. I like something else.
Mom: A doll? Do you like a doll?	Mom: A doll? Do you like a doll?
Child: Yes, I do. I like dolls.	Child: Yes, I do. I like dolls.

學生也可以在劇本的最後加入幾句話，讓劇本有結束的感覺。

課本的對話	要給學生練習的劇本
Mom: Do you like teddy bears?	Mom: Do you like teddy bears?
Child: No, I don't. I don't like teddy bears.	Child: No, I don't. I don't like teddy bears.
Mom: Do you like robots?	Mom: Do you like robots?
Child: No, I don't. I like something else.	Child: No, I don't. I like something else.
Mom: A doll? Do you like a doll?	Mom: A doll? Do you like a doll?
Child: Yes, I do. I like dolls.	Child: Yes, I do. I like dolls.
	Mom: And do you like me? **Child: Yes. I do. I like you the most, Mom.**

而學生獨立創作劇本的過程，也可以分成以下六個步驟，分別說明如下：

1. 選取語文的素材：在學生自行改寫劇本時，作者建議教師可以在學生的能力範圍內，提供一張較適合他們閱讀的分級讀本書單，讓學生從中挑選他們喜愛的故事；或是以課本所提供的課文來加以改寫成較適合學生程度的劇本。這樣的作法，可以避免學生選到太難的書，連帶使改寫劇本無法成功。

2. 說故事、朗讀文本：當學生選擇好故事或課文之後，教師可運用一些技巧來幫助學生了解整個故事，這樣學生才有可能進行接下來的改寫。首先，教師可以用朗讀、加入聲音表情的方式，或是把整個故事說一次給學生聽，引導學生進行故事的深入了解。然後，教師可以一段一段的引導學生朗讀，讓學生跟著教師一起用有感情的聲音唸讀故事，進而熟悉書中每個句子的唸讀方式，但是考慮到學生的學習專注力有限，必要時，教師可以只選取故事中的某些段落來進行朗讀即可。接下來，教師可以針對故事內容，設計一些問題來讓學生討論，或是進行故事閱讀理解的問答活動（可以利用圖 8-1 的 story map，來幫助學生理解故事），目的在讓學生經由與同儕、教師的互相分享，更加了解故事的涵義，並且激發學生自己對故事的獨特理解。隨後，教師針對一些生字與需要抑揚頓挫的地方，除了提醒學生要加以注意之外，也可請學生用色筆將這些重要的地方圈出來，這樣學生就不會有唸錯或弄錯意思的問題了。等到學生都可以自己朗讀時，教師要給予齊聲朗讀及重複唸讀的機會，確保每位學生都能適切的參與學習。而重複練習時，為了避免學生覺得無趣，教師可以鼓勵學生用不同於以往的方式，例如用感冒的聲音、用小豬的聲音等，來將課文唸出來，以達到有足夠的語言練習的目的。

3. 擬定劇本大綱：教師讓學生進行劇本寫作之前，可以先請學生將重要的人物、事件、對話等，用不同顏色的色筆標示出來，以了解哪些重點需寫入劇本中。然後，教師自製 RT map（林虹眉，2007；張文龍，2005）的空白表格（如圖 9-1），並發給各組，來輔助學生蒐集相關的資訊，而 RT map 中的問題，除了讓學生複習對故事的理解外，還可以幫助學生確定劇本中所需的重要元素。接下來，各組學生須分組討論，並完成各組 RT map 中的各個問題（有時候課文較短，並沒有包含所有需要的資訊，缺少的部分可以請學生空下來），例如發生了什麼事？在哪裡發生？人物有哪些？等等。最後，教師再請學生根據 RT map 中的資訊，將故事編寫成以對話形式呈現的劇本，因為學生程度的關係，教師可以鼓勵學生以課本或故事中的句子來作為對話內容，不需另外找句子或是自創句子來完成劇本的改寫。

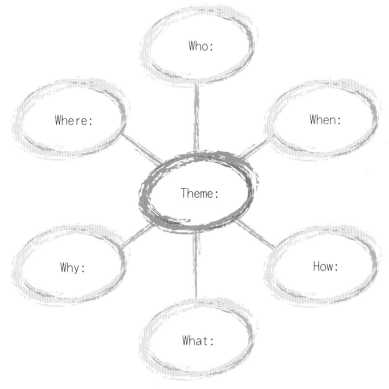

圖 9-1　　RT map

4. 創作臺詞：當學生剛開始學習自己編寫對話時，教師應該提供學生一個範本（如表 9-4），以便學生模仿與學習。當學生比較熟悉之後，再讓學生完全自己來。而當學生編寫臺詞時，教師應該提醒學生多運用課文中出現的句子、生字或角色等來編寫，這可以減少學生遇到語言使用的困難與挫折。例如在表 9-4 中，當學生要將原文 "There is a sad bunny in the zoo. He is hungry, and he wants to eat." 改寫時，可以藉由原文句子的輔助，把它改寫成以下各種不同的角色臺詞：

Narrator: There is a sad bunny in the zoo. He is hungry, and he wants to eat.

或

Bunny: I am a sad bunny in the zoo. I am very hungry, and I want
　　　 something to eat.

或

Dad: Hey! Look! There is a sad bunny in the zoo.

Tina: Oh! Poor bunny. He looks hungry and has nothing to eat.

表 9-4　劇本格式的認識

寫劇本的方法	
原文 ： It is spring. The Green family is hiking in the mountains.	寫給旁白說時，可以這樣寫： Narrator: It is spring. The Green family is hiking in the mountains. 寫給一個人物或角色說時，可以這樣寫： Dad: It is spring. Let's go hiking in the mountains. 寫給兩個人物或角色說時，可以這樣寫： Dad: It is spring. Tina: Let's go hiking in the mountains.
原文 : There is a sad bunny in the zoo. He is hungry, and he wants to eat.	寫給旁白說，你會怎麼寫？ Narrator: _____ . 寫給一個人物或角色說，你會怎麼寫？ Bunny: _____ . 寫給兩個人物或角色說，你會怎麼寫？ Dad: _____ . Tina: _____ .

而這樣與課文作密切結合的劇本，可以在學生學習課文後，用來作為補充教材或是補救教學用的材料，既能增加學生的練習次數，又能熟記課文中的重要概念，一舉數得。此外，教師在學生編寫臺詞時，還必須提醒學生有關劇本的一些注意事項或是技巧。例如人物的對白要用「：」來表示，動作、聲音表情、特殊表現，則需要把簡單的說明放在（　　）中，而不容易用對話來呈現的敘述或故事的背景知識，則可用旁白來加以說明。最後，除了考慮劇本的格式及臺詞的創作，學生在此時也需分配角色與其所負責的臺詞，而學生此時所要注意的是，劇本中應該要有一些容易的句子，好

分配給能力較差的學生來唸讀，也可以設計一些可以一群學生一起齊聲唸讀的臺詞，以幫助害羞的學生有機會表現，而且劇中的每個角色所唸讀的句數應該要均衡。

5. 教師修改：編寫 RT 劇本的流程中，有許多要考慮的因素，而學生通常無法面面俱到，尤其是在剛開始學著自己改寫劇本時。因此，教師應該要進行劇本的檢查。當學生創作臺詞時，教師應該行間巡視，隨時提醒學生注意有問題的地方，並進行即時的、較小幅度的修改；但是教師不宜在此時打斷學生的創作過程。然後，教師可以請學生在下課前，將劇本初稿交給教師，好讓教師課後可以進行更進一步的閱讀。而教師在課後閱讀學生小組的劇本初稿時，不要直接修改學生的錯誤，而是將小組劇本中的錯別字、語氣不通順或是劇情太過簡單的地方，用色筆標示出來，然後在下一節上課時，發還給各小組，讓小組成員針對教師標示出來的地方，再次進行討論與修正，或是請其他小組來幫忙標示錯誤與不順的地方，再讓寫作的那一組修改。經由這樣的修改過程，學生小組的劇本內容可以更豐富，學生也能透過教師修正與小組劇本分享的過程，學到一些新的英語字彙、句子、用法等知識。

6. 試讀劇本與做成小書：當學生修改好劇本初稿之後，教師可以請學生在劇本的對話中，加入聲音表情，並試讀給教師及其他同學聽。接著，教師及其他組的同學分別給予創作小組回饋，幫助學生將劇本修正成正式表演的 RT 劇本。最後，教師將學生小組的劇本完稿加以裝訂，製作成一本本的小劇本，讓每個小組成員都有一本，作為學習的基礎與上臺展演所需的教材。若是教學時間許可的話，完成的小劇本可以讓學生進行創意的裝飾，變成屬於個人的個性化小劇本，並可以在班級中相互傳閱，讓學生們互相學習不同小組所寫的劇本。

本章主要的目的在於說明 RT 劇本的產生，作者先說明教材的調整對於英語補救教學的助益。然後，再討論教師或師生共同挑選已有的劇本來進行 RT 教學的標準。接著是討論教師如何將選取的故事改寫成 RT 劇本，包括教師改寫劇本的優點、方法及過程。最後，則是說明學生改寫劇本的可行性，作者從教師引導學生改寫已有的課文或劇本，一直討論到讓學生小組獨立改寫劇本，並舉出一些教學上實際會用到的技巧，來幫助教師引導學生改寫劇本，因為學生自己改寫的劇本，對於學生英語學習所產生的功效，遠大於教師所提供的劇本。

王瑋 (2006)。教室戲劇對弱勢國小學童覺知英語使用自主權與社交功能之影響。
　　雲林科技大學應用外語系未出版碩士論文。

邵心慧 (1998)。國中英語科個別化補救教學研究。高雄師範大學英語教育研究所
　　未出版碩士論文。

吳雅真 (2006)。英文童謠教學對國小英語補救教學效能之研究。政治大學英語教
　　學碩士班未出版碩士論文。

林虹眉 (2007)。教室即舞台——讀者劇場融入國小低年級國語文教學之行動研
　　究。臺南大學幼兒教育學系未出版碩士論文。

洪育芬 (2004)。朗誦劇對高職學生英文學習的成效研究。中正大學外國語文研究
　　所未出版碩士論文。

姜毓玫 (2004)。應用英語童書閱讀教學策略於英語補救教學之個案研究。國立臺
　　北教育大學兒童英語教育研究所未出版碩士論文。

徐雅惠 (2008)。應用讀者劇場縮小國小三年級學生英語讀寫能力差距之成效及學
　　習態度影響之研究。國立臺北教育大學兒童英語教育學系未出版碩士論文。

張文龍 (2005)。聽說讀寫的戲劇活動——讀者劇場。英文工廠，19，28–31。

張虹瑩 (2007)。Readers Theater 對於國小五年級學童英語閱讀理解及學習態度影
　　響之研究。花蓮教育大學國民教育研究所未出版碩士論文。

陳建宏 (2007)。以英語卡通影片實施國小五年級英語補救教學之行動研究。國立
　　臺北教育大學兒童英語教育研究所未出版碩士論文。

黃素娟 (2007)。啟開閱讀之窗：青少年文學讀者劇場閱讀計畫在國中英語教學上
　　的應用。高雄師範大學英語學系未出版碩士論文。

黃婉菁 (2007)。國中七年級學生應用英語讀者劇場之研究。高雄師範大學英語學
　　系未出版碩士論文。

雲美雪 (2007)。讀者劇場運用於偏遠小學低年級英語課程之行動研究。嘉義大學
　　幼兒教育學系未出版碩士論文。

曾惠蘭 (2004)。在教室中實施讀者劇場。翰林文教月刊，10 (2)，3–6。

鄒文莉 (2005)。讀者劇場在臺灣英語教學環境中之應用。收錄於 Lois Walker 著，Readers Theater in the Classroom（10–18 頁）。臺北市：東西圖書。

楊佳純 (2006)。讀者劇場在國小英語課程之實施研究。高雄師範大學英語學系未出版碩士論文。

臺南市國小英語輔導團 (2007)。Enjoy 8 Lesson 2 。臺南市：臺南市政府教育局。2009 年 3 月 25 日，取自 http://www2.tn.edu.tw/english/Enjoy2007/E8L2.htm

臺南市國小英語輔導團 (2007)。Enjoy 10 Lesson 2。臺南市：臺南市政府教育局。2009 年 3 月 25 日，取自 http://www2.tn.edu.tw/english/Enjoy2007/E10L2.htm

劉燕玉 (2008)。探討讀者劇場對不同性別學生朗讀流暢度及閱讀動機之研究。中正大學外國語文研究所未出版碩士論文。

藍正發 (2006)。以英文兒歌律動實施國小二年級英語補救教學之行動研究。國立臺北教育大學兒童英語教育研究所未出版碩士論文。

Margaret, A. (2004). Fables and folklore reader's theater. Huntington Beach, C. A.: Creative Teaching Press.

Rasinski, T. V. (1989). Fluency for everyone: Incorporating fluency instruction in the classroom. The Reading Teacher, 42 (5), 690–693.

Shepard, A. (1996). Aaron Shepard's RT Page. Retrieved December, 23, 2008, from http://www.aaronshep.com/rt

Shepard, A. (2004). Good books for getting into readers' theater (or readers theatre). Retrieved December 23, 2008, from http://www.aaronshep.com/rt/bookshelf.html

Swanson, C. C. (1988). Reading and writing readers' theatre scripts. Australian Reading Association: Reading Around Series, 1, 1–4.

第十章 結　語

　　本章的主要目的在於重申本書主題的重要性以及執行上可能有的一些限制。從本書中，讀者可以了解到，補救教學對於許多學習緩慢的學生而言，是非常必要的幫助。但是，在教育現場的教師也清楚的知道，補救教學的成效通常無法立刻在學生身上顯示出來，需要不斷的了解學生、設計課程、實施課程、評鑑結果、找出未解決的問題，直到學生在學習各方面的困難，都獲得妥善的處理之後，學業成就才能趕上同齡學生該有的水平。而這樣的一段繁瑣、耗時的流程，很容易讓學生及教師失去信心。事實上，如果教師們能夠了解補救教學的益處與困難之處，補救教學可以有更好的成效。而這樣的理解，需要許多的練習來加以培養，作為一個師資培育者，作者相信所有正在接受師資培育的職前教師，都應該有接受補救教學相關知識、技能的機會。相信在這樣的學習過程中，職前教師可以具有補救教學的正確概念，進而進行這些理念的試作、印證與修改，直到相信每個孩子都能透過特定教學方法，學會教師希望他學會的內容。持有這樣信念的教師，不會害怕碰到低成就學生，也有能幫助這些學生盡速回到主流教育中的技巧。如此一來，不會再有學習落後的學生，把每一個孩子都帶上來的理想，也才得以實現。

■ 壹、補救教學的效益與侷限

　　補救教學的效益與侷限，可以分成對不同對象的影響來加以說明。

一 教育行政系統

　　對於教育行政系統而言，國家提供了許多教育經費，進行教師的培育、教學及課程的改善，經過一段時間之後，應該可以看得到學生的學習成效。可是許多統計或研究（請見第一章）都發現，教育經費的提供與學生的學習結果，缺乏相對應的關係，也就是國家或政府所投注的教育經費，並不能保證學生的教育成果，尤其是用在補救教學上的教育經費，常有石沉大海、看不見成效的感慨。要如何提高教育花費與學習結果之間的相關性呢？即時的補救教學應該是一個重要的考量。當教師在教學過程中，發現學生有學習困難時，需要立即處理並提供適當的輔助，如果學生可以得到即時的輔助，學習問題可以即時解決，跟上其他同儕，保持他們繼續學習的信心與基礎。若能讓每個學生都得到這樣的輔助，國家或教育行政機關所提供的經費，應該就會有預估的成效或結果。

　　但是這樣即時的輔助，需要大量的、長期的經費資助與專門的師資培訓課程，一時的、短暫的經費提供，無法解決這些需要長期進行的基礎教育工作。而沒有準備好的教師，也無法擔此大任，因為低成就學生所需時間多、所需加強的能力也多，教師的事前準備包括：對學生的了解、課程及教材的準備、評量方法的認識及使用等。這些訓練需要在職前的師資培訓課程中加以教導，讓教師們在進入職場之前，就已經知道現場可能產生的困難，也有如何教好低成就學生的準備與策略，然後再以在職進修的方式加以維持。但是國內的師資培育課程與在職進修課程沒有系統的規劃，這使得許多有志於補救教學的教師裹足不前。

二　低成就學生

　　對於低成就學生而言，補救教學的提供，讓他們有更多時間去熟悉他們所必須學會的知識或技能。而現行的英語課每週兩節，所要學習的進度相當多，低成就學生每次上課時，可能已不記得前一次上課的內容，如果教師每次都得從頭開始複習，學生的進步就會變得有限，所以，如何讓學生記得已經學過的東西就顯得很重要。由於語言學習必須密集練習才能彰顯效果，故每週的上課時數越多，學習的效果就會越好，而學生的學習問題也會因為學習時間延長而得到解決。此外，補救教學以適合學生程度的學習材料與針對學生學習困擾的教學方法，來讓學生用不同的方式，再次學習在正課中沒有學會的東西。在補救教學中，使用的教材通常會考慮學生現有的學習能力，簡化或刪除較難的部分，使學生有信心學習，並可以有效的在較短的時間內有較好的表現。而在補救教學法的選擇上，教師們通常會先確定學生的真正問題為何，以及學生為何會有此問題，是不敢問教師問題、學習時間不夠、無心於課業，還是其他的問題？這些不同的問題有不同的處理方法，像是用最簡單的教學方式來教、教導更有效率的學習方法等。然後，補救教學的教師會選用最佳的教學方法，來教導有不同需求的學生，使學生的學習問題得以迎刃而解，達成提升基本能力的目標。

但是，提供額外補救教學的時間，牽涉到教師的工作壓力與學生的學習壓力。例如，教師常常無法在一整天繁忙的課務之後，再進行補救教學，故缺乏師資是實施補救教學的問題之一。而學生在上了一整天的課之後，常常是疲累的，無法再認真於學習，而學習相同的內容，更讓學生覺得難以忍受，故補救教學的成效會因此有所折損。此外，教師缺乏相關概念與能力，也是補救教學進行的困擾之一。教師們對於低成就學生不了解、沒有接受過補救教學的相關訓練、缺少課程設計與教材編選的經驗等，都會讓教師們無法進行補救教學或害怕進行補救教學。

三　教師

對一般教師來說，補救教學對於他們的教學幫助很大。當某些學生需要更多時間熟練學習內容時，教師們常常受限於上課時間而顯得心有餘而力不足。許多原本可以得到幫助的學生或是可以解決的問題，會變得越累積越嚴重，甚至使學生厭惡學習，變成教育上的重大問題。而補救教學在這方面提供教師一些教學壓力之外的輔助，例如提供學生更多的學習時間，直到他們的基本能力得以提升，因為這樣的額外幫助，一般教師的班級之內將不會有這麼多有學習困擾的學生。對於實施補救教學的教師來說，若沒有專業的訓練，對於學生的困難，會比較難以體會，更不知道如何教導或幫助他們。在補救教學及相關訓練中，教師經由實際練習、進修研習等機會，知道並利用許多方法來了解學生的問題，幫助學生解決學習困擾。在這樣的過程中，進行補救教學的教師更加認識這些低成就學生，也知道如何幫助他們，並學會一些特殊的教學技巧、如何調整課程與教材等能力，對於實施補救教學的教師而言，是能力的一大提升。

但是，補救教學也會給教師帶來一些壓力。例如，若教師被指派為補救教學師資，就得在一天繁忙的教學之後，再來進行補救教學，生理與心理壓力相當大，造成補救教學成效不彰。更重要的是，教師的職前訓練過程中，很少接觸到分析學業低落成因的技巧、如何幫助學生提升基本能力的技巧等等，因此許多教師並未確實了解學生的困難所在，而一再的練習並沒有達到較好的成效，使得教師們對於補救教學的實施與成效產生懷疑，也讓他們對於改善學生學習成果的工作失去興趣與動力。

■ 貳、補救教學的遠景 ■

目前臺灣對於補救教學的重視，仍處在利用最少的經費，來達成最好功效的思維之上。把經費花在刀口上是正確的想法，但是效能也應該被放在天平的另一側。補救教學要針對重點來規劃，才能讓經費獲得明顯效益。作者的建議是將補救教學經費的挹注，擺在師資培訓、教師的教學及學生的學習上。除此之外，教育行政官員、家長、教師及學生對補救教學的認識，也是需要加以提升的因素。在下文中，作者以國內英語補救教學為例，分項陳述提升英語補救教學成效的注意事項。

一 英語教師的職前訓練

在臺灣，多數的英語教育或教學的相關系所，在英語教師的職前教育中，多是將最重的教學比例，放在教師的聽說讀寫能力之上，其次是基本教學能力，如教材教法、課程設計、班級經營等能力的培養。但是對於教育哲學、有特殊需求的學生、教學信念與決策部分則付之闕如，這使得許多職前教師對於職場中的實際狀況存有錯誤概念，對於進入教育現場也沒有完整的準備。而教育哲學、特殊教育、教學信念與決策這些科目的學習，對英語補救教學來說有相當重要的功能與影響力。舉例來說，教育哲學的學習可以使英語教師了解到教育概念的內涵以及對教學的影響，進一步可以了解當代對於學習與教學的觀點，這樣一來，教師才能知道如何以適合的方法來教學。認識與了解有特殊需求的學生，則有助於英語教師了解這些學生的生理發展、心理發展與現況，也才能在學生的能力基礎上進行有效的教學。而教學信念會影響教師的教學行為與決策，在教學過程中是相當重要的引導力量，當教師相信學生是有能力學會的，就會設計出許多方法來教導學生，而教師的不屈不撓所帶給學生的練習機會與心理上的激勵，可以提供他們動力，改善學業成就不佳的狀況。但是因為缺乏相關訓練，許多英語教師都視英語補救教學為課後輔導，是用來教導學生再一次學習他們沒在課堂上學會的知識、技能，缺乏對英語補救教學及學生特殊需求的深入了解。因此，當這些教師實際進行英語補救教學時，常常會遇到困難，再加上職前缺乏相關的訓練，所以這些問題通常會使得教師對於英語補救教學有迷思或挫折感，進而放棄進行英語補救教學。

　　故要讓英語補救教學成功，教育行政機關應該將部分焦點，擺在英語師資的職前培育上，將經費投注在重新規劃師資培訓課程及提高相關教育知能的教學上，好讓職前教師在面對教育現場時，已有一些正確的信念及有效的技巧。這樣可以幫助教師在教學時，即時解決學生的問題，減少低成就學生的數量，而且在教師進行英語補救教學時，也有更充實的能力，以確保英語補救教學的成功。

二　英語教師的在職進修

　　若要幫助英語補救教學教師解決問題、提升能力，在職進修是最佳的方式。在職進修對於英語補救教學教師而言，是重要的學習場域，因為參加進修或研習的教師多有相同的問題，彼此之間的分享、討論，會讓他們學到更多英語補救教學的知識或技能，例如教學技巧、合適的教材、班級經營與管理等，使得教師們回到教室中可以解決實際的問題。可是國內教育行政單位很少注意到教師們在進入教育現場以後，對於英語補救教學專業成長的需求，要不是缺乏英語補救教學的在職進修或研習課程的規劃，就是以研討會或專題演講等零散、缺乏系統、無法顧及不同學習主題的活動型態來舉辦，這使得許多英語教師在面對英語補救教學時力不從心。因為單純的聽演講，而沒有實際的操作、練習，是無法真正解決問題的；利用學中做、做中學的方式進行的研習課程，才能真正提升英語補救教學教師的能力。而研習課程，無法以零散的、短期的方式來進行，必須有長期的規劃與經費的投注。

　　故教育經費也應投注在英語補救教學教師的在職訓練上，以在職專業成長的研習課程的方式來進行教師培訓，而這樣一個長期、有組織、有目的、能增強教師能力與信念、能提供教師教學訓練的在職專業成長課程，可以幫助教師即時的解決在補救教學中遇到的問題，也使學生有更好的補救教學成效，不只提升國內的教育素質，也減少教育成本的浪費。

三　學生的學習

　　國內教育經費多用於高等教育，很少用在國中小的基礎教育上，其實基礎教育的成功才能保證未來高等教育的卓越。所以，先前所說的師資培育、在職進修，都是重要的教育經費投注點，因為好的師資可以確保較好的學習成效。除此之外，基礎教育階段的補救教學，也是經費應該投注的地方，因為即時補救可以減少未來學生程度不佳所帶來的問題。在補救教學上，教育經費的挹注可以放在學生補救教學時數的鐘點費補助之上，而且應該是長期的、穩定的投資，而不是用總時數來加以限制，或是以有了經費再邊做邊規劃的方式來進行，這樣的方式容易因為補助經費有限或是計畫不持續，而使得學生的補救教學中斷甚至停止，這樣一來，不只補救教學的成效大打折扣，學生的學業成就也會受到相當大的影響。此外，教育經費也應該挹注在幫助教師落實補救教學的相關工作上，例如進修研習時提供代課經費、將補救教學的授課時數納入上班時間計算、提高補救教學的授課鐘點費等，使教師更有能力與動力來進行補救教學，而非壓榨教師的體力，讓教師在上完一天五到六節課後，還要進行英語補救教學，甚至還必須自己進行課程設計、教材編選等工作，而授課鐘點費卻與教師所付出的心力與勞力不成正比，難怪許多教師視進行英語補救教學為畏途。

故長期的、穩定的針對低成就學生提供英語補救教學，可以讓學生持續性的提升自己的能力，如此一來，學生可以較快、較成功的改善自己的學習結果。而減低英語補救教學教師的壓力，也可以讓有能力、有興趣從事英語補救教學的教師，願意專注於英語補救教學。例如，提供代課經費讓教師參加進修研習，可以提高教師進行英語補救教學的能力，將教師所從事的英語補救教學時數納入上課時間計算，則可以讓教師比較有時間來規劃英語補救教學的課程與教材，讓學生有較好的補救教學品質。

四 對家長及教育行政機關宣導英語補救教學的相關概念

家長及相關行政單位對於英語補救教學的了解也是必要的，因為在一段時間的英語補救教學之後，許多家長及行政機關就希望能看到其成效，不然就會認為英語補救教學根本沒有用處或是浪費經費。事實上，英語補救教學的成效，在臺灣這樣一個沒有使用情境的外語環境中，是需要一段較長的時間與其他人力的支援（例如回家之後家長陪伴學生複習），才能確實看到成效的。除了使用情境的限制之外，一般學生的正規英語教學成效，尚須等待相當長的一段時間，才能看見成效，而低成就生所需的時間比一般學生多，故其效果也比正規英語教學需要更多的時間才能呈現。此外，家長的支援對於低成就生來說是很必要的，可是許多家長會認為教學應該是教師的職責，卻沒有想到自己也能給予孩子幫助，也有許多家長沒有能力幫助孩子，所以所有的責任都落在教師身上。若是家長及行政人員沒有考量到這些相關因素，而一味的怪罪教師進行的補救教學沒有成效的話，是相當不公平的。而且，家長及教育行政單位的反應或是不信任，會讓教師對於自己的信念及教學產生懷疑，進而影響到教師願意投注在英語補救教學的心力與時間，如此一來，英語補救教學的師資來源及困境會越來越多。

故家長及教育行政機關也必須對英語補救教學有一定的認識，並支持英語補救教學的進行，才能真正促進英語補救教學的實施與效果。此外，家長及行政人員也應該給予英語補救教學教師支持與鼓勵，讓這些教師有成就感及信心，能夠繼續實施英語補救教學。故教育行政單位應該利用相關管道，例如各縣市政府教育局或教育處網站、學校班親會、班級教師與家長的通訊等，來傳遞英語補救教學的相關概念，建立家長對英語補救教學的認識與支持，以減少教師所必須承受的責任與壓力。

■ 參、最佳的英語補救教學法

從本書的討論中，讀者可以發現讀者劇場是最適合國內英語補救教學的策略，因為讀者劇場既能滿足補救教學要有成效須達到的四個要求，又能同時提升英語的四種基本能力。首先，RT 可以經由下面四個特點來提升英語補救教學的成效：

1. 補救教學要成功，學生必須要有足夠的練習時間，但必須是正確內容的練習。RT 經由不斷的重複唸讀、教師及同儕提供正確的示範等，來達到讓學生正確的重複練習這個目標。

2. 補救教學的教材要與學生的經驗相關並有趣味，使學生有興趣再次學習他曾經學不會的教材。RT 所使用的教材是教師及學生共同挑選、改編與創作的劇本，這些教材有趣又從學生個人生活經驗出發，所以學生比較樂於重複練習。

3. 英語補救教學課程的教學方法要適合學生，並且能引起學生的興趣，如此一來，學生才能專注於英語學習。RT 的教學中提供許多學生互動、討論、上臺展演的機會，學生在學習過程中不僅提升英語學習興趣，還能透過合作學習、同儕互助等方式來學習，又不用像在戲劇表演時要擔心背稿、忘詞、表演等問題，通常能有效的提高學生的學習動機。

4. 英語補救教學的課程及教學設計，除了課堂內的學習，還需考慮學生課後主動複習的意願。對於 RT 的參與者而言，光是課堂上的練習仍是不夠的，為了將劇本詮釋得更好，許多學生願意利用課後時間練習，這種自動自發的學習對於達成課後學習這個目標相當有幫助。

此外，RT 在教學的過程中，可以同時兼顧學生的聽、說、讀、寫四種英語基本能力的培養，並以一種循序漸進的方式加以引導：

1. RT 利用教師有意義的朗讀、故事 CD 的唸讀、同儕的示範唸讀、自己的重複唸讀以及學生小組的展演等方式，來初步提升學生的聆聽習慣、聽力理解與口說能力。

2. 教師利用學生已經加入聲音表情以及適當斷句的劇本，來練習閱讀及重複朗讀，也讓學生聆聽或查閱原有的故事，來加強學生的閱讀與聽說能力。在這個過程中，教師及同儕會幫助能力較差的學生，包括示範正確發音、用正常速度來讀以及用有韻律的方式來讀，使學生具備有意義的閱讀能力。

3. 在 RT 的練習中，學生重複聆聽與閱讀對話的次數很多，這大大的增加了學生記得單字、句型、劇本、在正確情境使用英語的可能性，對於提升學生的聽、說、讀的能力有很大幫助。

4. 教師可以藉由讓學生改寫劇本中的幾句話、在劇本前後替換一些簡單的描述（例如角色、情景或結果的說明）、讓學生自己改編或創作劇本等方式，來提升學生英語閱讀能力（因為他們必須讀懂，才知道在哪裡加入臺詞以及加入什麼臺詞）與寫作能力。在這個過程中，教師會給予學生改寫或創作劇本的指引，使學生具備基本的寫作概念與能力，然後再利用具有預測性和重複情節的故事，來讓學生進行閱讀與改寫，提升學生的閱讀與寫作能力。而改寫出來的劇本，正好可以用來作為上課的教材，不只適合學生的能力（因為是學生在其能力基礎上所寫出的劇本），也省去教師編寫教材的壓力。

綜合言之，讀者劇場既能提升英語低成就學生的四項基本英語能力，又能以有趣的方法，來提高學生的學習能力，還能在不強迫學生的情形下，增加學生課內及課後的練習機會，這對於英語補救教學來説，確實是相當有幫助的技巧，更能較快速的提升學生的英語學習成就，所以是最佳的英語補救教學策略。

　　最後，本書雖然以英語補救教學為關注的重點，但其實每一個學科都有許多學習成就不理想的學生，這些學生都需要教師們的協助，即使不同的科目有不同的教學策略與內涵，但都需要受到相同的重視。此外，雖然科目不同，但是基本上補救教學的理念都是一樣的，那就是理解學生、評估問題、設計課程、選用教材教法、進行多元且持續的評量、找出尚無進步或改善的學生繼續進行補救教學，直到他們的基本能力或成就達到一定的標準為止。因為教育的最終目的在於幫助學生成長，所以教師們不應該放棄任何一個學生，就算學生的程度比較差、能力比較不好，教師們還是應該盡最大的努力，提升每一個學生的程度，直到他們具有能夠獨立學習的能力。

兒童英語教學13堂課

THIRTEEN ESSENTIALS OF ENGLISH TEACHING TO CHILDREN

鄒文莉　著

　　本書作者擁有豐富的英語教學經驗，且為臺灣引進在國外行之有年、對語言學習極有幫助的「讀者劇場」第一人。

　　「兒童英語教學13堂課」是一本兼具理論與實務的書。作者以多年教授英語教材教法的經驗為依據，將九大外語教學法套入臺灣外語學習模式，再加入對兒童學習英語很重要的字母拼讀、說故事、讀者劇場等活動，並提出老師應具備的教學技巧及班級管理建議。

　　本書共分13章，從介紹教學理論到相關教學實例，輔以大量作者親自拍攝之實境照片及插畫說明，期待為讀者開啟嶄新的課堂經驗。